Scarlet

스칼렛

Scarlet

스칼렛

착한 마녀

착한 마녀

이예인 장편 소설

SCARLET ROMANCE NOVEL

Scarlet
스칼렛

차례

프롤로그

뉴욕, 2010년 3월.

'로렌 하우스'의 거대한 철문을 통과한 그녀는 차의 속력을 높였다. 잘 꾸며진 정원 사이로 난 도로를 달려 웅장한 모습을 자랑하는 분수대를 돌아 저택 앞에서 멈춘 그녀는 다급한 동작으로 차에서 내렸다.

「다녀오셨습니까?」

집사의 인사에 대꾸도 없이 그녀는 넓은 홀로 뛰다시피 걸음을 옮겼다.

「엄마는요? 괜찮은가요?」

「발작은 멈췄습니다.」

2층 계단을 달려 올라간 그녀는 커다란 방문을 힘껏 밀어제치고 방 안으로 들어섰다.

"엄마!"

창가 앞 소파에 앉아 창 밖에 시선을 주고 있던 오 여사가 고개를 돌렸다. 파리한 안색에 희미한 미소를 지은 오 여사는 그녀를 향해 손을 내밀었다.

"어서 와라, 내 딸."

가느다란 오 여사의 음성에 그녀의 마음이 찢어질 듯 아파왔다. 오 여사는 병색이 짙어 금방이라도 한 줌 재로 사라질 듯 연약한 모습이었다.

살며시 오 여사의 손을 잡고 옆 자리에 앉은 그녀는 걱정이 가득 담긴 음성으로 물었다.

"발작이 있었다면서요. 좀 어때요?"

"지금은 괜찮아."

오 여사는 마음의 병을 앓고 있었다.

남편을 먼저 떠나보낸 것만으로도 마음 아픈데 아이를 낳지 못하는 언니 로렌에게 작은딸인 그녀를 양녀로 보내고, 몇 년 지나지 않아 큰딸인 채연마저도 사고로 잃게 되어 오 여사는 삶의 희망을 잃어버렸다.

채연과 같이 살던 집을 떠날 수 없다고 버티던 오 여사를 뉴욕까지 오게 한 건 다름 아닌 그녀였다. 채연과의 추억에만 잠겨 한국에서 힘들어하지 말라고 결정한 일이었는데 지금은 오히려 그것이 더 오 여사를 아프게 하고 있는 건 아닌지 그녀는 의문이 들기도 했다.

새롭게 환경을 바꾸면 채연에 대한 오 여사의 미련도 어느 정도 가시리라 여겼었다. 하지만 그런 그녀의 바람은 이루어지지 않았다. 아니, 오히려 오 여사는 그 전보다 더 채연의 일에 집착했다. 지금도 오 여사는 채연의 사진을 손에 들고 바라보며 눈물을 글썽이고 있었다.

“엄마, 언니 생각은 이제 그만해요. 벌써 5년이나 지난 일이잖아요.”

다소 냉정한 어조로 말하며 그녀는 오 여사의 손에서 사진을 빼어 탁자 위에 올려놓았다.

“기일에 못 간 게 마음에 걸려서 그래. 채연이가 많이 기다렸을 텐데.”

오 여사의 말에 그녀는 땅이 꺼져라 한숨을 내쉬었다.

며칠 전 채연의 기일이 되었을 때, 그녀는 오 여사와 함께 한국에 가려 했었다. 채연의 유해를 뿌린 강가에도 가 보고 같이 살던 집에도 들르려고 했었다. 그런데 갑자기 오 여사의 건강이 안 좋아져 장거리 여행을 할 수 없게 되었다.

안정을 취해야 한다는 의사 앞에서 오 여사는 네 발로 기어서라도 가겠다고 입에 거품을 물면서 절규하다가 그만 기절해 버렸다. 그 뒤로 건강은 더욱 악화되어 조금만 무리를 해도 발작을 일으키며 쓰러져 버리게 된 것이었다.

“언니 기일에 못 간 건, 어쩔 수 없었잖아요. 그보다 난 엄마가 더 걱정이 돼요.”

“엄만 이제 괜찮다니까.”

“정 엄마가 마음에 걸리면 나 혼자서라도 찾아가 볼 테니까 이제 그만 마음 써요. 그러다 엄마 정말 큰일 나면 어쩌려고 그래요?”

그녀는 마음을 가라앉히고 차분하게 말을 하려 했지만 쉽지 않았다. 채연에 대한 기억으로만 사는 오 여사가 안타깝게 느껴지기도 하고, 어떻게 보면 한심하다는 생각이 들기도 했다.

“그래. 마음을 정리해야지. 정리해야 하는데…… 그게 쉽지가 않구나."

"엄마."

"자꾸만 그날 일이 생각이 나."

오 여사는 땅이 꺼져라 한숨을 푹 내쉬었다.

"그날 일이라니요? 언니 죽던 날?"

"아니. 채연이가 등산 간다고 하던 날. 그날 채연이 행동이 너무 이상했어."

"이상했다니, 어디가 어떻게 이상했는데요?"

"평소하고 너무 달랐어. 내일 등산 갈 거라고 말하고서 저녁을 먹는데 다른 때보다 더 살뜰하게 챙기더구나. 반찬을 집어서 엄마 밥그릇에 놓아주며 많이 먹으라고, 많이 먹고 오래오래 건강해야 한다고 말하면서 눈물을 글썽거리는 거야."

그때 일을 떠올리듯이 오 여사의 눈매가 가늘어졌다.

"보통 때도 살갑게 대하긴 했지만 왠지 느낌이 이상했었지. 그러더니 밤에 같이 자고 싶다고 하면서 베개를 들고 내 방으로 들어오더구나."

"언니가 같이 자자고 했다고요?"

"그래. 정말 이상하지? 애기 때부터 늘 혼자 자던 아이였는데. 그날은 오랜만에 엄마한테 응석을 부려보고 싶다고 하면서 옆에 와 눕더라고."

"정말 이상하긴 하네요. 언니는 혼자 자는 게 편하다고 나하고도 같이 안 자려고 했었는데."

큰딸인 채연은 자립심이 강해 공부든, 놀이든 혼자 하는 걸 좋아했다. 그래서였는지 어렸을 때부터 따로 방을 쓰고 있는 채연이 부러워 그녀가 하룻밤이라도 같이 자자고 하면 무척이나 싫은 티를 내고는 했었다.

"그래. 하지만 그때는 이상하다는 생각은 하지도 못했지. 그저 채연이가 남자친구하고 헤어지고 얼마 되지 않아서 외로워서 그러나 보다 생각하고 말았단다. 그런데…… 지금 생각해 보니 채연이가 저도 뭔가 이상했었던 것 같아."

"이상했었던 것 같다니, 그게 무슨 말이에요?"

"왜 옛말에도 있잖니. 사람이 죽을 때가 되면 변한다고."

"엄마. 그게 말이 돼요?"

"그때, 채연이 등산 간다고 할 때 말려야 했는데. 지금 다시 생각해 봐도 못 가게 했어야 했는데. 내가 너무 어리석었어."

오 여사의 입에서 흐느낌이 새어나오자 그녀도 마음이 아파왔다.

"엄마 잘못 아니에요. 그러니까 자책하지 말아요."

"채연이가 등산 가고 싶다고 하면서 그랬었어. '엄마. 오늘 혹시 그 사람 올지도 몰라. 그 사람 등산 좋아하거든. 전에 같이 갔을 때 다음에 꼭 다시 한 번 오고 싶다고 했었어.' 라고 말하더구나. 그때 채연이가 엄청 기대하는 표정으로 말해서 차마 가지 말라는 말을 못 했어."

"언니가 그 사람을 계속 생각하고 있었다고요?"

"그랬었어."

오 여사는 그때의 일을 떠올리며 이마를 잔뜩 찌푸렸다.

"전화벨만 울려도 혹시나 하는 표정을 짓고 하루 종일 밖에 나갔다가 녹초가 되어 들어와서는 같이 갔던 곳을 다녀왔다고 하고. 그런 채연일 보면서 엄마도 얼마나 속상했는지."

"언니가 그 사람을 정말 많이 사랑했었나 봐요."

"그랬었지. 그래서 엄마도 채연이가 산에 간다고 할 때 말리지 못

했던 거야. 산에 가서 속에 쌓인 거 다 털어버리고 오라고. 그랬는데 엄마가 잘못했던 것 같아."

"그렇지 않아요, 엄마. 언니 사고는 어쩔 수 없었던 일이지 엄마 탓이 아니라고요. 탓을 하려면 언니를 버린 그 못된 놈을 탓해야지."

그녀는 새삼스럽게 채연에게 아픔을 준 남자를 떠올리고 이를 뽀드득 갈았다.

"그 못된 놈이 언니하고 헤어지지만 않았어도 언니가 그렇게까지 힘들어하지 않았을 거예요. 그리고 공연히 그 사람 만날지도 모른다는 희망 같은 거 가지고 산에 올라가지도 않았을 거구요. 언니는 분명 그 사람 찾는답시고 두리번거리고 여기저기 막 헤매고 돌아다니다 발을 헛디뎌 사고가 난 거라고요. 정신 똑바로 차리고 주의 깊게 산에 올랐으면 왜 그런 사고가 생겼겠어요? 다시 생각해 봐도 정말, 정말 나쁜 놈이에요."

"그래. 나쁜 놈이지."

한숨과 함께 오 여사는 말을 이었다.

"남녀가 사귀다 헤어질 수도 있는 일이니까 그걸 탓하는 건 아니다만, 그놈은 정말 나쁜 놈이었어."

오 여사의 말에서 이상한 기색을 눈치채고 그녀는 바짝 긴장한 채 질문을 던졌다.

"엄마. 혹시 그 사람하고 언니 사이에 무슨 다른 일이라도 있었어요?"

"다른 일이라니?"

"그놈이 언니를 이용해 먹고 버렸다거나 아니면 언니를 속였다거나 뭐, 그런 거요."

"글쎄다. 그런 일이 있었는지 어쨌는지는 채연이가 말을 안 해서 모르지만 난 조금 서운하고 마음 아프긴 하더구나."

무슨 뜻인지 알 수 없어 답답한 마음에 그녀는 오 여사를 채근했다.

"무슨 말이에요? 엄마, 좀 알아듣게 얘기 좀 해 봐요."

"채연이 다쳐서 응급실에 있을 때 엄마가 낮에 밖에 나갔던 적 있었지?"

채연이 사고를 당했다는 말을 듣고 그녀는 그날로 비행기를 타고 한국으로 왔었다. 응급실로 달려가 혼수상태에 빠져 있는 채연을 보고 난 뒤, 오 여사와 끌어안고 한참을 울었다. 긴 여행과 채연에 대한 걱정으로 마음을 졸였던 그녀가 깜빡 잠이 들었다 깨어나 보니 오 여사가 없었다.

한참 시간이 흐른 다음에야 나타난 오 여사에게 어딜 다녀왔냐고 물었지만 대답이 없었다. 그리고 그 다음 날도, 또 그 다음 날도 오 여사는 몇 시간씩 병원을 떠나 있었다.

"그때, 집에 갔다 온 거 아니었어요?"

그녀는 그렇게 알고 있었으므로 새삼 의아하다는 표정을 했다.

"사실, 채연이하고 헤어진 그 청년을 찾으러 간 거였어."

"엄만 그 사람에 대해 알고 있었어요? 언니는 나한테 누군지 알려주지도 않았는데. 그저 사랑하는 사람이 생겼다고 잔뜩 자랑질만 했었는데."

"엄마도 이름도 모르고 어떻게 생겼는지도 몰랐어. 아무리 물어봐도 채연이가 나중에 소개시켜 준다고 하면서 얘길 안 해 줬으니까. 그런데 그 사람한테 헤어지자는 말을 듣고 와서 그러더구나. '엄마. 그 사람이 헤어지재. 자기가 외아들이라서 회사를 이어받아야 하니까 나하고 계속 사귈 수가 없대. 우리 집이 재벌이 아니라서 자기한테 어울리지 않는대. 이게 말이 돼? 나쁜 사람. 그깟 재벌 후계자가 뭐 그렇게 대단한 거라고. 진원 그룹 따위 망해 버렸으면 좋겠어.' 라면서 엎어져서 대성통곡을 했었어."

"진원 그룹 외아들이라고요?"

"그래. 응급실에서 문득 그 생각이 나더구나. 그래서 여기저기 수소문을 해서 진원 그룹 회장이라는 사람 집을 찾아 갔었어. 몇날 며칠을 집 앞에서 기다리다가 간신히 그 회장 외아들이라는 놈을 만날 수가 있었지."

"그 사람을 엄마가 왜 만나요? 만나서 무슨 말을 했는데?"

"한 번만 채연이 보러 와 달라고 했어. 애가 사고를 당해서 응급실에 있는데 위독한 상태라고. 손이라도 잡아주라고 부탁했어. 솔직히 그땐 제정신이 아니었지. 혹시라도 그놈이 와서 채연이한테 무슨 말이라도 하면 채연이가 깨어나지 않을까 하는 희망에 눈물을 흘리면서 애원했어. 그런데 그놈은 이제 채연이와 자기는 아무런 상관도 없는 사이니까 더 이상 만날 필요도 없다고 딱 잘라 말하더구나."

"말도 안 돼. 사람이 다 죽어간다는데 어떻게 그럴 수가……."

그녀는 정말 사람에 대한 실망감을 가슴 깊이 느꼈다.

"그래도 그 뒤로 혹시나 하고 기다렸어. 한 번쯤은 와 주지 않을까 싶어서."

"그런데 안 왔죠."

"채연이 장례 치를 때 쪽지를 써서 아는 사람한테 부탁했어. 그 청년한테 전해 달라고. 정 안 되면 그 집 경비한테라도 맡겨서 전달해 주었으면 한다고. 채연이 마지막 가는 길에 꼭 그 청년 한 번 보고 가게 하고 싶었어. 그런데 끝까지 오지 않더구나."

"정말 못된 인간이네요. 어떻게 사람이 죽었다는 데도 그렇게 모른 척할 수가 있어요?"

그녀는 새삼 분노가 치밀어 올라 이를 뽀드득 갈았다.

"그냥 제대로 쪽지가 전해지지 않았을 거라고 생각하고 말았단다. 그 뒤로 확인해 볼 생각도 없었고, 채연이는 이미 떠나고 없는데 그런 걸 따져서 뭐하나 그런 생각도 들었고."

"그래도 언니 장례 치르고 쫓아가서 목이라도 확 졸라버리지 그랬어요?"

"그럴 정신도 없었어."

"그럼 그때 나한테 말이라도 했어야죠."

그녀가 매몰차게 쏘아붙이자 오 여사는 쓴웃음을 머금었다.

"말하면 뭐하겠니? 채연이가 살아 돌아오는 것도 아니고, 그놈이 잘못했다고 무릎 꿇고 빌 것도 아닌데."

"그렇다고 해서 아무 일도 없었다는 듯이 넘어가는 건 정말 마음에 들지 않아. 엄마는 언니 때문에 이렇게 힘들고 아파하는데 그놈은 여전히 잘 먹고 잘 살고 있을 거 아니에요?"

씨근덕거리면서 그녀가 울분을 토해내자 오 여사가 힘없이 손을 들어 그녀의 뺨을 어루만졌다.

"이제 다 지나간 일이잖니."

그녀는 오 여사에게 아무런 대답도 하지 않았다. 입술을 꼭 깨물고 채연을 떠올린 그녀의 눈에 그렁그렁 눈물이 맺혔다.

"언니가 너무 불쌍해요. 엄마. 아직 젊은데 그렇게 죽은 것도 불쌍하고, 그런 못된 인간을 만나 사랑한다고 했던 것도 불쌍해…… 흑흑."

"그래. 그렇구나. 지금 생각해 보니 또 그렇구나."

뜻을 알 수 없는 말을 중얼거리던 오 여사는 그녀의 어깨를 다독여 주고 스르르 눈을 감았다.

"엄마?"

"좀 피곤해서 그래."

조금만 움직여도 피곤을 느끼고 쉽게 기력이 딸려 힘들어하는 오 여사의 모습에 그녀는 걱정이 밀려와 마음이 아팠다.

"잠깐이라도 누우세요, 엄마."

그녀는 오 여사를 부축해 침대에 눕도록 도왔다.

"편히 쉬세요. 전 그만 갈게요."

"그래."

죽은 사람처럼 눈을 감고 누워 있는 오 여사의 안색이 너무나도 창백했다. 그녀는 잠시 동안 오 여사를 바라보다 가만히 방을 나왔다. 소리가 나지 않도록 문을 닫고 나온 그녀는 일층으로 내려오다 집사를 만나자 오 여사를 잘 돌봐주라는 부탁을 했다.

현관을 나와 층계 밑에 주차되어 있는 차에 탄 그녀는 운전대를 양손으로 붙잡고 이를 악물었다.

"그래. 네가 그랬단 말이지."

주위에 아무도 없었지만 그녀는 눈앞에 사람이라도 있는 듯 쏘아보며 중얼거렸다.

"못된 놈. 나쁜 놈. 언니를 울린 것도 모자라서 엄마까지 속상하게 만들었단 말이지. 벼락 맞아 죽을 놈."

생각나는 온갖 욕은 다 퍼붓은 뒤 시동을 걸면서 그녀는 문득 생겨나는 호기심에 고개를 갸웃거렸다.

채연이 죽은 지 벌써 5년이나 지났다. 그동안 채연이 사랑했던 그 남자는 어떻게 살고 있을까? 조금이라도 채연을 생각하면서 그리워하고 있을까? 아니면 다 잊어버렸을까?

한 번 궁금증이 생겨나자 쉽게 사라지지 않았다.

진원 그룹 외아들이라고 했지? 어떻게 생긴 사람일까? 그 잘난 회사는 물려받았을까? 결혼은 했을까? 결혼을 했다면 아이를 낳았을까?

"알아봐야겠어. 난 궁금한 건 절대 못 참는 성격이거든."

혼잣말을 한 그녀는 시동을 건 뒤, 가속 페달을 힘껏 밟아 차의 속력을 높여 달렸다.

1장

서울, 2010년 8월.

오늘은 유난히 달이 밝다. 보름이 가까워져서일까?

창밖으로 환하게 떠 있는 달을 보면서 그녀는 언니 채연을 떠올렸다. 채연은 눈부시게 빛나는 환한 햇살보다 은근히 온몸을 감싸주는 달빛이 더 좋다고 했다. 보름달을 올려다보며 두 손을 맞잡고 소원을 빌던 채연이 너무나도 보고 싶어 그녀는 가슴이 저릿해지는 아픔을 느꼈다.

한참을 창밖의 달만 바라보고 있던 그녀는 정신을 차리려는 듯 고개를 흔들고 두어 차례 눈을 깜박였다. 그제야 부드러운 음악 소리와 사람들의 음성이 귀에 들려왔다.

천천히 창에서 시선을 뗀 그녀는 실내를 훑어보았다. 그리고 곧 나이 든 신사분과 이야기를 나누고 있는 한 남자에게 시선을 고정시켰다.

저 사람인가…….

그는 큰 키로 인해 여러 사람들 중에서도 단연 돋보였다.

와인 잔을 든 채로, 진지한 표정을 하고 있는 그를 바라보던 그녀의 입에서 저절로 한숨이 튀어나왔다.

몇 날 며칠 제대로 식사도 못 하고 한숨만 내쉬는 오 여사를 보다 못해 그녀는 자신이 한국에 다녀오겠다고 말했다. 채연의 유해를 뿌린 강가에 가서 인사도 하고, 오 여사가 채연과 살던 집도 보고 오겠다고 말했다. 건강이 나빠져 평소처럼 움직일 수 없었던 오 여사는 그녀를 걱정하면서도 반가운 기색을 감추지 않았다. 그렇게 한국으로 와서 그녀는 오 여사에게 말했던 일들을 한 뒤, 호기심에 이끌려 그가 참석하는 파티에 왔다.

도대체 어떻게 생긴 사람이기에 채연이 온몸과 마음을 다 바쳐 사랑했던 건지 너무나도 궁금해서 먼발치에서라도 한 번 봐야겠다는 생각뿐이었다. 그런데 직접적으로 본 그는 그녀가 예상했던 것보다 훨씬 잘난 인물이었다.

큰 키에 적당한 체격. 잘생긴 얼굴. 게다가 날 때부터 금 수저를 물고 태어났으니 여자들이 보기에 더 이상 바랄 것 없는 상대이리라.

막 그의 옆으로 빨간색 드레스를 입은 여자가 다가가는 모습이 보였다. 무슨 말을 하는 건지, 그 여자의 입술이 움직이자 그가 비스듬히 고개를 숙였다. 또다시 여자의 입술이 움직이자 그가 입가에 미소를 지었다. 가히 여자들의 심장을 녹이고도 남을 백만 불짜리 미소였다. 멀리서 지켜보는 그녀의 심장까지도 벌렁거리면서 뛰게 만들 정도로 멋진 미소.

"흥! 진짜 재수 없는 인간이야."

그녀는 콧방귀를 뀌며 중얼거렸다. 당장이라도 달려가서 그의 팔에 살짝 손을 얹으며 요염을 떨고 있는 여자를 확 떼어 놓고 싶었다. 그리고 '이 남자는 우리 언니가 사랑했던 사람이라고!' 하면서 버럭 소리를 지르고 싶었다.

그녀는 싸늘한 눈길로 그를 노려보면서 입술을 꼭 깨물었다. 있는 대로 애교를 떨고 있는 여자의 태도로 보나 그에 장단을 맞추고 있는 그의 태도로 보아 두 사람이 호텔로 직행할 확률은 100%였다.

그녀의 생각이 맞다는 걸 알려주기라도 하듯 그가 여자와 팔짱을 낀 채, 파티장 밖으로 향했다. 그 뒷모습을 노려보고 있던 그녀의 눈에서 불이 확 타올랐다.

저러니 여자가 아쉬울 리가 없지. 백만 불짜리 황금 같은 미소 한 번에 옷이고 뭐고 다 벗고 달려들 여자가 수두룩하니까. 마음에 들면 같이 지내다가 마음이 바뀌면 한순간에 걷어차 버려도 그만인 거다.

저 남자는 버림당한 여자들의 심정이 어떤지는 전혀 신경 쓰지 않을 게 뻔했다. 여태까지 자신이 그런 꼴을 당해 보지 않았을 테니까. 한 번도, 단 한 번도, 사랑을 잃고 죽고 싶을 정도로 힘든 마음이 든다는 게 어떤 건지 그는 절대 알지 못할 게 분명했다.

좋아. 내가 그 심정이 어떤 건지 알려주지.

제니퍼는 새로운 결심을 하며 눈을 빛냈다.

우선 그가 자신을 좋아하도록 만드는 거다. 그리고 당근과 채찍을 번갈아 적절하게 사용하면서 약을 올리고, 바짝 몸이 달아오르도록 만들어 프러포즈를 받아내는 거다. 그런 뒤, 우아하게 발로 뻥 걷어차 주면 된다.

그녀는 그에게 사랑의 배신이 얼마나 뼈아픈 건지를 온몸으로 느끼도록 만들어주고 싶을 뿐이었다. 그녀는 채연과 그에게 버림받은 모든 여자들의 대변인이라도 되듯 분노로 이를 갈며 투지를 불태웠다.

＊ ＊ ＊

오늘 그 사람하고 같이 산에 갔어. 공기도 맑고 경치도 멋있고, 정말 좋았어.

가만히 생각해 보면 그 사람하고 난 비슷한 점이 많은 것 같아. 둘 다 산을 좋아하고 여행도 좋아하고.

있잖아, 채린아.

난 정말 행운아인 것 같아.

그렇게 자상하고 부드럽고, 배려심도 많은 사람에게 사랑받는다는 건 정말 신의 축복이라고 생각하지 않아? ㅋㅋ

난 정말 행복해. 해피, 해피~*^^*

진짜 웃기는 일이다.

자상하고 부드럽고, 배려심도 많은 사람이 자신이 재벌 후계자라는 사실이 밝혀지자 헤어지자고 하다니.

입술을 꾹 깨문 채, 그녀는 마우스를 움직였다.

채린아. 그 사람이 오늘 나한테 뭘 줬는지 알아?

노란색 목도리를 선물해 줬어. 전에 나한테 무슨 색을 좋아하냐고 묻기에 노란색이라고 대답했거든. 그걸 기억하고 있었나 봐.

나 정말 하늘로 날아오를 것처럼 기뻤어.

그 사람이 또 뭘 좋아하냐고 이것저것 묻더라. 프러포즈할 때, 내가 좋아하는 것들로 가득 채워 줄 거라고 하면서…….ㅎㅎ

내가 당신이 주는 거면 뭐든지 다 좋다고 대답하니까 쑥스러워하면서 얼굴이 빨개지는데 정말 정말 사랑하는 마음이 마구 넘쳐나는 거야.

프러포즈 같은 소리 하고 앉았네. 그 사람은 언니하고 결혼할 생각은 눈곱만큼도 없었을 거야. 그냥 작업상 멘트를 날린 것뿐이지.

그녀는 그를 유혹하기 위해 필요한 사항을 알아보려 채연과 주고받았던 메일을 하나씩 들춰보고 있었다.

채연이 보낸 메일의 내용은 온통 행복하다느니 기쁘다느니 하는 말들만 가득이었다. 그에 대해 알 수 있는 말들은 거의 없었다.

채린아. 채린아.

그 사람이 나 같은 사람은 자기 옆에 어울리지 않는대. 그러니까 이제 만나지 말재.

어떻게 그런 말을 할 수가 있어? 날 똑바로 쳐다보면서 날 사랑한다고 하던 그 입으로 어떻게 그런 말을 할 수 있는 거야?

채린아. 난 이제 어떻게 해야 하는 거야?

난 그 사람을 사랑하는데, 그 사람이 없으면 살 수가 없는데…….

이제 만나주지도 않고, 전화도 받지 않아.

그냥 한 번 보고 싶을 뿐인데. 목소리만 들어도 괜찮을 것 같은데…….

너무 고통스러워. 심장이 타들어가는 것처럼 아파서 견딜 수가 없어.

채린아, 나 정말 죽고 싶어. 그래야 이 고통이 사라질 것만 같아.

모니터에 떠오른 글자를 바라보던 그녀의 뺨으로 한 줄기 눈물이 흘러내렸다.

것 봐라, 바보야. 그 남자는 언니하고 결혼할 생각 같은 건 애당초 없었다니까.

메일을 열어보다 결국 보고 싶지 않은 메일까지 다시 보게 된 그녀는 가슴이 먹먹하니 아파져 왔다.

"미련한 바보야."

채연과 같이 찍은 사진을 보며 그녀는 낮게 중얼거렸다.

"바보, 멍청이. 그저 착하고 순진하기만 한 미련퉁이. 그렇게 얼이 다 빠져서 돌아다니니까 사고 같은 거나 당하지. 버림받고도 못 잊어서 애만 쓰고, 그 남자는 언니하고 헤어지고도 아무렇지 않게 잘 살고 있던데."

뺨을 타고 흘러내리는 눈물을 손등으로 쓱 닦은 그녀는 신경질적인 동작으로 컴퓨터를 꺼버렸다.

"기다려 봐봐. 내가 그 남자한테 멋지게 한 방 날려줄 테니까. 여자한테 사랑한다는 말을 남발하고 함부로 헤어지자는 말을 하면 어떤 꼴을 당하게 되는지 확실하게 보여줄 거야."

뽀드득 이를 간 그녀는 그에게 다가갈 방법을 생각하느라 머리를 쥐어짰다. 파티장에서 '안녕하세요?' 인사하면서 만나는 평범한 방법은 바람직하지 않았다. 그를 아는 사람들이 많지 않은 곳에서 아주 뇌리에 쏙 박힐 만큼 인상적인 방식으로 만나야만 했다.

이리저리 머리를 굴리던 그녀는 휴대폰을 꺼내 버튼을 눌렀다.

—여보세요.

"제니퍼예요, 김 실장님."

—아, 예. 안녕하셨습니까?

깍듯이 인사말을 건네는 상대는 흥신소의 직원이었다. 얼굴도, 이름도 모른 채 단지 '진원 그룹' 외아들이라는 사실 하나만 알고 있던 그녀는 흥신소를 이용해 그에 대한 정보를 얻었다. 그리고 지금 좀 더 많은 정보를 얻기 위해 김 실장에게 전화를 했다.

"그 남자 스케줄을 좀 알았으면 하는데요."

—스케줄이라…… 글쎄요. 공식적인 건 알 수 있겠지만 사생활에 관련된 건 알기가 좀 힘들겠는데요.

"굳이 사생활까지 들출 필요는 없어요. 회사 밖으로 언제 나가는지만 알 수 있으면 돼요. 그러니까 모임이나 파티 같은 걸로 장소와 시간을 알아내 주세요."

—그런 거야 충분히 알아낼 수는 있지만…… 이런 일엔 경비가 많이 들어가는 일이라…… 미리 생각을 좀 해 주셔야 하겠는데요.

밝히는 건 돈밖에 없다는 식으로 김 실장은 노골적으로 금전을 요구했다.

"그 문제라면 걱정 마세요. 얼마나 들죠? 말씀하시는 만큼 드리죠."

돈이라면 부족하지 않을 만큼 있었다. 양아버지인 제임스 모튼이 항상 든든한 은행금고가 되어 주었으니까.

"최대한 빨리 진행해 주세요."

당부의 말을 잊지 않고 전화를 끊은 그녀는 소파에 등을 기대고 앉아 말똥말똥한 눈으로 천장을 바라보았다. 지금으로서는 아무런 행동도 취할 수가 없었다. 다른 여자들처럼 무턱대고 그의 앞에 나타나 '날 좀 봐주세요.' 라면서 교태를 떨고 싶은 생각은 전혀 없었으니까.

생각에 잠겨 있던 그녀의 귀에 노크 소리가 들려왔다.

"들어와요."

「제니퍼.」

그녀의 비서이자 보디가드인 필립이 안으로 들어서며 싱긋 웃었다.

「전화가 많이 왔었습니다.」

자신이 태어나고 어린 시절을 보낸 곳이었지만 15세에 떠나 10년 이상을 미국에서 살았던 그녀에게 한국은 이제 낯선 곳이 되고 말았다. 그 사실에 불안해하던 양아버지 제임스 모튼은 필립을 보디가드로 딸려 보냈다. 말이 보디가드였지 어쩌면 감시역일지도 모르는 필립을 바라보며 그녀 또한 상냥한 미소를 지었다.

「그래요?」

「보스도 여러 번 전화를 하셨고, 제니퍼의 어머니도 전화를 하셨습니다. 통 연락이 되지 않는다면서.」

「응, 알았어요. 어머니한테 전화해 볼게요.」

「보스는?」

「지금은 싫어요.」

그녀가 한국으로 가겠다고 하자 제임스는 펄펄 뛰면서 반대했다. 며칠이나 그 문제로 그녀는 제임스와 말다툼을 했다. 항상 다툼이 있을 때마다 그랬듯이 결국 제임스가 한 발 뒤로 물러서긴 했지만 생긴 것과 달리 뒤끝이 무척 심한 그녀는 지금도 불만에 차 있었다.

제임스는 아직까지도 그녀를 그저 어리고 약한 '꼬마 제니퍼'로만 생각하고 있었다. 보호하고 감싸주겠다는 마음이 너무 강해 그녀를 새장 속의 새처럼 대하기만 했다.

그녀는 제임스가 자신을 아끼고 사랑한다는 걸 잘 알고 있었다. 하지만 이제 조금은 그녀를 믿어주고 마음껏 행동할 수 있도록 놔주었으면 좋겠다는 생각뿐이었다.

「많이 걱정하실 텐데요.」

「알아요. 하지만 지금은 싫어요. 이따가 저녁 때 전화드릴 테니까 또 연락 오면 필립이 알아서 잘 말해 줘요.」

「Yes, Sir.」

필립은 장난스럽게 대꾸하고 밖으로 나갔다. 문이 닫히는 걸 확인한 후, 그녀는 탁자 위의 전화기를 들어 번호를 눌렀다.

—여보세요? 채린이니?

"네. 엄마. 건강은 좀 어떠세요?"

—난 많이 괜찮아졌어. 그보다 어떠니? 전에 살던 곳은 가 봤어?

한국에 도착한 뒤, 그녀는 제일 먼저 채연의 유해를 뿌린 강가에 갔다가 오 여사와 채연이 살던 집에도 들렀다. 집을 관리하고 있던 부부를 만나 좀 더 신경 써 달라고 부탁을 한 뒤, 호텔로 돌아와 오 여사와 통화를 하면서 뉴욕으로 가기 전 자신이 살던 곳에 대해 물었었다.

자신이 태어난 곳이었지만 벌써 10년도 넘어서 그녀는 기억이 가물가물했다. 어떻게 변했는지 가 보고 싶다는 그녀의 말에 오 여사는 세세한 부분까지 설명을 했었다.

그 다음날, 그가 참석하는 파티에 갔다가 채연은 자신의 고향집에 대한 생각은 까마득히 잊었다. 그 남자의 행태에 치가 떨려 골탕을 먹여야겠다는 생각에만 휩싸여 미처 다른 일은 머릿속에 떠오르지가 않았기 때문이다.

"아직 거긴 안 가 봤어요."

—그래?

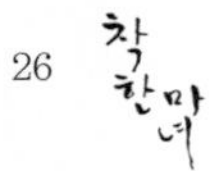

조금은 실망한 듯한 오 여사의 어투에 그녀는 이마를 살짝 찌푸렸다.

“곧 가 볼 거예요. 언니 보고 와서 갑자기 긴장이 풀려서인지 좀 피곤했거든요. 시차적응도 잘 안 되고 그래서요.”

—서두르지 말고 천천히 해. 어차피 관광하러 간 거니까 이것저것 많이 보고. 맛있는 것도 많이 먹고. 너 한국음식 먹고 싶다고 그랬었잖아.

“네. 그렇잖아도 저녁에 불고기나 갈비 먹으려고요. 이름난 맛집 찾아가서 배 터지게 먹을 거예요.”

—그래. 항상 조심하고. 밤에 위험하다니까 너무 늦게까지 돌아다니지 말고.

걱정이 듬뿍 담긴 오 여사의 말에 그녀는 찌푸렸던 이마를 펴고 생긋 웃었다.

“걱정 마세요. 잘할게요.”

—제임스도 많이 걱정하고 있어. 오늘 아침에도 ‘우리 제니퍼, 우리 제니퍼.’ 하면서 집 안을 헤매고 다니더구나. 저러다 한국까지 쫓아가는 거 아닐까 걱정스럽기도 해. 그러니까 네가 자주 전화해서 안심시켜 줘.

“네, 네. 알았습니다.”

대답을 하고 전화를 끊은 그녀는 잠시 휴대폰을 들여다보았다. 그리고 결심을 한 듯 크게 숨을 들이마셨다 내쉬고 제임스에게 전화를 했다.

「Hi, Father.」

—오! 제니퍼. 우리 공주님.

반가운 티가 팍팍 풍기는 제임스의 음성에 그녀는 활짝 웃었다가 이내 입술을 실룩거렸다.

「전화 여러 번 하셨다면서요?」

—응. 그랬지.

「뭐예요? 아빠. 나 지금 한국에 온 지 2일밖에 안 됐는데 벌써 그러시면 어떻게 해요?」

—그래도 궁금하잖니. 걱정도 되고.

「그렇게 걱정하실 거 없다니까요. 저요, 밥 잘 먹고 잠도 잘 자고 여기저기 구경하면서 엄청 재미있어 하고 있어요. 한국이 내가 살 때보다 많이 달라져서 정말 볼 게 많아요.」

—그렇다면 정말 다행이구나.

「자주 전화드릴 테니까 마음 놓으세요. 알았죠?」

—그래. 그래야지.

대답은 그렇게 하면서도 전혀 내키지 않아 하는 투였다.

「엄마도 아빠가 너무 불안해하신다고 걱정하고 있어요. 그러니까 제발 티 좀 내지 마세요. 저 이제 옛날의 어리숙했던 꼬마가 아니라고요.」

또다시 샐쭉해진 그녀는 퉁명스런 어조로 쏘아붙였다.

—어리숙하다니. 난 그렇게 생각하지 않는단다.

아니요. 전 충분히 어리숙했어요.

15살 어린나이에 미국에 도착한 그녀는 희한하게 생긴 사람들이 알아들을 수 없는 소리를 마구 하는 걸 보며 잔뜩 겁을 먹었었다. 생긴 것도 전혀 다르고 사용하는 말까지 달랐기에 그들이 보기에 그녀는 어리숙한 꼬마 여자애일 뿐이었다.

「어쨌든 아빠, 건강 챙기면서 잘 지내세요.」

아무 대답이 없다. 아마도 지금 당장 돌아오라고 말하고 싶은 걸 참고 있거나, 한국으로 쫓아가겠다고 하고 싶은 걸 참고 있는 중일 게 분명했다.

「늦어도 추수감사절 전에는 돌아갈게요.」

추수감사절까지는 석 달 이상이 남았으니까 그때까지는 목적했던 일이 이루어질 수 있을 거라고 판단했다.

—제니퍼. 마음 변하면 그 전에라도 돌아오거라.

「네. 알았어요, 아빠.」

다소곳이 대답을 하고 전화를 끊은 그녀는 크게 한숨을 푹 내쉬었다.

통화를 하면서 제임스에게 그녀는 아직까지도 물가에 내놓은 어린 아이일 뿐이라는 걸 새삼스럽게 느끼게 되었다.

* * *

내가 이런 생각을 하고 있는 걸 알면 제임스는 놀라 뒤로 자빠질지도 모르는데…….

다시 한 번 자신이 해야 할 행동을 곰곰 생각해 보던 그녀는 혹시나 하는 불안감이 밀려오자 거세게 머리를 저었다.

아니야. 다소 유치하고 어이없긴 해도 이 방법이 최고야.

그녀는 그와의 만남에 목숨을 걸기로 했다. 커브 길에서 속도를 줄이고 달려오는 차를 세울 생각이었다. 자칫 잘못하다가 차가 제때 서지 못해 치일 수도 있는 일이지만 충분히 여유를 두고 달려 나가면 가능한 일이었다.

재수 없으면 다리 하나 부러지고 말겠지 뭐.

그런 생각으로 그녀는 미니 쌍안경을 들고 호텔 앞을 살펴보며 그가 탄 차가 나타나길 초조하게 기다렸다.

김 실장이 조사해 준 바에 따르면 그는 오늘 이 호텔에서 경제계 인사들과 모임을 갖는다고 했다. 공식적으로 알려진 모임이므로 비서나 수행원을 대동하고 나왔겠지만 실수 없이 그가 탄 차를 세우기만 한다면 다른 사람들은 아무 문제될 게 없을 거라는 생각이 들었다.

우선은 차가 멈추면 누군가에게 쫓기는 것처럼 당황한 표정으로 달려들면서 열리는 차문에 슬쩍 몸을 부딪친 뒤, 남들이 S라인이라고 칭송하는 늘씬하게 잘 빠진 몸을 도로 위에 뻗는 거다. 그가 차에서 내려 다가오면 연약한 척 어깨를 떨면서 가냘픈 손으로 긴 생머리를 뒤로 넘긴다.

"죄송해요. 누가 자꾸 쫓아와서요. 저 좀 구해 주세요."

떨리는 목소리로 말하며 남자들이 한 번쯤은 혹하는 화사한 미모의 얼굴로 그를 빤히 바라보면 되는 거였다. 한 술 더 떠 가녀린 두 팔로 그의 목을 끌어안으면서 겁에 질린 듯 몸까지 바들바들 떨어준다면 더할 나위 없으리라.

문제라면 차량 통행이 많아져 그의 차를 세우지 못하게 되거나—혹은 엉뚱한 차를 세우거나—다행히 차를 세우더라도 그 남자가 차에서 내리지 않고 수행원이나 비서가 나대는 일이었다. 그렇게 되면 기를 써서라도 그의 차에 올라타야 한다. 그렇지 못한다면 정말 죽 쒀서 개 주는 일이 되고 말 테니까.

호텔 앞에서 검은색 차 한 대가 출발하자 그녀는 얼른 쌍안경으로 번호판을 확인했다.

그의 차였다. 빙고. 이제 기다림은 끝이었다. 어깨에 메고 있던 숄더백에 쌍안경을 넣은 그녀는 준비운동하듯 두 팔을 앞으로 죽 펴고 좌우로 흔들었다. 그리고 크게 숨을 들이쉬었다 내쉬고 보도로 한 발

내리섰다.

차가 커브를 도는 걸 본 순간, 그녀는 두 팔을 위로 올려 마구 흔들었다. 펄쩍 펄쩍 뛰어오르면서 그의 차를 세우려고 애썼다. 속력이 현저히 줄어든 차가 점점 앞으로 다가오자 그녀의 눈이 커다래졌다. 휙 돌아서 뛰어가고 싶은 마음을 애써 참으며 그녀는 더 크게 손을 흔들었다.

제발 서라, 서. 그만 거기서 멈추라고!

스르르 다가오던 차가 멈춰섰지만 10cm 부족했다. 무의식중에 주춤거리며 뒷걸음질을 쳤는 데도 기어이 아랫배와 허벅지가 앞 범퍼에 부딪히고 말았다.

"아악!"

살짝 부딪쳤지만 통증이 느껴졌고 충격으로 온몸에서 힘이 빠졌다. 비틀거리면서 뒷걸음질 친 그녀는 높은 하이힐에 발목이 꺾이며 그만 도로 위로 털썩 주저앉아 버렸다.

재수 없게도 정말 차에 치여 버렸다. 그렇게나 열성적으로 손을 흔들었는데.

순간적으로 멍한 느낌에 정신을 차릴 수가 없었고 뭘 어떻게 해야 할지 알 수 없었다. 그녀는 자신이 꼴사나운 모양새로 도로 위에 퍼질러 앉아 있다는 사실도 알지 못했다.

"뭐야? 무슨 일이야?"

"사고가 난 거야?"

수군거리는 사람들의 목소리에 섞여 쾅! 하고 차문이 닫히는 소리가 요란하게 울렸다. 그제야 그녀는 퍼뜩 정신을 차렸다.

S라인. S라인을 보여 줘야…….

그녀는 황급히 도로 위로 쭉 몸을 뻗으며 누웠다. 한쪽 다리를 슬며시 다른 쪽 다리 위로 올리며 미니스커트 밑으로 최대한 각선미가 드러나도록 하려 애쓰며 두 눈을 꼭 감았다. 거친 아스팔트에 팔다리가 쓸려 아픔이 느껴졌지만 그녀는 꾹 참았다.

가까이 다가오는 발자국 소리에 그녀는 쿵쾅거리면서 뛰는 심장을 다스리려 애쓰며 입술을 깨물었다.

"뭐야! 당신 미쳤어!"

잔뜩 화가 난 젊은 남자의 목소리에 그녀는 감았던 눈을 떴다. 바로 코앞에 잘 닦여져 반짝거리는 고급 구두가 보였다. 슬며시 고개를 들어 그녀는 진회색 슈트를 거쳐 그 위에 위치한 얼굴로 시선을 돌렸다. 그리고 순간 흠칫하며 숨을 멈췄다.

뭐야? 이 남자가 직접 운전을 했던 거야? 그것도 혼자서?

그녀는 잔뜩 놀라 눈을 동그랗게 뜨며 그를 빤히 바라보았다.

할렐루야! 이렇게 복 받은 일이.

내심 흐뭇한 심정으로 그녀는 미리 준비했던 대로 연약한 표정을 하고 가녀린 손으로 긴 생머리를 쓸어 넘겼다. 이제 저 남자가 몸을 굽히며 자신의 상태를 확인하기만 하면 되는 거였다. 드라마나 영화의 한 장면처럼 그녀의 어깨를 끌어안아 얼굴을 자세히 들여다보기만 하면…….

"이봐! 왜 갑자기 차 앞으로 뛰어들고 그래!"

뭐? 갑자기? 뛰어들어?

그가 버럭 소리를 지르자 그녀는 머릿속의 상상을 접고 퍼뜩 정신을 차렸다.

차 세우라고 그렇게나 손을 흔들었는데. 뭐가 어째? 야 이 인간아. 너 장님이냐?

"뭐하자는 거야? 지금 자살이라도 하겠다는 거야!"

뭐? 자살? 자살 같은 소리 하고 있네. 이 인간이 사람이 차에 치었으면 어디 다친 데 없냐고 확인부터 하는 게 순서지, 어디서 바락바락 고함을 치고 XX이야?

벌떡 일어나 만만찮은 목청으로 소리를 치고 싶었지만 그녀는 일단 참았다. 그리고 그가 자신의 어깨를 끌어안아 일으키길 기다렸다. 그런데 남자는 그녀의 뜻대로 행동해 주질 않았다. 휴대폰을 꺼내 뻑뻑 소리를 내며 버튼을 누르더니 신경질적인 어조로 소리치고 있었다.

"김 비서, 아직 호텔에 있나? 지금 당장 보험회사에 연락해. 접촉사고가 났으니 와서 처리하라고 해. 그리고 김 비서도 이쪽으로 오도록 해. 여기 아까 출발한 호텔에서 멀지 않은 곳이야."

뭐라? 접촉사고? 접촉사고는 차끼리 부딪혔을 때 하는 소리지. 네 눈에는 내가 사람이 아닌 차로 보이냐? 그리고 처리라니? 이게 사람을 쓰레기 취급을 하고 있어.

더 이상 참고 있을 수가 없다는 생각에 그녀는 뽀드득 이를 갈면서 윗몸을 일으켰다. 바닥에 두 다리를 쭉 펴고 앉은 채 그녀는 그를 올려다보며 쌀쌀맞은 음성으로 소리쳤다.

"이봐요, 당신!"

"뭐야?"

어쭈구리 뭐 한 놈이 더 성낸다고, 이걸 그냥 확!

솟구치는 화를 꾹 눌러 참으며 그녀는 천천히 몸을 일으켰다.

좀 전에 차에 부딪힌 뒤 뒷걸음질 치면서 접질렸는지 발목이 아팠다. 악! 소리를 지르고 싶을 정도로 아팠지만 그에게 절뚝거리는 꼴을 보여 주기 싫었다. 그녀는 온몸에 힘을 주고 그의 앞에 떡 버티고 섰지만 순간 주눅이 들었다. 170cm이나 되는, 여자로서는 절대 작지 않은 키였는 데도 그와 눈을 마주치기 위해서 그녀는 턱을 치켜들어야만 했다. 7cm나 되는 하이힐을 신었음에도 그의 얼굴은 한참이나 위쪽에 위치해 있었다.

못된 인간. 도대체 뭘 먹고 자랐기에 키가 저리도 큰 거야.

그녀는 다음엔 꼭 10cm 이상의 하이힐만을 신어야겠다고 마음먹었다.

"사람을 쳤으면 먼저 다쳤는지 아닌지 확인부터 해야 하지 않아요? 죄송하다는 말은 바라지도 않지만 사람이 괜찮은지는 물어봐야 하는 거 아닌가요?"

이러면 안 되는데……. 이렇게 따지고 드는 게 아닌데…… 그런 생각이 들었지만 벌써 감정이 상할 대로 상한 뒤라 입 밖으로 좋은 말이 나가질 않았다.

"그래서, 어디 다친 데라도 있나?"

그저 순 건성으로 툭 말을 던지는 그를 그녀는 곱지 않은 눈길로 쏘아보았다.

옆구리 찔러 절 받기냐? 아주 귀찮다는 기색을 얼굴 가득 깔고서는…….

그의 냉대에 화가 난 그녀는 이마를 팍 찌푸렸다.

"아니. 다친 곳 하나도 없이 아주 멀쩡해요. 그래서요? 은근슬쩍 보험사에 사고처리 시키고 내빼겠다고?"

"내가 언제 내빼겠다고 했어?"

"아니면 보험사는 왜 부르는데요? 차가 망가진 것도 아니고, 사람이 다친 것도 아닌데. 대화를 하면서 풀면 되는데 왜 일을 크게 만들려고 해요?"

"난 지금 당신하고 대화 같은 거 할 시간 없어."

목에 뻣뻣하니 힘을 주고 툭 쏘아붙인 그는 슈트 안주머니에서 뭔가를 꺼내 그녀를 향해 내밀었다.

"받아!"

"명함이네? 이거 주고 가겠다고? 하는 행동 보니까 내빼는 거 맞네요."

"이 여자가! 나중에라도 이상 생기면 연락하라고 주는 거잖아."

"차에 치였으니까 일단 병원부터 가 봐야 하는 거잖아요!"

"다친 데 없다면서!"

그가 버럭 성질을 부렸다. 무슨 약속이 있는지 몰라도 꽤나 초조한 듯 그는 연신 시계를 보면서 조바심을 내고 있었다.

"이것 봐요, 아저씨. 교통사고는 후유증이 더 심각하다는 거 몰라요? 지금은 멀쩡해 보여도 허리나 다리 뼈 한두 군데 금갔을 수도 있는 일이라고요."

"그러니까 명함 준 거잖아, 이 답답한 아가씨야. 나중에 아픈 데 있으면 연락하라고. 지금 정 병원에 가야 될 것 같으면 비서 불렀으니까 같이 가 보라고. 알았어?"

미쳤냐? 내가 당신 비서랑 왜 병원엘 가?

일은 지가 저질러 놓고 나 몰라라 하는 그의 행동에 도저히 참을 수 없어진 그녀는 이마에 핏대를 세우고 빽 소리를 쳤다.

"운전한 건 당신인데 왜 다른 사람한테 책임전가야? 병원을 가도 당신이 같이 가야지. 직접 사고 친 사람이 해결해야 되는 거 아니냐고."

"난 지금 그럴 시간 없어."

"사람 다친 거보다 더 중요한 일이 어디 있다고 그래? 내가 이 자리에서 고꾸라져 죽어야 긴장을 하겠어?"

"멀쩡하니 펄펄 뛰면서 고꾸라져 죽기는 뭘 죽어? 뭐야! 지금 협박하는 거야!"

진짜 열 받는다는 표정으로 그가 주먹을 움켜쥐고 고함을 쳤다. 그녀 또한 밀리지 않겠다는 듯 입술을 꼭 깨물고 턱을 들어 올렸다.

두 사람이 투닥거리면서 싸우는 동안에 가쁜 숨을 내쉬며 김 비서가 달려왔다.

"사장님, 무슨 일이세요?"

꼬리를 물고 보험회사 차량이 도착하는 걸 본 순간 완전 불리하다는 생각에 그녀는 솟구치던 기세를 접고 꼬리를 말았다.

"알았어요. 나중에라도 이상 있으면 연락하죠."

"이봐!"

지원군의 기세에 힘입은 그가 버럭 소리를 쳤지만 그녀는 들은 척도 하지 않고 횡단보도를 가로질러 반대편으로 향했다.

"이것 봐. 어디 가는 거야?"

총총히 걸음을 옮기는 그녀의 뒷모습을 멀뚱하니 보면서 그는 인상을 팍 썼다.

아닌 밤중에 홍두깨라더니. 그는 갑자기 차 앞으로 뛰어든 여자의 말과 행동을 전혀 이해할 수가 없었다.

교통사고를 위장해 보험금을 노린다거나 거액을 뜯어내기 위해 한 행동 같지는 않았다. 그랬다면 쉽사리 물러나지도 않았을 테니까.

젠장. 시간만 있었다면 그냥 보내지 않았을 텐데.

모임 도중 아버지인 강 회장의 호출을 받고 급하게 뛰쳐나온 터라 그는 그녀를 붙잡고 실랑이할 시간이 없었다. 어쨌든 피해자인 그녀가 사라진 이상 그가 이곳에 머물 이유는 없었다.

"김 비서. 난 지금 당장 본가에 들어가 봐야 하니까 여기 뒷수습 좀 하도록 해."

무슨 일인가 싶어 어정거리며 차 옆을 맴돌고 있는 보험회사 직원을 가리키며 그가 싸늘한 어조로 말했다.

"네, 알겠습니다."

무슨 일이 일어난 건지 모르는 건 김 비서도 마찬가지였지만 차갑게 굳어 있는 그의 표정을 보아하니 설명을 해 줄 것 같아 보이진 않았다. 대충 알아서 처리해야겠다는 생각으로 대답을 하는 김 비서를 흘깃 쳐다보고 그는 차 앞으로 다가가 운전석 문을 열었다.

빤히 쳐다보는 보험회사 직원의 눈길을 무시하고 그는 시동을 걸고 차를 출발시켰다. 빼앗긴 시간을 보충하기라도 하려는 듯 속도를 높인 그는 평소보다 짧은 시간 안에 강 회장의 집 앞에 도착했다.

현관 안으로 들어서는 그의 앞으로 경주댁과 함께 민 여사가 모습을 드러내었다.

"연락한 지가 언젠데. 늦었구나."

반가움이라고는 눈곱만큼도 느껴지지 않는 쌀쌀맞은 어투로 민 여사는 말했다.

갑작스럽게 차로 뛰어든 여자와의 말다툼으로 인해 심난했지만 그는 내색하지 않으려 애쓰며 깍듯하게 민 여사를 향해 고개를 숙였다.

"안녕하셨습니까, 큰어머니."

"회장님 기다리신다. 서재로 들어가 봐라."

그의 인사말에 대꾸도 없이 민 여사는 자신이 할 말만 하고 몸을 돌렸다.

"도대체 넌 뭐하고 다니는 놈이야?"

노크를 한 뒤, 서재 문을 열고 들어서자마자 들려오는 호통소리에 승빈은 이마를 찌푸렸다. 강 회장은 그에게 평소에도 살갑게 대하지 않았다. 하지만 눈도 마주치지 않고 욕설부터 내뱉다니. 반항심이 부글부글 솟아오르는 걸 애써 참으며 그는 소파에 편한 자세로 앉은 강 회장에게 고개를 숙여 보였다.

"무슨 말씀이십니까?"

"무슨 말이냐고? 하라는 일도 제대로 못 하면서 사고까지 치고 다녀?"

좀 전의 사고가 벌써 강 회장의 귀에 들어간 모양이었다.

김 비서가 보고를 한 게로군. 그는 내일 출근하자마자 김 비서 모가지부터 쳐내야겠다고 생각하며 이를 갈았다.

"보는 눈들이 얼마나 많은지 몰라서 그런 행동을 한 게야? 그 호텔에서 경제인 모임이 있는 걸 알고 달려온 기자가 한둘이었는 줄 아냐? 다행히 나와 친분이 있는 기자가 먼저 봤으니 망정이지 아니었으면 내일 아침 신문에 네놈 기사가 대문짝만하게 날 뻔했어! 사고를 내놓고 뺑소니를 쳤다고 말야!"

"뺑소니는 아닙니다, 아버지. 그 여자가 먼저 그냥 가 버린 겁니다."

"시끄럽다. 신문 기사를 꼭 콩 밭에서 콩 났다는 식으로 쓰는 줄 아는 거냐? 콩이 났어도 팥이 났다고 쓰면 보는 사람들은 다 그런 건 줄 아는 거다. 그러니 내 항상 주변 의식하고 행동 조심하라고 말하지 않았느냐."

마땅치 않다는 투로 계속 야단을 치며 강 회장은 승빈을 노려보았다.

"예전처럼 천방지축, 네놈 꼴리는 대로 하고 다니지 말라고 귀가 닳도록 말해도 못 알아들으니…… 계속 그런 식으로 해서 언제 본사로 올라오겠다는 거냐?"

강 회장의 말이 틀린 게 아니므로 그는 씁쓸한 표정으로 제대로 된 대꾸 한 마디 하지 못했다.

"이번 달 말에 주주총회가 있는 건 알고 있겠지?"

"네."

"주주총회에서 본사 김 사장의 퇴임 건에 대한 얘기가 나올 거다. 그 자리에서 널 다음 사장으로 임명하는 게 어떻겠냐는 안건을 내놓을 거다."

"아버지."

"이제 슬슬 너도 네 자리를 찾아가야 하지 않겠냐. 반대파들이 극성을 떨면서 저지하려고 할 테니 특별히 행동 조심하고 긴장해야 한다. 오늘처럼 꼬투리 잡힐 일이 일어나서는 안 돼."

여전히 못마땅하다는 표정으로 강 회장은 힘주어 말하며 날카로운 눈빛으로 그를 쏘아보았다.

"일단 신문기자 입은 막아놨으니까 그 여잘 만나서 보상을 해 주든지 문제 삼지 않겠다고 다짐을 받든지 어떤 식으로든 처리 잘해서 뒤탈 없도록 하거라."

"알겠습니다."

대답은 했지만 연락처 하나 남기지 않고 도망치듯이 휑하니 가 버린 여자를 어찌 찾아야 할지 그는 내심 막막했다. 명함을 주었으니 그 여자가 직접 연락을 해 오거나 만날 수 있게 된다면 다행이겠다는 생각만 들 뿐이었다. 혹여 별일 아닌 걸로 치부하고 아무 일 없이 넘어가게 된다면 더 좋겠지만.

회사 일에 관해 몇 가지 더 얘기를 나누고 서재를 나온 승빈을 거실 소파에 떡하니 자리를 잡고 앉아 있던 민 여사가 불렀다.

"잠깐 나 좀 보자."

소파 앞으로 와서 서는 그를 민 여사는 싸늘한 눈빛으로 쏘아보고 고개를 까딱였다.

"앉거라."

그는 소파에 앉으며 민 여사 쪽으로는 시선도 주지 않았다.

"본사로 올 거라고?"

"아직 결정된 일은 아닙니다."

"회장님이 그렇게 하신다고 하더구나. 그래서 넌 어쩔 생각이니?"

"무슨 뜻으로 하시는 말씀이세요?"

회사 내에서 승빈보다 친가 쪽 조카인 민영호가 더 중요한 직책을 맡았으면 하는 민 여사의 의중을 알고 있음에도 그는 부러 모르는 척 질문을 던졌다.

"넌 옛날이나 지금이나 여전히 의뭉스럽고 재수 없게 구는구나."

거침없이 독설을 퍼부으며 민 여사는 인상을 팍 찌푸렸다.

"네가 본사로 들어와 한 자리 차지하고 앉을 자격이 있는 거냐고 묻고 있는 거다."

민 여사는 드러내놓고 그를 향해 조소 어린 눈길을 보냈다.

"솔직히 넌 경영에 대해 아무것도 모르잖니. 제대로 배운 것도 아니고. 그런 네가 국내에서도 한 손에 꼽히는 거대 그룹을 제대로 이끌어나갈 수 있겠니?"

"저보다는 영호가 더 적격이라고 말씀하고 싶으신 겁니까?"

"당연한 거 아니니? 영호는 MBA 과정도 밟았고 회사에서도 너보다 더 오래 일했다. 그러니 자격 면으로 보면 너보다도 영호가 한 수 위지."

"그렇다면 아버지께도 그렇게 말씀을 하세요."

"뭐라고?"

민 여사가 파르르 떨며 노려보았지만 그는 끄덕도 하지 않았다.

"큰어머니께서도 아시겠지만 아버지는 핏줄이니 뭐니 하는 거 따지는 분 아닙니다. 아무리 자기 자식이어도 능력이 없고 회사 내에서 실적이 없으면 일반 직원보다 더 못한 취급을 하시잖아요."

"그래서 뭐니? 넌 능력이 있어서 이번에 사장으로 추천됐다는 거니? 건방지게 지금 내 앞에서 제 자랑하고 있는 거야?"

"제 자랑을 하는 게 아닙니다, 큰어머니. 저번 합병 건에서 영호가 큰 실수만 하지 않았더라도 이번 사장 임명은 제가 아니라 영호가 됐을 거라는 걸……."

"시끄러우니까 그런 소리 하지도 말아라."

민 여사는 영호에 관한 험담은 손톱만큼도 듣고 싶지 않아 꽥 소리를 치며 그의 입을 막았다.

"그래서 넌, 계열사 사장 자리엔 만족하지 못하고 본사 사장 자리를 꿰차고 앉아야겠다, 그 말이니?"

"열심히 해 보겠다고 아버지께 말씀드렸습니다."

"그래?"

독기가 가득한 눈으로 그를 노려본 민 여사가 문득 눈빛을 바꾸며 고개를 끄덕였다.

"어쨌든 네가 그렇게 결심을 굳혔다니 나름대로 열심히 해 보거라. 다만 내가 마음에 안 들어 한다는 것만 알아주면 좋겠구나."

그 말인즉슨, 그가 본사 사장 자리에 앉지 못하도록 방해공작을 하겠다는 뜻이었다. 민 여사의 뻔한 수작에 할 말을 잃은 승빈은 가볍게 한숨을 내쉬고 쓴웃음만 짓고 말았다.

"그만 가 보거라."

"네. 편히 쉬세요."

그래도 어른인지라 막 대할 수 없어 그는 예의를 다해 고개를 숙이며 인사를 했다.

민 여사는 드러내 놓고 코웃음을 치며 그를 쳐다보지도 않았다.

현관을 나와 잘 꾸며진 넓은 정원을 지나면서 승빈은 씁쓸한 기분에 어깨를 축 늘어뜨렸다. 그리고 생각했다. 지금보다도 예전이 훨씬 더 살기 좋았었다고.

2장

밤새도록 욱신욱신 쑤시고 아픈 느낌에 그녀는 제대로 수면을 취하지 못했다. 그리고 아침 일찍 눈을 뜨자마자 온몸 여기저기서 몰려오는 고통에 숨조차 제대로 쉬지 못할 정도였다.

천천히 몸을 일으키던 그녀의 입에서 저절로 신음소리가 터져 나왔다.

"아이고…… 팔, 다리. 어깨, 허리야."

차에 부딪힌 건 살짝이라 별 문제가 아니었다. 정작 문제는 차에 부딪힌 뒤 아스팔트에 주저앉은 후였다. 발목은 접질렸는지 시큰거리고 아팠고 털썩 주저앉는 바람에 엉덩이엔 멍이 들었다. 거친 아스팔트에 쓸린 다리도 여기저기 보랏빛의 멍이 들어 있고 무릎은 까진 자국까지 나 있었다.

"아무리 생각해도 그 인간 졸음운전을 한 게 틀림없어. 그렇지 않고서야 어찌 그리 늦게 차를 세운 거냐고!"

결과가 좋았다면야 이까짓 까진 상처나 멍든 자국이 대수롭지 않게 여겨졌을 텐데. 문제는 좋은 결과도 얻지 못하고 상처만 잔뜩 생긴 거였다.

열심히 계획을 세웠건만 어긋나기만 하고 다시 생각할수록 화가 나고 열이 받았다.

"뭐? 자상하고 배려심이 많아? 웃기고 앉았네."

채연이 보낸 메일마다 칭송을 하듯 써 있던 글이 정말 우습게 느껴졌다.

"다친 사람 앞에 두고 소리나 벅벅 지르고. 그런 모습 어디가 자상하고 배려심이 깊다는 거야? 아님 저가 좋아하는 사람한테나 그러는 건가?"

입술을 삐죽이 내밀고 침대에서 몸을 일으키던 그녀는 또다시 몰려오는 통증에 헉 하고 헛바람을 들이키며 몸을 경직시켰다.

한 걸음, 한 걸음 움직일 때마다 뼈마디가 삐거덕거리며 쑤셔오고 발목에 힘이 들어가지 않아 절뚝거리기까지 했다. 평소 때처럼 제대로 움직일 수가 없자 그녀의 이마에 식은땀이 맺혔다.

"큰일 났다. 필립이 알면 안 되는데……."

그녀가 다쳤다는 걸 알게 되면 필립은 분명 제임스에게 연락할 게 뻔했다. 그렇게 되면 제임스는 만사 제쳐 놓고 두 팔을 걷어붙인 채 태평양을 건너 한국으로 쫓아올 것이다. 그리고 그 이후에 일어날 사태는 안 봐도 뻔한 일이고.

"안 돼, 안 돼. 절대 안 돼."

고개를 도리도리 저은 그녀는 절뚝거리면서 욕실로 들어갔다. 커다란 욕조에 뜨거운 물을 틀어 놓고 다리를 담갔다. 젖은 수건으로 찜질을 하듯 발목과 멍든 부위를 누르자 다소 시원한 느낌이 들었다.

내친 김에 그녀는 아예 욕조에 온몸을 담그고 뭉친 근육이 풀리도록 팔이며 어깨를 주물렀다.

목욕을 마치고 한결 개운한 느낌에 흐뭇해하며 그녀는 팔과 다리의 상처에 밴드를 붙이고 긴바지를 입었다. 평소 때처럼 소파에 앉아 여유 있는 모습을 유지하려 애쓰며 그녀는 인터폰의 버튼을 눌렀다.

「Yes, Sir.」

필립의 대답에 제니퍼의 입가로 장난스러운 미소가 번졌다.

「아침은 햄 토스트로 하겠어요. 치즈나 계란은 넣지 말고요. 우유 대신에 진한 커피 한 잔 가져오고, 음…… 사과 반쪽만 곁들여 주세요.」

「네, 알겠습니다.」

룸서비스 대신 그녀는 필립에게 아침 식사를 부탁했다.

시작은 한국에 온 첫날, 호텔 직원 대신 정장을 입은 필립이 식사가 담긴 카트를 밀고 들어오면서부터였다. 그녀의 식사시중을 들면서 필립은 '로렌 하우스'의 집사처럼 행동했다. 그리고 그 뒤로도 필립은 계속해서 그녀의 식사와 일상적인 소소한 일들을 도맡아 처리하려고 들었다.

얼마 지나지 않아 옆방으로 연결된 문이 열리고 필립이 쟁반이 담긴 카트를 밀고 들어섰다.

「안녕히 주무셨습니까, 제니퍼?」

절대 잘 잔 건 아니지만 그녀는 미소를 지으며 고개를 까딱였다.

「이쪽으로 줘요. 여기서 먹을게요.」

그녀의 말에 접시를 들고 작은 탁자 쪽으로 움직이던 필립이 몸을 돌렸다.

「몸이 불편하시기라도 한 건가요?」

날카로운 눈빛으로 그녀를 요리조리 살펴보던 필립이 질문을 던졌다.

「아니에요, 필립. 햇살이 따사롭고 좋아서요. 창 밖 경치도 볼만하고요.」

「안색이 별로 안 좋아 보이는데요. 푹 잠들지 못했나 보군요. 뭔가 신경 쓰이는 일이라도 있는 건가요?」

참, 예리하시기도 하지.

그녀는 별소릴 다 한다는 표정으로 손을 내저었다.

「그런 거 없어요. 그냥 아직 시차적응이 잘 안 돼서 그런가 보죠.」

대수롭지 않게 대답하고 포크를 집어 들며 그녀는 필립의 눈치를 봤다.

「필립, 부탁할 게 있어요.」

그녀는 필립의 관심사를 자신에게서 돌리기 위해 다급히 다른 말을 꺼냈다.

「말씀만 하세요.」

「일정 중에 자선모금 파티가 있더군요. 거기 참석했으면 해요.」

그녀는 프린트 된 서류를 내밀었다.

「음. 2일 뒤군요.」

「그래요.」

그녀가 햄 토스트를 먹고 커피를 마실 때까지 필립은 서류를 훑어보고 있었다.

「강승빈? 이자가 제니퍼의 타깃인가요?」

「그래요.」

「타깃이 된 이유가 궁금하군요.」

「두 가지가 있어요. 첫 번째는 그 남자는 사랑이 뭔지 모른다는 거죠. 그리고 버림받을 때의 아픔이 어떤 건지 몰라요. 여자를 사귀고 멋대로 걷어차 버리는 그 못된 성격을 싹 뜯어고쳐 버릴 거예요.」

「두 번째는요?」

「그 사람, 채연 언니가 사귀던 사람이에요.」

뜻밖이라는 표정으로 필립은 눈을 크게 떴다.

「난 그 사람이 언니를 정말 사랑했는지 그걸 알고 싶어요.」

「그런 일이라면 직접 물어보는 편이 낫지 않을까요?」

아주 단순한 일 아니냐는 듯 필립이 묻자 그녀는 고개를 도리도리 저었다.

「직접적으로 물어보면 그 남자는 진실을 말하지 않을 거예요. 그저 나 듣기 좋은 말만 하겠죠. 그리고 언니 이름을 말하면 내가 언니 동생이라는 걸 알려야 하잖아요. 그렇게 되면 그 남자는 날 피할 거예요.」

그녀는 적개심을 불태우면서 주먹을 꼭 움켜쥐었다.

「그렇게 되면 그 남자를 골탕 먹이려던 내 계획은 다 엉망이 돼 버린다고요.」

「꼭 골탕을 먹여야 되는 겁니까?」

필립은 못마땅하다는 투로 말하고 있었다.

「그 사람은 희대의 바람둥이에요. 카사노바 찜 쪄 먹을 인간이라고요. 그 사람이 울린 여자가 엄청 많을 거예요. 난 그 여자들이 흘린 눈물만큼 되갚아주고 싶어요. 잘못을 했으면 어떤 식으로든 벌을 받아야 하는 거 아닌가요? 그리고 언니를 차버린 것에 대한 앙갚음도 하고 싶고요.」

그녀는 판결을 내리는 판사처럼 엄숙한 어조로 말했다.
「생각만큼 쉬운 일은 아닐 겁니다.」
「그건 나도 알아요.」
서류철 안에 첨부된 승빈의 사진을 뚫어져라 보며 필립이 살짝 이마를 찌푸렸다.
「인물은 제법 반듯하군요. 아주 잘생겼어요.」
「잘생겼죠. 그래도 필립만은 못해요. 내 눈엔 필립이 제일 잘생긴 남자로 보이는 걸요?」
애정이 듬뿍 담긴 그녀의 말에 필립은 환하게 미소를 지었다.
그녀의 말은 결코 입 발린 소리가 아니었다. 객관적인으로 보나 주관적으로 보나 금발에 파란 눈의 필립은 여자들이 좋아할 만한 호남형이었고 그녀 또한 필립을 아주 많이 좋아했다.
「감사합니다, 제니퍼.」
싱긋 미소를 짓는 필립에게 그녀는 당부의 말을 잊지 않았다.
「이 일은 제 개인적인 일이에요. 그러니까 엄마나 아빠에게는 비밀이에요.」
「알고 있습니다. 주의하도록 하죠.」
커피 잔을 손에 든 채, 창밖으로 시선을 준 그녀는 또다시 어제의 일이 떠올라 이마를 찌푸렸다.
평범하지 않은 만남으로 강한 인상을 남기는 건 이미 물 건너갔기에 그녀는 정공법을 택해 그가 참석하는 공식적인 행사에 모습을 드러낼 생각이었다.
「초대장 받는 대로 알려줘요. 그동안 난 파티에 참석할 준비를 할 테니까요.」
뉴욕에서 파티에 참석하는 일은 일상다반사였다. 하루에도 몇 개

씩이나 되는 파티 초대장이 책상 위에 놓여 있을 정도였다. 그랬기에 그녀는 파티에 참석하는 것 자체를 별로 즐기지도 않았고 큰 의미로 생각하지도 않았다. 하지만 이번 파티는 달랐다. 나름의 목적을 가지고 참석하는 파티였으므로 평소보다 더 세심하게 준비를 해야 했다.

승빈의 눈길을 단숨에 잡아끌려면 드레스부터 너무 튀지 않게, 그렇다고 해서 너무 평범하지도 않게 신중히 골라 입어야만 한다. 헤어스타일이나 화장도 자신의 매력을 한껏 드러낼 수 있도록 꾸며야 하고…….

이것저것 생각에 잠겨 있던 그녀는 가볍게 한숨을 내쉬었다.

「머리가 복잡하신 듯합니다.」

걱정이 담긴 필립의 말에 그녀는 애써 미소를 지어보였다.

「평소에 안 하던 짓을 하려니 복잡하긴 해요. 필립도 알잖아요. 내가 언제 남자 눈에 들려고 애쓴 적 있나요?」

「당연히 없죠. 제니퍼는 그저 가만히만 있어도 남자들이 주변에 몰려들었으니까요.」

「이럴 줄 알았으면 사귀자고 덤벼들던 남자들 중에 한 명이라도 제대로 만나볼 걸 그랬어요. 그랬으면 어떻게 해야 남자들이 좋아하는지 알 수 있었을 텐데. 조금은 후회가 되네요.」

「지금이라도 늦지 않았습니다.」

「그게 무슨 소리예요?」

필립의 말을 잘 이해할 수가 없어 그녀는 눈을 동그랗게 뜨며 반문했다.

「지금이라도 남자를 만나면 된다는 얘기입니다. 제니퍼의 매력에 푹 빠진 남자가 줄을 서서 기다리고 있잖습니까? 당장 뉴욕에 연락할까요? 서너 명은 거뜬히 날아올 텐데요.」

피식거리고 웃으며 필립이 말하자 그녀는 입술을 삐죽이 내밀었다.

「필립. 지금 나 놀리는 거죠?」

「시간이 없다면 저라도 대신할 의향이 있습니다만…….」

또다시 필립이 싱긋 웃으며 놀리듯 말하자 그녀 또한 생글거리면서 웃었다.

「그랬다가 애나한테 맞아죽으라고요?」

애나는 필립의 어머니였다. 제임스의 30년지기 친구였고 그녀가 어렸을 때 유모처럼 돌봐준 사람이었다. 성격이 대쪽 같아 눈에 거슬리는 꼴은 절대 못 보는 데다 필립이 제니퍼의 비서 일을 하는 걸 못마땅하게 생각했다. 그런 상황에 필립을 타깃의 대역으로 써 먹었다는 사실이 알려지기라도 한다면……. 아마도 애나는 그녀의 껍질을 홀라당 벗겨서 산 채로 잡아먹으려 들 게 분명했다.

「비밀로 하면 되죠. 제니퍼와 저만 입 다물면…….」

「됐어요, 필립. 공연한 모험은 하고 싶지 않아요.」

단호하게 말하고 고개를 저은 그녀는 빈 커피 잔을 탁자 위에 내려놓았다.

「초대장이나 확실하게 받아와요, 필립. 이번 파티에 꼭 참석해야겠어요. 다음 기회가 올 때까지 계속 기다리고만 있을 생각은 없으니까요.」

「Yes, Sir.」

필립의 팔짱을 끼고 파티장 안으로 들어선 그녀를 반긴 건, 카메라의 불빛이었다.

"제니퍼 모튼이다. 여긴 웬일이지?"

"한국에 온 것도 몰랐는데, 완전 특종이야."

잔뜩 흥분한 기자들이 카메라를 앞세우고 제니퍼의 주변을 에워쌌다.

규모가 큰 파티였기에 기자들이 몰려와 있을 수도 있다고 짐작은 했지만 생각보다 많은 숫자에 그녀는 조금은 놀랐다.

필립은 자신의 팔을 꼭 움켜잡는 제니퍼의 얼굴을 바라봤다. 미간을 살짝 찡그린 것이 짜증이 난 것처럼 보였다.

「웃어요, 제니퍼.」

고개를 숙인 필립이 그녀의 귓가에 작게 속삭였다.

그녀는 평소에도 사진 찍는 걸 싫어했다. 하지만 이런 공식적인 행사에서 싫은 내색을 보이거나 거부반응을 일으킬 수는 없었다.

「아……. 그래야지.」

내키지 않는 투로 대답한 그녀가 화사한 미소를 지었다.

때를 맞춘 듯 눈앞에서 플래시의 불빛이 번쩍였다. 잠시 동안 찰칵 찰칵, 카메라의 셔터 누르는 소리만이 요란하게 들려왔다.

"제니퍼 모튼이면 그 다국적 기업인 '모튼' 사의 외동딸이잖아?"

"그래요. 회장인 제임스가 '우리 공주님' 이라고 하면서 끔찍하게 아낀다더군요."

뒤쪽에서 시기와 질투가 섞인 속삭임이 들려왔다.

"소문으로 듣자 하니 친딸도 아니라던데……."

"제임스의 부인인 로렌의 조카래요. 어릴 때부터 한집에서 자랐는데 로렌이 아이를 못 낳고 죽은 뒤에 제임스가 제니퍼를 양녀로 삼았다고 하더라고요."

속닥속닥, 수군수군.

쉴 새 없이 들려오는 소리에 그녀는 코웃음을 쳤다.

「남 말하기 좋아하는 인간들은 여기 다 모인 것 같네.」

「기분이 안 좋은 건가요?」

왠지 재미있어 하는 표정으로 필립이 말했다.

「기분 안 좋을 것도 없어요. 내 신분에 관해서야 만천하에 다 드러난 사실이고, 뭐 어디 한두 번 들어본 소리인가요? 이제 아주 귀에 박힌 말들이라서 아무렇지도 않네요.」

말은 그렇게 했지만 그렇다고 해서 썩 기분이 좋을 리는 없었다.

「그 남자나 찾아봐요. 얼른 눈도장 찍고 이 자릴 벗어나는 게 좋을 것 같으니까.」

또다시 카메라를 들이대는 기자를 향해 생긋 미소를 지은 그녀가 필립을 독촉했다.

「키가 커서 그런지 굳이 찾지 않아도 눈에 확 띄는군요.」

필립의 시선이 향한 곳으로 눈을 돌리자 진회색 슈트를 입은 승빈의 옆모습이 보였다. 그는 한 손에 샴페인 잔을 들고 연 보라빛 드레스를 입은 여인과 마주 서서 얘기를 나누고 있었다.

"안녕하세요?"

필립의 팔짱을 끼고 가까이 다가간 그녀가 인사말을 건넸다. 승빈과 낯선 여인의 눈길이 동시에 그녀에게로 향했다.

"어머나, 모튼 양."

여인이 먼저 그녀를 아는 척하면서 나섰다.

"안녕하세요? 한국엔 언제 오셨어요?"

"이삼 일 됐어요."

그녀는 똑바로 승빈을 바라보며 말했다.

"'진원 그룹'의 강승빈 씨죠?"

"그렇습니다만……."

"제니퍼 모튼이에요. 할 얘기가 있는데요."

그의 눈썹이 서서히 찌푸러 드는 걸 보며 그녀는 살짝 입술을 깨물었다.

"지금 중요한 얘기를 하는 중이었습니다. 끼어들지 않았으면 하는데……."

무시하는 듯한 그의 태도에 그녀는 화가 났다.

"저도 중요한 얘길 하려고 하는 거거든요."

마주보는 눈빛에서 불꽃이 팍 튀기는 것만 같았다. 한 발도 물러설 수 없다는 표정으로 그녀가 버티자 그는 슬며시 고개를 젓고 한숨을 내쉬었다.

"얘기는 나중에 해도 돼요, 강 사장."

뭔가 분위기가 심상치 않다는 걸 감지한 여인이 먼저 뒤로 물러섰다.

"죄송합니다, 김 여사님."

깍듯하게 고개를 숙이며 사과를 하는 승빈의 태도에 여인은 관대한 미소를 내보였다.

"아니, 괜찮아요. 그렇게까지 급한 문제는 아니었으니까. 그럼 나중에 봐요, 강 사장. 얘기 나누세요, 모튼 양."

우아하게 다른 사람들의 곁으로 사라지는 여인을 바라보던 그녀가 그에게로 시선을 돌렸다.

"중요하게 할 얘기가 뭡니까?"

그는 여전히 마땅치 않아 하는 눈빛으로 그녀를 쏘아보았다.

"저 보고도 뭐 기억나는 거 없으세요?"

이마를 찌푸린 채 그녀의 위아래를 쓱 훑어보던 그가 천천히 고개를 저었다.

"무슨 말을 하는 건지 잘 모르겠는데."

여전히 뻔뻔하기 그지없는 그의 태도에 제니퍼는 이를 뽀드득 갈았다.

「와인 한 잔만 부탁해요, 필립.」

아직까지도 필립은 사고에 대해 알지 못했다. 그녀가 지난 2일 동안 뼈마디 쑤신 걸 억지로 참아가면서 용케 숨겼기 때문이었다. 그런데 이제 와서 필립의 앞에서 사고에 관해 말할 수는 없었다.

「알았어요, 제니퍼.」

필립은 고개를 살짝 숙여 보이고 바텐으로 향했다.

"저쪽으로 좀 가시죠. 당신이나 나나 사람들 입에 오르내려서 좋을 것 하나 없는 사람들이니까요"

비꼬듯 말한 그녀는 기자들의 시선을 피해 한쪽 구석으로 걸음을 옮겼다. 벽에 등을 기대고 선 그녀는 드레스의 옆트임 사이로 미끈하게 잘 빠진 한쪽 다리를 내밀었다. 아직까지도 다리에는 타박상의 흔적으로 보라색 멍이 들어 있었고, 무릎의 까진 상처에는 자그마한 밴드가 붙어 있었다.

"이 상처를 보고도 아무 기억도 안 나세요?"

"그 상처가 나와 무슨 관련이 있기라도 합니까?"

"당신이 낸 거잖아요, 이 상처!"

확 열이 받아 빽 소리를 치던 그녀는 갑작스럽게 주변을 의식하고 어깨를 움츠렸다.

"이틀 전에 당신이 날 자동차로 들이받았잖아요."

그의 곁으로 한 걸음 다가선 그녀는 잔뜩 소리를 죽이고 빠른 어조로 말했다.

"아! 그 사고……."

그제야 생각이 난다는 듯 그는 고개를 끄덕이기만 했다. 아무 말도 없이 샴페인 잔을 입으로 가져가는 그를 그녀는 어이없다는 표정으로 바라봤다.

"'아! 그 사고'? 그게 다예요?"

"그래서, 합의금이라도 필요하다는 거요?"

"내가 돈 궁한 사람처럼 보여요?"

"절대 그렇게 보이지는 않지."

빙긋 웃으며 그가 말하자 그녀는 입술을 삐죽거렸다.

"내가 합의하자고 하면 할 거예요? 내가 부르는 액수를 지불할 만큼 능력 있어요?"

"내가 왜 당신하고 합의를 해야 하는데?"

승빈은 코웃음을 치며 그녀를 흘끗 쳐다봤다. 강 회장은 뒤탈 없이 잘 처리하라고 말했고 그도 사고를 낸 여인이 연락을 하면 그럴 생각이었다. 그런데 막상 사고를 낸 여인이 제니퍼 모튼이었다는 걸 알게 되자 기분이 안 좋았다. 왜 그런 감정이 생겨난 건지는 그 자신도 잘 모르겠지만 보상이니, 합의금이니 하는 걸 따지고 있을 기분이 아니었다.

"당신이 날 차로 쳤잖아요."

"입은 삐뚤어졌어도 말은 바로 하자고. 내가 당신을 차로 친 게 아니라 당신이 내 차 앞으로 뛰어든 거지."

"아니거든요."

사실은 그랬지만 그렇다고 절대 인정할 수 없는 상황이었다. 또한 그녀가 그의 차 앞으로 뛰어든 건 차를 세우기 위함이었지 사고를 내고 보상금을 받기 위해 한 행동은 아니었다. 그렇기에 그녀는 다소 짜증 섞인 어조로 벅벅 우겼다.

"맞거든!"

그 또한 이를 갈며 대꾸했다.

"그래서요? 합의 못 보겠다고요?"

"많이 다친 것도 아니잖아!"

"이 상처 안 보여요?"

그녀가 다시 한 번 다리를 내밀어 상처를 보여 주자 그는 소리가 나도록 코웃음을 쳤다.

"하! 진짜 웃기는군. 무릎 조금 까진 정도를 무슨 상처라고. 그런 건 병원에 가도 소독약 발라주고 그냥 끝이거든? 진단도 안 나온다고!"

젠장, 이럴 줄 알았으면 누구 뼈라도 하나 부러뜨려서 엑스레이 찍고 진단서를 받아오는 건데. 분한 마음에 입술을 잘근잘근 씹어대던 제니퍼가 빽 소리를 질렀다.

"지금 책임 회피하는 거죠?"

"뭔 회피?"

"나중에 이상 생기면 연락하라면서요? 지금 여기저기 뼈마디 쑤셔서 죽겠는데 이런 식으로 나 몰라라 발 뺄 거면 명함은 뭐하러 줬는데요?"

"진짜 많이 아픈 거야?"

확 이 인간 목을 졸라버려?

제니퍼는 있는 대로 눈에 힘을 주고 그를 노려보았다.

"내가 많이 아프니까 당신한테 이런 말을 하지. 안 아픈 데도 일부러 그런다고 생각해요? 뭐 때문에요?"

그녀는 팔을 걷어붙이고 씩씩대면서 따졌다.

"합의금? 그깟 돈 때문에 내가 당신한테 이런 소릴 한다고 생각하는 거예요? 이봐요, 강승빈 씨. 나 제니퍼 모튼이에요. 돈이라면 서울에 빌딩 몇 채도 거뜬하게 사들일 수 있을 정도로 많은 사람이라고요!"

"그럼 뭐 때문에 합의가 어쩌고 하는 말을 하는 건데?"

그도 적잖이 짜증이 난다는 투로 씩씩거리면서 대들었다.

"최소한 미안하다는 말이라도 들으려고 그랬어요. 누가 먼저 잘못을 했건 차에 치인 건 나고, 다친 것도 나니까 당신이 미안하다고 해야죠. 당신은 까진 데 한 곳 없이 멀쩡하니까."

그가 무슨 말인가를 하려 하자 그녀는 손을 들어 막았다.

"아니, 됐어요. 뭔 소릴 해도 안 들을 거예요. 대신에 이번 일로 문제가 생기더라도 내 탓 하지 말아요."

쌀쌀맞게 쏘아붙이고 걸음을 옮기려는 그녀의 팔을 그가 붙잡았다. 순간적으로 전기에 감전된 듯 짜릿한 느낌이 팔로부터 전해져 와 그녀는 화들짝 놀랐다.

"뭐하는 거예요?"

펄쩍 뛰면서 그녀는 팔을 휘둘러 그의 손을 떨쳐내었다.

"문제가 생기다니, 그게 무슨 뜻이지?"

신문기자들이 알게 되면 뺑소니 사고가 될 거라는 강 회장의 말이 문득 떠올라 승빈의 목덜미로 식은땀이 흘렀다.

"왜요? 문제가 될지도 모른다고 하니까 신경 쓰이나 보죠?"

"당연한 거 아닌가? 당신이나 나나 주변 시선을 의식해야 하는 사람들인데."

"그런 시선 겁나면 예의 있게 행동하셔야죠."

"지금부터 예의 있게 행동할 테니까 합의 봅시다."

"아뇨, 싫어요. 타임아웃이에요."

그녀는 힘껏 고개를 흔들었다. 머리카락이 찰랑일 정도로.

"제니퍼."

그가 은근한 어조로 말하며 그녀의 갸름하고 자그마한 얼굴 옆으로 흘러내린 머리카락을 어루만졌다.

"당신이 바라는 대로 해 주겠어. 합의금을 달라고 하면 주고, 사과를 하라고 하면 하지."

가까이 다가온 그의 얼굴을 바라보면서 그녀는 심장이 두근거리며 뛰는 걸 느꼈다.

"강승빈 씨……."

이건 말도 안 되는 일이었다.

강승빈, 이 남자는 채연의 애인이었다. 또한, 하루가 멀다 하고 여자를 바꿔가면서 사귀는 바람둥이였다. 아니, 사실대로 말하자면 정말 바람둥이인지 그녀는 잘 알지 못했다. 다만 채연에게 사랑한다 말하고 간단히 걷어차 버린 걸로 봐서는 바람둥이일 거라 여긴 거였다. 그런 남자라 생각했기에 그녀가 눈물 쏙 빠지게 혼내 주겠다고 단단히 벼르고 있는 게 아니었던가. 그런데 그런 남자를 보면서 가슴 두근거리며 설레어 하고 있다니. 정말 어이없는 일이었다.

「흠흠……」

문득 들려온 헛기침 소리에 제니퍼는 제정신을 차렸다.

옆으로 다가온 필립은 다소 못마땅하다는 눈길로 승빈을 노려보고 그녀에게 와인 잔을 내밀었다.

「와인을 가져왔습니다, 제니퍼.」

「고마워요, 필립.」

그녀는 제때에 나타나준 필립이 정말 고마웠다.

"대답을 해야지, 제니퍼."

포기라는 걸 모르는 사람처럼 그는 끝까지 물고 늘어졌다.

와인 잔을 들고 살짝 입만 댄 그녀는 다시 한 번 그의 눈을 뚫어져라 바라보았다.

"강승빈 씨. 당신 애인 없죠? 분명히 없을 거예요. 배려심이라고는 눈곱만큼도 없는 사람을 누가 좋다고 하겠어요?"

도전이 분명한 그녀의 말에 그는 이마를 슬쩍 찌푸렸다.

"나 좋다고 하는 여자 많으니까 그쪽으로는 신경 끄시지?"

으. 짜증나. 한 마디도 지지 않는 그로 인해 그녀는 슬슬 심술이 나기 시작했다.

"그런 식으로 자꾸 내 성격을 테스트하면 마무리가 좋지 않을 거예요."

야무지게 쏘아붙이고 와인을 마신 그녀는 짝을 맞춰 춤을 추는 사람들을 가만히 바라보다 문득 생각났다는 듯이 질문을 던졌다.

"그런데 혹시 절 보면서 누군가 연상되거나 하지 않나요?"

참으로 위험하기 짝이 없는 질문이었다. 하지만 그만큼 그의 대답이 궁금하기도 했다.

승빈은 그녀를 빤히 바라보다가 고개를 갸웃거렸다.

"연상되는 사람이라…… 없는데……."

뭔가를 생각해내려는 듯 진지한 표정이던 승빈이 고개를 저었다.

"그런가요? 제가 누군가와 닮았다는 말을 많이 들어서 혹시나 하는 생각에 물어본 거예요."

부글부글, 부글부글. 속이 불편할 정도로 요동치면서 감정이 마구 끓어올랐다.

그녀는 사실 파티에 참석하면서 약간의 기대감을 가졌다. 예쁘게 치장을 하고 승빈을 만나면 혹시라도 그가 그녀의 모습에서 채연을 떠올릴 수도 있지 않을까 하는 생각을 했기 때문이다.

그녀와 채연은 성격은 정반대였지만 외모만은 많이 닮았다. 그랬기에 두 사람이 함께 있으면 누구나 친자매라는 걸 쉽게 알아내곤 했다. 그런데 승빈은 전혀 모르겠다는 얼굴이다. 5년이란 시간이 흐른 뒤인 만큼 직접 만나지 않으면 얼굴도 기억해 낼 수 없을 정도로 채연은 그에게 아무것도 아닌 사람이 되어 버린 걸까. 아니면 하도 많은 여자들을 만나서 그의 기억 속에 채연이 존재할 자리가 없는 걸까.

이런 식으로 생각해 봐도, 저런 식으로 다시 생각해 봐도 그녀는 화가 났다.

"그러고 보니, 닮은 사람이 있군."

들려온 말에 그녀는 잔뜩 긴장했다.

"영화배우 '수애'를 닮았어. 얼굴 생김새나 분위기가 아주 비슷해."

빠직, 빠지직. 이마에 핏줄이 곤두설 만큼 열이 받았지만 그녀는 애써 참으며 입가에 미소를 띠었다.

"그런가요?"

영화배우 '수애'라니. 그런 사람을 닮았다는 말은 난생 또 처음 듣는 말이었다.

내가 언제 그런 공치사를 해 달라고 했나? 날 보면 자연스럽게 언니를 떠올려야지. 온 마음을 다 바쳐서 당신을 사랑한 사람인 만큼 그 멍청하기만 한 뇌 속의 어느 한 부분에라도 존재하고 있어야 하는 거 아니냐고!

저절로 얼굴이 일그러지려 하자 그녀는 필립에게로 시선을 돌렸다. 금발에, 시원스럽게 느껴지는 파란 눈을 보면서 그녀는 입술을 꼭 깨물었다. '나 지금 잔뜩 열 받았어.' 라는 텔레파시를 팍팍 보내면서.

「춤 한 곡, 어떻습니까? 제니퍼.」

그녀의 상태를 재빨리 알아챈 필립이 손을 내밀며 싱긋 웃었다.

입을 열면 욕설이 잔뜩 튀어나올 것 같은 상황인지라 그녀는 아무 말도 없이 필립의 손을 잡는 걸로 대답을 대신했다.

승빈은 돌아보지도 않고 그녀는 필립의 손을 잡은 채 춤을 추는 사람들 쪽으로 걸어갔다.

「제때 날 구해 줘서 고마워요, 필립.」

「별말씀을. 그게 제 일인 걸요.」

「내가 생각했던 것보다 상황이 더 안 좋아.」

필립의 손이 허리를 감싸자 그녀는 입술을 삐죽이 내밀며 투덜거렸다.

「그만 돌아가시겠습니까?」

필립의 말에 그녀는 도리도리 고개를 저었다.

「아니. 아직은 아니에요. 몇 가지 더 확인할 게 있어.」

그녀는 필립의 어깨에 머리를 기대고 한숨을 폭 내쉬었다.

「지켜보고 있다가 좀 전처럼 위급상황이 되면 다시 날 구해 줘야 해요. 내가 큰 사고 치기 전에 미리 막아줘요, 필립. 약속할 수 있죠?」

「물론입니다, 제니퍼.」

「그래요. 고마워요. 지금 내가 믿을 수 있는 사람은 필립뿐이에요.」

정말 그랬다. 아는 사람 한 명 없는 한국에서 필립은 어두운 바다를 밝히는 등대처럼 유일하게 그녀가 믿고 의지할 수 있는 사람이었다.

「강승빈 씨가 계속 이쪽을 보고 있습니다.」

필립의 말이 끝남과 동시에 음악도 끝이 났다. 새로운 곡이 시작되기 전에 필립은 그녀의 허리를 안았던 손을 놓았다.

「탐색전을 하러 갈 시간이 되었군요.」

장난스런 어투로 말하며 필립이 미소를 지었다.

「기분은 괜찮으세요?」

「이젠 괜찮아요. 필립 덕에 많이 진정되었어요. 그럼, 가 볼까요?」

그녀 또한 생긋 웃으면서 강승빈이란 적이 버티고 있는 곳으로 돌아왔다.

"강승빈 씨, 진짜 애인 없나 봐요? 이런 파티에 파트너도 없이 온 걸 보면."

과감한 그녀의 선제공격에 그가 쓴웃음을 지었다.

"딱히 내 옆 자리에 세울 만한 사람이 없어서."

"생각보다 눈이 높나 보네요. 본인이 너무 따진다고 생각해 본 적은 없어요?"

"특별히 눈이 높아서가 아니지만 제니퍼는 어때? 다음 파티 때 신청하면 파트너가 돼 줄 건가?"

승빈을 유혹해 자신에게 푹 빠지게 만든 다음 뻥 걷어차 준다는 그녀의 계획을 생각한다면 지금의 상황이 반갑게 느껴지겠지만 이건 좀 아니라는 생각이 들었다. 그의 행동은 그녀가 사고를 핑계 삼아 문제를 일으키는 걸 막으려는 의도로 하는 것일 게 뻔했다.

"합의 보기 전에는 어림도 없어요."

"한다고 했잖아. 원하는 걸 말해 보라고."

언니한테 그리고 당신이 사귀다 걷어찬 모든 여자들한테 미안하다고, 잘못했다고 무릎 꿇고 빌어. 당장이라도 입을 뚫고 튀어 나갈 뻔한 말을 그녀는 입술을 꼭 깨물고 참았다.

"어떤 식으로 합의를 봐야 손해를 안 볼까 열심히 생각중이에요."

우아하게 내숭을 한 번 떨어준 다음에 그녀는 본격적인 질문을 던졌다.

"강승빈 씨는 결혼 안 해요?"

"해야겠지. 나이가 있으니까."

"그럼, 결혼하고 싶다고 생각한 분도 있겠네요."

"아니. 아직 그런 여자는 못 만나 봐서."

심장이 저릿, 저릿하면서 슬슬 분노의 불길이 피어올랐다.

"단 한 번도요? 누군가를 만나 사랑을 해 본 적도 없다는 말인가요?"

"그저 단순한 만남일 뿐이었지, 내 마음을 흔들어 놓은 사람은 없었어. 아직까지는."

입술을 꼭 깨물고 그녀는 주먹을 꽉 움켜쥐었다.

"그럼…… 강승빈 씨를 사랑한다고 한 사람도 없었나요?"

"훗, 대답하기 곤란하군. 이상한 질문만 하는데, 왜 자꾸 그런 걸 묻지?"

수상쩍어 하는 표정을 얼굴 가득 깔고서 그는 그녀를 똑바로 바라봤다.

"사람들 연애사에 관심이 많아서요. 알고 있는지 모르겠지만 제 직업이 그런 쪽과 관련이 있는 거잖아요. 대답해 봐요. 그다지 어려운 질문도 아니잖아요. Yes나 No. 그렇게 간단히 대답해도 돼요."

"나를 사랑한다고 말한 여자는 있었지."

"그런데 왜 아직 혼자예요? 그 여자들이 다 마음에 들지 않아서?"

점점 질문의 수위가 높아지고 스스로 위험한 쪽으로 다가가고 있다는 걸 알면서도 그녀는 멈출 수가 없었다.

"나한테 사랑한다고 말했던 여자들 중에 진심이었던 사람은 없었으니까. 전부, '진원 그룹' 이라는 내 배경을 보고 혹한 것뿐이지. 그래서 난 그 여자들 중 누구와도 미래를 얘기하지 않았어."

날카로우면서도 차갑게 느껴지는 그의 대답에 그녀의 심장은 드디어 불이 붙어 버렸다. 머리가 휙 돌아가 제대로 된 생각을 할 수가 없어지자 그녀는 눈에 잔뜩 힘을 주고 그를 노려보았다.

"뭐…… 뭐라고? 진심이 없어? 이 나……!"

위기의 순간, 필립이 뒤에서 그녀의 몸을 꼭 끌어안았다.

「제니퍼.」

헉! 필립의 강한 팔 힘에 정신을 차린 그녀는 입술을 꼭 깨물었다. 자칫 잘못하다가 '채연 언니는 진심이었어. 이 나쁜 놈아!' 라며 소리를 칠 수도 있고 '왜 그녀를 걷어찬 거야?' 라고 따지고 들 수도 있었으며 '나쁜 놈, 못된 놈, 언니는 너 때문에 죽은 거나 마찬가지야. 이 살인자야!' 라면서 그에게 달려들 수도 있는 상황이었다.

「필립.」

「마음을 가라앉혀요. 흥분하면 안 됩니다. 건강에 좋지 않아요.」

차분한 필립의 음성에 그녀는 고개를 끄덕이고 크게 숨을 내쉬었다.

「미안해요, 필립. 그리고…… 고마워요.」

필립은 다시 한 번 그녀의 몸을 꼭 끌어안아 준 뒤, 승빈에게로 시선을 주었다.

「제니퍼는 예전에 마음 아픈 일을 겪었어요. 아직도 그 기억이 남아 있습니다. 그러니까 진심이 어떻고, 배경이 어떻고 하는 말은 하지 말아주십시오.」

갑작스럽게 돌변한 그녀의 행동을 있지도 않은 과거의 상처 탓으로 돌리며 필립은 요령 있게 곤란한 상황에서 빠져나갔다.

「그렇군요. 공연한 말을 해서 미안합니다.」

그는 조금은 의아한 듯한 표정으로 아직까지 필립에게 안겨 있는 제니퍼를 바라봤다.

"제니퍼……."

그녀는 승빈의 부름에 대답도 하지 않은 채 고개를 돌려 필립을 바라봤다.

잔뜩 지치고 힘들어하는 그녀의 눈빛에 필립은 말없이 고개를 끄덕였다.

「제니퍼에게는 휴식이 필요합니다. 이만 돌아가야겠습니다.」

필립은 조심스럽게 그녀의 어깨를 감싸 안고 부축을 했다.

"강승빈 씨."

조금은 쌀쌀맞게 느껴지는 음성으로 그녀는 그를 불렀다.

"다시 뵙게 될 거예요."

고개를 까닥 숙여 보이는 그녀를 향해 그 또한 고개를 살짝 숙여 보였다.

"즐거운 마음으로 기다리겠어."

그래. 즐거운 마음으로 기다려. 내가 당신한테 어떤 고통을 선사해 줄지.

그녀는 필립의 팔을 꼭 움켜잡고 걸음을 옮겼다.

파티장을 나와 주차장에 대기시켜 둔 차에 올라탄 그녀는 참았던 울분을 터트렸다.

"진심이 없었다고? 진심이 없었어?"

그녀는 강승빈이 앞에 있기라도 한듯 바락 소리를 질렀다.

"그래서! 진심이 없는 사람이 헤어지고 나서 그렇게 마음 아파해? 몇 달이 지나도 잊지 못하고 힘들어하냐고. 저 그림자 좇아서 같이 갔던 장소 헤매고 다니고 등산까지 가서 사고를 당하느냐고. 사람 마음에 대해 눈곱만큼도 헤아릴 줄 모르는 나쁜 놈! 철면피! 인간 같지도 않은 악마!"

두 주먹을 꼭 움켜쥐고 얼굴이 벌겋게 변할 정도로 바락바락 소리를 지르는 그녀를 흘깃 바라보고 필립은 아무 말도 없이 차를 출발시켰다.

"가만 놔두지 않을 거야. 가만 안 둘 거야. 저 인간! 내가 파멸시켜 버릴 거야."

처음 그녀의 계획은 단지 그에게 사랑이 뭔지를 알게 해 주고 그 사랑을 잃었을 때의 아픔이 어떤지, 그 고통이 얼마나 큰 것인지를 알게 해 주려는 것뿐이었다.

하지만 냉정한 표정으로 진심이 어쩌구, 배경이 저쩌구 하면서 떠드는 그를 보면서 그녀는 새로이 마음을 먹었다. 강승빈이라는 남자는 사랑을 잃은 아픔과 고통을 느끼는 정도로는 제정신을 차릴 인간이 아니었다.

"아주 철저히 나락으로 떨어뜨려 주겠어. 고통으로 몸부림치면서 죽고 싶은 마음이 들 때까지 괴롭혀 줄 거야."

뽀드득 소리가 날 정도로 이를 갈면서 그녀는 다짐하고 또 다짐했다.

3장

필립은 진지한 표정으로 흥신소의 김 실장이 보내온 두툼한 보고서를 훑어보았다. 보고서를 받은 뒤로 계속 살펴본 터라 거의 외우다시피 했지만 왠지 석연치 않은 느낌이 들었다.

보고서에 적힌 내용으로만 본다면 승빈은 꽤 능력 있고 깔끔한 인물이었다. 경영수업의 일환으로 3년 전부터 계열사인 한진 유통을 맡아 운영도 잘하고 있고, 사생활도 비교적 깨끗했다. 일반 재벌가의 자식들처럼 지저분한 스캔들을 일으키지도 않았고 여자 문제로 말썽이 난 적도 없었다.

필립이 본 승빈의 첫인상도 날카롭지만 단정한 이미지였다. 필립은 승빈이 재벌가의 일원이라는 타이틀을 달고 여자나 울리고 다니는 한량은 아닌 것 같다고 말했다. 하지만 제니퍼는 승빈을 100% 양심불량 바람둥이라고 철석같이 믿고 있었다.

필립은 다시 한 번 보고서를 살펴봤다. 어딘가 약점으로 잡을 수 있는 뭔가가 있지 않을까 하고 날카로운 눈으로 봤지만 아무것도 찾아내지 못했다.

똑똑, 노크 소리가 들린 뒤 문이 열렸다.

보고서를 든 채 심각한 표정으로 고개를 갸우뚱거리고 있는 필립을 본 제니퍼가 안으로 들어서던 걸음을 멈췄다.

「필립, 지금 바빠요?」

「아닙니다, 제니퍼.」

보고서를 내려놓고 일어선 필립이 씨익 웃었다.

「이쪽으로 앉으세요. 무슨 시키실 일이라도?」

「그런 건 아니고요. 뭘 그렇게 열심히 보고 있어요?」

「아! 제니퍼의 타깃이요. 좀 석연치 않은 느낌이 들어서요.」

「왜요?」

소파에 걸터앉으며 제니퍼는 고개를 들어 필립을 바라봤다.

「전반적인 강승빈에 대한 평이…… 책임감 있고 성실하다고 되어 있더군요.」

「책임감이야 있겠죠. 한 회사를 책임지고 있는 사람이니까. 하지만 성실하다는 게 어떤 면에서 성실하다는 건지 그게 중요한 거 아닌가요?」

쌀쌀맞게 톡 쏘아붙이는 그녀의 말에 필립이 또다시 입가에 미소를 지었다.

「여자 문제도 깨끗하다고 되어 있던데요. 그런 쪽으로 한 번도 말썽을 일으킨 적이 없다고 합니다.」

「그런 일이야 비밀스럽게 처리하니까 겉으로 드러나지 않아서 그렇겠죠. 김 실장이 아무리 유능하다고 해도 꼭꼭 감춰둔 일까지 다 파헤쳐 내지는 못했을 거 아니에요? 속까지 파고들다 보면 분명 다른 사람들은 알지 못하는 일들이 많을 거예요. 털어서 먼지 안 나는 사람이 어디 있겠어요?」

그녀는 눈에 힘을 주고 이를 뽀드득 갈아대면서 열변을 토했다.

「적개심이 마구 끓어오르시나 봅니다.」

「적개심뿐이겠어요? 투지도 활활 불타오르고 있어요. 지금은 어떻게 해서든 그 인간을 엿 먹여야겠다는 생각뿐이에요.」

입가에 사악한 미소를 띤 채, 그녀는 기대심이 가득 담긴 눈빛으로 필립을 봤다.

「그러니까, 필립. 내게 좋은 소식 좀 들려줘요.」

「좋은 소식이요?」

「내가 부탁한 거 있잖아요.」

「아아, 그 일이요?」

미리 짐작하고 있었으면서도 필립은 그제야 알아차렸다는 제스처를 취하며 빙긋 웃었다.

「당연히 제니퍼가 만족할 만큼 해놓았지요. 자, 여기 이걸 먼저…….」

말을 하며 필립은 탁자 위에 놓여 있던 서류를 제니퍼에게 건넸다.

「김 비서의 신상에 대해 자세히 조사해 놓았습니다. 참고로 하시고요. 내일 오후에 만날 수 있도록 약속을 잡아 놓았습니다. 개인적으로 아는 사람을 통해서 연락을 넣은 것이기에 김 비서는 사적인 일로 생각하고 강승빈에게 알리지 않을 겁니다.」

「잘됐네요.」

그녀는 그제야 만족했다는 표정으로 필립을 향해 환한 미소를 보냈다.

* * *

“안녕하세요? 제니퍼 모튼입니다.”

생긋 웃으며 자기소개를 한 뒤 제니퍼는 손을 내밀었다.

“아, 네. 안녕하세요?”

그녀가 내민 손을 잡으며 김 비서는 얼떨떨한 표정이었다. 오래 전부터 알고 지내던 사람에게서 술이나 한잔 하자는 연락을 받고 나온 터라 김 비서는 자신의 앞에 왜 이 여자가 서 있는 건지 사뭇 이해할 수가 없었다.

“친구분이 아닌 제가 나와서 좀 놀라신 모양이네요?”

소파에 앉으며 제니퍼는 우아하게 한쪽 다리를 꼬았다. 마치 ‘원초적 본능’의 샤론 스톤처럼 매혹적인 모습이었다.

“네. 놀랐습니다. 그런데 절 무슨 일로…….”

경계심 가득한 김 비서의 태도에 제니퍼는 살짝 이마를 찡그렸다.

옆으로 다가온 종업원에게 커피 두 잔을 주문한 그녀는 김 비서를 향해 생긋 웃었다.

“저 누군지 모르시겠어요?”

그녀의 질문에 김 비서는 영문을 알 수 없어 의아한 표정을 지었다.

“잘 알고 있습니다. 제니퍼 모튼 양. 다국적 기업인 ‘모튼’ 사의 외동따님이시죠. 현재 미국에서 ‘다이내믹 스쿨’을 운영하신다고 들었습니다.”

“그런 거 말고요. 정말 저 모르시겠어요? 전에 한 번 봤을 텐데요.”

“네? 무슨 말씀을 하시는지 잘…….”

고개를 갸웃거리던 김 비서는 퍼뜩 드는 생각에 눈을 동그랗게 떴다.

"아! 그때, 그 사고."

놀란 김 비서는 생글생글 웃고 있는 제니퍼를 뚫어져라 바라봤다.

"그 여자분이 모튼 양이었습니까?"

"네. 저였어요."

그래도 이 사람은 강승빈보다는 눈썰미가 있네.

사고에 대해 김 비서가 기억해 내자 그녀는 만족스러운 웃음을 입가에 머금었다.

"사고 났을 때 그냥 갑자기 가 버리셔서 저도 꽤나 놀랐습니다. 많이 다치지는 않으셨어요? 바로 연락을 주지 그러셨어요, 모튼 양."

"제니퍼라고 불러주세요. 너무 격식을 갖추시니까 제가 좀 불편하네요."

"아, 네. 제니퍼……. 그럼, 합의 때문에 절……."

"그건 아니에요."

제니퍼는 재빨리 김 비서의 말을 막았다.

"알고 계실지 모르지만 며칠 전에 자선모금 파티에서 강승빈 씨를 만났어요. 그때, 사고에 관해 얘길 나누긴 했지만 전 크게 문제 삼지 않으려고 해요."

"그러셨군요. 그렇다면 절 왜 만나려고 하신 건지……"

"사실은 김 비서님 도움이 필요해서요."

"도움이라니요?"

"솔직하게 말할게요. 강승빈 씨에 대해서 좀 알려주실 수 있죠?"

김 비서는 깊은 수렁에 빠진 것만 같은 느낌에 쓴 웃음을 지었다. 자다가 봉창 두드린다더니. 김 비서는 아는 사람과 부담감 없이 한잔 하려고 나온 자리에서 제니퍼 모튼이라는 거물을 만나게 될 거라 생각지도 못했다. 게다가 쉽게 그러마하고 대답할 수 없는 부탁까지 들었다. 김 비서는 사뭇 난처한 기분이었다.

"제니퍼, 그건 좀 곤란할 듯합니다."

한참을 생각하던 김 비서가 미안한 표정으로 고개를 저었다.

"어째서요? 제가 엄청난 기업 비밀을 캐묻고 있는 것도 아니잖아요. 전 강승빈 씨의 개인적인 일을 알고 싶을 뿐이에요."

김 비서가 예상했던 대로 제니퍼는 언짢은 기색을 내비쳤다. 그녀가 화를 내면 자신의 상사인 승빈은 물론 회사에도 어떤 식으로는 화가 미칠지 모른다는 생각이 들자 김 비서는 조금은 조마조마했다.

"하지만, 상사에 대해서 함부로 떠들고 다니는 건 비서의 도리가 아니라고 생각합니다."

제니퍼는 같잖다는 눈길로 김 비서를 쳐다보았다.

흥! 인간 같지도 않은 상사를 모시고 있으면서 꼴에 의리를 지키겠다고? 정말 웃기고 있네. 어디 돈 앞에서도 그 의리인지 뭔지가 지켜지는지 한번 볼까?

속마음과 달리 상냥한 미소를 띤 채, 제니퍼는 김 비서에게 유혹적인 음성을 던졌다.

"제가 승빈 씨에게 관심이 있어서 그래요. 관심이 생기니까 그 사람이 뭘 좋아하고 어디서 누굴 만나는지 그런 것도 다 궁금해 지더라고요. 그렇다고 해서 시간마다 그 사람한테 전화해서 물어보고, 어디 갈 때마다 쫓아다니고 그럴 수는 없잖아요. 솔직히 그건 너무 자존심 상하는 일 아닌가요? '나, 당신 좋아해.' 라고 떠벌리고 다니는 거나 마찬가지니까요."

청순가련한 역을 멋들어지게 소화해 내면서 그녀는 김 비서를 살살 꼬드겼다.

"게다가 승빈 씨도 제가 그러면 싫어할 것 같아요. 너무 지나친 행동을 하면 제게 호감을 갖고 있었다고 해도 다 사라질 게 분명해요. 그러니까 김 비서님이 좀 알려주세요."

"그게 참, 그러니까……."

선뜻 대답을 하지 못하고 김 비서가 버벅거리자 그녀는 옆 자리에 놓아두었던 작은 상자를 테이블 위에 올려놓았다.

"이거 받으세요. 제가 드리는 선물이에요."

상자를 뚫어져라 바라보는 김 비서의 눈에 의문 부호가 잔뜩 생겨났다.

"풀어 보세요."

분홍색 포장에 리본까지 달린 상자는 보기에도 고급스러운 내용물을 담고 있는 것처럼 보였다. 뭐가 들어 있을까 하는 기대감에 두근거리는 마음을 달래며 김 비서는 포장을 풀었다. 상자를 열고 덮여 있는 흰 종이를 들어 올려 내용물을 들여다보자마자 김 비서는 화들짝 놀랐다.

상자 안에는 5만 원권 지폐 묶음이 가지런히 줄을 맞춰 놓여 있었다. 김 비서는 자신이 잘못 본 게 아닌가 하는 생각에 눈을 껌벅거렸다. 선물상자 안에 지폐묶음이라니. 누가 상상이나 했겠는가. 누가 볼새라 재빨리 상자를 닫은 김 비서는 당황한 표정으로 제니퍼를 바라봤다.

"제니퍼…… 이건 바, 받을 수 없습니다."

엄청나게 당황한 김 비서는 제대로 입 밖으로 말을 내뱉기도 힘들어 더듬거렸다.

"물건을 사려고 했는데 김 비서님이 어떤 걸 좋아하는지, 또 어떤 걸 필요로 하는지 알 수 없어서 그냥 현금으로 준비한 거예요. 김 비서님이 필요하신 걸로 사세요. 부인께 어울리는 옷도 사 주시고, 따님이 좋아하는 인형이나 장난감도 사 주세요."

제니퍼는 별거 아니라는 투로 어깨를 으쓱이고 탁자 위의 커피 잔을 들었다.

여유 있는 동작으로 그녀가 커피를 마실 동안 김 비서는 뚫어져라 상자를 바라보기만 했다. 거절의 말을 하기는 했지만 솔직히 탐이 났다. 화장품이나 들어갈 만한 작은 상자였지만 5만 원짜리 지폐 묶음이기에 큰 금액일 게 분명했다.

이 돈이면…….

김 비서는 꿀꺽 군침을 삼켰다. 30대 중반의 가장의 어깨는 무거웠다. 대기업 계열사에 정직원으로 근무를 한다지만 세금을 떼고 손에 쥐는 월급은 쥐꼬리만큼이었다. 게다가 물가는 하루가 다르게 오르기만 해서 부인과 두 아이를 키우기엔 항상 빠듯했다. 그런데 엎친 데 덮친 격으로 집주인은 전세금까지 올려달라고 했다. 그것도 자그만치 2천만 원이나.

당장 2천만 원이라는 거금을 마련하지 못하면 살던 집에서 쫓겨나게 될 판이었다. 이사를 가려고 해도 지금 사는 집의 전세금으로는 서울 변두리의 지하방밖에 얻을 수가 없었다.

돈을 빌릴 친구도 없고, 대출을 받자니 이자가 무섭고. 그런 상황에 남편이 전셋값 때문에 고민하는 것도 모르고 마누라라는 사람은 모임에 입고 나갈 옷 한 벌 없다고 투덜대고, 딸은 피아노를 사 달라고 졸라대기 일쑤였다.

입만 열면 한숨이요, 사는 게 뭔지 하면서 걱정을 하고 있던 때에 현금이 잔뜩 든 상자는 신이 내려준 선물처럼 보였다.

눈 한 번 딱 감으면…….

마음속에서 갈등이 생겨났다.

뭐가 어때? 산업스파이 노릇을 하는 것도 아니잖아. 상사의 취향이나 그저 남들도 다 아는 소소한 얘깃거리나 알려주면 되는 건데.

"정확히 뭘 알고 싶으신 겁니까?"

한참 후에야 마음을 굳힌 김 비서는 입을 열었다.

돈 앞에 장사 없다더니. 아무리 탐이 난다고 해도 두어 번 더 사양하는 척이라도 할 것이지.

짐작한 일이었지만 돈 앞에서 너무나도 손쉽게 항복을 하는 김 비서의 행동에 그녀는 쓴웃음을 지을 뻔했다.

"큰 비밀을 알려고 하는 건 아니에요. 승빈 씨가 뭘 좋아하는지만 알면 되거든요. 음식은 어떤 음식을 좋아하고, 술은 어떤 걸 마시는지. 그리고 자주 가는 장소, 그러니까 단골 음식점이나 술집 같은 곳? 그리고 제일 중요한 거는요……."

그녀가 말꼬리를 흐리며 슬며시 미소를 짓자 김 비서는 잔뜩 긴장한 표정을 했다.

"제일 중요한 게…… 뭡니까?"

"회사 일 끝나고 누굴 만나는가 하는 거예요. 정확히 말하자면, 다른 여자를 만나느냐는 거죠."

"아하, 다른 여자요. 전 또……."

김 비서가 내심 안도하고 있다는 걸 그녀도 똑똑히 알 수 있었다.

"그 외에 다른 건 알고 싶지도 않아요. 공연히 머리만 아파지니까요."

"다른 일은 관심 없다는 거 정말이시죠, 제니퍼?"

그래도 혹시나 하는 마음에 김 비서는 다시 한 번 확인의 말을 던졌다.

"물론이에요, 김 비서님."

김 비서의 마음이 확 놓이도록 단호한 어조로 말한 뒤 그녀는 회심의 미소를 지었다.

"그럼, 우선 궁금한 것부터 질문할게요."

"네. 말씀하세요."

"그 사람, 사귀는 여자 없다고 하던데. 그거 정말이에요?"

"네. 지금은 없습니다."

제니퍼는 사뭇 순진한 표정을 하고서 고개를 갸웃거렸다.

"그럼, 연애도 안 해 봤다는 거예요?"

"연애는 해 보셨죠. 사장님 나이가 몇인데……. 하지만 제가 알기로 진지한 관계로 발전한 분은 없었습니다."

"왜 그럴까요? 그는 매력 있는 남자인데요."

그녀가 정말 알 수 없다는 표정을 하고 말하자 김 비서는 쓴웃음을 지었다.

"사장님 좋다고 쫓아다니는 여자분들은 꽤 있었습니다. 하지만 사장님께서 그다지 마음 내켜 하지 않으셨죠. 평소에 일 때문에 바빠서 여자를 만나 시간을 보내기도 어려운 건 사실입니다. 그리고 아무래도 회장님의 눈치를 보는 건 아닌가 하는 게 제 개인적인 의견입니다만……."

"회장님 눈치를 본다고요?"

"전에 언뜻 들었는데요. 회장님이 사장님 결혼 문제에 직접적으로 관여를 하신다고 한 것 같습니다. 아무래도 재벌가이다 보니 정략결혼을 선호하겠죠. 회사에 유리한 쪽과 사돈을 맺고 싶으신 겁니다. 그러니까 사장님이 연애를 한다고 하면 다 쓸데없는 일로 여기고 언짢아하시는 거죠. 사장님은 그런 회장님의 눈치를 보는 거고요."

"그렇군요. 그럼, 전에도 진지하게 사귄 여자가 없었을까요?"

그녀는 다소 위험하다는 생각을 하면서도 과감하게 말을 꺼냈다.

"왜 그런 거 있잖아요. 둘이서 엄청나게 사랑했는데 집안의 반대로 헤어져서 그 뒤로 사랑을 안 하게 되었다, 하는 그런 거요. 재벌가들 집안에서 종종 일어나는 일이라고 하던데, 혹시 강승빈 씨도 그런 쪽 아닐까요?"

"글쎄요. 예전에는 어쨌는지 모르겠지만 제가 비서가 된 뒤로 그런 일은 없었습니다."

김 비서가 그의 비서가 된 건 한진 유통에 사장으로 부임한 3년 전이었다. 그렇다면 채연에 관한 일은 모를 수도 있었다. 이 일은 김 비서보다도 더 오래 그와 가까이 지낸 사람에게 알아봐야 할 것만 같았다.

제니퍼는 가볍게 한숨을 내쉬고 김 비서를 향해 따뜻함이 담긴 미소를 보냈다.

"고마워요, 김 비서님. 현재 그의 옆에 다른 여자가 없다는 것만으로도 제겐 큰 수확이네요."

그녀는 정말 큰 수확이라고 생각하고 있었다. 승빈을 꼬드겨서 자신에게 푹 빠지도록 만들어야 하는 입장이었기에 그의 옆에 다른 여자가 있다는 건 문제가 될 수 있었다. 확실하게 그의 주변에 어떠한 방해물도 없다는 사실을 알아낸 그녀는 작전개시를 감행하기로 했다.

"이번 주에 승빈 씨 스케줄은 어떤가요? 많이 바쁜가요?"

"몇 군데 약속이 잡혀 있긴 합니다."

"저녁시간 비는 날짜를 알려주세요. 그 사람, 만나고 싶어요."

정말 사랑에 푹 빠진 여자처럼 반짝반짝 눈을 빛내면서 그녀는 김 비서에게 부탁을 했다.

"수요일이 괜찮을 것 같습니다. 그날 오후에 '쉐라톤 워커힐 호텔'에서 리셉션이 있는데 저녁시간 전에 끝날 것 같습니다."

"그래요? 그럼, 그때 호텔로 가면 되겠네요. 리셉션 끝나면 간단하게 문자 남겨주시겠어요?"

그녀는 지갑에서 명함을 꺼내 김 비서에게 내밀었다.

"기다리고 있다가 문자 받으면 움직일게요. 호텔에서 우연히 만난 것처럼 하고 싶어서요. 도와주실 거죠?"

"그럼요, 제니퍼. 문자 드릴게요."

뒤로 빼면서 머뭇거리던 것과 달리 김 비서는 고개를 끄덕이며 흔쾌히 수락했다.

"그 사람, 날 보면 깜짝 놀랄 거예요. 정말 기대된다."

그녀는 진심으로 강승빈이라는 남자를 만나길 기대하고 있었다. 만나서 어떤 식으로든 골탕을 먹일 수 있기를.

* * *

호텔 근처에 세워둔 차 안에 앉아 그녀는 핸드백에서 작은 플라스틱 통을 꺼냈다. 안의 내용물은 캡슐로 된 약들이었다.

「뭡니까?」

운전석에 앉아 있던 필립이 몸을 돌려 그녀를 바라보며 질문을 던졌다.

「진통제요. 긴장을 해서인지 위가 따끔거리네요.」

그녀는 여러 가지 색깔의 캡슐 중에서 파란색을 집어 들어 필립에게 보여준 뒤, 입 안에 넣고 꼴깍 삼켰다.

「그 약을 강승빈 씨한테 사용할 생각입니까?」

「그럴 거예요. 어떤 게 먼저가 될지 모르지만.」

그녀는 노란색 캡슐을 들어 올렸다.

「이걸 제일 먼저 사용해 보고 싶네요. 나도 먹어 본 적이 없어서 어떤 식으로 반응할지 엄청 궁금하거든요.」

「호기심 때문에 먹여 보겠다는 말인가요?」

어이없다는 표정으로 필립이 피식 웃자 제니퍼의 입가에도 미소가 생겨났다.

「이 약들은 다 모튼 가의 주치의가 특별히 제조한 거예요. 약효 하나는 끝내주는 거죠. 그래서 섣불리 실험을 해 볼 수가 없었어요. 잘못하다가는 사람 하나 잡게 될지도 모르니까. 하지만 강승빈, 그 남자한테는 망설임 없이 쓸 수 있어요. 죽거나 말거나 상관없는 상대니까요.」

「꽤 잔인하십니다.」

「이 정도로 잔인하다니요. 생각 같아서는 독약을 퍼 먹이고 싶은걸요.」

쌀쌀맞은 표정으로 입술을 깨물던 그녀는 '뾰로롱' 하는 알림음이 들리자 휴대폰을 집어 들었다.

〈끝났습니다.〉

간단히 적힌 글자를 본 그녀는 생긋 미소를 지었다.

「문자 왔네요. 출발해요, 필립.」

「Yes, Sir.」

근처였기에 몇 분 지나지 않아 차는 호텔 앞에 도착했다. 여유 있는 표정으로 차에서 내린 그녀는 필립이 차에서 내리자 자연스럽게 팔짱을 꼈다. 필립과 나란히 로비로 들어선 그녀는 사람들의 시선이 와 닿는 걸 느끼고 살짝 이마를 찌푸렸다.

「이러다가 내일 아침 신문에 대문짝만하게 기사가 나는 건 아닐까 걱정스럽네요.」

「회장님이 보시면 펄쩍 뛰실 겁니다.」

「제임스에게는 단순한 해프닝이었다고 우겨야 돼요. 그리고 필립은 무조건 내 편이어야 하고요.」

속닥거리는 그녀의 말에 필립은 아무 대꾸도 없이 어깨만 으쓱거렸다.

「필립?」

그녀의 부름에도 필립은 쳐다보지 않고 엘리베이터에 시선을 고정시키고 있었다.

「내 편 안 할 거예요?」

「강승빈이 나타났군요.」

필립이 대답을 하지 않은 것에 서운한 마음이 들었지만 지금은 그런 것에 빠져 있을 상황이 아니었다. 필립과 나란히 엘리베이터 쪽을 향해 걸어가며 그녀는 승빈이 먼저 아는 척하길 기다렸다.

"제니퍼!"

그가 큰 걸음으로 다가와 그녀 앞에 섰다.

"어머? 강승빈 씨."

정말 뜻밖이라는 표정으로 그녀는 그를 빤히 바라봤다.

"이런 데서 만나다니, 정말 반가워요."

유혹적인 음색으로 그녀가 속닥거리자 승빈의 눈가가 살짝 찌푸려졌다.

"여긴 어쩐 일이지?"

"이 호텔 야경이 멋있다는 말을 들었어요. 그래서 스카이라운지에서 저녁 먹으려고요. 왜요, 난 여기 오면 안 돼요?"

자연스럽게 필립의 팔짱을 끼면서 제니퍼는 턱을 치켜들고 말했다.

"왜 또 시비야?"

"당신이 인상 박박 쓰면서 먼저 시비 거니까 그렇죠. 그런데 당신은 여기 웬일이에요?"

그는 필립의 팔짱을 낀 그녀의 손을 흘깃 봤다.

"리셉션이 있었어. 지금 끝나고 가는 길이야."

"그래요? 그럼 나랑 저녁 먹을래요? 합의도 볼 겸해서."

"그거 괜찮은 생각이군. 그런데 당신은 이미 파트너가 있는 것 같은데."

그는 언짢다는 표정을 숨기지도 않고 필립을 쏘아보았다. 그녀 또한 필립을 바라보고 생긋 웃었다.

"어머, 아니에요. 필립은 제 수행비서예요."

미소를 지으면서 설명한 그녀는 필립을 보며 말했다.

「인사해요, 필립. 승빈 씨는 저번 파티에서 뵈었죠?」

「네, 제니퍼.」

필립은 속내를 감춘 뒤, 사람 좋은 미소를 띠고 승빈에게 고개를 숙였다.

「지난번에는 결례가 많았습니다. 정식으로 인사드리죠. 필립입니다.」

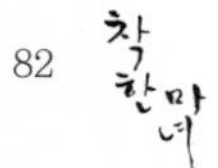

「반갑습니다.」

수행비서라고 해도 너무 친해 보이잖아. 마치 연인 같은 분위기를 풍겨내고 있어.

정중한 태도로 필립이 인사를 했지만 그는 언짢은 기분이 가시지 않아 딱딱한 표정을 풀지 않은 채, 간단히 대꾸했다.

"스카이라운지에 예약을 해놨어요. 같이 저녁 먹을 거죠?"

"그러지."

그가 고개를 끄덕이자 그녀는 필립에게로 시선을 돌렸다.

「필립은 여기서 기다려요.」

그녀는 필립에게 '내가 위험에 빠지면 구하러 와 줘.' 라는 뜻이 담긴 눈길을 보냈다.

「Yes, Sir.」

자신도 모르게 불안한 마음이 들어 그녀는 손을 내밀어 필립의 손을 꼭 잡았다.

김 비서에게 먼저 돌아가라는 말을 하고 몸을 돌리던 승빈은 그녀가 필립의 손을 잡는 모습을 봤다. 두 사람의 모습은 단순히 상사와 비서와의 관계가 아닌 게 분명했다. 다른 사람들에게서는 볼 수 없는 유대감 같은 게 느껴졌다.

말로는 수행비서라면서, 도대체 어떤 관계인 거야?

그는 공연히 기분이 나빠져 이마를 잔뜩 찌푸렸다.

「강승빈 씨가 노려보고 있습니다. 그만 가 보세요, 제니퍼.」

제니퍼의 손을 놓으며 필립이 작게 속삭였다.

「알았어요.」

승빈에게로 돌아선 그녀는 화사한 미소를 지었다.

"갈까요?"

엘리베이터를 향해 걸어가면서 그녀는 뚱한 표정의 그에게로 살짝 고개를 돌렸다. 그리고 걱정스럽다는 표정을 얼굴 전체에 깔고 입을 열었다.

"왜 그래요? 나랑 저녁 먹는 거 내키지 않아요??"

"그런 건 아니야."

"그럼 왜요? 합의 보는 거 무서워서?"

"참 무섭기도 하겠다."

비꼬듯 말을 뱉어낸 그가 단번에 진지한 표정으로 돌변했다.

"제니퍼, 한국에 왜 온 거지?"

"사업적인 일로 온 거 아니니까 신경 곤두세우지 말아요. 그냥 관광차 온 거예요."

아, 답답하다. 좀 빨리 내려올 것이지.

그녀는 느린 속도로 움직이는 엘리베이터의 숫자판에 시선을 고정시켰다.

"개인적인 일도 있지만 일단은 여기저기 다니면서 구경도 하고, 맛있는 것도 먹고 그러려고요. 그런데 왜 계속 표정이 그 모양이에요? 정말 같이 저녁 먹는 거 싫어서 그러는 거 아니에요?"

"당신 수행비서, 필립이라고 했던가? 두 사람이 친하게 지내나?"

그녀는 승빈을 똑바로 바라봤다. '너 지금 질투하니?' 그렇게 묻고 싶었지만…….

"그건 왜 묻는데요?"

"관심이 있으니까 묻는 거지."

"관심이 있다고요?"

그녀는 깜짝 놀라 눈을 동그랗게 떴다.

"누구한테 관심이 있다는 말이에요? 설마 나요?"

"설마라니. 당연히 당신한테 관심이 있지. 아무렴 내가 남자한테 관심을 가지겠어?"

순간적으로 기분이 나빠져 승빈은 인상을 쓰며 싸늘하게 말했다.

여전히 놀란 표정으로 그녀는 그를 바라보다 슬며시 고개를 돌렸다. 가슴이 콩닥콩닥 소리를 내면서 뛰었다. 다행스럽게도 땡— 소리와 함께 엘리베이터의 문이 열리자 그녀는 안도의 한숨을 내쉬며 안으로 들어섰다. 그가 손을 뻗어 스카이라운지가 있는 16층의 버튼을 누르는 걸 그녀는 가만히 바라보기만 했다.

"필립은…… 아주 어렸을 때부터 친구였어요. 필립의 어머니인 애나가 아빠의 오랜 친구였거든요. 엄마하고도 친하게 지냈고요. 그래서 필립과 함께 자주 놀러오고는 했죠. 필립이 방학 때는 거의 '로렌 하우스'에서 살다시피 했어요. 참, '로렌 하우스'는 아빠가 엄마인 로렌에게 프러포즈를 하려고 지은 집이래요. 그래서 이름도 '로렌 하우스'라고 지었고요. 어쨌든 애나는 절 유모처럼 돌봐줬어요."

그녀는 그때를 떠올리며 그리운 마음에 아득한 눈빛을 한 채, 이야기를 계속했다.

"낯선 사람들만 잔뜩 있는 '로렌 하우스'에서 잔뜩 겁에 질려 있던 저를 애나는 정말 잘 보살펴 줬어요. 고용인들하고 말도 통하지 않아서 로렌이 없을 때는 무척 고생을 했는데 다행스럽게도 애나와 필립은 한국어를 할 줄 알았어요. 그래서 다른 사람들보다 얘기도 더 많이 나누게 되고 친해지게 된 거죠."

얘기를 들었어도 그는 여전히 못마땅한 감정이었다. 결론은 두 사람 사이에 어떤 식으로든 유대감이 형성되어 있다는 거였다. 그는 절대 알 수 없는…….

그는 제니퍼에게서 다른 여자들을 대할 때와는 다른 어떤 감정을 느꼈다. 굳이 표현을 하자면 친밀하고 같이 있을 때 편안했다. 그랬기에 그가 생각하기에 그녀와 유독 친하게 지내는 필립이라는 존재가 껄끄러울 수밖에 없었다.

안 그런 척 시치미를 떼고 있지만 제법 눈치가 빠른 편인 그녀는 이미 승빈의 감정 상태를 알아챘다.

필립을 라이벌로 느낀다는 게 과연 내게 플러스가 될까, 마이너스가 될까.

잠시 생각에 잠겼던 그녀는 필립의 존재를 질투의 대상으로 놔두기로 결정했다. 또한 자신이 위험한 상황에 처했을 때 필립은 빠져나갈 수 있는 돌파구가 될 수도 있을 것이다.

결정을 내린 후, 한결 홀가분한 마음으로 스카이라운지로 향했다. 스카이라운지는 그녀가 예상했던 것보다 훨씬 분위기 있고 모던한 느낌을 풍겨내고 있었다.

직원의 뒤를 따라 창가자리로 다가간 그녀는 승빈과 마주앉은 뒤, 스테이크와 와인을 시켰다.

창밖으로 시선을 돌리자 도도하게 흘러가는 강물과 달리는 차의 불빛으로 번쩍거리는 다리가 보였다.

"정말 야경이 멋있네."

만족스러운 한숨을 폭 내쉬면서 그녀가 말하자 승빈도 창밖으로 시선을 돌렸다.

"여기 와 봤죠?"

승빈은 대답 대신 그냥 씩 웃었다.

그에게 호텔은 생소한 곳이 아니었다. 몇 년 전, 호텔업을 해 보겠다는 강 회장의 야심찬 계획 덕에 그는 이곳뿐만 아니라 국내에 위치한 별 4개 이상의 호텔에 전부 가 봤었다. 스카이라운지나 식당, Bar와 나이트클럽, 하다못해 객실에서 숙박도 해 봤다.

"이곳 말고도 야경이 멋진 스카이라운지가 많이 있으니까 나중에 시간 되면 한 번씩 들러보도록 해."

"어딘데요? 말로 하지 말고 같이 가 줄래요?"

"데이트하자고?"

"바쁘지 않으면요."

"바쁘긴 하지만, 제니퍼가 가자고 하면 가야지."

뜻밖의 대답에 그녀는 막 삼키던 스테이크가 목에 걸리는 것만 같은 느낌이었다.

"아까 나한테 관심 있다고 했죠?"

"음. 그랬지."

"왜요?"

그녀의 질문에 승빈은 무슨 뜻이냐는 표정을 지었다.

"왜 나한테 관심이 있는 거냐고 묻는 거예요."

그녀는 와인 잔을 들어 한입 마신 후, 그를 똑바로 바라보면서 정색을 했다.

"혹시 '모튼' 이라는 성 때문이에요?"

그는 눈에 띄게 이마를 찌푸렸다.

"한 가지 확실하게 해두고 싶은 게 있군, 제니퍼. 당신 성이 '모튼' 이든 아니든 그런 건 상관없어. 난 배경이나 따지는 그런 한심한 인간이 아니니까."

잔뜩 화가 났다는 걸 알리기라도 하듯 그의 목소리는 낮으면서도 위험스러운 음색을 띠고 있었다.

"당신은 내가 지금까지 알고 지내던 여자들과는 사뭇 달라. 그래서 관심이 가는 것일 수도 있고. 왜 그런 건지는 나도 확실하게 말로 설명할 수가 없어. 단순한 호기심인지 아니면 정말 어떤 감정을 느끼는 건지."

진지한 표정으로 그가 말을 하자 그녀는 심장이 쿵 하고 내려앉는 것만 같은 느낌을 받았다. 다른 때라면, 이런 상황이 아닌 평범한 때라면, 또한 그가 채연과 아무런 관계가 없는 사람이라면 그녀는 정말 큰 기쁨을 느꼈을 게 분명했다.

잘생긴 남자가, 매력도 있고 배경도 있고 가질 것 다 가진 남자가 관심 있다는 말을 하는데 어떤 여자가 좋아하지 않을까.

그녀는 쿵쿵 뛰어대는 심장을 진정시키려 입술을 꼭 깨물었다.

"승빈 씨 말은…… 그러니까, 아무것도 가진 게 없는 가난한 집 딸이어도 느낌만 있으면 관심을 갖고 계속 만날 거다, 뭐 그런 뜻인 거죠?"

"그래."

거짓말. 거짓말. 거짓말. 그녀는 마구 소리를 칠 것만 같아 황급히 와인 잔을 들었다. 정신없이 뛰어대는 신경을 와인으로 진정시킨 그녀는 차분한 표정을 유지하려 애쓰며 다시 그에게 말을 건넸다.

"예전에도 그런 느낌을 받은 여자가 있었나요?"

제발 있다고 해 줘. 채연에게서 그런 느낌을 받았었다고 말해 줘.

그녀는 간절히 기원했다.

지금이라도 그가 그렇게 고백을 한다면 그녀의 증오심이 조금이나마 누그러질 것 같았다.

긴장을 하고 그의 대답을 기다리는 그녀의 귀에 갑자기 요란한 빵빠레 소리가 들려왔다. 깜짝 놀란 그녀는 소리가 들린 쪽으로 고개를 돌렸다.

천장에서 대형 롤 블라인드가 내려오고, 부드러운 음악 소리가 실내를 가득 메웠다.

뭐지? 저게 뭐야?

"공개 프러포즈를 하는군."

"공개 프러포즈?"

놀란 가슴을 쓸어내리고 고개를 갸우뚱하면서 그녀는 소파에 편안히 몸을 기댔다.

롤 블라인드에 한 남자의 영상이 비치고 사랑이 가득 담긴 고백이 시작됐다.

"여긴 프러포즈의 명소지. 여기서 야경을 보면서 프러포즈를 하면 사랑이 이루어진다는 말이 있어."

"그랬군요. 난 야경이 멋있다는 말만 들었지 이런 이벤트까지 하는 줄은 몰랐어요."

솔직하게 말하자면 그가 이곳에서 리셉션을 한다는 김 비서의 말을 듣고 온 거지, 야경이 멋있다는 말은 오해받지 않으려 둘러댄 핑계일 뿐이었다.

"공개 프러포즈라니. 정말 어수선하고 정신없네요."

중요한 얘기를 하다가 방해를 받아 그녀는 기분이 좋지 않았다.

"보기 좋은데. 뭘……."

"보기 좋긴요. 공개 프러포즈라는 게 여자들한테 얼마나 부담스러운 일인지는 전혀 생각도 안 하죠?"

"부담스럽긴 뭐가 부담스러워?"

"다른 사람들 다 보고 있으니까 거절하고 싶어도 못할 거 아니에요."

"거절당하지 않을 자신이 있으니까 공개적으로 프러포즈를 하는 거겠지."

"어쨌든 남자들은 정말 자기들 생각밖에 안 한다니까."

입술을 삐죽이 내밀면서 투덜거리는 그녀를 빤히 바라보던 그가 피식 웃었다.

"여자들이 이벤트 해 주길 바라니까 남자들이 하는 거지. 이런 일 진심으로 좋아서 하는 남자들은 별로 없을걸."

"그럼 당신은 어떤 쪽이에요? 좋아서 이벤트 해 주는 쪽? 아니면 하기 싫어도 여자가 원하니까 해 주는 쪽?"

"난 이벤트 같은 거하고는 거리가 머니까 둘 다 아니지."

"굳이 이런 거창한 이벤트가 아니더라도 여자를 위해서 뭔가 해 본 적 없어요?"

그녀는 정말 궁금한 마음에 질문을 던졌다.

"예를 들면?"

"음……. 노래를 불러준다든가."

"없어."

짤막한 그의 답변에 그녀는 입술을 삐죽거렸다.

"간이극장이나 레스토랑을 통째로 빌려서 둘만 있는다거나 밤늦게 놀이공원 임대해서 환히 불 켜놓고 같이 노는 건요?"

"안 해 봤어."

"꽃 선물은 해 봤겠죠? 설마, 그런 것도 안 했을 리는 없을 거예요. 그렇죠?"

"공연한다고 해서 커다란 화환은 보내 봤지. 글자 써 넣어서."

"진짜 분위기 없는 남자네요. 그럼요……."

그녀는 말꼬리를 흐리며 그를 슬쩍 훔쳐봤다.

"여자가 좋아하는 걸 같이해 보긴 했어요? 예를 들면 백화점 쇼핑하기, 로맨스 영화 같이 보기. 드라이브도 있고, 기차 타고 여행을 간다거나 참, 등산은 어때요? 같이 산에 가 본 적 있어요?"

채연과 같이 등산을 했다는 사실을 알고 있던 그녀는 숨을 죽이고 그의 대답을 기다렸다.

"여자와 단둘이 등산을 한 적은 없는데."

앗! 나도 단둘이 등산을 간 건지, 다른 사람과 같이 간 건지는 모르는데. 심각한 오류에 쌓인 그녀가 이마를 팍 찌푸리는데 그가 말을 이었다.

"난 산보다 바다를 더 좋아해서 등산은 잘 가질 않아. 회사에서 갈 때야 어쩔 수 없이 가긴 하지만."

등산하길 좋아한다고 언니를 속인 걸까. 아님 지금 나한테 거짓말을 하는 걸까.

"아직도 안 끝났네. 무슨 말을 저렇게 길게 하는 거야."

혼란스러움에 휩싸인 그녀는 귓가에 들려오는 낯선 남자의 사랑이 담긴 언어에 확 짜증을 부렸다.

"왜 그래?"

"그냥 사랑한다, 결혼하자, 그러면 될 걸 구구절절 말이 많잖아요. 짜증나게."

"부러운 건 아니고?"

"지금 나 약올려요?"

그녀는 그를 힘껏 노려보다 프러포즈의 주인공인 여자와 눈이 마주쳤다. 프러포즈를 받는 주인공의 좌석은 다른 좌석과 달리 꽃다발과 커다란 케이크로 치장이 되어 있었다. 색색깔의 양초로 불을 밝혔고 좌석 앞에 붉은색의 양탄자도 깔려 있었다. 아마도 남자 주인공이 나타나 그녀 앞에 무릎을 꿇을 때 쓰려고 준비한 것인 듯했다.

"봐요. 저 여자도 지금 짜증내고 있잖아요."

그가 고개를 돌려 여자를 바라봤다.

"웃고 있는데."

"좌우지간 남자들은 그저 보이는 대로만 해석을 하죠. 당신 눈에는 지금 저 표정이 웃는 걸로 보여요? 내 눈에는 어쩔 수 없이 웃는 척하는 걸로 보이는데."

그는 알 수 없다는 표정으로 고개를 갸우뚱거렸다.

"분명 이런 식의 프러포즈에 엄청 당황하고 있는 거예요. 봐요, 애인이 열성적으로 사랑 고백을 하고 있는 데도 자꾸 주위 눈치만 보고 있잖아요. 저 자리가 불편한 거예요. 프러포즈를 받아서 좋기는 한데 다른 사람들의 시선이 부담스러운 거죠. 그래서 짜증이 나는데 그걸 표현할 수는 없으니까 저런 표정을 짓고 있는 거예요."

"이럴 땐 짜증이 난다는 표현보다는 부끄러워한다는 게 더 어울리겠는데. 어쨌든 제니퍼는 사람들 파악을 잘하는군."

"제 직업이 그런 거잖아요."

"그래서 하는 말인데 그 '다이내믹 스쿨'이라는 곳이 뭐 하는 데야?"

그녀는 포크로 잘게 썬 스테이크 한 조각을 찍어 입으로 가져가며 톡 쏘아붙였다.

"그건 알아서 뭐 하시려고요? 등록하시게요?"

"짜증난다고 나한테 시비 걸지 마. 그리고 곧 끝날 것 같으니까 좀 참고."

"참는 거야 참죠. 안 참으면 어쩌겠어요? 프러포즈하는 데 가서 망칠 수야 없죠. 우리 내기할래요? 저 여자가 프러포즈를 받아들일지 거절할지."

"그게 무슨 내기가 되겠어? 당연히 받아들이겠지."

그는 별로 흥미가 일지 않아 건성으로 답했다. 공개 프러포즈에서 거절한다는 건 말도 안 되는 일이라는 게 그의 생각이었다.

"난 '거절한다'에 걸겠어요."

뜻밖의 말에 그는 그녀의 얼굴을 뚫어져라 바라봤다.

"저 여자가 거절을 한다고?"

고개를 끄덕인 그녀가 그의 쪽으로 몸을 굽히며 작게 속삭였다.

"분명 거절할 거예요. '거절할 거야.'라고 얼굴에 써 있어요. 그리고 프러포즈하는 저 남자도 자신감이 없어요. 여자가 받아들일지 확신이 없는 거죠. 그래서 난 거절하는 쪽이에요. 당신은 분명 받아들이는 쪽이겠죠? 자, 뭘 내기에 걸까요?"

"난 내기하겠다고 한 적 없는데."

"진 사람이 제일 마음 아팠던 사랑 이야기해 주기. 어때요?"

그녀는 그의 말은 들은 척도 하지 않고 자기가 하고 싶은 말만 했다.

"싫어. 얘기해 줄 만한 마음 아픈 사랑 이야기도 없고."

"하는 거예요. 하기로 해요. 알았죠?"

"싫거든."

그녀가 마구 조르는 데도 그는 고집스럽게 고개를 저었다.

나한테 밝히기가 싫어서 그냥 없다고 말하는 거야? 아니면 채연과의 일이 마음 아픈 사랑이 아니라고 생각해서 없다고 하는 거야?

그의 속을 알 수가 없어 그녀는 답답함을 느꼈다.

드디어 길고 길었던 남자의 사랑고백이 끝났다. 그리고 중앙의 피아노 앞에 불이 밝혀지더니 남자가 나타나 동그란 의자 위에 앉아 노래를 부르기 시작했다. 가슴이 따듯해지는 사랑의 언어가 가득 담긴 노래를.

"정말 길게도 하네."

그녀는 한숨을 푹 내쉬고 창가로 고개를 돌렸다. 이뤄지지도 못할 사랑의 장면—그녀의 예상일 뿐일지도 모르지만—을 보고 있느니 차라리 창밖의 야경을 감상하는 게 훨씬 좋을 것만 같았다. 한참 불빛에 빠져 있던 그녀의 귀에 노래 소리가 끝나고 그의 목소리가 들려왔다.

"남자가 걸어가는군."

그 말을 듣고도 그녀는 고개를 돌리지 않았다.

"무릎을 꿇었는데 '내 사랑을 받아줘.' 라고 하는군."

"나도 들려요."

턱에 손을 괴고 그녀는 그를 힐끗 쳐다보고 눈썹을 찌푸렸다.

"미안해. 자길 사랑하지만 난 아직 결혼하고 싶지 않아. 그러기에 난 아직 너무 어리잖아. 우리 나중에 다시 얘기하면 안 될까?"

잔뜩 흔들리는 여자의 목소리가 작게 들려오자 그녀는 또다시 한숨을 푹 내쉬었다.

저럴 줄 알았다니까.

승빈은 조금 놀랐다. 당연히 여자가 프러포즈를 받아들일 거라고 생각했던 그로서는 지금 벌어진 일은 자신이 직접적으로 당한 일이 아니었음에도 충격적이었다.

바늘 하나가 떨어져도 다 들릴 만큼 주변이 조용해지고 결국 여자는 두 손으로 얼굴을 감싸며 울음을 터트렸다.

"자기야, 사랑해. 하지만…… 결혼은 싫어."

울먹이면서 여자가 말하고 남자는 '괜찮아, 괜찮아.' 하면서 여자의 어깨를 감쌌다. 분명 괜찮지 않을 게 뻔한 데도. 그나마 다행인 것은 두 사람 중 한 명이 먼저 자리를 떠나지 않고 같이 나갔다는 점이다.

소란스러웠던 프러포즈가 끝나고 어수선했던 분위기가 가라앉자 스카이라운지는 다시 사람들의 얘기 소리로 가득 찼다.

"역시 프러포즈란 두 사람만 있는 데서 은밀히 하는 게 더 좋은 것 같아요."

"음. 거절해도 크게 맘 상하지 않을 테니까?"

그가 피식 웃으며 말하자 그녀는 곱게 눈을 흘겼다.

"말에 가시가 있네요."

"하긴, 사람 마음은 알 수가 없는 거니까. 변덕이 죽 끓듯 하는 여자도 많고……."

그의 중얼거림에 그녀는 먹잇감을 발견한 하이에나처럼 반짝 눈을 빛내며 달려들었다.

"누군데요? 그 변덕이 죽 끓듯 한다는 여자가?"

슬쩍 눈썹을 찌푸린 승빈이 와인 잔을 손에 들었다.

"이랬다 저랬다 하는 사람 있어. 번번이 사람 골치 아프게 만들지. 그렇다고 오해는 하지 마. 애인이나 사귀는 사람은 아니니까."

건수 하나 잡았다 생각하고 달려들면 미꾸라지처럼 쏙 빠져나가는 그의 행동에 그녀는 슬슬 약이 올랐다.

정말 열 받아. 그냥 확 노란 알약을 먹여 버려?

속에서는 열불이 났지만 겉으로 드러내지 않으려 애쓰며 그녀는 다시 질문을 던졌다.

"졌으니까 얘기해 봐요. 마음 아픈 사랑 이야기."

"그런 거 없다니까."

"정말 없어요?"

"그래."

저절로 핸드백에 손이 갔다. 당장이라도 노란색 알약을 꺼내서 그에게 먹이고 싶어졌다.

"그럼 첫사랑 얘기라도 해 줘요. 설마, 첫사랑도 없다고 발뺌하지는 않겠죠?"

"제니퍼가 내 첫사랑이야."

그 말을 듣는 순간 또다시 그녀의 심장이 고장 났다. 맥박이 미친 듯이 뛰고 가슴이 두근거렸다. 아무런 생각도 할 수 없고 말조차도 할 수 없었다. 한순간 온몸을 저릿하게 만드는 느낌에 제정신이 아니었던 그녀는 그의 입가에 살짝 생겨나는 미소를 보고 그가 농담을 하고 있다는 걸 알아차렸다.

"그거 나 듣기 좋으라고 하는 소리죠?"

입술을 삐죽거리면서 그녀는 유별나게 싸늘한 음성으로 말했다. 잠깐이나마 속았던 자기 자신이 부끄러웠다.

"역시 직업적인 관찰력은 놀랍군. 맞아. 설마 내가 이 나이에 지금 첫사랑을 경험하겠어?"

빙글빙글 웃으면서 그는 그녀를 뚫어져라 바라봤다. 혹시라도 마음이 흔들렸다는 걸 그에게 들킬까 봐 그녀는 표정을 다듬고 와인을 마셨다.

"다른 여자들한테도 그렇게 말했겠죠? 첫사랑이라고. 설마 만나는 여자들한테 다 그런 건 아니겠죠?"

"첫사랑이 어쩌고 하면서 제니퍼처럼 끈질기게 물고 늘어지는 여자한테만 그랬지."

"그래서, 믿던가요?"

"믿는 사람도 있고, 안 믿는 사람도 있고."

솔직 담백한 그의 대꾸에 그녀는 할 말을 잃었다. 분한 마음에 부들부들 떨면서 한참을 말도 못하고 그를 노려보던 그녀는 포크를 꼭 움켜쥐었다.

"그거, 일종의 사기라는 거 알아요?"

"그렇게 말하는 제니퍼도 마찬가지일걸. 결혼 상대, 혹은 진심으로 사랑하는 사람을 만나게 되면 그 사람 앞에서 태연스럽게 첫사랑에 대한 얘길 할 수 있겠어?"

"당신은 결혼상대도 아니고 진심으로 사랑하는 사람이 아닌 데도 그런 거짓말을 거침없이 하는 거잖아요."

"마음을 그렇게 갖겠다는 거야. 만나는 사람마다, 첫사랑이다 생각하고 대하겠다고."

"말만 번드르르 잘하죠. 바람둥이!"

그녀가 톡 쏘아붙이자 그는 또다시 피식 미소를 내보였다.

"그래도 양다리는 안 걸쳐."

"양다리요? 그게 뭔데요?"

"한국어가 능숙하기는 해도 비속어에는 약하군. 두 사람을 동시에 만나는 걸 양다리를 걸친다고 하지."

"그렇군요. 참으로 자랑스러우시겠어요."

혹시나 다른 여자를 만났기 때문에 채연과 헤어진 건 아닐까. 갑자기 그런 의문이 생겨났다. 두 여자를 동시에 만나지는 않는다니까. 채연이 아닌 다른 누군가를 만나서 사랑에 푹 빠진 거라면. 정말 그런 거라면…….

하지만 그는 자신의 입으로 지금까지 사랑한 여자가 없었다고 했다. 정말 이 남자는 입만 열면 거짓말만 해대는 나쁜 남자일까. 제대로 생각을 정리할 수가 없어 머리가 어지러웠다. 필립의 말대로 간접적으로 그에게서 진실을 알아내는 일은 어려운 일이었다.

갑자기 식욕이 싹 가시는 느낌에 그녀는 손이 저릴 정도로 움켜잡고 있던 포크를 접시 위에 내려놓고 냅킨으로 입을 닦았다. 식사가 끝났음을 알리는 그녀의 태도에 그가 의아한 표정을 내보였다.

"벌써 다 먹은 건가?"

"네."

"조금밖에 안 먹는군."

"더 먹고 싶은 생각이 없어요. 많이 드세요."

그녀는 와인을 마시면서 퉁명스럽게 쏘아붙였고 그가 식사를 끝내자 바로 자리에서 일어섰다.

"오늘 저녁은 내가 사지."

"고맙군요."

그런 마음은 하나도 없었지만 그녀는 겉치레로 인사말을 건넸다. 나란히 스카이라운지를 나와 엘리베이터를 기다리며 그녀는 앞만 똑바로 바라본 채 그에게 시선조차 주질 않았다. 마치 '나 지금 엄청 화났어.' 라고 시위라도 하듯.

"합의에 대해서는 한 마디도 하지 않는군."

엘리베이터를 탄 뒤, 그가 나지막하게 내뱉는 말에 그녀는 간단히 대꾸했다.

"아직 생각중이에요."

"정식으로 사과하겠다고 말했잖아."

"다시 생각해 보니까 그것만 갖고는 안 될 것 같아요. 아직도 자고 일어나면 뼈마디가 쑤시거든요."

얄밉게 대꾸하는 그녀를 빤히 바라보던 그가 한숨을 내쉬었다.

"그럼 병원을 가든지."

"병원에 가도 소독약 발라주고 나면 끝이라면서요. 진단서도 안 나온다고 말한 사람은 바로 강승빈 씨예요."

"X—ray 찍고, 물리치료를 받으면 되지."

그녀는 그를 흘끔 바라보고 고집스런 어투로 말했다.

"그 정도로 아픈 건 아니니까 공연히 병원에 가서 시간낭비하고 싶지는 않아요. 놀면서도 꽤 바쁘거든요."

그 뒤로 그는 한 마디도 하지 않았고 그녀 또한 말을 걸지 않았다. 일층 로비에 도착한 그녀는 그제야 그를 똑바로 마주봤다.

"다음에 기회가 되면 또 봐요."

"연락할 건가?"

"글쎄요. 인연이 있으면 우연히라도 만나게 되지 않겠어요?"

그가 주머니에서 휴대폰을 꺼내 들었다.

"전화번호 말해 봐."

"알려주기 싫어요."

"제니퍼."

"전화할게요."

그가 뚫어져라 바라보자 그녀는 새침하게 눈을 내리깔았다.

"전화한다고요. 그리고 사고 때문에 걱정이 돼서 그런 거면 그 사고, 없던 일로 해줄 테니까 마음 놓아요. 됐죠?"

"그것 때문에 전화번호를 알려고 하는 게 아니야."

"그럼 왜요?"

"말했잖아. 관심 있어서 그러는 거라고."

"과도한 관심은 사양이에요. 제가 그어 놓은 선 안쪽으로 들어오려고 하지 말아요. 전화번호도 내가 알려주고 싶은 마음이 들면 그때 알려줄게요. 그럼, 안녕히 가세요."

"제니퍼!"

그의 부름을 무시하고 그녀는 입구 쪽에서 기다리고 있던 필립에게로 빠르게 다가갔다.

「기분이 안 좋아 보이는군요.」

필립의 말에 그녀는 이마를 찌푸렸다.

「그래요, 안 좋아요. 공연히 만났다는 생각이 들어서요.」

그녀는 호텔 입구를 나서면서 어리광을 부리듯 필립의 팔에 매달렸다.

「소득도 없고 약만 바짝 오르고. 정말 손해 본 기분이라고요.」

「호텔로 돌아가면 진한 커피를 끓여 드릴 테니 그만 씩씩거리고 진정해요.」

「고마워요, 필립.」

필립을 바라보면서 활짝 웃던 그녀는 누군가의 시선이 느껴져 고개를 돌렸다. 뒤따라 호텔 입구를 나서던 승빈이 못마땅하다는 표정으로 그녀를 노려보고 있었다.

그러거나 말거나 제니퍼는 필립이 차 문을 열어주자 고개를 까닥숙여 보인 후, 차에 탔다. 승빈의 시선은 차 앞을 돌아 운전석을 향하는 필립에게 고정되어 있었다. 마치 연적을 쳐다보듯 불같은 눈빛이었다.

뭐야? 저 남자. 정말 진심으로 나한테 관심이 있는 거야?

질투에 불타고 있는 것처럼 보여지는 그의 눈빛에 그녀는 잠시 고개를 갸웃거렸다.

“너무 신경 쓸 거 없어. 오히려 잘된 일이지 뭐. 나한테 관심 있으면 꼬여내기도 더 쉽지 않겠어?”

「무슨 말이죠?」

운전석에 앉은 필립이 물었다.

「아니에요, 아무것도. 그만 출발해요.」

「Yes, Sir.」

차가 출발하고 승빈의 모습이 눈에 보이지 않게 되자 그제야 그녀는 크게 한숨을 내쉬었다.

4장

제니퍼. 제니퍼. 모튼. 그 이름이 뇌리에서 떠나지 않았다. 일을 할 때도 쉬고 있을 때도 계속해서 그녀가 생각이 났다. 그는 자신이 첫사랑의 열병을 앓는 10대 소년이 된 것만 같아 스스로를 못마땅하게 여기고 있었다. 하지만 아무리 다스려 보려 해도 그녀를 생각하고 떠올리는 일을 멈출 수가 없었다.

지금도 그는 휴대폰의 벨이 울리자마자 혹시 그녀가 전화를 한 건 아닐까 하는 기대를 했다. 그리고 발신번호 표시에 떠오른 '강아름'이라는 세 글자에 씁쓸한 미소를 지었다.

"여보세요."

—오빠, 무슨 일 있어?

"아니. 왜?"

—목소리가 기운이 없는 것 같아서.

기대감이 푹 사그라져서 그런다. 그렇게 대답할 수는 없기에 그는 헛기침만 했다.

"흠흠. 좀 복잡한 일이 있어서 그래. 그런데 무슨 일이야?"

—이번 일요일 약속 때문에.

일요일 약속? 잠시 기억을 더듬어 보던 그는 이마를 팍 찌푸렸다.

아차! 아름이하고 경주에 간다고 했었지. 젠장.

—오빠가 시간이 어떻게 될지 모른다고 다시 전화하라고 했었잖아.

생각 같아서는 무척 바빠서 못 간다고 하고 싶었다. 그리고 평상시라면 능히 그렇게 하고도 남았다. 하지만 그날만은 그런 식의 얄팍한 변명을 대고 빠질 수 있는 날이 아니었다. 만일 그랬다가는 그 후에 어떤 일이 생길지 장담할 수가 없었으므로 그는 내키지 않으면서도 말을 내뱉었다.

"가야지. 몇 시에 만날까?"

—경주까지 가는 시간도 있으니까 아침에 출발했으면 해.

"그래, 알았다. 9시쯤 괜찮지?"

—응.

"집으로 데리러 갈게. 준비하고 기다려."

—알았어, 오빠. 몸조심하고 잘 지내.

"그래. 너도 잘 지내고."

그는 종료 버튼을 누른 뒤 가만히 휴대폰을 노려보았다.

'전화할게요.' 라고 말해 놓고 벌써 일주일이 다 되어 가는데 그녀는 전화를 하지 않았다. 그녀의 연락처도 모르니 자신이 먼저 전화를 할 수도 없는 일이었다.

답답한 마음에 연신 한숨을 내쉬던 그는 스카이라운지에서 그녀와 나눴던 대화를 떠올려봤다. 자선모금 파티에서도 그랬지만 그녀는 유독 그의 여자관계를 궁금하게 여겼다. 첫사랑이니, 진심으로 사랑했던 여자가 있느냐는 등 계속해서 그런 것만 캐물었다. 단순한 호기심이나 질투 때문은 아닌 것 같았다.

그렇다면 왜 그러는 걸까? 혹시…….

문득 떠오르는 생각에 그는 눈썹을 찌푸렸다. 예전에 그도 여자를 만나 사랑에 빠졌고 진지한 관계가 될 뻔한 적이 있었다. 그 여자가 제니퍼와 어떤 관계가 있는 건 아닐까 곰곰이 생각해 보다가 그는 고개를 저었다. 전혀, 손톱만큼도 두 사람이 연결될 만한 일은 없었다.

이대로 가만히 앉아서 애만 태우다가는 속이 다 썩어버릴 것 같아 그는 인터폰을 눌렀다.

"김 비서. 잠깐 들어와요."

잠시 후, 노크 소리가 들리고 김 비서가 안으로 들어와 책상 앞에 섰다.

"김 비서. 제니퍼 모튼이 어느 호텔에 투숙하고 있는지 아나?"

승빈의 질문에 김 비서는 순간 흠칫했다. 승빈이 갑작스럽게 그런 질문을 할지 몰랐기에 김 비서는 아무 말도 못하고 멀뚱하니 서 있기만 했다.

그동안에도 김 비서는 그의 근황을 제니퍼에게 알려줬다. 제니퍼와 직접 통화를 하지는 않았지만 필립과 통화를 했고, 문자를 보내기도 했다. 그랬기에 도둑이 제 발 저리다고 김 비서는 혹시나 승빈이 제니퍼와 자신의 관계를 눈치챈 건 아닐까 하는 걱정이 생겼다.

제니퍼가 투숙하고 있는 호텔이야 너무나도 잘 알고 있었지만 김 비서는 선뜻 대답을 할 수 없었다.

"그게…… 잘 모르겠습니다."

"자선모금 파티에 왔던 기자들한테 물어보면 알 수 있을 거야."

"그렇겠군요."

맞장구를 치면서도 김 비서는 조마조마했다.

"알아내서 제니퍼 앞으로 꽃바구니를 보내도록 해."

"꽃…… 바구니요?"

여자한테 꽃바구니를 선물하라니. 그와 함께 일한 3년 동안 한 번도 일어나지 않았던 일이었다. 김 비서는 적잖이 놀랐다.

"그래. 제니퍼 마음에 들도록 크고 예쁜 걸로."

한 번도 꽃 선물을 해 본 적 없다는 말에 제니퍼는 분위기 없는 남자라며 투덜거렸었다. 그 말에 반발심이 든 건지 그는 자신도 분위기 있는 남자라는 걸 그녀에게 알리고 싶었다.

"오늘 당장 보내도록 해."

"네, 알겠습니다."

꾸벅 고개를 숙여 보이고 사무실을 나오면서 김 비서는 히죽 웃었다.

김 비서는 제니퍼에게 고마움을 느꼈다. 많은 돈을 건네주어 생활이 편안해진 것도 고마웠지만 무엇보다 변해가는 사장의 모습을 보는 게 따분한 회사생활 중에 쏠쏠한 재미를 느끼게 해 주었기 때문이었다.

* * *

"아니야, 아니라고. 으아아악!"

목청껏 소리를 지른 그녀는 눈을 번쩍 떴다.

"말도 안 돼. 말도 안 돼. 정말 말도 안 되는 일이야."

그녀는 몸을 일으켜 앉으며 마구 소리를 질렀다.

꿈을 꿨다. 아주 지독한 악몽을.

그녀는 채연과 나란히 앉아 있었다. 배경으로 산이 보이고, 넓은 들판도 보였다. 돌아보지 않았지만 뒤쪽에 큰 나무가 있다는 걸 느낄 수 있었다. 다정스레 손을 맞잡고 얘기를 나누고 있었는데 앞에서 갑자기 승빈이 나타났다. 천천히 걸어오는 그를 보고 채연이 벌떡 일어나 달려갔다. 그리고 그의 허리를 끌어안았다. 팔짱을 끼고 나란히 다가오는 두 사람을 보면서 그녀는 마음이 아프다고 느꼈다. 왜인지 모르겠지만.

코앞까지 다가온 승빈이 팔을 잡은 채연의 손을 떼어냈다. 그리고 그녀의 팔을 잡았다. 자신의 품안으로 끌어당겨 안으며 그가 말했다.

'미안해. 난 당신이 아닌 제니퍼를 사랑해.'

채연의 표정이 일그러졌다. 커다란 두 눈에서 눈물이 뚝뚝 떨어져 볼을 적셨다. 그녀는 아니라고 소리치려 했지만 말이 입 밖으로 소리가 되어 나오지 않았다. 그를 밀어내려 했지만 들어 올린 팔은 어이없게도 그의 등을 끌어안고 있었다.

아니야, 아니야. 언니, 아니야. 이 사람은 거짓말을 하고 있는 거야.

애타게 외쳤지만 입만 붕어처럼 뻐끔거릴 뿐이었다.

서서히 채연의 몸이 희미해져갔다. 눈물을 흘리면서.

아니야, 언니. 믿지 마. 거짓말이야. 아니야. 아니라고.

고래고래 소리를 지르다가 그녀는 잠에서 깨어났다.

"이게 무슨 망측한 꿈이냐고."

셋이서 같이 만난 적도 없는데 이런 꿈을 꾼다는 게 그녀는 어이가 없었다.

그의 잘난 얼굴과 사람 혹하게 만드는 말투에 가슴 두근거렸던 그녀의 행동을 채연이 나무라고 있는 것만 같았다.

'제니퍼가 내 첫사랑이야.'

그가 했던 말이 머릿속에서 울렸다.

젠장, 약올라 미치겠네. 그때를 다시 떠올리자 그녀의 얼굴이 벌겋게 달아올랐다.

그를 믿어서는 안 된다. 그가 하는 말을 전부 믿으면 안 된다. 머릿속으로 아무리 그렇게 강조해 봐도 왠지 그녀는 그가 거짓말을 하고 있는 건 아닐 거라는 생각이 들었다. 본격적으로 뇌의 이성적인 부분과 마음의 감정적인 부분이 충돌을 일으킨 듯했다.

"내가 내 무덤을 판 거야. 내 발등을 푹 찍은 거라고."

그녀는 한숨을 푹푹 내쉬었다. 처음 예정대로 그가 어떻게 생긴 남자인지만 보고 뉴욕으로 떠났어야 했다. 그가 어떤 남자인지 궁금해하지도 말고 지금 현재 어떤 생활을 하고 있는지 알아볼 필요도 없었다. 공연히 여자들의 아픔을 알게 해 주네 어쩌네 하면서 마치 자신이 세상 모든 여자들의 대변인이 된 듯 나설 필요는 없었다. 그런데 그놈의 호기심 때문에 그녀는 지금 감정의 충돌로 인한 괴로움을 맛보고 있는 거였다.

아니지. 아니야. 그래도 그 인간은 벌을 받아야 해. 벼락을 맞아 봐야 정신을 차린다고.

사랑했던 여자가 없었다고 한다. 그 말은 채연과의 일도 한낱 연애놀음에 불과하다는 말과 같았다.

어떻게 그럴 수가 있을까. 아니면 내 앞이라 사랑하는 여자가 있었다는 말을 하지 않는 걸까?

지금까지 그녀가 느끼기에 강승빈, 그 악마 같은 인간은 채연과의 일은 기억하지도 못하는 듯했다. 게다가 그녀의 질문에 요리조리 피해가면서 엉뚱한 답변만 늘어놓는 것이 그의 뇌는 이미 김채연이라는 존재를 지워버린 게 분명했다.

"못된 놈, 나쁜 놈."

화가 나 옆에 놓인 쿠션을 들어 집어던지며 그녀는 불편한 마음을 드러냈다.

「어이쿠, 제니퍼.」

마침 문을 열고 들어오던 필립이 날아든 쿠션을 피하며 말했다.

「어머! 미안해요, 필립.」

「무슨 일이죠?」

필립은 커다란 꽃바구니를 탁자 위에 올려놓고 그녀 앞으로 다가왔다.

「악몽을 꿨어.」

「낮잠을 잤나요? 이상하군요, 제니퍼. 평소에 낮잠은 안 자는 걸로 아는데. 어디 몸이 안 좋기라도 한 건 아닌가요?」

「그냥 잠깐 졸았을 뿐이에요. 내 몸은 멀쩡하니까 걱정하지 말아요. 그런데 저건 뭐죠?」

제니퍼의 시선이 탁자 위의 꽃바구니에 가 닿았다.

「프런트에서 선물이 와 있다고 연락이 와서 가 봤더니 꽃바구니더군요. 강승빈 씨가 보낸 겁니다.」

「그 사람이 저걸 보냈다고요? 내가 여기 있다는 걸 어떻게 안 거죠?」

그녀가 질문을 하자 필립은 난처한 표정으로 어깨를 으쓱였다.

「그건 어려운 일이 아니죠. 자선모금 파티에 왔던 기자들이 제니퍼가 이 호텔에 투숙하고 있다는 걸 알고 있습니다. 아마도 출입하는 걸 본 모양입니다. 여러 번 인터뷰 제의가 들어왔었는데 제가 다 거절했습니다.」

「그래요? 인터뷰 거절한 건 잘했어요, 필립. 별로 할 말도 없으니까. 그런데 그 남자는 왜 저런 걸 보낸 걸까요?」

「제니퍼의 호감을 얻고 싶은가 보죠.」

「흥! 꽃바구니나 선물에 누그러질 마음이었으면 굳이 비행기 타고 여기까지 날아오는 짓은 안 하죠.」

그녀가 코웃음을 치며 쌀쌀맞게 말하자 필립이 씩 웃었다.

「그래도 일단 강승빈 씨 마음은 알아차렸으니 우리로서 손해는 아닌 겁니다.」

「그건 그렇죠.」

「이제 슬슬 연락할 때가 되지 않았을까요?」

필립은 넌지시 말을 건넸다. 뭔가를 생각하는 듯 가만히 있던 제니퍼가 필립을 올려다보며 눈웃음을 쳤다.

「글쎄요. 난 아직 이르다고 생각하지만…… 그 사람은 충분히 몸이 달아오른 모양이네요. 저런 걸 보낸 걸 보면 말이죠.」

「오전에 김 비서에게서 연락이 왔었는데 이번 달 말에 주주총회가 열린다고 하는군요.」

「주주총회요?」

「네. 곧 본사 사장 자리가 공석이 될 거라고 합니다. 그 자리를 채우기 위해 강 회장이 강승빈을 본사 사장으로 임명하려고 한다고 합니다. 이사진에서도 아직 일부 임원들밖에 모르는 일이라고 하더군요.」

「본사 사장이라……. 자기 아들한테 성공적으로 회사를 물려주기 위해 날개를 달아주려 하고 있나 보군요.」

「지사 사장 자리도 경영수업의 일환에 지나지 않는 데다 벌써 3년이나 있었으니 강 회장이 이제 슬슬 자리 굳히기를 시도할 때가 되었다고 판단한 거겠죠.」

「그렇다면 그 일부터 훼방을 놔야겠군요. 강승빈이 날개를 달고 훨훨 날아다니는 꼴은 볼 수 없으니까.」

머릿속으로 강승빈이 빠질 수 있도록 미리 짜두었던 함정을 떠올리며 그녀는 사악한 미소를 지었다.

「바리케이트가 돼 줄 라이벌은 있겠죠?」

「네. 민영호라는 인물이 있습니다. 강 회장의 외조카라고 하더군요. 현재 본사 본부장 자리를 맡고 있는데 야망이 남다른 인물이라고 합니다. 김 비서의 말로는 강 회장의 부인도 강승빈보다 민영호 측을 편들고 있다고 합니다.」

「우리한테는 잘된 일이지만 아들보다 조카 편을 들다니 그건 좀 이상하군요?」

「재벌가잖습니까? 뒤가 구린 일이 한두 가지겠습니까? 일반 사람들은 생각할 수도 없는 어떤 일들이 있겠죠.」

「나도 재벌가의 일원이고 그런 말하고 있는 필립도 재벌가의 일원이에요. 남 말할 처지가 아니죠. 반성하세요.」

그녀가 장난조로 말하자 필립도 씩 웃었다.

「그건 그렇군요.」

「그렇다면 슬슬 움직여도 되겠군요. 그전에 필립이 해 줄 일이 있어요.」

「얘기만 하세요, 제니퍼. 저도 꽤 능력 있는 사람이니까요.」

「필립 능력이야 내가 제일 잘 알죠.」

그녀는 화사하게 웃으며 필립을 향해 파일을 내밀었다.

「생각나는 대로 적어뒀던 거예요. 다행스럽게도 이번 일에 딱 맞는 함정이 되어 줄 것 같군요. 이대로 준비를 해 주세요.」

파일을 열어 안의 내용을 살펴보던 필립이 이마를 잔뜩 찌푸렸다.

「이건 너무 위험한 것 같습니다.」

「전혀 그렇지 않아요.」

「하지만 제니퍼가 전면에 나서는 건 무리라고 생각합니다만.」

「상관없어요. 그리고 내가 아니면 강승빈이 그런 함정에 걸려들겠어요?」

필립은 여전히 못마땅하다는 표정을 지우지 못한 채 고개를 저었다.

「다른 계획을 짜는 게 어떨까요? 이건 나중에라도 문제가 될 소지가 충분합니다.」

「그 사람이 눈치챈다 해도 상관없어요. 확실한 물증도 없는 데다 나한테 호감을 갖고 있는 이상 심증만 갖고 따지지는 못할 거예요. 그리고 만약 따지고 든다 해도 그 정도는 감당할 수 있어요.」

자신만만한 어조로 말할 뒤 그녀는 필립을 향해 애원의 눈길을 보냈다.

「필립. 걱정은 그만하고 진행시키겠다고 말해 줘요. 네?」

「제니퍼가 원하는 거라면 지옥 불길속이라도 뛰어들어야죠. 알았습니다.」

「와우! 고마워요, 필립. 역시 필립은 언제나 내 편이에요.」

환호성을 지르며 벌떡 일어난 그녀는 한걸음에 달려가 필립의 목을 끌어안았다.

「날짜는 며칠이나 필요하죠?」

그녀의 어깨를 가볍게 두드린 후, 필립이 답했다.

「3일 정도면 충분할 것 같습니다.」

다시 한 번 필립을 꼭 끌어안은 후, 뒤로 물러난 제니퍼는 득의만만한 미소를 지었다.

「그렇다면 이제 강승빈 씨한테 전화를 해야겠군요. 그다지 고맙다는 마음은 들지 않지만 그래도 선물을 받았으니 빈말이라도 감사의 인사를 해야겠죠.」

소파로 돌아가 앉은 그녀는 휴대폰을 꺼내 저장되어 있던 버튼을 눌렀다. 신호가 가고 말소리가 들리자 그녀는 매혹적인 음성으로 속삭이듯이 말했다.

"강승빈 씨? 제니퍼예요."

* * *

그녀는 하얀색 캡슐을 손에 들었다. 마음 같아서는 노란색을 먹여주고 싶었지만 오늘 계획한 일에는 이 하얀색이 적격이었다. 강승빈을 꿈나라로 보내줄 약.

생글거리면서 웃은 제니퍼는 작은 손지갑과 손수건을 겹쳐 탁자 위에 놓고 그 밑에 알약을 놓았다. 적당한 때를 봐서 들어 올려 손가락 끝으로 캡슐을 톡 치기만 하면 안에 들어 있는 가루약을 쓸 수 있었다.

만반의 준비를 끝내놓고 그녀는 손목 위의 시계에 시선을 줬다. 이제 10여 분 후면 오늘의 제물이 저 문을 통해 들어올 것이다. 그때까지 도 닦는 심정으로 명상이나 해야겠다는 생각을 하며 그녀가 막 소파에 등을 기대고 눈을 감는 순간, 노크 소리가 들려왔다.

뭐야? 벌써 온 거야?

깜짝 놀라 눈을 뜬 그녀는 문이 열리고 승빈이 들어서자 화사한 미소를 지었다.
"승빈 씨!"
그녀는 정말 반갑다는 표정으로 그를 맞았다.
"제니퍼."
그 또한 반가운 표정으로 다가와 한 손을 내밀었다. 그의 손을 잡는 순간, 습관처럼 그녀의 가슴이 두근거렸다.
평소에는 멀쩡한데 왜 이 남자만 만나면 이러는 거야? 나한테 내가 알지 못하는 무슨 병이라도 있는 거 아냐?
못마땅한 마음을 억누르고 그녀는 상냥하게 웃었다.
"잘 지냈나?"
"네. 승빈 씨도 잘 지냈죠? 참, 꽃 선물 고마웠어요."
"감동하길 바랐는데 성공인가?"
"네. 성공이에요. 정말 감동했으니까요. 그리고 좀 뜻밖이었어요. 난 당신이 그런 선물을 할 거라고는 생각도 안 했거든요."
"제니퍼의 덕이 크지."
"무슨 말이에요?"
"당신이 그랬잖아. 여태 여자한테 꽃 선물 한 번도 안 하는 분위기 없는 남자라고."
오호, 그 말에 충격을 받으셔서 꽃을 보낸 거였구만.
제니퍼는 의외로 그가 귀엽게 느껴져 눈웃음을 쳤다.
"제 말을 그렇게 귀 기울여 들어주시다니. 이건 더한 감동이네요. 그리고 앞으로도 종종 '어떤 선물을 해 주면 분위기 있는 남자' 라는 귀띔을 해야겠군요. 완전히 자다가 떡이 생긴 기분이에요."
"당신이 기뻐하니까 나도 기쁘군."
쿵쿵쿵. 또 심장이 거세게 뛰어댔다. 그녀는 반갑지 않은 느낌을 선사하는 심장 위쪽을 한 손으로 꾹 누르고 마음을 진정시키려 애썼다. 그가 자연스럽게 그녀의 옆에 앉으며 어색한 표정을 지었다.

"당신이 시끄러운 걸 싫어하는 것 같아서 룸을 예약했는데, 괜찮나?"

그가 고개를 살짝 돌려 그녀의 표정을 꼼꼼하게 살펴봤다.

"내키지 않으면 자리를 옮겨도 괜찮아."

"아니에요. 조용한 게 좋아요."

세심하게 배려해 주는 그의 말에 그녀는 뜻밖이라는 표정을 지었다가 이내 미소를 지었다.

오늘의 계획을 생각한다면 차라리 잘된 일이었다. 그가 다른 사람들의 시선이 있는 자리를 선택했더라면 그녀가 룸으로 옮기자고 할 판이었으니까.

"그동안 일은 많이 했어요?"

"아주 열심히 했지."

"그럼, 주말에는 쉬겠네요?"

"원래는 그래야 되는데…… 이번에는 개인적인 일이 생겨서 쉴 수가 없게 됐어."

"어머, 그래요? 아쉽네요."

탁자 위에 있던 언더글라스에 얼음을 채우며 그녀는 아쉽다는 투로 중얼거렸다.

"놀러 가려고 했는데."

"어딜 가고 싶은데?"

"음. 그냥 경치 좋은 곳이요. 아직 못 가 본 곳이 많아서요."

그가 얼음이 채워진 잔에 위스키를 부었다.

"제니퍼는 등산 좋아한다고 했지?"

어? 내가 언제 그런 소리를 했지?

기억을 더듬어 보던 그녀는 스카이라운지에서 등산에 관해 말했다는 걸 생각해냈다.

"그건 내가 좋아한다고 한 말이 아니었어요."

그의 잔에 가볍게 자신의 잔을 부딪히자 달그락거리며 얼음이 녹는 소리가 났다.

"여자들과 같이 할 수 있는 일 중에 등산도 있다는 식으로 얘길 한 거죠. 난 산보다는 바다를 더 좋아해요."

"그건 나도 마찬가지인데. 넓고 시야가 탁 트여서 좋아하지. 힘들게 땀 흘려가면서 산에 올라가는 걸 싫어해서 그렇기도 하고."

오늘 그 사람하고 같이 산에 갔어. 공기도 맑고 경치도 멋있고, 정말 좋았어.

가만히 생각해 보면 그 사람하고 난 비슷한 점이 많은 것 같아. 둘 다 산을 좋아하고 여행하는 거 좋아하고.

채연이 보낸 메일에 적혀 있던 글을 떠올린 그녀는 입술을 꾹 깨물었다.

이 인간이 또 입 열었다고 거짓말이다. 아니면 지금이 진실이고 채연에게 했던 말이나 행동이 다 거짓이었을까.

"바닷가에 별장 있어요?"

"아니. 없는데."

"있으면 한 번 가 보고 싶다고 조르려고 그랬는데. 난 플로리다에 별장이 있어요. 아빠가 바다를 좋아하는 날 위해 18세 생일선물로 주셨어요."

"솔직히 부럽군. 난 여태 부모님께 작은 선물도 한 번 못 받아봤는데. 별장이라……."

"선물 못 받아봤다는 거 정말이에요?"

뭐니? 이거 또 거짓말?

그녀는 도저히 그가 하는 말을 믿을 수가 없어 일단 의심부터 해 보았다.

"당신 부모님이 생일선물도 안 해 줬어요?"

"우리 부모님은 내 생일이 정확히 언제인지도 모르고 있을 걸."

"말도 안 돼."

"의외로 그런 사람들 많아. 일에 치여서, 정신없이 바빠서 그런 일들은 전부 사소한 일이 되어 버려 신경 쓸 겨를이 없어지는 거지."

별거 아니라는 투로 말하는 그가 더 안쓰럽게 느껴져 그녀는 오히려 밝은 어조로 말했다.

"좋아요. 나중에 시간 되면 플로리다에 한번 같이 가요. 내 별장을 마음껏 쓸 수 있는 영광을 드리죠."

그녀는 선심 쓰듯 말하며 활짝 웃었다.

"정말인가?"

"그럼요. 정말이에요."

아무렴. 마음껏 써도 되지. 그러고 나서 당신을 플로리다의 모래밭에 목만 내놓고 확 묻어버릴 테니까.

나름 떠오르는 생각이 마음에 들어 그녀는 매혹적인 미소를 입가에 떠올렸다.

"술이…… 좀 약한 거 같아요."

그녀는 어느새 술을 다 마시고 잔을 흔들어 얼음이 달그닥거리면서 부딪히는 소리를 들으며 투덜거렸다.

"그렇다면 그냥 스트레이트로 마셔볼까?"

그가 위스키 잔에 술을 따라 그녀에게 건네줬다.

"Cheers!"

작게 중얼거린 그녀는 그의 잔에 자신의 잔을 살짝 붙였다 떼고 바로 입으로 가져갔다.

"어때?"

그도 스트레이트로 한 잔을 마신 뒤, 그녀의 눈을 빤히 바라보았다.

"좀 전보다는 괜찮네요."

바라보는 그의 눈길이 부담스러웠다. 그녀는 자신의 얼굴이 발갛게 달아오르는 게 술을 마셨기 때문이라고 애써 납득시키려 했다. 절대 강승빈의 열정적인 눈길 때문이 아니라고.

"승빈 씨, 술 잘 마셔요?"

"그렇게까지 잘 마시는 건 아니고. 그냥 남들 마시는 정도?"

"술 상무라는 거 있다면서요? 대신 술 마셔주는 거. 승빈 씨도 그런 거 있어요?"

"아니. 전에 한 번 사흘 연속으로 술을 마셔서 김 비서를 술 상무로 써 먹으려 했다가 실패했지. 김 비서는 술을 나보다 더 못 마시더군."

"그럴 때는 나 불러요. 내가 한 술 하니까 당신 대신 다 마셔줄게요."

자신만만하게 그녀가 말하자 승빈이 갑자기 웃음을 터트렸다.

"하하. 무슨 그런 말도 안 되는 소리를……."

"왜요? 나 술 잘 마신다니까요."

"거의 사업상 마시는 건데, 제니퍼 모튼을 술 상무로 부르라고?

업계에서 매장 당할 일 있나? 그리고 당신 아버지가 아시게 되면……."

그는 고개를 숙여 그녀의 귓가에 속삭였다.

"날 상어 밥으로 만들어 버릴걸?"

따스한 입김과 나지막하게 듣기 좋은 목소리. 그녀의 신경이 일제히 곤두서고 맥박이 요동쳤다.

"당신을 끔찍하게 아끼시는 분이니까."

그의 목소리에 어쩐지 부러움이 담겨 있다고 그녀는 생각했다. 너무 가깝게 다가온 그로 인해 불편해진 그녀는 어깨를 살짝 뒤로 빼며 고개를 돌렸다. 그와 정면으로 눈이 마주치자 그녀의 얼굴이 붉게 달아올랐다.

"승빈 씨?"

그가 손을 들어 그녀의 뺨을 어루만졌다.

이 남자, 키스하려고 하는 거야. 그런 생각이 들자마자 문득 겁이 났다.

그와 키스를 하는 게 겁나는 건 아니었지만 키스를 하게 돼서 일이 걷잡을 수 없는 방향으로 흘러가 어긋나 버릴 것 같다는 생각이 들어서였다.

그렇게 되면 안 돼. 제니퍼는 손을 들어 그의 어깨를 살짝 밀어냈다.

"그러지 말아요."

"제니퍼."

그의 팔이 휙 뻗어와 그녀의 어깨를 끌어당겼다. 한 손으로 얼굴을 감싸 들어 올린 그는 그녀의 입술에 자신의 입술을 댔다.

"싫……어."

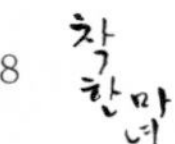

그녀의 말은 그의 입술 위에서 흩어졌다. 참을 수 없을 정도로 가슴이 두근거리고 눈앞에서 별들이 반짝이는 느낌에 그녀는 꼼짝도 할 수 없었다. 오직 느껴지는 거라곤 자신의 입술에 닿은 따스한 그의 입술과 목덜미를 어루만지는 부드러운 손길뿐이었다.

그는 프렌치 키스를 했다. 입술을 대고 살며시 빨아들이기만 하는. 그런데도 달콤하고 짜릿한 느낌이었다.

"진짜 키스는 당신이 'Yes' 라고 하면."

그녀의 입술 위에서 그가 속삭였다.

"키스에 진짜가 어디 있고 가짜가 어디 있어요?"

그는 엄지손가락으로 그녀의 뺨을 살며시 쓰다듬었다.

"진짜 키스가 어떤 건지 알고 싶으면 'Yes' 라고 하라고."

"별로 알고 싶지 않거든요."

새침하게 말하고 고개를 돌렸지만 마음속에서는 갈망이 생겨났다. 입술을 마주 대는 것만으로도 눈앞이 아찔해질 정도의 느낌을 받았다. 정말 그가 말한 대로 진짜 키스를 한다면……. 어떤 느낌이 들 것인지 생각하는 것만으로도 심장이 두근거리면서 다리에 힘이 풀렸다.

"오늘은 술 한잔 하면서 친목을 도모하자고 만난 거잖아요. 키스에 대해서 연구하자고 만난 게 아니라고요."

그는 여전히 뜨거운 눈길로 그녀를 바라보고 있었다. 입맛을 다시면서. 마치 먹이를 앞에 두고 먹을까 말까 고민하는 맹수 같아 보였다.

"정신 차리세요, 강승빈 씨. 계속 그러면 나 화낼 거예요."

그 말은 자기 자신에게도 해당된다고 그녀는 생각했다. 계속 그의 진지한 눈빛을 대한다면 그녀가 먼저 팔을 뻗어 그의 목을 끌어안고

'Yes' 라고 외칠 것만 같았다.

어쩔 수 없다는 표정으로 그는 어깨를 으쓱였다.

"알았으니까 화내지 마. 그럼, 오늘 만난 목적대로 친목을 도모해 볼까?"

"친목을 도모하기 전에 내 궁금증부터 풀어줘요."

"뭐가 궁금한데?"

"폭탄주라는 게 있다면서요? 그거 뭐예요?"

그녀는 마치 미국에서 자라나 한국의 술 문화에 대해서는 아무것도 모르는 척 질문을 했다. 하지만 그녀는 폭탄주가 어떤 건지 잘 알고 있었다. 마셔본 적도 있고.

그녀가 그런 질문을 한 이유는 그를 자연스럽게 술에 취하게 할 수 있는 방법은 그것뿐이라는 결론을 내렸기 때문이다. 그가 술에 취해야 약을 먹이기도 쉬웠고 다른 때보다 한결 빨리 잠이 들 것이며, 그녀의 계획을 달성하기도 편했다.

"폭탄주는 위험한 술인데."

"어떤 술인데요? 알려줘 봐요."

정말 모른다는 듯 호기심 가득한 표정을 연출하면서 그녀는 그를 보챘다.

"그게 한 잔에 두세 가지 술을 섞어 마시는 거야."

"만드는 방법도 따로 있겠죠?"

"그렇다고 할 수도 있지."

"그럼, 당신이 만들어 줘요. 우리 한번 마셔 봐요. 어떤 건가 너무 궁금해요."

내키지 않는다는 표정을 하고 있는 그의 팔을 붙잡고 그녀가 떼를 썼다.

"빨리요. 난 궁금한 건 못 참는단 말이에요."
"제니퍼, 그 술은 뒤끝이 별로라니까. 마실 만한 게 못 돼."
"어떤 건지 궁금해서 그래요. 그리고 마셔 봐야 좋은 건지 나쁜 건지 알 수 있죠."
그를 설득하려다 심통이 난 그녀는 볼을 부풀리면서 토라진 표정을 했다.
"당신이 계속 싫다고 하면 다른 사람한테 같이 마시자고 할 거예요. 필립이나 아니면 클럽에 가서 만나는 남자한테……."
"알았어. 만들어 줄 테니까 그런 소린 입 밖에 내지도 마."
그녀의 말이 끝나기도 전에 대뜸 소리치며 그는 탁자 끝에 달린 벨을 눌렀다. 잠시 후, 노크 소리가 들리고 제복을 입은 종업원이 들어왔다.
"부르셨습니까?"
고개를 숙이며 인사를 하는 종업원에게 승빈은 맥주와 잔을 가져오라고 말했다. 얼마 지나지 않아 맥주가 테이블 위에 놓이자 그는 빈 맥주잔에 위스키가 담긴 잔을 넣고 그 위에 맥주를 거품이 나도록 부었다. 두 잔을 만든 뒤, 그는 한 잔을 그녀에게 건넸다.
"자, 이게 폭탄주야."
"보글보글 거품이 맛있어 보이네요."
그녀는 잔을 받으며 생긋 웃었다.
"Cheers!"
호기롭게 외치고 그녀는 단번에 잔을 비웠다. 가만히 바라보고 있던 그도 못 말리겠다는 표정으로 고개를 젓고 술을 마셨다.
"음. 맛은 잘 모르겠지만 술을 마셨다는 느낌은 확실하게 드네요."
그녀는 고개를 끄덕거리며 빈 잔을 바라보았다.

"예전에 아빠하고 데킬라를 마신 적이 있어요. 진짜 독했거든요. 그리고 러시아에 갔을 때 보드카도 마셔 봤구요. 뭐, 그 정도는 아니지만 비슷하긴 한 거 같아요."

"이력이 화려하시군그래."

"나도 엄연히 사업가니까요."

그녀는 '나 잘났소.' 하는 포즈로 어깨를 으쓱거렸다.

"우리 한 잔 더 해요. 이번에는 내가 만들어 볼게요."

유혹적인 미소를 담고 그녀가 말하자 승빈이 고개를 끄덕였다.

"우선은 위스키를 따르고."

두 개의 위스키 잔에 그녀는 조심스럽게 술을 따랐다.

"맥주 잔에 넣고 맥주를 붓는다."

실험을 하는 아이처럼 그녀는 소리를 내서 말하며 위스키 잔을 맥주 잔에 넣었다. 그리고 맥주를 거품이 나도록 따라 부었다.

"자. 여기요. 맛이 어떤가 얘기해 줘요."

"알았어."

"Cheers!"

잔뜩 신이 난 표정으로 외친 그녀는 쨍! 하고 그가 든 잔에 소리나게 자신의 잔을 부딪쳤다. 단번에 잔을 비우자 입 안을 훑고 목 안쪽으로 넘어가는 술의 쓴 맛에 그녀는 슬쩍 이마를 찌푸렸다.

"승빈 씨가 준 건 괜찮았는데, 이건 쓴 맛이 나네요. 당신은 어때요?"

"나도 쓴 맛이 나긴 해. 그래도 괜찮아."

쓴 맛이 많이 나야지, 이 사람아. 그래야 약을 타도 모를 것 아니냐고.

속마음을 숨기고 그녀는 결심을 단단히 굳힌 표정으로 그를 바라봤다.

"한 번 더 해 볼래요. 이번에는 맛있게 되도록."

"술이 원래 쓴 거지. 맛있는 게 어디 있어? 칵테일도 아니고."

"그래도 노력해 보겠어요."

그녀는 위스키가 담긴 잔을 맥주 잔 안에 넣고 맥주를 부으면서 말했다.

"그 전에 입이 쓰니까 거기 사과 한 쪽만 주세요."

그녀는 그의 왼쪽에 놓인 과일 안주 접시를 겨냥해 말을 건넸다. 사과는 제일 끝 쪽에 놓여 있었다.

그가 사과 쪽으로 눈길을 돌리는 사이에 그녀는 지갑 밑에 놔두었던 캡슐을 손에 들었다. 손끝으로 톡 쳐서 캡슐의 뚜껑을 벗긴 그녀는 그가 포크를 들고 사과를 찍는 순간에 술잔에 가루약을 넣었다.

술에 닿자마자 녹아내리면서 일어나는 작은 거품은 맥주의 거품에 가려 눈에 띄지 않았다. 그래도 혹시나 가루약의 흔적이 남을지도 모른다는 생각에 그녀는 잔을 들어 올리며 슬쩍 흔들었다.

"여기."

"고마워요."

사과를 받기 위해서인 척 그녀는 들었던 술잔을 다시 탁자에 내려놓았다. 살짝 흔드는 걸 잊지 않으면서.

"사과가 정말 맛있네요. 당신이 줘서 더 달콤한 것 같아요."

그의 정신을 뒤흔들어 놓을 만큼 유혹적인 음색으로 칭찬의 말을 하는 것도 잊지 않았다. 그리고 술잔을 들어 올리면서 다시 한 번 살짝 흔들어 주고 그를 향해 내밀었다.

"Cheers!"

외치면서 조금 과하게 잔을 부딪쳐 또다시 흔들림을 유발한 후, 그녀는 자신의 잔을 입에 댔다. 승빈이 가루약이 든 술잔을 말끔히 비우는 걸 보고 그녀도 잔을 비웠다.

"아우, 써라. 이번에도 실패네."

가루약이 들어간 술에서 승빈이 쓴 맛을 느낄 것이 분명하므로 그녀는 자신이 먼저 쓰다고 투덜거리며 선수를 쳤다. 그리고 들고 있던 사과를 한입 베어 먹고 나머지를 승빈에게 내밀었다.

"아, 하세요."

그는 말 잘 듣는 아이처럼 입을 벌렸고, 그녀는 사과를 그의 입안에 쏙 넣어줬다.

"한 잔 더 할까요?"

"괜찮겠어?"

걱정스레 묻는 그도 취기가 올랐는지 얼굴이 벌겋게 변하기 시작했고, 살짝 혀가 꼬인 발음이었다.

"한 잔 정도는요. 이번에는 승빈 씨가 만들어 줘요. 난 계속 실패했으니까."

혀를 쏙 내밀어 보이고 귀엽게 말을 하자 승빈이 씩 웃으면서 위스키 잔에 술을 따랐다. 폭탄주를 받아든 그녀는 생글생글 웃으면서 그가 술을 마시는 모습을 지켜봤다.

아주 말끔히 녹여서 마셔라. 가루약의 흔적까지 싹 다 사라지도록.

성공적으로 그에게 약을 먹였다는 사실에 흐뭇해져서 그녀는 거침없이 폭탄주를 한 번에 마셨다.

그가 먹은 것은 '모튼' 가의 주치의가 특별 제조한 약이었다. 수면제에 소량의 마취제가 섞여 있기 때문에 캡슐 하나 분량으로 코끼리도 거뜬히 뻗게 만들 수 있을 정도라고 했다.

"이제 폭탄주는 그만 마셔야겠어요. 난 내일 쉬니까 술을 괜찮은

데 승빈 씨는 출근해야 되잖아요."

"그렇지. 출근해야지."

온몸에 기운이 없고 발음조차 제대로 되지 않자 그는 이마를 잔뜩 찌푸렸다. 자꾸만 아래로 숙여지려고 하는 머리를 들자 천근처럼 무겁게 느껴졌다. 눈에 힘을 줘봤지만 눈앞이 흐릿해지면서 제니퍼가 둘로 보였다가 셋으로 보이기까지 했다.

고작 이거 마시고 술에 취한 건가. 그럴 리가 없는데…….

정신은 멀쩡했지만 몸이 말을 듣지 않았다. 눈꺼풀도 점점 내려앉고 그녀가 무슨 말인가 하고 있는데 잘 들리지가 않았다.

"제니퍼……."

막 잠이 들려는 듯 그의 목소리에는 졸음기가 가득했다.

"네."

차분한 표정으로 그를 지켜보면서 그녀는 대답했다.

"몸이 이상해……. 그냥 잠이…… 들 것 같……."

중얼거리던 그는 말을 다 하지도 못한 채 고개를 푹 숙이고 잠에 빠져들었다.

오래 버텼네. 주치의 말로는 먹자마자 곯아떨어질 거라고 했는데.

피식 미소를 지은 그녀는 슬며시 소파에서 몸을 일으켰다. 그의 곁으로 다가간 그녀는 두 손으로 그의 뺨을 감싸 들어 올렸다.

"승빈 씨?"

그가 고른 숨소리를 내면서 잠이 든 걸 확인한 후에야 그녀는 안도의 한숨을 내쉬었다. 테이블 위에 놓여 있던 지갑과 손수건을 숄더백에 넣고 그녀는 휴대폰을 꺼내들었다.

—Hello.

「잠들었어요.」

통화음이 들리고 필립의 목소리가 들리자마자 딱 한 마디만을 한 뒤, 그녀는 전화를 끊었다.

잠시 후, 노크 소리가 들린 뒤 탱크 탑과 숏 팬츠를 입은 여자 2명과 안주접시와 술병을 든 남자들이 들어왔다.

"안녕하세요?"

예의 바르게도 여자들은 제니퍼를 향해 고개를 숙이며 인사를 했다.

"다른 사람들 눈에 띄지는 않았겠죠?"

"네. 아무도 못 봤어요."

"다행이네요. 오늘 일에 대한 설명은 들었죠?"

"알고 있습니다."

제니퍼의 질문에 탁자 위에 술병을 늘어놓던 남자가 대답했다.

"시간이 많지 않으니까 신속하게 해야 해요."

"걱정 마세요."

그녀를 안심시키려는 듯 흰색 탱크 탑을 입은 여자가 남자들을 도와 재빨리 손을 놀렸다. 순식간에 테이블 위에는 많은 술병과 안주가 놓여지고 적당히 어지럽혀져 마치 큰 술 파티가 벌어진 것처럼 되었다. 테이블 위가 거의 꾸며질 무렵 노크 소리가 들리고 필립이 들어왔다.

「밖은 어때요?」

「평소와 다름없습니다.」

승빈과 약속을 잡기 전에 미리 정찰을 나왔었던 필립은 자신감 있는 태도로 말을 했다.

「누구도 눈치챌 일은 없겠죠?」

「마음 놓아도 돼요, 제니퍼.」

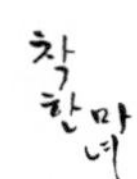

「그럼, 시작해요.」

「Yes, Sir.」

대답과 함께 필립이 디지털카메라를 꺼내들자 서 있던 여자들이 승빈의 옆에 앉았다. 두 명의 여자가 승빈을 끌어안으며 요염한 미소를 짓자, 필립이 디지털카메라의 셔터를 눌렀다.

다른 포즈를 취하며 십여 장의 사진을 더 찍은 후, 필립이 신호를 하자 여자들이 일어나 제니퍼를 향해 고개를 숙였다.

"수고했어요."

그녀가 고개를 끄덕이자 여자들은 룸의 문을 열고 밖을 살폈다. 아무도 없는 것을 확인하고 여자들은 룸 밖으로 나갔다. 그사이 남자들은 재빠르게 손을 놀려 어지럽혔던 테이블을 정리하기 시작했다.

"그 언더락스 잔은 그대로 둬요. 있던 거니까."

남자가 멈칫 하며 들어 올렸던 잔을 다시 테이블에 내려놓았다.

「예리하시군요, 제니퍼.」

「난 한 번 본 건 잘 잊어버리지 않으니까요.」

그녀는 차분한 눈길로 다시 한 번 테이블 위를 꼼꼼하게 살폈다.

「있던 대로 똑같이 만들어 놔야 해요.」

「알고 있습니다.」

들고 들어왔던 안주접시와 술병을 들고 남자들이 룸을 나가고 나자 필립이 그녀의 옆으로 와 섰다.

그녀는 편안한 표정으로 잠이 든 그의 얼굴에서 시선을 떼지 않았다.

이제 이 남자를 어떻게 해야 하지?

자신의 목적을 달성하는 데만 온 신경을 쏟았던 그녀는 미처 일이 끝난 후를 생각하지 못했다. 곤란하다는 기색을 얼굴 전체에 깔고 그녀는 물끄러미 그를 바라보았다.

「제니퍼.」

말도 없이 가만히 앉아만 있는 그녀를 필립이 불렀다.

「문제가 생긴 것 같아요, 필립.」

「문제라니요?」

「이 사람 어떻게 해야 돼요? 그냥 이대로 놔두고 갈 수는 없잖아요. 언제 깨어날지도 모르는데.」

「그건 그렇죠.」

필립 또한 딱히 방법이 없다는 듯 어깨를 으쓱였다.

「집에 데려다 줘야 할 것 같은데…… 필립. 이 사람 집이 어디였죠?」

「김 실장이 올린 보고서에는 청담동이라고만 되어 있어 정확한 주소는 알 수 없습니다.」

「어휴. 김 실장은 돈은 엄청 밝히면서 제대로 하는 게 없네요. 그럼 이제 어쩌죠?」

그녀는 땅이 꺼져라 한숨을 푹 내쉬었다.

「호텔 객실을 잡을까요? 최소한 여기보다는 낫잖아요.」

「김 비서를 부르는 건 어떨까요?」

「지금 시간에 자는 사람 깨워서 오라고 하는 것도 예의가 아니죠. 아무리 비서라고 해도 상사도 아닌 내가 그런 일까지 시키는 건 내키지 않아요.」

시계를 흘끗 바라본 제니퍼가 고개를 도리도리 저었다.

「일단 한번 깨워 봐야겠어요.」

자리에서 일어난 그녀는 승빈의 옆으로 가 앉았다. 어깨에 손을 얹고 살며시 흔든 뒤, 그녀는 그의 귀에 대고 말했다.

“승빈 씨? 일어나요.”

아무 반응이 없자 이마를 살짝 찌푸린 그녀는 이번에는 좀 더 힘껏 그의 어깨를 흔들었다.

“승빈 씨, 정신 좀 차려 봐요.”

「뺨이라도 힘껏 후려쳐야지. 그렇게 깨워서 일어나겠습니까?」

다분히 감정이 섞인 필립의 말에 그녀는 지금의 상황도 잊은 채 킥킥거리면서 웃었다.

「꼭 그렇게 하고 싶다는 말처럼 들리네요, 필립.」

「제니퍼가 허락만 한다면 못 할 것도 없습니다.」

필립의 말이 진심이라는 걸 알아챈 그녀는 웃음을 멈추고 표정을 딱딱하게 굳혔다.

「절대 허락 못 해요.」

「그럴 줄 알았습니다. 그럼, 계속해서 열심히 깨워요.」

「필립!」

그녀가 빽하니 소리를 쳤지만 필립은 여전히 기분 나쁘다는 표정을 지우지도 않은 채 대꾸했다.

「그냥 놔두고 갑시다, 제니퍼. 잠에서 깨면 알아서 가겠죠. 어린애도 아닌데 뭘 그렇게 걱정을 합니까?」

「내가 이렇게 만들어 놨잖아요. 양심에 찔려서 그러는 거예요.」

「다른 뜻은 없다는 겁니까?」

「다른 뜻이라니. 그게 무슨 말이에요?」

「지금 제니퍼는 강승빈 씨를 걱정하고 있잖습니까? 마음이 전혀 없지는 않다는 거죠.」

필립의 말에 놀란 제니퍼는 눈을 동그랗게 떨고 손을 저었다.

「아니에요, 필립. 무슨 그런 소리를 하는 거예요?」

"음…… 제니퍼?"

필립과 그녀의 목소리가 컸던 탓인지 승빈이 눈썹을 잔뜩 찌푸리면서 중얼거렸다.

"승빈 씨?"

그녀는 반갑게, 정말 너무나도 반갑게 그의 이름을 불렀다.

"정신 좀 차려 봐요."

그는 아직도 잠에서 깨어나지 못했다. 그녀의 목소리는 들리는데 눈을 뜰 수가 없었다. 온몸이 물먹은 솜처럼 무겁고 머리도 지끈거리고 아팠으며 여전히 멍한 상태였다. 그는 힘을 줘 눈을 뜨려 애썼다.

"여긴 어디지?"

자신이 한 말이라고 믿어지지 않을 정도로 어눌한 말투가 입에서 흘러나왔다. 승빈은 자꾸만 아래로 숙여지려는 머리를 간신히 들어 올려 소파 등받이에 기대었다.

"아직 술집이에요. 승빈 씨가 그만 잠이 들어 버려서……."

"지배인한테 얘기하면 알아서 해 줄 거야."

말 한 마디, 한 마디 하는 것도 힘들었다. 편안히 누워 푹 쉬었으면 좋겠다는 생각을 하면서 그는 눈을 감았다.

「필립.」

「알겠습니다.」

여러 말 하지 않았음에도 필립은 그녀의 뜻을 알아채고 대답을 한 뒤 룸을 나갔다.

"승빈 씨."

얼굴에 그녀의 손이 와 닿는 게 느껴졌다. 그는 다시 몰려오는 잠을 쫓아내면서 눈을 뜨고 그녀를 바라봤다.

"괜찮은 거예요?"

걱정이 가득한 그녀의 눈빛을 마주 대한 그는 입가에 슬며시 미소를 지었다.

"음. 괜찮아."

그녀는 그를 가만히 바라보다가 충동적으로 그의 입술에 입을 맞췄다.

"제니퍼."

"걱정했어요."

그 말은 진심이었다. 독한 약을 거침없이 술잔에 부어 마시게 한 후, 그녀는 사실 그가 잘못되면 어쩌나 하는 걱정을 했다. 마취 효과가 있는 약이므로 부작용이 생길 수도 있고 깨어나지 못한 채 사망할 수도 있는 일이었다. 그런 여러 가지 상황들을 미처 생각하지도 못한 채 약부터 덜컥 먹였다는 사실에 그녀는 새삼 죄책감을 느끼고 있었다.

"미안해요."

"응?"

그가 무슨 말이냐는 표정으로 눈썹을 찌푸렸다.

"그게…… 내가 공연히 술을 많이 먹여서요."

아니. 약을 먹여서.

"폭탄주 같은 거 마시자고 하지 말 걸 그랬어요."

그냥 약만 먹일 걸 그랬어.

후회가 가득 담긴 그녀의 말에 그가 또다시 씩 웃었다.

"아니, 제니퍼. 당신 잘못이 아니야. 내가 생각보다 더 피곤했었나 본데 그것도 모르고 마구 술을 마셔서 그런 거지."

정말 큰 잘못을 저지른 것 같은 기분에 휩싸여 그녀가 우울해하고 있는데 문에서 노크 소리가 났다. 필립과 함께 슈트를 단정하게 차려 입은 남자가 들어왔다.

"강 사장님."

남자는 안으로 들어서자마자 승빈의 앞으로 달려갔다.

"대리입니다. 댁까지 모시겠습니다."

"대리? 승빈 씨 회사 사람인가요?"

「대리란 운전을 대신해 주는 사람입니다. 강 승빈 씨가 차를 가져와서 여기 지배인한테 차 키를 맡겨 놓았더군요. 대리 운전을 꽤 많이 시켰었는지 지배인이 집 주소도 알고 있었습니다.」

「단골이니까 그렇겠죠. 어쨌든 위급상황에서는 편하겠군요.」

대리운전을 한다는 사람이 승빈을 부축해 문 쪽으로 향하자 소파에 놓여 있던 숄더백을 들어 올리며 그녀는 투덜거렸다.

「이럴 줄 미리 알았으면 좋았을 걸. 공연히 걱정을 했네요.」

그녀는 신경질적인 동작으로 숄더백을 어깨에 멨다.

「우리도 가요, 필립. 신경을 너무 썼더니 머리가 지끈거리며 아프네요. 좀 쉬어야겠어요.」

쌀쌀맞게 소리친 그녀는 앞장서서 룸을 빠져나갔다.

카페 앞에서 필립이 차를 가져오길 기다리고 있던 그녀는 누군가 가까이 다가오는 기색에 흠칫 놀랐다.

"지금 가시는 거예요?"

반가운 표정을 하고 옆으로 다가와 말을 건 사람은 뜻밖에도 룸으로 불러 승빈과 사진을 찍었던 여자였다. 그녀는 애써 당황한 기색을 숨기며 여자를 향해 작은 목소리로 말했다.

"여기서 날 아는 척하면 안 되죠. 빨리 가세요."

힐난조의 어조에 여자는 얼굴이 발갛게 변해 고개를 꾸벅 숙였다.

"죄송합니다. 전 다 끝났다고 생각해서……."

몸을 돌려 걸음을 옮기는 여자의 등을 노려보던 그녀는 섬뜩한 느낌이 들어 몸을 떨었다. 누군가가 자신을 쳐다보고 있는 것 같아 그녀는 주변을 둘러봤다. 아무도 없는 것 같았지만 여전히 자신을 보고 있는 듯한 느낌이 남아 있었다.

설마…… 아닐 거야. 도둑이 제 발 저린다고 괜히 이상한 느낌이 드는 것뿐일 거야.

카페 앞에 멈춰선 차를 타면서 그녀는 스스로를 진정시키려 애썼다. 그런 그녀를 뚫어져라 노려보는 한 쌍의 눈이 있다는 걸 알지 못한 채.

5장

경주로 향하는 차 안에서 아름은 불안한 표정으로 운전을 하고 있는 그를 힐끗 쳐다보았다.

"오빠. 기분이 안 좋아 보여."

고개를 푹 숙이면서 중얼거리는 아름의 작은 소리를 용케 알아들은 그가 대답했다.

"좀 피곤해서 그런 것뿐이야."

"내가 같이 가자고 공연히 고집을 부렸나 봐."

"아니야. 너무 신경 쓰지 마. 어차피 한 번은 겪어야 할 일이니까."

"엄마가 심한 말은 하지 않겠지?"

정말 걱정이 된다는 투로 아름이 말하자 그는 피식 웃었다.

"바로 선물부터 드려. 내용물 보고 나면 싫은 소리 하고 싶어도 못할 테니까."

"오빤 아직도 엄마가 욕심 때문에 그랬다고 생각해?"

그는 아무 대답도 하지 않았다.

"엄만 오빠 잘되라고 그런 거야. 어렵고 힘들게 살지 않아도 되니까. 성공도 보장되어 있고."

처음엔 그도 그렇게 생각했다. 그가 쉽게 미련을 버리지 못하니까 정 여사가 독한 방법을 쓰는 것뿐이라고. 절대 자신의 욕심 때문에 아들인 그를 버리는 게 아니라고. 하지만 그런 생각은 본가에 들어가자마자 바뀌었다.

"넌 꼴이 그게 뭐니?"

청바지에 수수한 점퍼를 입은 그를 보고 민 여사는 얼굴을 잔뜩 찡그리면서 말했었다.

"도대체 네 엄마는 애를 어떻게 키운 거니? 매달 양육비로 보내는 돈만 해도 명품으로 치장을 하고도 남았을 텐데. 웬 거지꼴을 하고 온 거야?"

양육비에 대해서는 들어본 적도 없었다. 명품으로 치장을 하기는 커녕 그동안 먹고살기도 바빴다. 학비도 제때 내지 못해 매번 학교에서 잔소리를 들었고 원하는 걸 갖기 위해서는 스스로 벌어 해결해야 했다. 때문에 그는 아주 어렸을 때부터 '돈의 힘'이 어떤 것인지를 알게 되었고 사막 한가운데 버려 놓아도 살 수 있을 정도의 강한 생명력을 가질 수 있게 되었다. 그런 점에선 정 여사에게 고마워해야 했지만 지금 이런 상황에 민 여사의 책망을 듣고 있자니 슬며시 화가 나고 짜증도 났다.

"아들 키워준다고 생색내면서 집 뜯어가고 그것도 모자라 매달 돈까지 받아 챙기더니 그 돈으로 술 마시고 노름하느라 애를 이 꼴로 만들어 놨나 보네. 정말, 너네 엄마는 언제쯤 돼야 정신을 차린다니? 이래서 사람은 출신이 중요한 거라니까."

날카로운 못이 가슴에 와 박히는 기분이었지만 민 여사의 말이 틀리지 않았기에 그는 제대로 대꾸 한 마디 못 했다.

정 여사는 알코올 중독자처럼 항상 술에 찌들어 있었고, 동네 아주머니들과 우르르 몰려나갔다 하면 3일이고 4일이고 집에 들어오지 않았다. 그동안 집에서 애가 밥을 굶든지 말든지 신경도 쓰지 않았다. 오죽했으면 살 맞대고 살던 남편마저도 고개를 저으며 떠나고 말았을까.

그래도 자신을 낳아준 분이기에 그는 민 여사가 정 여사의 험담을 하는 게 싫었다. 비록 두 사람이 원수지간이라 고운 말이 나오지 않는다고 해도 최소한 자신의 앞에서 만큼은 싫은 소리를 하지 않았으면 했다.

그래서였을까. 평소보다도 더 날카로운 눈매로 민 여사를 노려보며 그는 싸늘하게 말을 뱉어냈다.

"어머니가 술을 마시든지, 노름을 하든지, 그건 큰어머니께서 신경 쓰실 일은 아니라고 생각합니다."

"뭐라고? 너, 지금 뭐라고 했니?"

"큰어머니께서 우리 어머니의 시어머니도 아니고, 같이 사는 것도 아니잖습니까? 사는 동안 한 번도 들여다보지 않고 이러쿵저러쿵 말만 하지 마세요."

"얘가 지금 무슨 소릴 하는 거야? 너 지금 나한테 대드는 거니?"

"어머니가 저를 거지꼴로 키워놓은 게 마음에 안 드시면 앞으로 큰어머니께서 잘 키워주시면 될 거라고 생각합니다. 거지가 아닌 왕자로 바꿔놓으시면 되잖아요. 남들한테 손가락질 받지 않도록요. 아니면 그건 단지 핑계일 뿐이고, 그저 저의 어머니 흠 잡을 생각밖에 없으셨던 겁니까?"

"너 어디다 대고 말을 함부로 하는 거야? 그래. 내가 네 엄마 흠 좀 잡았다. 그래서 뭐? 내가 없는 말 만들어서 했니? 안 그런 걸 그랬다고 했어? 천한 출신, 천하다고 한 게 그렇게 잘못된 거야? 어디서 두 눈 부릅뜨고 덤비는 거야?"

잔뜩 화가 난 민 여사가 씩씩대면서 덤벼들었지만 그는 피식 웃었을 뿐이다.

"너 왜 웃어? 너 지금 나 비웃는 거니? 얘가 건방지게 어디서……."

"큰어머니."

중저음의 낮은 목소리에 담긴 위험스러운 기색을 본능적으로 느낀 민 여사가 말을 멈추고 그를 빤히 바라보았다.

민 여사가 승빈을 처음 봤을 때는 겨우 5살이었다. 자신의 허리에도 차지 않을 정도로 작았던 승빈은 까만 눈동자가 강아지처럼 순하고 귀여웠던 아이였다. 하지만 지금 앞에 서 있는 승빈은 민 여사보다도 훨씬 키가 컸고, 더 이상 순한 어린아이가 아니었다.

"큰어머니께서 어머니의 흠을 잡든, 욕을 하든 그건 큰어머니 마음입니다. 하고 싶은 대로 하신다고 해서 제가 뭐라 할 수는 없는 일입니다. 하지만 전 그런 말을 듣고 싶지 않으니까 제 앞에서는 하지 마세요."

"네가 나한테 훈계를 하는 거니? 나보고 지금 네 눈치를 보라고?"

자존심이 상해 빽 하니 소리를 지르는 민 여사의 앞으로 그가 한 걸음 다가왔다. 그의 위압적인 기세에 민 여사는 저도 모르게 한 발 뒤로 물러섰다.

“강 회장님이 집안에 분란 일어나는 거 굉장히 싫어하신다고 들었습니다. 그래서 어머니와 제가 그 먼 경주까지 가서 살았던 거구요. 단지 민 여사님이 싫어하신다는 이유만으로요.”

“네 엄마가 그렇게 말하든?”

“물론 어머니 탓도 있습니다. 강 회장님께 너무 과한 요구를 했다는 것도, 그래서 강 회장님께서 화를 내셨다는 것도 다 알고 있습니다.”

“진짜 네 엄마는 애한테 별소릴 다했구나. 부끄러운 줄도 모르고 그런 소리나 하고.”

“술에 잔뜩 취해서 한 소리니까 부끄러운지 어떤지 모르셨겠지요. 어쨌든 큰어머니께서 저와 잘 지내지 못하고 자꾸 마찰을 일으키면 강 회장님이 그다지 좋아하지 않으실 겁니다.”

“그래서? 너 지금 회장님 앞에 세우고 날 협박하는 거니?”

“협박이 아니라 협상이죠.”

“협상?”

민 여사는 승빈이 하는 말에 호기심이 생겼다.

“큰어머니께서도 좋아서 절 받아들인 게 아니라는 걸 압니다. 그러니까 앞으로 조심해서 다른 일로 큰어머니 비위 상하게 하는 일은 없도록 하죠. 정 큰어머니께서 제 꼴 보는 게 싫으시다면 곧 제가 따로 나가 살도록 하겠습니다.”

“그 말 정말이니?”

“네. 저 또한 큰어머니와 한집에 사는 게 기쁘지만은 않으니까요.”

말을 해도 진짜 정나미 떨어지게 한다는 생각을 하며 민 여사는 이마를 팍 찌푸렸다.

“네 생각이 그렇다 해도 회장님이 찬성하지 않으실 거다.”

승빈은 입가에 미소를 띠고 어깨에 힘을 줬다.

"그 문제는 제가 알아서 하겠습니다. 회장님이 승낙하실 방법이 있으니까요. 대신 그동안은 저와 친하게 지내셨으면 합니다. 내키지 않으시더라도 회장님께 좋은 관계인 것처럼 보여야 하니까요."

"물론 그렇게 해야겠지."

승빈의 말대로 정말 내키지 않았지만 민 여사는 어쩔 수 없다는 심정으로 고개를 끄덕였다.

"그리고 한 가지 부탁이 있습니다."

"무슨 부탁?"

"제 거취문제에 대해 회장님께는 아무 말씀 마세요. 그리고 좀 전에도 말씀드렸지만 제 앞에서 어머니에 대해서 한 마디도 말씀하지 말아주시고요."

"한 마디도 하지 말라고?"

"네. 칭찬이든 욕이든, 어머니에 관한 말씀은 하지 마세요. 듣고 싶지 않습니다."

뜻밖이라는 표정으로 바라보는 민 여사의 눈길에 그는 슬쩍 눈길을 2층 쪽으로 돌렸다.

"전 2층을 쓰면 됩니까?"

"그래라."

꾸벅 고개를 숙여 보이고 2층 계단을 향해 걸음을 옮기는 그의 뒷모습을 민 여사는 멀뚱히 바라보았다.

승빈은 민 여사가 예상했던 것보다 더 머리가 좋고 대범하기까지 했다. 집안에 처음 발을 들여놓았을 뿐인데 승빈은 어느 사이엔가 민 여사를 가볍게 제압하고 주도권을 잡아버린 것이다.

뭐야. 지금 내가 당한 거야?

곰곰 생각해 보니 민 여사는 어이없게 승빈의 말에 끌려 다니다 스스로 자멸하고 말았다. 제대로 된 싸움도 해 보지 못한 채.

뒤늦게 화가 나 이를 뽀드득 갈던 민 여사는 누가 윗사람인지를 확실하게 해야겠다는 생각으로 팔을 걷어붙이고 2층으로 올라갔다.

쾅쾅 방문을 힘껏 두드리고 민 여사는 대답도 듣지 않은 채 벌컥 문을 열면서 소리쳤다.

"얘! 너 나하고 다시 얘기 좀…… 어머나!"

재킷을 벗은 채 맨몸을 드러낸 승빈이 조금은 놀란 표정으로 민 여사를 바라봤다.

"전 들어오시라고 한 적 없는데요, 큰어머니."

다 큰 성인 남자의 벗은 몸을 본 충격으로 민 여사의 얼굴이 벌겋게 달아올랐다. 자신이 낳은 아들이라면 그리 놀라지도 않고 새삼스러울 것도 없건만 승빈은 호적상으로만 아들이었기에 완전 남이나 다름없었다.

"미, 미안하다. 옷 갈아입고 있는지 몰랐어."

"나가주세요."

사뭇 정중한 어조에 민 여사는 더 이상 변명도 못 하고, 자신이 하고 싶은 말도 못한 채, 방을 나왔다. 그렇게 기회는 한순간에 물거품처럼 사라지고 집안의 주도권을 다시 찾겠다는 민 여사의 소극적인 희망은 사라져 버렸다. 그 뒤로 민 여사는 승빈을 볼 때마다 의뭉스럽고 재수 없다고 구시렁거렸다. 물론, 강 회장이 모르도록 겉으로 드러나지 않게 하긴 했지만.

그 후로 몇 달 동안이나 그는 회사와 본가에서의 생활에 적응하기 위해 노력했다. 힘들었지만 내색하지 않으려고 애쓰고 있는 그에게 가장 큰 적군은 바로 생모인 정 여사였다.

그가 본가로 들어가고 난 뒤, 처음엔 그저 돈이나 물건들을 사줄 것을 요구하더니 점점 강도가 심해져 요새는 틈날 때마다 전화를 해서 하소연을 하기 시작했다. 낮밤 가리지 않고 그것도 술에 잔뜩 취한 목소리로. 안 좋은 일이 있으면 그에게 다 화풀이를 하는 거였다.

몇 번 받아주다가 나중에는 화도 내고 짜증도 부려봤지만 소용없었다.

이번에는 확실하게 말해야겠어. 나름 결심을 굳히고 그는 운전하는 데만 신경을 쏟았다.

"오늘 점심때쯤에 찾아뵌다고 얘기했으니까 엄마가 우리 기다리고 있겠지?"

아직도 그런 희망을 품다니.

택도 없는 말을 하고 있다고 생각했지만 승빈은 입 밖으로 내어 말하지 않았다.

차는 어느새 마을 입구로 향하고 있었고 멀리 집의 지붕이 보였다. 뭐가 그리도 좋은지 아름은 얼굴 가득 환한 미소를 띠고 벌써부터 엉덩이를 들썩거리고 있었다.

"트렁크부터 열어, 오빠."

집 앞 넓은 마당에 차가 도착하자마자 아름은 안전벨트를 풀며 말했다.

"그래, 알았다."

버튼을 눌러 트렁크를 열고 차에서 내린 그는 잠시 집 쪽으로 시선을 줬다. 그가 10여 년이 넘도록 살아온 집은 여전히 그 모습 그대로 그를 반기고 있었다. 그러나 정작 보여야 할 사람은 코빼기도 보이지 않았다. 분명 차 소리를 들었을 텐데도 내다보지 않는다는 건, 보나마나 뻔한 일이었다.

"오빠. 이것 좀 꺼내 봐."

트렁크 쪽에서 아름의 목소리가 들려오자 그제야 그는 집에서 시선을 거두었다.

뭘 그리도 많이 준비한 건지 바리바리 싸들고 온 아름은 작은 상자들을 다 꺼내놓고 트렁크 한구석을 차지하고 있는 커다란 상자를 쳐다보고 있었다. 트렁크 앞으로 다가간 그는 아름을 비켜서게 하고 커다란 상자를 꺼내들었다.

"여긴 뭐가 들은 거니?"

"응. 고기. 그거 우족이랑 갈비야."

어이구. 설마 어머니가 굶고 살 것처럼 생각됐는지 정말 알뜰살뜰하게도 챙겨왔네.

그의 시선이 자연스럽게 서너 개의 과일상자와 밑반찬이 담긴 게 분명한 도시락 통으로 향했다.

"그것 좀 들어다 줘, 오빠."

"걱정 말고 조심해. 도시락 통만 들고 나머지 상자는 놔 둬. 내가 들여다 놓을 테니까."

"이건 가벼워서 괜찮아."

상자 하나를 들어 올리며 아름은 생긋 웃었다.

현관 앞까지 상자들을 다 가져다놓은 뒤, 그는 벨을 눌렀다. 한 번, 두 번 연속해서 눌러봤지만 안에서는 아무 응답도 없었다.

"엄마 안 계신 건가?"

고개를 갸우뚱거리던 아름이 가방 안에서 열쇠를 꺼냈다. 문을 열고 안으로 들어서자 환기가 되지 않아 퀴퀴한 냄새가 코를 찔렀다. 집 안은 먼지투성이에 잔뜩 어지럽혀져 있는 것이 마치 몇 달 동안이나 사람이 살지 않은 곳 같아 보였다.

"엄마! 엄마 없어요?"

큰소리로 부르며 아름이 방 안으로 향했다. 노크를 한 뒤, 문을 열고 아름이 방안으로 사라질 때까지 그는 가만히 현관 앞에 서 있기만 했다. 한참 뒤 방에서 나온 아름의 표정은 좋지 않았다.

"오빠……."

눈물이 글썽한 눈으로 그를 바라보며 아름은 울상을 지었다.

그는 성큼 큰 걸음으로 방을 향해 걸었다.

"오빠. 들어가지 마."

아름이 팔을 잡았지만 그는 뿌리쳐버렸다.

방문을 열고 안으로 들어가자 제일 먼저 그를 반긴 건 숨 막힐 것만 같은 술 냄새였다. 팔다리를 쭉 뻗은 채 널브러져 있는 정 여사의 모습과 방 안을 굴러다니는 술병과 말라비틀어진 안주 접시들을 쓱 훑어본 그의 눈 꼬리가 하늘 높은 줄 모르고 위로 솟구쳤다.

"오빠, 소파에 좀 앉아 있어. 내가 치우고……."

"그냥 둬."

"오빠……."

"네가 저걸 왜 치워? 어머니나 깨워 봐."

쌀쌀맞은 투로 말한 그는 방에서 나와 거실 소파에 앉았다.

젠장. 기분 더럽게.

그는 소리가 나도록 이를 갈았다. 오늘은 정 여사의 생일이었다. 한 번 찾아가 봐야 한다는 생각을 하고 있던 차에 그는 마침 잘 됐다는 심정으로 먼 길을 달려왔다. 그런데…….

음식냄새 폴폴 풍기는 환한 집안 대신 청소 한 번 안 한 먼지투성이 집에 이제 올까 저제 올까하면서 목 빼고 기다리는 어머니가 아닌 술에 취해 뻗은 어머니라니.

그는 많은 걸 기대하지도 않았다. 그저 정 여사가 맨 정신인 채로만 있었어도 더 바랄 것이 없었다. 그랬다면 정 여사의 탐욕스러운 성격도 지랄 맞은 입버릇도 다 참고 넘어가려고 했었다. 하지만 이제 그의 그런 생각들은 다 쓸모없는 일이 되어 버렸다.

"젠장. 제기랄."

"오빠?"

방문 앞에서 아름이 눈을 동그랗게 뜨며 그를 책망 어린 시선으로 보고 있었다.

속으로만 욕설을 퍼붓는다는 것이 아마도 입 밖으로 뚫고 나간 듯했다.

"아, 미안하다."

그는 사과부터 하고 방 안쪽을 턱짓으로 가리켰다.

"어머니는?"

아름이 풀 죽은 표정으로 고개를 저었다.

"깨어나질 않아."

그는 한숨을 푹 내쉬고 피식 웃었다.

이때까지 이렇게 살아와 놓고 새삼스럽게 바라긴 뭘 바라나. 얼굴 마주 대고 빽빽거리며 싸우지 않게 됐으니 다행이지. 그런 생각이 들자 오히려 마음이 홀가분해졌다.

"가져온 것부터 정리해라."

"오빠. 지금 가려고?"

그가 몸을 일으키자 아름이 놀래 소리쳤다.

"너 놔두고 그냥 가겠니? 밖에 있을게. 여기선 아주 숨이 막혀 죽을 것 같다."

고개를 끄덕이는 아름에게 미소를 지어보이고 그는 현관 앞에 서서 말했다.

"다 정리해놓고 나와. 어머니 깰 때까지 기다리지 말고."

"하지만…… 오늘은 엄마 생일인데."

"어머니는 생일상 받아먹을 자격도 없는 분이야."

차가운 그의 말투에 아름이 이마를 찡그렸다.

"그렇게 말하지 마, 오빠."

"더 심하게 말하고 싶은 거 참고 있는 거야. 정리만 하고 나와. 안 그러면 진짜 너 두고 그냥 갈 거다. 알았지?"

어쩔 수 없다는 표정으로 어깨를 으쓱인 아름이 고개를 끄덕였다.

집 밖으로 나온 그는 차에 탄 뒤, 음악을 틀었다.

정 여사에 대해서 그는 매번 실망밖에 한 게 없었다. 차라리 처음부터 기대를 하지 말자고 생각했지만 사람의 마음은 참으로 간사하기 그지없어 '이번엔 그렇지 않을 거다.' 라는 생각이 먼저 들었다. 하지만 항상 혹시나가 역시나가 되어 버린다.

그녀는 뭘 하고 있을까.

조용한 클래식 음악을 들으면서 솟구쳐 오르는 울분을 삼키고 마음을 차분히 가라앉히고 나자 문득 제니퍼가 생각났다. 볼 때마다 꼭 끌어안아주고 싶을 정도로 귀여우면서도 화사한 외모와 귓가를 간질이는 목소리가 떠올랐다.

주말에 놀러가려고 했었다는 말이 생각나 그는 지긋이 이를 악물었다. 이럴 줄 알았다면 그냥 제니퍼와 놀러나 갈 걸 그랬다는 후회가 생겨났다. 정 여사의 생일을 무시한 것에 대해 마음이 찔리기는 하겠지만 그 또한 오랜만에 즐거운 휴일을 보낼 권리가 있지 않은가.

지금도 늦지 않았지. 그런 생각이 들자마자 그는 휴대폰을 들어 전화번호를 눌렀다. 여러 번이나 신호가 간 뒤 그녀의 목소리가 들렸다.

—네. 제니퍼예요.

귓가에 들려오는 달콤한 목소리가 너무 반가워 그는 아무 말도 하지 않았다.

—승빈 씨?

"아. 그래."

—웬일이세요? 오늘 일 있다고 하지 않았어요?

"음. 그랬지. 지금 경주야. 생각보다 빨리 올라가게 될 것 같아서 저녁이나 같이할까 하고 전화한 건데."

—그래요?

웬지 머뭇거리는 듯한 그녀의 말투에 그는 씁쓸한 기분을 느꼈다.

"다른 일 있으면 신경 쓰지 말고."

—사실은 선약이 있어요.

씁쓸했던 기분이 이제는 더러워지려고 하고 있었다.

—승빈 씨가 다른 일이 있다고 해서 약속을 잡았거든요.

변명처럼 들려오는 말에도 좀처럼 기분이 풀리지 않았다.

"알았어. 어쩔 수 없지."

—미안해요.

그녀가 미안해해야 할 일은 아니었다. 애초에 약속을 정하고 깬 것은 아니니까. 그런데도 그는 그녀가 당연히 미안해해야 한다고 생각했다. 자신의 연락을 기다리고 자신만을 생각해야 한다는 어쩔 수 없는 남자의 본성으로.

"만나는 사람이 혹시 남자인가?"

—풋! 뭐라고요?

까르르, 숨 넘어 갈 듯한 제니퍼의 웃음소리에 그는 쓸데없는 말을 했다고 스스로를 꾸짖으며 이를 악물었다. 그러면 안 되는데, 하고 생각하면서도 머릿속을 가득 채우는 질투심은 어쩔 수 없었다.

"저녁 식사, 남자하고 하는 거냐고 묻는 거잖아."

—승빈 씨. 지금 그 말 설마 질투하는 거예요?

"약올라서 그래. 우린 제대로 저녁 식사해 본 적 없잖아."

어느새 투덜거리는 음성으로 말하고 승빈은 한숨을 푹 내쉬었다.

—전에 했잖아요. 스카이라운지에서.

"이상한 놈이 공개 프러포즈인가 뭔가 하는 바람에 분위기 다 망친 그거? 그런 건 제대로 된 저녁 식사가 아니지."

—지금 기분이 진짜 별로인가 봐요?

콕 집어서 제니퍼가 말하자 그는 피식 웃고 말았다.

"그렇게 됐네. 일이 잘 안 풀려서…… 어쨌든 저녁 맛있게 먹고 우린 다음에 만나자구."

—승빈 씨?

"끊을게."

그는 그녀의 대답을 듣지도 않고 전화를 끊어버렸다. 계속 통화를 하고 있다가는 오늘 저녁 제발 자기와 만나달라고 징징거리면서 매달릴 것만 같았다.

자존심 상해서도 절대 그렇게는 못하지.

사실 심장이 너무나도 아프고 싸해서 그녀를 만나 끌어안고 결 좋은 머리카락에 얼굴을 묻은 채 위로받고 싶었다. 고운 입술에 키스를 하고 침대에 같이 누울 수 있다면 더 바랄 것이 없을 것 같았다.

그녀의 입술. 마주 닿았을 때 느껴졌던 달콤하면서도 짜릿한 감촉을 떠올리며 그는 등받이에 머리를 기대고 눈을 감았다.

대충하고 나올 것이지. 아주 청소에 빨래까지 다 하고 있나 보군.

시간이 지날수록 조바심이 나고 지루해져서 그는 집에 들어가 아름을 끌어내야겠다고 생각하던 때였다. 휴대폰이 요란한 소리를 내며 울렸다. 귀찮다는 생각을 먼저 하고 액정에 떠오른 글자를 흘끗 본 그가 눈을 크게 떴다.

"제니퍼."

전화를 받자마자 그는 반갑게 외쳤다.

—약속 취소했어요. 저녁 같이해요.

"약속을 취소했다고?"

—네. 아무래도 후환이 두려워서요.

"후환이라니? 농담이지?"

—호호. 사실은 나도 오늘 당신을 만났으면 했거든요. 그런데 전에 일 있다고 해서 살짝 실망했었어요.

"그랬어? 이거 어깨가 으쓱해지는데."

단번에 기분 업! 하늘이라도 날아오를 것만 같아 승빈은 들뜬 마음을 감추지 못했다.

—장소하고 시간은 승빈 씨가 정하세요. 전 어디가 좋은지 잘 모르니까요.

"그러지."

선뜻 말을 받은 후 그는 어디서 만나야 할지 곰곰 생각해 봤다.

"우선 올라가는 시간이 있으니까 서울에 도착하면 다시 연락하지. 그때 어디서 만날 건지 얘기해 줄게."

—알았어요. 그럼 이따가 전화해요.

애교가 듬뿍 담긴 달콤한 목소리에 그의 입가로 환한 미소가 생겨났다.

"그래, 알았어."

공연히 들뜬 기분이었다. 여지껏 여러 여자들을 만나왔지만 데이트 약속을 잡아놓고 이렇게 들떠 보긴 처음이었다.

일 분이라도 빨리 서울로 가야겠다는 생각에 그는 차에서 내려 집 안으로 들어갔다.

"아름아."

냉장고를 열어 놓은 채로 허리를 숙이고 있던 아름이 뒤돌아보았다.

"아, 오빠."

젖은 행주를 들고 가쁜 숨을 몰아쉬고 있는 아름을 보고 그는 못마땅한 기색을 그대로 드러냈다.

"정리만 하고 나오라고 했지. 누가 청소까지 하라고 했어?"

"그래도 너무 지저분해서."

"지금 청소해 놓으면 뭐해? 며칠 있으면 또 지저분해질 텐데. 공연히 힘 뺄 거 없어."

그는 방 쪽으로 시선을 돌렸다가 아름을 봤다.

"어머니는?"

"아까 잠깐 깼었는데 화장실 갔다 오시더니 또 주무셔."

"그만 가자."

"그래도 좀 더 기다려 보면……."

"약속 있어."

아름은 영 내키지 않는다는 표정을 지우지 못했다.

"오빠 바쁜 건 아는데…… 그래도 오늘은 엄마 생일이잖아."

"그래서 여기까지 온 거야. 그런데 어머니는 술이 떡이 돼서 깨어나지도 않잖아. 나도 어쩔 수 없으니까 그만 가자."

"그럼, 오빠 먼저 가. 난 엄마 일어나는 거 보고 나중에 기차 타고 갈게.”

“아름아.”

“생일이니까 밥 한 끼는 같이 먹어야 하잖아.”

평소와 달리 고집을 부리는 아름을 그는 한참이나 말없이 바라보았다. 그 또한 평소 같으면 못 이기는 척하고 아름의 부탁을 들어줬을 터였다. 하지만 오늘은 그럴 수가 없었다. 그에게는 실망과 아픔만을 안겨주는 어머니보다 제니퍼가 더 중요했다. 지금 이 순간만큼은 그렇다고 그는 생각하고 있었다.

“난 가야 되니까 넌, 너 하고 싶은 대로 해.”

“오늘 꼭 해야 돼? 내일 하면 안 되는 일이야? 오빠. 정말 중요한 일인 거야?”

확인사살이라도 할 생각인지 아름은 끈질기게 물고 늘어졌다.

“그래. 오늘이어야 돼.”

그의 말투가 딱딱하게 변하자 아름은 자신이 심했다고 느꼈는지 한풀 기세가 꺾인 목소리로 말했다.

“난 오빠 걱정돼서 그러는 거야. 너무 일에만 매달리는 거 같아서. 일요일인데 제대로 쉬지도 못하고 회사 일만 하니까…….”

“회사 일 아니야, 아름아. 개인적인 약속 때문이야.”

그의 대답에 아름은 뭔가를 알아채려는 듯 살피는 기색으로 그를 바라봤다.

“오빠…… 여자 만나는 거구나.”

그가 흠칫하는 사이 아름이 다시 말을 이었다.

“회사 일도 아니면서 일요일에 중요한 약속이라면 여자 만나는 거 밖에 더 있어? 오빠, 여자 생긴 거야?”

“아니라고 말 못 하겠다.”

빙 둘러 돌아가려는 그의 정곡을 아름은 들춰내서 콕 찔렀다.
"진지하게 생각하나 보네. 오빠 전에는 이런 적 없었는데."
"그랬지."
그가 스스로 생각해 봐도 꽤 진지했다. 제니퍼와 같이하는 미래를 상상할 정도로.
"좋아. 오빠. 오늘만 군소리 없이 봐 줄게."
그제야 납득이 간다는 듯 어깨를 으쓱인 아름이 선선히 고개를 끄덕였다.
"잘해서 나중에 좋은 소식 들려줘. 오빠도 이제 그럴 나이가 됐으니까."
"뭐?"
마냥 어리게만 생각했던 아름에게서 그런 말을 듣자 그는 조금은 황당한 기분이었다.
"관계 많이 발전하면 나한테도 선보여야 돼. 내가 OK해야 일이 잘 성사된다는 거 오빠도 알지?"
"너 오빠 데리고 지금 장난 치냐?"
눈썹을 잔뜩 찌푸리고 으름장을 놔봤지만 아름은 끄덕도 하지 않았다.
"새 가족 맞이하는 일이면 나도 한 표 행사할 권리가 있는 거라구. 그리고 또 혹시라도 엄마가 반대하면 오빠 편 돼 줄 사람 나밖에 없잖아. 그러니까 나한테 잘 보이라구요."
장난스럽게 아름이 종알거리자 그는 피식— 헛웃음을 지을 수밖에 없었다.
"알았다. 잘 알아 모시마."
아름의 등을 한 번 두드려준 뒤, 그는 걱정이 담긴 눈빛을 보냈다.

"먼저 갈 테니까 너도 너무 오래 있지 말고 와. 공연히 어머니한테 붙들려서 싫은 소리 잔뜩 듣고 진 빼지 말고."

"알았어."

아름이 얌전히 대답하자 그는 이내 현관으로 발걸음을 돌렸다. 그가 막 신발을 신으려 할 때였다. 방문 여는 소리가 들리고 뾰족한 음성이 그의 뒤통수를 때렸다.

"아들! 너 어디 가니?"

젠장. 하필 이럴 때 일어날 건 뭐람!

못마땅한 마음에 이를 벅벅 갈고 난 뒤, 그는 몸을 뒤로 돌렸다.

"서울에 가요."

"밥도 안 먹고?"

그 말인즉슨, 정 여사는 배가 고파서 깨어났다는 말이다.

"급한 약속이 있어요."

"오늘 내 생일이다!"

불만이 가득 담긴 딱딱한 말투에 승빈은 '그래서 어쩌라고?' 하는 식으로 어깨를 으쓱거렸다.

"생일이죠. 어머니 생일인 거 누가 모른답니까? 그래서 서울에서부터 정신없이 달려왔더니 어머니는 어김없이 술 냄새 풀풀 풍기면서 주무시고 계시더군요."

"강 사장!"

"밥 먹자구요? 좋죠. 그런데 먹을 밥이나 있습니까?"

성질을 부리면서 대드는 승빈에게 강 여사는 인상을 팍 썼다.

"생일날 내가 미역국 끓이고 상 차려야 되니? 그런 건 너네가 알아서 해야지!"

말을 하면서 정 여사는 곱지 않은 눈길로 아름을 노려보았다.

"미역국하고 밑반찬 해 왔어요. 엄마. 밥만 하면 되니까, 오빠 들어와서 먹고 가. 점심도 아직 안 먹었잖아."

중재를 하려는 듯 아름이 나서며 말했다. 하지만 이미 기분이 상할 대로 상한 그는 코웃음을 치며 현관문을 열었다.

"그 밥, 먹어도 제대로 소화도 되지 않을 것 같으니까 두 분이 맛있게 드세요."

현관문을 나서던 그는 마침 그때 생각이 났다는 표정으로 고개만 뒤로 돌렸다.

"어머니 선물은 소파 위에 있으니까 보세요. 마음에 안 들면 말씀하시고요."

후다닥 소파로 달려간 정 여사는 고이 모셔놓은 상자의 포장을 뜯었다.

"어머나~ 아들! 이거 너무 근사하다."

거액의 가격표가 붙은 밍크코트를 들어 올리며 정 여사는 환성을 질렀다.

"이건 또 뭐니? 어머나~!"

흰 봉투 안에 들어 있는 빳빳한 수표를 꺼낸 정 여사가 좀 전보다 더 큰 소리로 외쳤다.

"우리 아들 손도 크지!"

특별히 생각해서 0이 7개나 붙은 걸 넣었더니 정 여사는 마냥 흐뭇한 표정이었다.

"저 올라갑니다."

"그래, 아들. 조심해서 가. 나중에 또 오고."

밍크코트와 거액의 수표에 정신을 홀라당 뺏긴 정 여사는 이제 밥이고 뭐고 아무것도 필요 없는 것처럼 보였다.

세상사 모든 일, 돈으로 해결 안 되는 게 없군.

씁쓸한 기분을 추스르며 승빈은 집을 나와 차에 탔다.

경주를 빠져나와 고속도로를 달리며 그는 마음이 급해서인지 경제속도를 유지하기가 힘들었다. 자꾸만 가속페달 위에 얹은 발에 힘이 들어가고 있었다.

대전을 지나면서 차가 막히기 시작하자 공연히 짜증이 솟구쳤다. 일요일이라 그런지 고속도로는 거의 주차장이 되어가고 있었다.

시간은 점점 흘러가고 기다리고 있을 제니퍼를 생각하자 조급함이 더해져 갔다. 그는 휴대폰의 버튼을 누르고 스피커폰으로 설정을 했다.

"제니퍼!"

—네, 승빈 씨.

"지금 올라가는 길인데. 여기 완전 주차장이야."

—어딘데요?

웃음기가 담긴 그녀의 말에 그도 싱긋 웃었다.

"대전 지났어."

—그럼 아직 멀었네요?

"차만 안 막히면 금방 가겠는데. 차들이 꼼짝도 안 하는데."

—천천히 와도 돼요. 저녁때까지는 아직 시간 많이 남았잖아요.

"난 빨리 만났으면 하는데."

—왜요?

그녀의 목소리가 차 안에 가득 들어차자 그는 싱긋 미소를 지었다.

—다른 급한 일이라도 있어요?

"아니. 당신 보고 싶으니까."

아무 대답도 없이 정적이 흐르자 그는 눈썹을 찌푸렸다.

"제니퍼?"

—듣고 있어요.

"두세 시간 정도면 도착할 것 같으니까 제니퍼가 밖으로 나오지."

—어디로요?

"난지한강공원."

공원은 자연과 벗삼아 데이트를 즐기기에 더없이 좋은 곳이었다. 산보다 바다가 더 좋다고 한 제니퍼의 말을 기억하고 그는 공원을 약속장소로 삼았다. 시원스레 펼쳐진 한강을 보면서 손을 잡고 걸으면 바다에 온 것 같은 기분을 느낄 수도 있을 것이다.

"편의점이 하나 있어. 그 앞에서 만나."

—알았어요.

"택시 타고 와."

그는 혹시나 싶은 마음에 계속 주의사항을 일러주었다.

"위치를 모를 테니까 괜히 차 끌고 나와서 고생하지 말고."

—그럴게요.

"옆에 혹 붙이지 말고 와."

—호호호.

청 높은 웃음소리가 스피커를 통해 울려 퍼졌다.

—제 폰이 감도가 엄청 좋거든요. 옆에서 듣고 그 '혹'이 인상 쓰네요.

"인상을 써도 어쩔 수 없지. 오늘은 내가 보디가드 잘할 테니까 안심하라고 필립한테 전해 줘."

—알았어요.

통화를 끝내고 나자 기다렸다는 듯이 차들이 움직였다. 아직까지는 거북이처럼 느린 속도였지만 그래도 가만히 서 있는 것보다는 한결 나았다. 정체가 풀리자 차는 제 속도를 찾아 빠르게 움직였다. 하지만 인터체인지를 지나고 나자 또다시 엉금엉금 기어가게 되었다.

일요일 저녁 무렵의 서울은 교통지옥이나 다름없었다. 신호마다 걸리면서 1Km를 가는 데 10분 이상이 걸려 차라리 걸어가는 게 더 빠를 듯했다.

급한 마음을 억누르면서 난지한강공원에 도착한 그는 차를 세우고 거의 뛰다시피 편의점 앞으로 갔다. 이리저리 둘러봤지만 그녀의 모습이 보이지 않자 심장이 쿵 소리를 내면서 어깨가 축 늘어졌다.

아직 오지 않은 걸까? 아니면 내가 너무 늦어 기다리다가 그냥 갔나.

그는 강 쪽으로 걸음을 옮기며 주위를 두리번거렸다. 휴대폰을 꺼내 번호를 누르려던 그는 한강을 향해 앉아 있는 그녀의 뒷모습을 발견하고 안도의 한숨을 내쉬었다.

"제니퍼!"

큰 소리로 부르자 그녀가 뒤돌아보았다. 빠른 걸음으로 다가가는 그를 향해 그녀는 손을 흔들어 보이며 활짝 웃었다.

"제니퍼."

반갑게 부르며 다가간 그는 그녀를 향해 두 손을 내밀었다. 양 손을 맞잡고 일어서는 그녀의 어깨를 그는 덥석 안았다. 그리고 자그마한 입술에 가볍게 입맞춤을 했다.

"승빈 씨?"

깜짝 놀란 듯 그녀는 그의 어깨를 밀어내며 주변을 살폈다.

"사람들이 봐요."

"뭐 어때서? 이 정도는 괜찮아."

"우린 다른 사람들 눈에 띄면 안 좋은 일이 생기는 사람들이거든요."

"그건 걱정할 거 없어. 일반 사람들은 우릴 봐도 누군지 모를 테니까."

"그래도 사진이라도 찍히면 큰일이라고요."

새침하게 말하는 그녀가 너무 예뻐 보여 그는 도톰한 입술에 또다시 입맞춤을 했다.

"아이, 참. 승빈 씨."

그녀가 작은 주먹으로 그의 어깨를 쳤다.

"반가우니까 그렇지."

멋쩍은 표정으로 말한 그가 그녀의 손을 잡았다.

"내가 너무 늦게 왔지?"

"아니에요. 오다 보니까 차가 많이 막혀서 당신도 좀 늦을 거라 생각하고 있었어요. 덕분에 좋은 경치 구경했어요."

"여긴 노을 질 때 봐야 진짜 멋있다는 생각을 하게 되지."

"여기 자주 오나 봐요?"

손을 잡은 채 천천히 걸음을 옮기면서 그는 그녀의 얼굴을 뚫어져라 바라봤다.

"가끔 시간 날 때마다 들리고는 해. 요새는 회사 일이 바빠서 자주 오지도 못했어."

"일 많아서 바쁜 거, 건강에 안 좋겠어요."

"먹고살려면 어쩔 수 없는 일이지 뭐."

갑자기 그녀가 까르르 웃음을 터트리자 그가 눈을 크게 떴다.

"왜 웃어?"

"재벌가의 자제분께서 하실 말씀은 아닌 것 같아서요. 엄살이 꽤 심하네요."

"그건 제니퍼가 몰라서 하는 말이야."

어느새 정색을 한 그가 자신의 손바닥 안에 쏙 들어오는 그녀의 손을 만지작거렸다.

"아버지는 능력 없는 놈은 자식이라고 해도 관대하게 받아들여 주지 않아. 아버지 눈에 차려면 정말 죽을힘을 다해 노력해야만 해. 안 그랬다가는 진짜 먹고사는 데 지장 많아진다고."

그가 한숨을 푹 내쉬고 짐짓 불쌍한 표정을 지어 보였다.

"아버지 눈 밖에 나서 회사 잘리면 그날부터 고생문 훤히 열리는 거야. 다른 회사에 취직하기도 힘들지. 어느 회사가 진원 그룹 눈 밖에 나려고 채용하겠어. 아마 자장면 배달이나 하게 되겠지."

"호호호. 그럼, 그때 나한테 전화해요. 내가 취직시켜 줄게요."

"음. 취직은 말고 그냥 제니퍼 옆에 있으면 안 될까?"

"네?"

그가 말하는 게 뭘 뜻하는지 알 수 없어 그녀는 눈을 동그랗게 뜨면서 반문했다.

"일 안 하고 그냥 가만히 있어도 밥은 먹여줄 거지?"

"어머나, 호호호. 당연히 먹여 줘야죠."

속이 뻔히 들여다보이는 농담을 주고받으면서 그녀는 여전히 그에게 손을 잡힌 채 강변을 걸었다. 점차 주위가 조금씩 붉은 빛으로 물들며 노을이 지기 시작했다.

"정말 아름다워요."

흘러가는 강물과 붉은 노을과 대조적으로 푸른 나무들을 바라보면서 그녀는 감탄사를 연발했다.

"파란 하늘도 멋있지만 붉게 노을이 지는 모습도 멋있네요."

"그렇지. 여기 이렇게 있으면 바다에 온 것 같은 기분도 느낄 수 있지. 직접 갈 수는 없으니까 일종의 대리만족으로."

"정말 그래요."

노을 지는 모습을 바라보던 시선을 내려 도도하게 흘러가는 강물을 보면서 그녀가 고개를 끄덕였다.

"오늘은 당신하고 같이 있어서 더 좋군."

살짝 고개를 숙인 그가 그녀의 귓가에 대고 나지막한 어조로 속삭였다. 듣기 좋은 저음의 목소리가 울린 뒤, 따스한 입김이 느껴지고 곧 그의 입술이 그녀의 뺨에 닿았다.

"스킨십, 정말 좋아하나 봐요."

새삼스럽다는 듯 그녀가 묻자 그가 어깨를 으쓱였다.

"스킨십 싫어하는 남자도 있나?"

"그렇게 말하니까 우리 아빠가 생각나네요."

"모튼 회장 말인가?"

"네."

그녀는 고개를 끄덕이고 생긋 웃었다.

"낳아준 친아빠는 내가 2살 때 교통사고로 돌아가셔서 기억에 없어요. 지금껏 날 길러주신 모튼 회장은 완전 '스킨십 제왕'이에요. 처음 아빠 만났을 때 정말 깜짝 놀랐어요. 덩치도 곰 같으신 분이 쿵쾅거리면서 달려와 덥석 끌어안더니 막 얼굴을 비비는 거예요. '제니퍼, 우리 공주님.' 그러시면서요. 그때 전 그런 생각을 했죠. '도대체 제니퍼가 누구야? 왜 제니퍼와 날 착각하는 거지? 혹시 이 분, 눈이 안 보이나?'"

"하하하."

그가 큰 소리로 웃음을 터트리자 그녀 또한 환한 미소를 지었다.

"게다가 얼굴을 마구 비벼 대서 막 자란 수염 때문에 따갑기는 하고 인사를 하긴 해야겠는데 영어는 자신 없고. 얼마나 곤란했는지 몰라요. 다행스럽게도 엄마가…… 참, 그땐 이모였죠. 어쨌든 엄마가 뒤쫓아 와서 아빠를 떼어내 줬죠. 그리고 아빠가 절, 부를 때 제니퍼라고 부르기로 했다는 걸 알려주셨어요. 우리 아빠는요. 아직도 절 보면 끌어안고 뽀뽀하고 그래요. 여전히 '제니퍼, 우리 공주님.' 하시면서요."

"그거 진짜 질투 나는데?"

승빈이 부루퉁한 표정으로 말을 이었다.

"한집에 살면서 매일 같이 얼굴보고 거침없이 스킨십을 할 수 있다라……. 당장이라도 회사 때려치우고 제니퍼 발목이나 잡을까?"

"그러시든지요."

얼굴 가득 미소를 지으면서 그녀가 말하자 그가 걸음을 멈췄다.

"나 지금 농담하는 거 아닌데."

그녀를 마주보는 그는 진지한 표정이었다.

"나도 농담 아니에요. 설마하니 내가 당신 한 사람 밥 못 먹여 주겠어요? 나 그 정도 능력 있어요."

"내가 당신 쫓아가면 밥만 먹고 산다고 하지는 않을 걸?"

"뭐가 또 필요한데요?"

여전히 진지한 그를 상대하기가 조금은 벅찼던 그녀는 생긋 미소를 지으면서 다시 걸음을 옮기려 했다.

"제니퍼."

그가 이름을 부르며 그녀의 손을 잡아당겼다. 주춤 멈춰서 고개를 돌리자 그가 그녀의 눈을 빤히 바라보았다.

"내가 당신 좋아하는 거 알고 있지?"

직설적인 질문에 그녀는 순간 뭐라 대답해야 할지 몰랐다. 당황한 빛이 역력한 채로 그녀는 살짝 고개를 끄덕였다.

"처음처럼 단순히 관심만 있는 게 아니야."
"승빈 씨."
"좋아하는 감정이 생겼어. 그리고 조금씩 점점 더 커지고 있어."
숨이 막힐 것만 같았다. 노을이 지는 강변에서 그의 고백을 듣고 있자니 그녀는 마치 자신이 영화의 여주인공이 된 것만 같았다. 기분이 좋기도 했고 순간적으로 채연이 떠올라 씁쓸한 기분이 느껴지기도 했다.
"진지하게 당신에 대해서 알고 싶어. 내게 그럴 기회를 주겠어?"
"그래요."
열정으로 가득한 그의 눈을 바라보면서 그녀는 가슴이 콩닥거리고 뛰는 걸 느꼈다.
그가 팔을 뻗어 그녀의 어깨를 안았다. 넓은 품에 얼굴을 폭 묻고 등으로 단단하게 감싸 안는 그의 팔 힘을 느끼면서 그녀는 왠지 눈물이 날 것만 같은 상태가 되어 버렸다.
이런 기분이었구나. 이 남자한테서 좋아한다는 말을 듣게 되면 이런 감정이 생겨나는 거였어. 그랬구나. 언니. 그래서 언니가 이 남자를 잃게 되었을 때 그렇게 힘들고 괴로워했던 거였어.
착잡한 심정으로 그의 어깨에 얼굴을 묻은 채, 그녀는 꼼짝도 하지 않았다. 그녀의 머리카락을 쓰다듬고 목덜미를 어루만진 그가 자그마한 입술에 가볍게 입맞춤을 했다.
"저녁 먹어야지. 우리 어디로 갈까?"
그의 말에 가슴을 가득 채우던 감정을 떨쳐내면서 그녀는 미소 지었다.
"배만 채울 수 있다면 어디든 상관없어요."
"그렇다면 내가 안내를 해드려야겠군."

여전히 손을 잡은 채 왔던 길을 되돌아 걸어와 그녀는 그의 차에 탔다.

"전에 스카이라운지 괜찮은 곳 가 보자고 했지?"

"기억하고 있네요?"

"당연하지. 난 당신에 대한 건 다 기억하고 있어. 다른 건 몰라도 기억력 하나는 자신 있거든."

그런 사람이 언니에 대해서는 까맣게 잊어버렸다고? 아니면 아예 기억하고 싶지 않거나.

채연을 떠올리는 것만으로도 기분이 침울하게 가라앉아 그녀는 아무 말도 없이 창밖으로 시선을 돌렸다.

밤이 되었지만 여전히 서울은 교통지옥이었고 차는 가다 서다를 반복했다.

"일요일이라서 그런가? 오늘따라 유난히 차가 많이 막히는군."

못마땅하다는 투로 중얼거린 그는 차가 또 멈춰 서자 고개를 돌려 그녀를 바라봤다.

그저 창밖에만 시선을 주고 있는 그녀의 옆모습이 쓸쓸해 보였다. 왜 그런지 알 수 없었지만 그렇게 느껴져 그는 손을 내밀어 무릎 위에 다소곳이 놓여져 있는 그녀의 손을 잡았다.

"제니퍼. 무슨 일이지?"

"네? 제가 왜요?"

아무것도 아니라는 듯 표정을 바꾸며 그녀가 물었다. 하지만 그 잠깐 사이 그는 그녀의 얼굴에 드리워졌던 검은 그림자를 확실히 봤다.

"분위기가 이상해서."

"분위기요? 무슨 말인지 모르겠어요."

"어둡고 칙칙했어. 무슨 걱정거리라도 있는 것처럼."

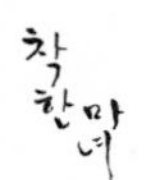

이 인간. 진짜 눈썰미 죽여준다.

조금은 당황한 그녀는 이마에 손을 얹고 배시시 웃었다.

"아, 그게 갑자기 아빠 생각이 나서요."

여기서 죽은 언니가 생각나서 그렇다고 답할 수는 없는 일.

"아까 아빠 얘기를 해서 그런지 자꾸 생각나요. 내 걱정 많이 하실 텐데 연락도 자주 못 드렸거든요."

다시 가만히 생각해 보니 정말 그랬다. 마지막으로 제임스와 통화를 한 게 벌써 3일 전, 약을 먹여 승빈을 KO시킨 다음 날 아침이었다. 폭탄주를 퍼마신 여파로 숙취에 시달리며 여전히 해롱거리고 있던 그녀는 제임스의 전화를 받고 무슨 말을 했는지도 자세히 알지 못했다. 옆에서 듣고 있던 필립이 큰 실수는 하지 않았다고 말해 주어 그나마 안도의 한숨을 내쉬었던 기억밖에 없었다.

"그랬군."

짤막하게 대답을 하면서도 그는 영 마음이 찜찜했다. 항상 그녀를 만날 때면 그는 좋으면서도 그런 기분을 느꼈다. 그녀가 뭔가 숨기고 있는 것 같다는 생각이 들었다. 그게 뭔지 정확히 알 수가 없어 더 답답하고 심난했다. 그렇다고 해서 대놓고 물어볼 수도 없고, 물어본다고 해서 그녀가 솔직하게 말한다는 보장도 없었다.

차 안에 어색한 분위기가 감돌자 그녀는 손을 뻗어 CD플레이어의 버튼을 눌렀다. 부드러운 클래식 음악이 흐르자 그녀는 의외라는 표정으로 정면을 주시하고 있는 그를 봤다.

"평소에도 이런 음악 들어요?"

"음."

그가 고개를 끄덕이자 그녀의 입가에 의미를 알 수 없는 미소가 생겨났다.

“뜻밖이네요.”

“뭐가?”

“당신은 좀 더 요란한 음악을 좋아할 것 같았어요. 락이나 재즈 같은 거요.”

“제니퍼는 어떤 음악 좋아하는데?”

“발라드요. 주로 영화음악 듣는 거 좋아해요. 음악 들으면서 그 음악이 나왔던 영화의 장면을 떠올리고는 하죠.”

“내가 아는 여자 중에 그런 말 하던 여자가 한 명 있거든?”

순간, 그녀는 흠칫 놀라며 긴장했다. 채연도 그랬다. 그녀와 채연은 음악적 취향이 같아서 항상 같은 곡을 즐겨듣고는 했다. 그녀는 드디어 승빈이 채연에 관해 떠올린다고 생각하고 잔뜩 기대를 했다. 그런데…….

“좋은 영화음악이 CD로 나오면 구입해서 선물하고는 했지.”

응? 이건 아닌 것 같다. 언니는 이 사람한테서 선물을 받았다는 말은 없었는데.

“나중에 알고 보니까 트로트를 열심히 듣고 있더군. 기계 효과음 빵빵한 걸로.”

그건 아니잖아. 언니는 트로트는 듣지도 않는다고.

풍선에서 바람이 빠지듯 기대감이 쑥 빠져나가자 그녀는 어깨를 축 늘어뜨렸다.

“내가 준 CD는 포장도 안 풀고 책장 한쪽에 쌓아놓았었어.”

“실망이 크셨겠네요.”

“뭐, 실망이 컸다기보다는 자라난 환경이 그러니까 이해를 하지.”

“자라난 환경이요?”

“어. 어머니가 열렬한 트로트 애호가이시거든.”

승빈이 말하는 사람은 바로 동생인 아름이었다. 순진한 표정을 하고서 '영화음악 정말 좋아해.' 라고 말하기에 그런 줄 알았더니 역시나 정 여사의 영향을 받아 아름 또한 트로트 애호가였다.

가다 서다를 반복하던 차는 어느새 불빛이 환한 호텔 앞에 멈췄다.

차에서 내려 로비를 지나가며 그녀는 은연중에 어깨를 움츠리고 그에게서 두어 걸음 떨어져 걸었다.

"사람들 시선 의식하는 건가?"

엘리베이터 앞에 나란히 서게 되자 승빈이 못마땅하다는 표정으로 물었다.

"연예란 1면을 장식하고 싶은 마음은 없거든요."

"상대가 나라서?"

"그건 아니에요."

그녀는 단호한 표정으로 말했다.

"여기 신문에 나는 건 상관이 없는데 아빠가 볼까 봐서요."

"음. 그건 나도 좀 겁나는데."

그녀의 변명에 기분이 풀린 듯 표정이 한결 밝아진 승빈이 미소를 지어 보였다.

스카이라운지는 그가 말했던 것처럼 질 좋은 서비스와 눈을 즐겁게 하는 풍경을 보여줬다. 운전을 해야 한다는 핑계로 그는 그녀에게만 와인을 권했다.

"한 잔 정도는 괜찮지 않아요?"

"좀 피곤하거든. 하루 종일 운전을 해서."

"어머, 그랬군요. 미안해요."

"미안하다는 말은 내가 해야지. 그날, 술 먹고 그냥 잠들어 버려서 당신한테 실수를 한 것 같아. 제대로 된 사과도 못 했고."

"아니에요. 이해해요."

그녀는 당연히 이해해야 하는 입장이었다. 그가 잠이 든 건 술 때문이 아니었으므로.

"다음에 더 좋은 자리 만들어요."

"그러지."

그래. 자리 만들어라. 더 효과 좋은 약을 먹여서 이번에는 아예 저승길로 직행을 하게 해 주마.

그가 모르게 이를 뽀드득 갈면서 그녀는 와인을 마시고 스테이크를 썰었다. 기본적으로 간단한 대화만을 나누면서 평범하기만 한 식사를 마친 후 호텔을 나오자 그는 그녀를 바래다주겠다고 나섰다.

"택시 타도 돼요."

"밤엔 위험해서 안 돼."

"먼 거리도 아닌데요."

"나도 멀리 돌아가는 길 아니니까 같이 가자고."

문득 그가 사는 곳이 정확히 어딘지도 모른다는 생각에 그녀는 새삼스럽게 새침을 떨며 말했다.

"부모님하고 같이 사는 거 아니죠?"

"예전에 독립했지."

"그럼, 혼자 살아요?"

"음. 청담동 오피스텔에."

청담동인 건 나도 알거든? 내가 궁금해 하는 건 오피스텔이 있는 빌딩 이름과 호수라고.

"어떤 오피스텔요? 회사 근처에 있는 거예요?"

은근슬쩍 돌려 물어봤지만…….

"회사에서 가까워. 출근길 전쟁에 시달리기 싫어서."

그는 미꾸라지처럼 또 질문의 핵심을 피해가 버리고 말았다.

식사를 할 때와 마찬가지로 이런저런 무미건조한 대화를 나누다가 호텔에 도착했다. 차에서 내린 그녀는 그를 향해 예의 바르게 고개를 숙이며 인사를 건넸다.

"바래다줘서 고마워요. 운전 조심해서 돌아가요."

"앞에까지만 같이 가지."

"그렇게까지 안 해도 돼요."

손을 저으며 거절을 했지만 그는 그녀의 말은 들은 척도 않고 호텔 문으로 걸음을 옮겼다.

"승빈 씨!"

나란히 엘리베이터 앞으로 걸어간 뒤, 그녀가 불만스러운 마음을 드러냈다.

"고집이 세네요."

"하고 싶은 걸 못 하면 병이 나는 성격이라서."

그건 나도 마찬가지지. 제니퍼는 새삼 이해한다는 심정으로 고개를 끄덕였다.

"빨리 헤어지는 것도 싫고. 몇 층?"

엘리베이터에 타자 번호판 앞에 손가락을 댄 채 그가 물었다.

"21층이에요."

번호판을 누른 그가 그녀를 향해 돌아섰다.

"작별인사를 해야겠군."

말을 하며 그가 한 걸음 다가오자 그녀는 자연스럽게 엘리베이터의 벽 쪽으로 물러섰다.

"승빈 씨……."

그가 그녀의 입술에 가벼운 입맞춤을 했다. 한 번, 두 번, 그리고 세 번.

"제니퍼."

그의 눈빛이 검게 가라앉고 목소리마저도 낮아졌다.

"이제 그만 'Yes'라고 말해."

'Yes'라고? 그게 무슨…….

한순간 멍해졌던 그녀는 전에 그가 했던 말을 떠올리고 볼을 발갛게 물들였다.

그의 눈을 빤히 바라보면서 그녀는 도리도리 고개를 저었다.

"제니퍼……."

애가 타는 듯 그가 간절한 음성으로 말하며 또다시 입맞춤을 퍼부었다.

어깨를 꼭 끌어안긴 채 그의 몸이 짓누를 듯 덮쳐오자 그녀는 눈을 꼭 감았다. 맞닿은 몸에서 흥분한 그의 남성이 고스란히 느껴졌다. 뜨거우면서도 강한 열기가 그녀를 에워쌌다.

그녀의 얼굴을 두 손으로 감싸고 그는 엄지손가락으로 뺨을 쓰다듬으며 속삭였다.

"허락해 줘……."

귓가를 적시는 부드러운 음성에 가만히 눈을 뜬 그녀는 그의 얼굴을 똑바로 바라봤다. 그리고 천천히, 아주 천천히 고개를 끄덕였다.

그의 입가에 미소가 번지고 그녀의 허리를 안은 팔에 힘이 들어갔다.

한 손으로 그녀의 머리를 받친 그는 격렬하면서도 강한 키스를 퍼부었다. 여린 입술을 빨아들이고 입 안쪽으로 혀를 밀어넣은 뒤, 마치 내 것이라고 시위를 하듯 구석구석 휩쓸고 돌아다녔다. 수줍게 감추어져 있던 그녀의 혀를 감싸 끌어당겨 빨아들인 그는 나지막한 신음소리를 내며 허리를 강하게 끌어안았다.

그녀는 번개에 맞은 것만 같았다. 강하게 덮쳐오는 그의 힘에 눌려 그녀는 손가락 하나 꼼짝할 수도 없었다. 느껴지는 거라고는 오직 자신의 입술을 삼키는 그의 입술과 손끝에 와 닿는 근육의 단단함뿐이었다.

"제니퍼."

낮게 속삭이면서 그는 그녀의 입술을 다시 한 번 삼켰다.

"달콤하군……."

뺨을 지나 목덜미에 입술을 대며 그가 중얼거렸다.

"하아……."

가쁜 숨을 몰아쉬며 그녀는 그의 어깨에 매달렸다. 다리가 후들거리고 힘이 빠져 제대로 서 있을 수도 없었다.

"제니퍼, 당신을 좋아해."

가슴이 아려왔다. 심장이 두근거리고 맥박이 요동을 쳤다.

"기뻐요, 승빈 씨."

간신히 말을 하고 그녀는 입술을 꼭 깨물었다. 그의 어깨에 얼굴을 묻고 그녀는 숨을 죽였다.

땡, 하는 알림음이 들리고 기계적인 음성이 스피커를 통해 흘러나왔다.

"21층입니다."

그 소리에 정신을 차린 그녀가 몸을 바로 세웠다. 수줍은 미소를 짓는 제니퍼의 입술을 그가 손가락 끝으로 어루만졌다.

"조심해서 들어가."

룸이 바로 코앞인 데도 걱정이 가득 담긴 표정으로 승빈이 인사말을 건넸다.

"당신도요. 운전 조심해요."

작게 말한 뒤, 그녀는 엘리베이터 밖으로 걸음을 옮겼다.

닫히는 문 사이로 승빈이 한 손을 들어 보였다. 마주 손을 들어 흔들어준 뒤, 그녀는 닫힌 문을 한참이나 바라보고 있었다.

'제니퍼. 당신을 좋아해.'

그 말이 귓가에 남았다. 머릿속 깊이 각인돼 영원히 잊히지 않을 것만 같았다.

"날 좋아한다고? 자길 잡아먹으려고 하는 날? 후훗."

룸을 향해 걸음을 옮기면서 그녀는 웃음을 터트렸다. 아무리 강한 척해도 그녀 또한 여자라 남자에게서 좋아한다는 말을 듣자 기분은 좋았다.

남자도 그냥 남자인가. 잘생기고 체격 건장하고 배경 빵빵하고…….

룰루랄라 콧노래까지 부르며 룸으로 들어온 그녀는 소파에 털썩 주저앉으며 쿠션을 끌어안았다.

"후후훗."

그와의 키스를 떠올리자 저도 모르게 웃음이 났다. 부드러우면서도 짜릿하고, 달콤하면서 만족스러웠던 키스. 여지껏 키스를 해 본 남자들 중에서 만족도로만 따진다면 당연히 승빈이 최고였다.

쿠션을 꼭 끌어안고 배시시 미소를 지은 채 감정에 푹 빠져 있던 그녀는 미처 문에서 울리는 노크 소리도 듣지 못했다.

문을 열고 안으로 들어서던 필립은 소파에 앉아 헤벌쭉 웃고 있는 제니퍼를 보고 이마를 찌푸렸다.

「다녀오셨습니까?」

「응.」

자신은 쳐다보지도 않고 대답도 건성으로 하는 그녀의 행동에 필립의 찌푸림이 더 심해졌다.

「데이트는 어땠나요?」

「좋았어.」

이제 사뭇 귀찮다는 투다. 빠지직— 이마 위로 혈관이 불거지는 소리가 들릴 정도로 열이 받은 필립은 목을 가다듬고 사무적인 음성으로 말했다.

「디데이를 화요일로 잡았습니다.」

디데이. 강승빈을 절망의 구렁텅이로 밀어넣는 날.

마냥 좋아서 해롱거리고 있던 그녀는 순간 흠칫 놀라 필립을 노려보았다.

「난 오늘 아주 기분 좋은 데이트를 했어요. 그 좋은 기분 조금 더 만끽하게 일 얘기는 나중에 해 줄래요?」

「시간 여유가 별로 없습니다.」

꿋꿋하게 반대 의사를 말하는 필립에게 그녀는 코웃음을 날려 보냈다.

「지금 당장 하는 것도 아닌데 내일 말해도 되잖아요.」

「걱정이 되는군요, 제니퍼.」

「뭐가요?」

「너무 강승빈 씨한테 빠지는 것 같아서요.」

「그런 거 아니에요.」

발칵 성질을 부린 그녀는 쿠션을 옆에다 내려놓고 고개를 빳빳이 들었다.

「그 사람이 날 좋아한다고 했어요.」

「그래서 기뻤습니까?」

「물론 기뻤죠. 애당초 내 목적이 그 사람이 날 좋아하도록 만드는 거잖아요. 푹 빠지게 만들어서 나중에 뻥 걷어차 주는 거요. 목적이 절반은 이루어진 거니까 당연히 기쁘고 좋죠.」

「그렇게 기쁘고 좋아하다가 나중에 뻥 찰 수는 있겠습니까?」

그녀는 이마를 잔뜩 찌푸린 필립을 바라보면서 고개를 갸우뚱거렸다.

「정말로 필립이 걱정하고 있는 게 뭐예요?」

「제니퍼는 아니라고 말하지만 강승빈 씨한테 마음을 두고 있는 것 같아서 하는 말입니다.」

「그런 거 아니라고 했잖아요.」

「지금 제니퍼는 꼭 사춘기 소녀 같습니다.」

그녀의 성장과정에 대해 낱낱이 알고 있는 필립이므로 그녀는 달리 반론을 제기하지 못했다.

「강승빈 씨하고 오늘 뭘 했습니까?」

「강 구경 했어요. 저녁 먹었구요.」

「그리고요?」

「굿나잇 키스도 했죠.」

필립이 인상을 팍 쓰자 제니퍼는 대단치 않다는 식으로 어깨를 으쓱였다.

「그런 표정 할 거 없어요, 필립. 뉴욕에서 매일같이 파티 끝나고 하는 게 굿나잇 키스예요. 별로 대단할 것도 없다고요.」

사실 승빈과의 키스는 대단했지만 그녀는 필립에게 그런 속마음을 내보일 만큼 바보는 아니었다.

「공연한 걱정하지 말아요, 필립. 내 감정은 내가 컨트롤할 수 있어요.」

그녀가 장담을 하자 필립은 어쩔 수 없다는 듯 한숨을 내쉬었다.

「난 제니퍼가 상처 입을까 봐 걱정돼서 그러는 겁니다.」

「알아요, 필립.」

고개를 끄덕인 필립은 몸을 돌려 룸을 나갔다. 옆에 던져놓았던 쿠션을 다시 끌어안은 그녀는 소파 깊숙이 몸을 묻고 가만히 눈을 감았다.

강승빈. 그녀의 눈으로 봐도 그는 매력적인 남자였다.

감미롭게 들려오던 저음의 목소리. 온몸을 조여오던 강한 팔 힘. 달콤하면서도 짜릿하던 키스.

"하아……."

그녀는 크게 한숨을 내쉬었다. 어쩌면 필립의 걱정이 조금은 맞을지도 모른다는 생각을 하면서.

6장

“넌 도대체 뭐하는 놈이야!”

또 저 소리다.

회장실 문을 열고 들어선 그의 귀에 강 회장의 호통소리가 들려왔다.

매번 안 좋은 일이 생길 때마다 강 회장은 그를 불러 버릇처럼 저런 말을 하고는 했다. 평소와 다른 점이 있다면 오늘은 호통소리에 뒤이어 두툼한 서류철이 날아온 것 정도랄까. 몸을 반쯤 돌려 날아드는 서류철을 피한 그는 인상이 팍 써지려는 걸 애써 참았다.

표정 관리를 하려 애쓰며 그는 허리를 숙여 바닥에 떨어진 서류철을 집어 들었다.

“내가 조심하라고 몇 번을 말했는데 이런 사고를 일으키는 게냐!”

아무 대꾸도 하지 않고 걸어간 그는 커다란 마호가니 책상 위에

서류철을 내려놓았다.

"이 사태를 어떻게 수습할 셈이야!"

노기 가득한 얼굴로 강 회장은 여전히 펄펄 뛰면서 소리를 쳤다.

"전 그런 일 벌인 적 없습니다."

딱딱한 그의 대답에 강 회장은 코웃음을 쳤다.

"지금 네놈이 그런 짓을 했는지 안 했는지가 중요한 게 아니야!"

강 회장은 본격적으로 화를 내려는 듯 벌떡 일어서서 그를 향해 삿대질을 했다.

"네놈이 여자들을 끌어안고 술을 퍼마시던 침대에서 뒹굴던 문제는 그게 아니란 말이다! 이런 사진이 찍혀서 게시판이고 인터넷이고 몽땅 도배를 하게 만든 게 큰 문제라는 거지."

강 회장이 책상 위로 사진들을 집어던졌다. 손에 힘을 줘 움켜쥐었는지 잔뜩 구겨진 사진은 승빈과 여자들이 부둥켜안고 술판을 벌이고 있는 모습을 담고 있었다.

"사진이 조작된 거라는 걸 밝혀내서 해명을 하겠습니다."

"조작되었다고? 내가 그 정도 조사도 안 했다고 생각하는 거냐! 이 사진은 합성된 게 아니야!"

또다시 버럭 소리를 지른 강 회장은 책상 위에 던져 놓았던 사진을 집어 들어 그의 코앞에서 마구 흔들다 힘껏 움켜쥐었다.

"게다가 벌써 사람들 입에 네 사생활에 대한 말들이 오르내리고 있어. 그게 문제가 되어 어쩔 수 없이 이번 이사회에서 널 사장으로 임명하는 건은 없던 일로 하기로 했다."

온몸을 덮치는 실망감에 그의 어깨에서 힘이 쭉 빠져나갔다. 본사 사장 자리에 앉지 못해서 실망감이 생겨나는 건 아니었다. 몇 년 동안이나 강 회장의 눈에 들기 위해 무던히 애를 썼는데 단 한순간의 실수로 인해 그동안의 노력이 물거품이 되고 말았다. 강 회장의 신뢰를 회복하려면 여태까지 했던 것보다 열 배, 아니 백배의 노력이 필요할 게 뻔했다.

"반대파가 저지하려고 할 테니 조심하라고 그렇게 일렀는 데도 이런 실수를 하다니…… 미련한 놈 같으니라고."

고개를 저으며 혀를 찬 강 회장이 기운 빠진다는 표정으로 의자에 털썩 주저앉았다.

"네놈한테 실망이다. 그만 나가 봐!"

강 회장의 축출령에 말 한 마디 못하고 승빈은 고개를 숙여보였다.

"사진도 죄다 갖고 가. 꼴도 보기 싫으니까."

책상 위의 사진들을 모아 손아귀에 움켜쥐고 회장실을 나온 승빈은 도대체 누가 이런 일을 벌인 건지 모르겠지만 잡으면 가만 두지 않겠다고 이를 벅벅 갈았다. 여자를 끼고 앉아 술을 마신 기억조차 없는 그로서는 이런 일이 벌어졌다는 게 생각할수록 황당할 뿐이었다.

자신의 사무실로 돌아온 그는 컴퓨터를 켰다. 회사 게시판을 클릭하자 '강승빈, 그의 이중생활' 이라는 제목과 사진이 대문짝만하게 실려 있었다.

'벌써 본사 사장이 된 걸로 착각 중?' , '미친 것 아님?' , '돈 많으면 뭔 짓을 못 하나. 저게 다 우리가 힘들여 벌어준 돈으로 하는 짓이지. 나쁜 놈.' , '그렇게 안 봤는데 여자 무지하게 밝히는 것 같네. 그래도 좀 깨끗하게 노시지, 넘 지저분하잖아.' 등등.

달려 있는 댓글을 주르륵 읽어 보던 그는 두 손으로 머리를 싸쥐었다.

"젠장. 진짜 돌아버리겠군."

게시판에 사진과 글이 올라온 것은 오늘 점심때였다. 글이 올라오고 얼마 안 돼 회장 비서실에서 먼저 발견을 해 삭제를 시킨 후, 다행이라며 안도의 한숨을 내쉰 게 불과 몇 시간 전이었다. 그런데 그사이 어느 손 빠른 인간이 복사를 해두었는지 다른 아이디로 같은 글이 게시판에 올라왔다. 그리고 연달아 댓글이 달리고 인터넷 카페며 블로그를 도배하는 바람에 지금은 삭제시키려 해도 할 수가 없는 상황이 되어 버렸다. 이 사진이 합성을 한 거였거나 조작되었다는 증거를 제시하지 않고는 섣불리 건드릴 수도 없는 일이었다.

그는 마구 끓어오르는 격한 감정을 억누르고 인터폰을 눌러 김 비서를 불러들였다.

"김 비서. 인터넷, 아직도 시끄러운가?"

"네. 검색 순위 1위입니다."

그다지 자랑스럽지도 않은 일을 당당하게 말하는 김 비서를 그는 무서운 눈길로 노려보았다.

"그래도 처음보다는 평이 좀 나아졌습니다."

"나아졌다고?"

"그렇습니다. 처음에는 한결같이 안 좋은 말들뿐이었는데 지금은 좀 달라졌습니다. 회식이나 거래처 접대하면서 어울리느라 그런 상황이 된 걸 인터넷에 악의적으로 퍼뜨린 거라는 의견이 나오자 사회생활을 하다 보면 그럴 수도 있다는 진보파와 사회적으로 물의를 일으켜서는 안 된다는 보수파가 한창 공방전을 벌이고 있습니다."

"생각할수록 한심하고 할 일 없는 인간들뿐이군. 도대체 남의 사생활을 갖고 왜들 이러쿵저러쿵 난리들인 거야!"

짜증이 난 그가 버럭 소리를 지르자 김 비서가 고개를 갸우뚱거렸다.

"정말 기억이 안 나시는 겁니까?"

"난 이런 일 벌인 적이 없다니까. 절대로!"

씩씩거리는 그를 김 비서는 멀뚱한 표정으로 바라보았다.

"제가 자세히 살펴봤는데 장소가 '블루문' 인 것 같습니다."

"블루문?"

"네. 거기 자주 가셨잖습니까?"

'블루문' 이라면 그가 자주 이용하는 곳으로 1주일에도 2, 3번은 가는 곳이었다.

"더 복잡해지는군."

투덜거린 그는 의자에서 몸을 일으켜 재킷을 집어 들었다.

"어디 가십니까?"

"블루문에 가서 몇 가지 좀 물어봐야겠어."

재킷을 입은 그는 회장실에서 들고 온 사진을 집어 주머니에 마구 쑤셔 넣었다.

"저도 같이 가겠습니다."

"아니, 혼자 가겠어. 김 비서는 자리 지키고 있다가 시간 되면 퇴근해."

쌀쌀맞게 대꾸한 그는 문을 열고 뒤를 돌아보았다.

"혹시라도 회장님이 찾으시면 바로 연락하고."

"네. 알겠습니다."

사무실을 나와 엘리베이터 쪽으로 걸어가며 그는 마주치는 사람들마다 보내는 비난 섞인 눈초리에 기분이 좋지 않았다. 정작 자신이 그런 일을 벌여 창피를 당하는 거라면 감수하고 넘어갈 일이지만 하지도 않은 일로 욕을 먹고 있자니 분하고 원통한 마음뿐이었다.

누군지 잡기만 하면 목을 졸라버리겠어.

엘리베이터를 탄 그는 이를 북북 갈면서 지하 주차장으로 향했다. 차를 타고 나온 그는 가슴이 답답하고 화가 나 미칠 것만 같은 기분에 속도를 내어 달렸다.

카페 '블루문'은 막 문을 열고 영업 준비를 하고 있었다. 연락도 없이 갑작스럽게 그가 들이닥치자 지배인이 놀라 뛰어 나왔다.

"안녕하셨습니까, 강 사장님."

예의 있게 고개를 숙이며 지배인이 인사를 건넸지만 그는 대꾸를 하지 않았다. 그다지 안녕하지 못한 관계로.

"몇 가지 물어보고 싶은 게 있어서 왔습니다."

"네. 이쪽으로 좀 앉으시죠."

바텐 앞의 높은 의자에 엉덩이를 걸치고 앉은 승빈은 아무런 설명도 없이 주머니에서 꺼낸 사진을 지배인에게 내밀었다.

"이게 뭡니까?"

"인터넷 안 봤습니까?"

퉁명스러운 그의 말투에 지배인은 얼떨떨한 표정이었다.

"제가 컴퓨터를 잘 다루지 못해서……."

큰 죄라도 지었다는 듯 죄송스런 표정으로 지배인은 뒷머리를 긁적거렸다.

"지금 그 사진이 인터넷을 완전 도배를 하고 있습니다. 거기에 있는 여자 본 적 있습니까?"

"아니요. 처음 보는 얼굴입니다만……."

뚫어져라 사진을 보던 지배인이 고개를 저었다.

"그 사진을 자세히 보면 알겠지만 배경이 여기 '블루문' 입니다."

"그, 그렇군요. 저희 룸이 분명합니다."

"내가 여기 와서 그런 술자리 벌인 적이 있습니까?"

"여자들 불러서 자리 마련하신 적은 있습니다. 하지만 그건 거래처분들하고 같이 계실 때였는데. 이 사진에는 혼자시군요."

이상하다는 표정으로 지배인은 고개를 갸웃거렸다.

"그리고 어째 죄다 눈을 감고 계시네요. 잠이 드셨었나?"

혼잣말 인듯 중얼거리는 지배인의 말에 그는 매가 병아리를 낚아채듯 지배인의 손에서 사진을 빼앗아 들여다보았다.

"그렇군. 정말 눈을 감고 있어."

이상한 일이었다. 이곳에서는 거의 거래처 직원들의 접대나 회식을 했기 때문에 잠이 들거나 술에 취해 쓰러진 적은 없었다. 끝까지 맨 정신을 유지한 채 버텼었다. 딱 한 번만 제외하고는.

"강 사장님께서 잠드신 건 제니퍼 모튼 양을 만났을 때뿐이었던 걸로 기억하고 있습니다만……."

말끝을 흐리며 지배인은 승빈의 기색을 살피며 눈치를 봤다.

"그때 제가 대리를 불러서 사장님을 댁까지 모셔다드리라고 했기 때문에 잘 알고 있습니다."

설마, 제니퍼가 그랬을 리는 없어. 그런 생각이 들었지만 승빈은 확인을 해 봐야만 했다.

"제니퍼와 있을 때 다른 사람들이 룸에 들어왔습니까?"

"아니요. 들어가는 걸 본 적 없습니다. 나중에 제니퍼 양의 비서인 외국인이 나오는 건 봤습니다. 그 사람이 절 부르러 왔었구요."

"필립 말이군요. 그렇다면 필립이 술이나 안주를 따로 시켰습니까?"

"아닙니다. 그 분은 그냥 밖의 차에서 기다리고 있었습니다."

"그럼 이 여자들이 룸에 들어왔었는지 아닌지는 알 수 없다는 거군요."

"네. 그렇죠."

"제니퍼가 다른 걸 시킨 적도 없구요."

"없었습니다."

살짝 의심이 들긴 했지만 아무 증거도 찾을 수 없었기에 답답한 마음은 여전했다.

"그렇다면 도대체 이 사진은 누가 언제 찍었다는 거야!"

한숨을 내쉬면서 이마를 문지르던 그는 문득 떠오르는 생각에 지배인을 똑바로 바라봤다.

"여기 CCTV 있지 않습니까? 전에 입구에서 본 것 같은데."

"있긴 하지만…… 녹화를 하지는 않습니다."

큰 잘못이라도 저지른 것처럼 지배인은 얼굴이 벌겋게 변해 그의 눈빛을 외면했다.

"여기 오시는 분들이 다 저명하신 분들이시라 CCTV 녹화 같은 건 할 수가 없습니다. 영업에 지장이 많아서요."

"큰 사고라도 나면 어쩌려고 녹화를 안 합니까? 녹화도 안 할 거면 CCTV는 뭐하러 달아놓은 겁니까?"

이해는 하지만 열이 받는 건 어쩔 수 없는 일이라 그는 버럭 소리를 질렀다.

"죄송합니다. 저도 이런 일이 생길 거라고는 생각도 못 해서요."

그는 지배인의 손에서 빼앗았던 사진을 바텐 위에 탁 내려놓았다.

"이 사진 두고 갈 테니까 직원들 나오면 물어보세요. 혹시 이 여자들 본 사람이 있을 수도 있으니까. 나중에라도 연락주시기 바랍니다."

"네. 알겠습니다, 강 사장님."

승빈은 여전히 풀리지 않는 의문에 골머리를 썩으며 카페를 나왔다.

강 회장은 이미 일어난 일이니 어쩔 수 없다는 식으로 생각하는 듯했지만 그는 그럴 수가 없었다. 회사 내에서 자신의 입지를 생각한다면 추락한 명예를 회복하는 일 또한 강 회장의 신임을 얻는 것만큼 중요했다.

차에 탄 그는 운전대에 두 손을 얹고 크게 한숨을 내쉬었다. 답답함을 풀고자 찾아왔지만 실마리 하나 얻을 수 없고 오히려 더 머리가 복잡해지자 짜증이 솟구치기만 했다. 게다가 공연히 제니퍼를 의심한 것에 대해 마음이 무거워졌다.

제니퍼. 그녀가 오해할 수도 있는데.

인터넷에 떠도는 글을 읽었다면 그를 사생활 문란한 바람둥이라 여길 수도 있는 일이었다. 가뜩이나 그녀는 그의 여자관계에 예민했다. 현재 사귀는 여자는 없는지, 전에 사랑했던 사람은 없는지 집요하게 캐묻지 않았던가.

기분이 푹 가라앉아 이마를 찌푸린 그는 휴대폰을 들어 전화번호를 눌렀다.

* * *

전화벨이 울리자 그녀는 손을 뻗어 휴대폰을 집었다. 액정에 선명

하게 떠오르는 '강승빈' 세 글자에 그녀는 이마를 찌푸렸다.

드디어 올 게 왔네.

점심시간이 막 지난 뒤, 그녀는 필립에게 회사 게시판에 승빈의 사진을 올리라고 지시했다. 그리고 채 30분도 되지 않아 올렸던 사진과 글이 삭제되자 흥신소의 김 실장을 통해 또다시 사진을 올렸다. 이번에는 회사 게시판뿐만 아니라 인터넷에도 올렸다. 그리고 알바생들을 고용해 글들을 클릭하게 만들어 검색순위를 끌어올렸다. 사람들의 시선이 집중되게끔 만전을 기해 조작한 것이다.

그 이후로 그녀는 언제쯤 승빈에게 연락이 올까 기다리고 있던 중이었다.

"Hello."

—제니퍼?

"말씀하세요."

그녀는 일부러 딱딱한 말투로 대꾸했다.

—인터넷을 봤군.

한숨과 함께 그의 말이 들려오자 그녀는 잠시 입을 다물었다.

난 그를 많이 좋아한다. 그래서 그 기사를 보고 실망감을 느끼고 화가 잔뜩 난 상태다. 그러니까 그에 어울리는 답을 해야 한다. 스스로 자기 최면을 걸면서 그녀는 마음을 다잡았다.

"봤어요."

—화가 난 건가?

"그래야 하나요?"

그에게서 아무 대답도 없이 잠시 침묵이 흘렀다. 희미하지만 한숨소리가 분명한 소리가 들리고 이내 그의 목소리가 들려왔다.

—오해하지 마. 그건 사실이 아니니까.

"그런가요?"

사실이 아닌 건 나도 알지. 내가 꾸민 짓이니까.

내심 찔끔하면서도 그녀는 여전히 배배 꼬인 소리를 했다.

—난 절대로 그런 적 없어. 그 여자들을 만난 적도 없고.

변명과도 같은 말이 이어지고 또다시 한숨 소리가 들려왔다. 아마도 강승빈은 지금쯤 속이 썩어 문드러지고 있을 터였다.

"그런데도 그런 사진이 잘도 인터넷을 떠돌고 있군요."

—그래서 내가 지금 미치기 일보직전이라고.

미치기 일보직전이라고? 웃기고 있네. 당신이 여자들 데리고 놀다가 걷어차 버린 걸 생각하면, 그 정도로 미치면 곤란하지.

입술을 삐죽거리던 그녀는 그가 볼 수 없다는 걸 알면서도 표정을 가다듬었다.

"아니면 아니라고 밝히면 되는 거죠."

—밝힐 방법이 없으니까 답답하다는 거지. 누가 언제 이런 사진을 찍은 건지 꼬리를 잡을 수가 없다고.

그건 정말 다행스러운 일이었다. 제니퍼는 혹시나 하는 마음에 숨을 죽였다가 속으로만 안도의 한숨을 내쉬었다.

"그 일이 진실이든, 아니든 난 상관없어요."

—상관이 없다고?

"그래요. 내가 그런 일로 당신한테 따질 만한 입장이 아니잖아요."

—제니퍼.

"내가 당신 부인도 아니고, 애인도 아닌 처지에 뭐라고 하겠어요? 안 그래요?"

—당신 정말 화가 난 거군.

또다시 휴대폰을 통해 땅이 꺼져라 그의 한숨 소리가 들려왔다.

—지금 좀 만나.

"그러고 싶지 않아요."

—제니퍼. 당신을 만나서 할 얘기가 있어. 그러니까 좀 만나자고.

"그 일 때문에 그러는 거 아니에요. 사실, 지금 컨디션이 별로 좋지 못해요."

—왜? 어디가 아픈 건가?

순식간에 걱정이 가득 담긴 음성이 들려오자 그녀는 할 말을 잃었다.

—혹시 나 때문에 스트레스 받아서 그래?

가만 놔뒀다가는 꽃 사들고 문병 오겠다고 할 것 같아 그녀는 얼른 대꾸를 했다.

"아니에요. 그냥 좀 피곤할 뿐이에요."

—그럼 내가 호텔로 갈게. 잠깐만 나와.

뭐라? 아는 사람 득시글거리는 호텔로 오겠다고? 그녀는 펄쩍 뛰어오르려다 간신히 참았다.

"아니에요. 그러지 말아요."

그녀는 그가 뭐라고 하기도 전에 다급히 말을 이었다.

"사람들 눈에 띄는 거 싫어요. 전에 만났던 공원으로 갈게요. 거기서 봐요."

—알았어. 마침 근처니까 기다리고 있을게.

근처라고? 근처 어디?

전화를 끊으며 그녀는 곰곰 생각해 봤다. 이 시간이면 아직 퇴근하기 전이었다. 하지만 그의 회사가 있는 청담동은 난지공원에서 꽤 떨어져 있는 걸로 알고 있었다. 그렇다면 그 근처에 그가 자주 가는 곳이 어디가 있지? 오래 생각할 것도 없이 금세 '블루문' 이 떠올랐다.

설마, 사진 촬영한 곳이 '블루문' 이라는 걸 알아내고 찾아갔던 걸까?

그녀는 탁자 한쪽에 밀어 놓았던 노트북을 끌어당겨 마우스를 움직였다. 사진을 하나씩 꼼꼼하게 살펴보던 그녀는 입술을 꾹 깨물고 벌떡 일어섰다.

「필립!」

그녀는 방이 떠나갈 정도로 크게 소리치며 걸어가 옆방으로 통한 문을 두드렸다.

「필립!」

벌컥 문을 열며 또다시 소리를 지르자 소파에 앉아 서류를 보고 있던 필립이 벌떡 일어섰다.

「무슨 일입니까? 제니퍼.」

「그가 알아낸 것 같아요.」

다짜고짜 말을 하는 제니퍼를 보며 필립은 영문을 알 수 없다는 표정으로 눈을 껌벅였다.

「무슨 말이죠?」

「강승빈 씨가 그 사진, '블루문' 에서 촬영한 거라는 걸 알아낸 것 같다고요.」

그녀는 불안한 표정으로 방 안을 왔다 갔다 하며 말을 이었다.

「지금 전화가 왔었어요. 만나자고 하기에 난지한강공원에서 보자고 했더니 그 근처에 있다고 하더라고요. '블루문' 이 그쪽에 있잖아요. 분명히 승빈 씨가 뭔가를 알아채고 '블루문' 에 갔던 거라고요.」

「그럴 리가 없습니다.」

그녀의 설명에도 필립은 믿지 않는 표정이었다.

「회사 일로 근처에 갔던 거겠죠.」

「혹시나 싶은 마음에 사진을 다시 봤어요. 배경이 찍힌 사진을 올렸더라고요. 자주 가는 사람이라면 분명 알 수 있을 정도로 잘 나왔더라고요.」

「그렇다 해도 걱정 마세요, 제니퍼. 설혹 강승빈 씨가 '블루문' 에 갔었다 하더라도 알아낼 수는 없을 겁니다. 아무 단서도 남기지 않았으니까요. 눈치챌 만한 것은 하나도 없어요.」

「확실한 거죠?」

필립은 자신 있는 어조로 그녀를 안심시키려 애썼다.

「물론입니다, 제니퍼. 미리 조사도 철저히 했고, 그 근처에 가 보지도 않을 사람들을 고용해서 일을 시켰으니까 아는 사람은 없을 겁니다. 물론 그 사람들 입막음도 했고요.」

「알았어요. 내가 공연한 걱정을 했네요. 일 보세요.」

「그런데 제니퍼.」

그녀가 룸을 나가려는 순간, 필립이 불렀다.

「왜요?」

「조금 전에 강승빈 씨를 만난다고 하셨습니까?」

「그래요. 난지한강공원에서 보기로 했어요.」

그녀는 필립이 이마를 찌푸리자 어쩔 수 없었다는 표현으로 어깨를 슬쩍 으쓱였다.

「호텔로 찾아오겠다고 해서 약속을 잡은 거예요. 말하는 폼이 절대 물러설 것 같지 않아서요.」

「오늘 일을 벌였는데 지금 당장 만나는 건 너무 위험하지 않을까요?」

「아뇨. 차라리 더 잘됐다고 생각해요.」

그녀는 배시시 미소를 지으며 필립에게 찡긋 윙크를 했다.

「지금 그 사람은 많이 혼란스러워하고 있을 거예요. 하는 거 봐서 안심을 시키면서 호감을 더 얻을 수도 있고, 아니면 한 방 더 먹일 수도 있는 절호의 찬스이니까요.」

「한방 더 먹이다니요? 제니퍼, 지금 무슨 생각을 하고 있는 겁니까?」

「꼭 뭔가를 하겠다는 게 아니에요. 그 사람 하는 거 봐서라고 했잖아요.」

「제니퍼…….」

그녀가 무슨 생각을 하고 있는지 대충 감을 잡은 필립이 이마를 찌푸렸다.

「다녀올게요.」

「저도 같이 가겠습니다.」

「아뇨. 됐어요.」

따라나서려는 필립을 그녀는 손을 들어 막았다.

「하지만 제니퍼…….」

「뭐예요? 필립. 날 걱정하는 거예요? 아니면 강승빈 씨를 걱정하는 거예요?」

그녀는 팔짱을 끼고 도도한 표정으로 필립을 노려보았다.

「내가 강승빈 씨한테 다른 못된 짓이라도 할까 봐서 그거 말리려고 쫓아오겠다고 하는 거죠?」

「아닙니다.」

「그런 거 아니면 따라오지 말아요. 그 사람이 무슨 짓을 한다 해도 내가 다 해결할 수 있으니까.」

그녀의 말에도 영 내키지 않는다는 표정으로 필립은 대답을 하지 않았다.

「호텔에서 기다려요, 필립. 이건 당신 상사로서 명령하는 거예요.」

「Yes, Sir.」

필립이 고개를 숙이며 대답하자 그녀는 턱을 치켜들고 방을 나왔다. 자신의 방으로 돌아온 그녀는 간단하게 외출 준비를 하고 바로 호텔을 나섰다. 그가 차를 몰고 올 것임을 알기에 그녀는 택시를 타고 난지한강공원으로 향했다.

어두운 저녁 무렵, 환히 불을 밝히고 서 있는 편의점 앞으로 걸어간 그녀는 주변을 휙 돌아보았다. 강변 쪽으로 며칠 전 그녀가 앉아 있던 자리에 승빈의 뒷모습이 보였다.

그녀가 가까이 다가가자 기색을 느꼈는지 승빈이 뒤돌아보고 일어섰다.

"제니퍼."

"얼굴이 안돼 보이네요."

고거 참 쌤통이다. 그런 생각을 숨긴 채, 정말 걱정이 된다는 투로 그녀는 말했다.

"당신도 안색이 별로인데. 무슨 걱정이라도 있는 건가?"

"아뇨. 없어요."

'나 삐쳤다.' 라는 표시를 팍팍 내는 그녀에게 승빈은 달래듯이 말을 건넸다.

"화내지 마. 내가 진짜 그런 일 한 거 아니라니까."

"정말이에요?"

"그래."

"가슴에 손 얹고 맹세할 수 있어요?"

그가 그런 일을 하지 않았다는 걸 누구보다 잘 알면서도 그녀는 실망한 애인 역할을 충실하게 연기하고 있었다.

"맹세해."

그는 한 손을 가슴에 얹었다. 그리고 그녀의 한 손을 잡고 진지한 어조로 말했다.

"알았어요. 믿을게요."

"다행이다. 당신이 계속 오해할까 봐 걱정했는데."

"걱정을 왜 해요? 내가 당신한테 뭐라고 할 사이도 아닌데."

"또 그런다."

그는 책망하는 투로 가볍게 말하고 한 손으로 그녀의 뺨을 감쌌다.

"내가 좋아하는 사람이 나 때문에 마음 아파하면 당연히 걱정이 되지."

그는 팔을 뻗어 그녀를 끌어안았다.

"다시는 당신 실망시키는 일 없어야 하는데. 좀 걱정이 돼."

그가 한숨을 내쉬자 따스한 입김이 그녀의 머리카락을 간질였다.

"내가 잘못되길 바라는 사람들이 너무 많은 것 같아서 속도 상하고."

그녀 또한 그가 잘못되길 바라는 사람들 중 한 명이었으므로 아무런 말도 하지 못하고 입술만 꼭 깨물고 있었다.

"제니퍼, 무슨 일이 있어도 날 믿어줄 수 있나?"

순간 흠칫 놀란 그녀는 긴장에 휩싸였다.

"승빈 씨."

여기서는 그를 믿는다고 말해야 했다. 최소한 고개라도 끄덕여 줘야만 한다. 하지만 그녀는 그렇게 하고 싶지가 않았다.

그는 채연에게 사랑한다 말했다. 그리고 그녀에게는 사랑한 여자가 없었다고 했다.

순 거짓말쟁이에 바람둥이 같은 인간.

그녀는 속으로만 이를 뽀드득 갈아대고 내심 난처한 눈빛으로 그를 빤히 바라보았다.

그녀가 아무 말도 없자 그는 피식 웃은 후, 고개를 저었다.

"됐어. 아무 말 안 해도 돼."

"승빈 씨……."

"속상하게 만들어 놓고서 이런 말을 하다니. 나도 참 이기적인 놈이야."

그의 입가에 씁쓸한 미소가 떠돌았다.

"그래도 되도록 믿어줬으면 해. 앞으로 당신 실망시키지 않도록 최대한 노력할 테니까. 응?"

열심히 노력해 보세요. 그래 봤자 헛수고가 될 테지만.

"알았어요."

작게 대꾸한 그녀는 분위기를 바꾸려고 주변을 휙 돌아보며 말했다.

"여긴 밤에도 사람이 많네요."

"서울에서도 이름난 데이트 코스거든. 낮에는 가족끼리 오는 사람들이 많지만 밤에는 연인들이 많이 와."

"몰랐어요. 전에 왔을 때는 사람들 별로 없어서 한적하고 좋았는데……. 지금은 좀 어수선하네요."

달밤에 체조라도 하려는지 운동복을 입은 사람이 옆으로 달려가는 걸 보면서 그녀는 슬며시 이마를 찡그렸다.

"그만 돌아가요. 좀 피곤하네요."

필립의 말대로 오늘 그를 만난 건 위험한 행동이었던 것 같았다.

힘들고 지쳐 보이는 그의 모습에 통쾌한 기분보다 안됐다는 생각이 더 들었기 때문이었다.

이건 순전히 모성본능이 발동해서 그런 거야.

자신의 상태에 대해 스스로 진단을 내린 그녀는 무거운 마음을 떨쳐버리려 했다.

말없이 손을 잡고 걸어 어느새 차가 주차된 곳까지 왔다. 차에 탄 그는 그녀가 안전벨트를 했는지 꼼꼼하게 챙겨주고 시동을 걸었다. 차가 출발하자 무거운 정적이 주변을 가득 에워쌌다. 숨이 막힐 것만 같아 그녀는 창문을 내리고 쏟아져 들어오는 바람을 한껏 들이마셨다.

"미안해."

갑작스러운 그의 말에 그녀는 눈을 동그랗게 떴다.

"컨디션도 안 좋다고 하는 사람을 공연히 불러내서."

채연이 그에 대해 자상하고 배려심 많다고 했던 게 무슨 뜻이었는지 알 것만 같았다. 그는 자신의 마음에 든 사람에게만 친절한 사람이었다. 하긴 생각해 보면 누구나 다 그럴 것이다. 낯선 사람에게는 퉁명스럽고 쌀쌀맞게 굴어도 아는 사람에게는 다들 상냥하게 구니까.

"괜찮아요. 당신 힘들어하는 모습 봐서 마음은 아프지만……."

오늘 일어난 사건의 주동자인 주제에 그녀는 앙큼하게도 그를 걱정하는 말을 늘어놓았다.

"너무 걱정할 거 없어요. 승빈 씨. 오늘 일, 사람들은 금세 잊어버릴 거예요."

되도록 오래오래 기억에 남아 들들 볶아주면 정말 고맙겠지만.

"당신이 피해 입은 일이 있더라도 다시 노력하면 명예회복도 되고 다 괜찮아질 거예요."

진심으로 그를 위하는 것처럼 위로의 말을 하면서 그녀는 그의 안색을 슬쩍 살펴보았다.

"사람들 입에 오르내리는 걸 걱정하는 건 아냐."

그는 낮은 어조로 진지하게 말했다.

"아버지를 실망시킨 게 더 속상한 거지. 여태까지 아들로서 부끄러운 꼴은 보이지 않으려 애썼거든. 더군다나 있지도 않은 일로 전국적으로 망신을 당했으니, 후—"

땅이 꺼져라 깊은 한숨을 내쉰 그는 두 손으로 운전대를 힘껏 움켜잡았다.

"명예회복이니 뭐니 하는 것보다 아버지의 신뢰를 회복하는 게 나한테는 더 중요한 일이야."

그의 말을 들으면서 그녀는 그가 채연과 헤어진 게 강 회장 때문은 아닐까 하는 생각이 들었다. 일반적이고 평범한 사람이라고 알고 있을 때는 별일 없다가 재벌가의 일원이라는 게 밝혀지고 나자 헤어지자고 한 것도 강 회장의 입김 때문인 것 같았다.

김 비서도 전에 그녀에게 그렇게 말했었다. 강 회장은 승빈이 연애를 한다고 하면 다 쓸데없는 일로 여기고 언짢아한다고. 회사에 이득이 되는 정략결혼을 선호하는 강 회장으로서는 이름 있는 집안도 아닌 채연이 못마땅할 수도 있었다. 그래서 승빈에게 헤어지길 강요했다면……. 생각이 거기까지 흘러가자 그녀는 복잡한 심정이 되었다.

그녀가 생각에 잠겨 있는 사이에 그는 호텔 부근에 차를 세웠다.

"그래도 오늘 당신 얼굴 보니까 안심이 돼."

난 당신 얼굴 봐서 기분이 영 별로거든.

그녀는 토라진 것처럼 입술을 삐죽이 내밀었다.

"다음에는 좋은 일로 만났으면 해요."

"그래."

그가 손을 뻗어 그녀의 뺨을 감싸 쥐었다. 가까이 다가오는 그의 얼굴을 빤히 보면서 그녀의 심장이 콩닥거리고 뛰기 시작했다.

"제니퍼."

그의 입술이 그녀의 입술에 닿았다. 부드럽고 달콤한 입맞춤을 한 그는 그녀의 뺨을 어루만지며 작게 속삭였다.

"오늘은 여기서 헤어지자."

그녀는 고개를 끄덕이고 안전벨트를 풀었다. 차에서 내린 그녀는 열린 창문을 통해 보이는 그의 모습에 이마를 살짝 찌푸렸다. 가볍게 손을 흔들어 보이고 그녀가 걸음을 옮기자 차가 출발했다.

뭐야? 기분이 왜 이래? 승리의 기쁨에 젖어 포효를 해도 모자랄 판에 왜 이렇게 기분이 더럽고 찝찝한 거야?

있는 대로 인상을 쓰고 호텔 룸으로 들어온 그녀는 소파 위에 놓인 쿠션을 집어 침대를 향해 던졌다. 가슴이 꽉 막힌 듯 답답해 힘껏 소리를 지르고 싶었다.

팔짱을 끼고 창가에 선 채, 죄 없는 입술만 깨물고 있는데 노크 소리가 들렸다.

「왔습니까?」

「다녀왔어.」

그녀는 뒤도 돌아보지 않고 퉁명스럽게 말했다.

「별일 없었습니까?」

딱딱한 필립의 말투에 그녀는 휙 소리가 나도록 몸을 돌렸다.

「왜? 별일 있었으면 어쩔 건데?」

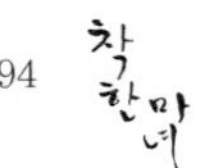

「제니퍼.」

「난 성공했어. 생각한 대로 강승빈을 전국적으로 망신을 줬다고. 그런데 왜 기분이 이런 거야?」

「기분이 어떤데요?」

영문을 알 수 없다는 표정으로 필립이 물었다.

「더러워. 아주, 아주, 더러워. 정말 못할 짓 한 것처럼 더럽다구!」

그녀가 빽 소리를 치자 필립이 피식 웃었다.

「왜 웃어?」

「그건 당연한 거 아닐까요? 아무리 제니퍼가 마녀의 심장을 가졌다고 해도 다른 사람한테 해코지를 해놓고 기분이 상쾌할 리는 없죠.」

필립의 말에 그녀는 소리 나도록 코웃음을 쳤다.

「아니. 그래서가 아니지. 난 강승빈이 고통 받길 원했어. 몸부림치면서 괴로워하길 바랐다구. 그런데 아니야.」

「강승빈 씨가 괴로워하지 않았다고요?」

「괴로워하긴 했지. 그런데 내가 생각한 대로가 아니야. 그 사람은 단지 자기 아버지를 실망시킨 것 때문에 속상해 하고 있더라고. 마치 7살 난 아이가 야구를 하다가 창문을 깨뜨리고 혼날까 봐 마음 졸이고 있는 그런 모습이었단 말야.」

그의 행동을 다시 떠올려 보자 새삼스럽게 화가 솟구쳐 그녀는 씩씩거렸다.

「아무리 골탕을 먹이려고 한 거였지만 이건 너무 약했어. 이 정도로 그 사람은 꿈쩍도 하지 않는다구. 더 확실한 건수를 잡아야 해.」

그녀는 몸을 돌려 어두운 창 밖에 시선을 주었다.

「너무 예민한 것 같습니다, 제니퍼.」

필립이 다정한 말투로 속삭였다.
「그만 쉬어요. 휴식을 취하고 나면 더 좋은 일이 생길 겁니다.」
「그렇겠죠?」
그녀는 스스로도 예민하게 굴고 있다고 인정했다.
「미안해요, 필립. 공연히 짜증을 부렸어요.」
그녀는 마음을 가라앉히고 상냥하게 필립에게 사과를 했다.
「괜찮습니다. 그렇게 해서라도 제니퍼의 마음이 풀린다면…… 난 아무래도 상관없습니다.」
「그만 자야겠어요. 필립도 쉬어요.」
「네. 편안한 밤 돼요.」
깍듯이 인사를 건네고 필립이 나간 후, 그녀는 옷을 갈아입고 침대에 누웠다. 하지만 쉽사리 잠이 오지 않을 것 같았다.
지금 뉴욕은 몇 시일까? 갑자기 제임스가 생각났다.
몸을 일으켜 앉은 그녀는 휴대폰을 들어 전화번호를 눌렀다. 몇 번의 신호음이 가고 상대가 전화를 받자 그녀는 애교가 잔뜩 담긴 코맹맹이 소리를 냈다.
「아빠!」
—오, 제니퍼. 우리 공주님.
기대했던 대로 반가움이 듬뿍 담긴 제임스의 대답에 그녀의 입가로 환한 미소가 번져났다.
「아빠. 나 아빠 보고 싶어요.」
—아빠도 우리 제니퍼 보고 싶단다. 지금이라도 당장 아빠 달려갈까?
「어머, 그러면 안 되죠. 아빠.」
애정 어린 제임스의 말에 마음이 풀린 그녀는 베개를 끌어안고 침대에 누워 종알거리며 수다를 떨기 시작했다.

「나 아빠하고 떨어져 있으니까 정말 그리운 거 있죠? 멀리 있다고 생각하니까 더 보고 싶고요. 사랑하는 마음도 더 커지고요…….」

어쩌고저쩌고.

그녀는 밤새도록 제임스와 대화를 나눌 기세였다.

7장

사람들이 말이야, 참으로 간사해.

인터넷을 이리저리 뒤져보고 있던 그녀는 어느새 강승빈에 대한 기사가 사라져 버린 걸 보고 한숨을 푹 내쉬었다. 며칠 전만 해도 인기 검색 1순위였던 것이 지금은 흔적을 찾으려고 해도 어렵게 되어 버렸다.

하긴 그가 정치인도 아니고 인기 연예인도 아닌 기껏 해 봐야 재벌가의 일원일 뿐이고 그것도 사회적인 큰 이슈가 아닌 사생활의 일부분을 들춰낸 것이니 사람들의 관심이 영원하리라 생각하지는 않았다. 하지만 최소한 1주일 이상은 인터넷에 오르내리리라 생각했는데.

짧다, 짧아. 짧아도 너무 짧아.

한숨을 푹푹 내쉬면서 그녀가 인상을 벅벅 쓰고 있을 때 필립이 룸으로 들어서며 희소식을 전했다.

「김 비서에게서 연락이 왔었습니다.」

「그래요? 뭐라고 하던가요?」
잔뜩 기대를 하고 그녀의 필립의 말만 기다렸다.
「강승빈 씨가 이번에 새로운 프로젝트를 맡았다고 합니다. 그래서 당분간 개인적인 시간을 내기는 어려울 거라고 하더군요.」
「새로운 프로젝트요? 그게 뭐죠?」
「구체적인 언급이 없었습니다.」
그게 뭘까? 곰곰 생각에 잠겨 있는 그녀에게 필립이 넌지시 말을 건넸다.
「다시 연락해서 알아볼까요?」
「아니에요.」
그녀는 단호하게 말하고 고개를 저었다.
「그럴 거 없어요. 강승빈 씨에 관한 개인적인 정보 외에 다른 정보는 요구하지 않겠다고 김 비서와 약속했어요. 그러니까 프로젝트에 관한 일은 묻지 말아요. 공연히 김 비서만 곤란해질 테니까요.」
「그렇지만 무슨 일인지 알려면 김 비서에게 묻는 게 제일 빠르고 확실할 텐데요.」
「아뇨. 빠르고 확실한 데가 또 있죠.」
그녀가 의미심장한 미소를 띠고 말하자 필립이 대번에 이마를 찌푸렸다.
「설마, 제니퍼. 지금 강승빈 씨 본인을 얘기하는 건 아니겠죠?」
「왜 아니겠어요?」
그녀는 어깨에 힘을 준 채 자신 있는 어조로 말했다.
「내가 물어보면 술술 다 털어놓을 거예요.」
「전 생각이 좀 다릅니다.」
필립은 말도 안 된다는 투로 고개를 저었다.

「강승빈 씨는 사업가입니다. 딱 부러지는 성격으로 봐서 공과 사 구분도 확실하게 할 겁니다. 제니퍼와 사업적으로 어떤 관계가 없는 이상 쉽게 말할 것 같지는 않습니다만…….」

「그래요? 쉽게 말 안 하면 어렵게라도 알아내면 되죠 뭐.」

별 것 아니라는 투로 그녀가 종알거리자 필립의 안색이 대번에 굳어졌다.

「제니퍼, 또 무슨 일을 벌이려고 하는 겁니까?」

「한국 속담에 이런 말이 있더군요. '호랑이를 잡으려면 호랑이 굴로 들어가라' 고.」

「강승빈 씨 사는 곳에 가실 생각입니까?」

「그래요. 그 곳에 새로운 프로젝트에 관한 자료가 다 있을 거예요. 그걸 빼내면 되죠.」

「정말, 제니퍼. 왜 자꾸 그렇게 위험한 일만 할 생각을 하는 겁니까? 그러다 강승빈 씨가 눈치라도 채면 어쩌려고 그래요?」

필립은 정말 기가 막힌다는 표정으로 고개를 절레절레 저었다.

「눈치채도 상관없어요. 난 어차피 크게 한 건만 해치우고 나면 뉴욕으로 돌아갈 거니까요. 설마, 강승빈, 그 남자가 뉴욕까지 쫓아오겠어요?」

그녀는 떠오르는 생각에 배실배실 웃었다.

「설사 쫓아온다 해도 그 사람이 뭘 어쩌겠어요? 제임스가 떡 하니 내 등 뒤에 버티고 있는 한 그는 섣부른 행동은 할 수 없어요. 만약 그랬다가는 프로젝트 망치는 것보다 더 큰 손해를 입을 테니까요.」

마냥 재미있다는 표정으로 그녀는 키득거리고 웃었지만 필립은 여전히 걱정스러운 표정을 지우지 못했다.

「자료를 빼내는 것도 좋지만 그 과정이 문제입니다. 도대체 뭘 어떻게 해서 자료를 빼낼 생각입니까?」

「글쎄요. 제대로 한 방 먹이려면 적과의 동침도 불사해야겠죠?」

「제니퍼!」

그녀의 말이 끝나자마자 필립이 버럭 소리를 쳤다.

「어머? 깜짝이야! 필립. 왜 소리를 지르고 그래요?」

「지금 제니퍼가 무슨 말을 한지 압니까? 뭐요? 적과의 동침이요?」

얼굴이 벌겋게 변해 씨근덕거리면서 필립은 그녀를 몰아세웠다.

「지금…… 강승빈 씨와 한 침대에 눕겠다, 그런 말을 한 겁니까? 네? 그렇습니까?」

「풋!」

웃어서는 안 되는 상황임에도 그녀는 펄펄 뛰는 필립의 모습에 그만 웃음을 터트리고 말았다.

「제니퍼!」

필립이 또다시 버럭 소리를 지르자 그녀는 손을 저었다.

「아, 미안. 미안해요, 필립. 하지만 필립이 너무 혼자 앞서나가서 웃음이 다 나오잖아요. 난 그냥 그런 각오로 일에 임하겠다는 생각으로 한 말이죠. 정말 그 사람과 한 침대에 눕겠다고 한 말은 아니었다고요.」

안면을 씰룩거리면서 말도 없이 노려보기만 하는 필립의 기세에 눌려 제니퍼는 뻘쭘한 표정으로 어깨를 으쓱였다.

「설마 내가 정말 그런 행동을 할 거라고 생각하는 건 아니겠죠, 필립?」

「사람 일은 모르는 겁니다. 어떤 일이 벌어질지 아무도 모르는 거라고요. 게다가 강승빈 씨는 남자입니다. 제니퍼보다 키도 크고, 몸집도 크고, 힘도 셉니다. 집안에 둘만 있으면 짐승처럼 돌변하지 않을 거라고 어떻게 장담을 합니까?」

「뭘 그런 걱정을 해요? 나한테는 비장의 무기가 있잖아요.」

그녀는 눈을 반짝반짝 빛내면서 화사하게 웃었다.

「이상한 낌새라도 보이면 이번에는 하얀색에 노란색을 섞어서 먹여버리면 되죠. 효과가 직방이라 덮치려고 하기도 전에 뻗어버릴 걸요. 그러니까 쓸데없는 걱정은 그만하고, 우리 이번 일을 성공시키기 위해 근사한 계획이나 짜볼까요?」

말문이 막힌 필립은 어이가 없다는 표정으로 그녀를 빤히 바라보기만 할 뿐, 아무런 대꾸도 하지 못했다.

* * *

그가 약속장소로 정한 레스토랑은 의외로 사람들이 많았다. 때마침 저녁 식사 시간이어서 그런지 테이블 곳곳마다 분위기 있는 색색깔의 초가 밝혀져 있고 부드러운 음악 소리와 더불어 작은 속삭임들이 들려왔다.

그의 이름으로 예약이 되어 있는 테이블 의자에 앉은 그녀는 시계바늘에 시선을 줬다.

상대가 누가 됐든 간에 그녀는 약속을 하면 항상 서둘러 준비를 하고 일찍 약속장소에 도착하는 편이었다. 오늘도 역시 일찌감치 준비를 하고 넉넉히 시간을 잰 다음 출발을 했건만 서울의 엄청난 교통지옥을 체험한 탓에 약속 시간보다 10여 분 이상 늦었다. 그런데도 그는 아직 도착하지 않았다. 아마 그도 도로 위에서 꼼짝도 하지 않는 차들 속에 갇혀 있으리라.

승빈이 새 프로젝트를 맡았기 때문에 개인적인 시간을 낼 수가 없을 거라던 김 비서의 말은 100% 진실이었다. 처음 전화를 했을 때, 그녀는 아무리 바쁘다 하더라도 자신과는 만날 약속을 할 거라 생각을 했었다. 그런데 정말 자존심 상하게도 그는 당분간은 일 때문에 곤란할 거라는 뜻을 전했다.

아, 열 받아!

그때의 통화내용을 떠올리자 그녀는 또 다시 화가 나 얼굴이 벌겋게 달아오르는 것만 같았다. 여태까지 누구에게도 거절이라는 걸 당한 적이 없던 그녀였다. 제임스도 로라도 하다못해 애나와 필립에게도 그녀는 'NO' 라는 말을 듣지 않고 살았다. 그런데…… 강승빈은 아무런 거리낌없이 그녀에게 안 된다는 말을 했다.

좋아. 정 그렇다면 당신에게 매달리지 않아도 되게끔 다른 방법을 찾아보겠어.

의지를 불태운 그녀는 필립과 흥신소의 김 실장을 동원해 백방으로 알아봤지만 소용없었다. '진원 그룹' 은 그녀의 예상보다 훨씬 거대 기업이라 현재 진행하고 있는 프로젝트만 해도 수십 가지였다. 그중에 어떤 것이 강승빈이 책임을 맡은 건지 알아낼 방법이 없었다.

필립이 알아낸 거라곤 회사 내에서 믿을 수 있는 몇 명만이 프로젝트에 참여하고 있고 보안유지가 철통같다는 점뿐이었다.

진짜 짜증나.

목적한 일만 아니었다면 다시는 그에게 먼저 연락하는 일은 하지 않았을 텐데. 목마른 놈이 우물 판다고 며칠 뒤, 그녀는 어쩔 수 없이 다시 그에게 전화를 했다. 이번에도 안 된다는 말을 하면 응징이고 나발이고 다 때려치우고 앞으로 그와는 상종도 하지 않을 거라 다짐하면서.

그런 그녀의 마음을 알고 있기라도 하듯 이번에는 그도 순순히 만날 약속을 했고, 시간과 장소를 정해 문자로 알려줬다.

그를 만나 자신이 해야 할 일을 머릿속으로 점검하던 그녀는 목이 바짝 타는 것 같은 느낌에 오렌지 주스를 시켰다. 얼음이 담긴 시원한 주스를 한 모금 마시고 잠시 숨을 돌리자, 테이블로 다가오는 승빈의 모습이 보였다.

"아, 미안. 너무 늦었지? 차가 막혀서."

의자에 앉으며 그가 말을 하자 그녀는 너그러운 표정으로 답했다.

"괜찮아요. 나도 차가 막혀서 오래 걸렸어요."

"그런데 무슨 바람이 분 거야? 먼저 만나자고 하다니."

"당신이 먼저 연락을 안 하니까요."

그녀는 토라졌다는 표시로 입술을 삐죽거렸다.

"모처럼 만나서 얘기나 나눌까 했는데 바쁘다는 말만 하고. 솔직히 좀 실망했어요."

"내가 그랬나? 좀 급한 일이 있어서 그런 거니까 이해해 줘."

"당신도 항상 회사 일을 우선순위에 두나요?"

그녀가 새침하게 중얼거리자 그의 입가에 커다란 미소가 매달렸다.

"아니, 항상은 아니지. 하지만 이번 일은 좀 까다로워서 신경을 많이 써야 되거든. 게다가 꼭 성사되도록 하라는 아버지의 특별지시가 있어서."

"아하, 알겠어요. 강 회장님의 신뢰회복을 위해 열심히 노력하고 있다는 얘기죠?"

탁자 위에 놓인 주스를 한입 마신 그녀는 별 관심 없다는 투로 말을 이었다.

"무슨 일인데요?"

숨을 죽이고 대답을 기다렸지만 그에게서는 아무 말도 없었다.

"승빈 씨?"

"미안……. 별로 회사 일은 얘기하고 싶지 않아. 그보다 저녁 먹어야지. 뭘 먹을까?"

은근슬쩍 말을 돌리는 그의 행동에 그녀는 기분이 상했다. 필립의 말대로 그는 전형적인 사업가였다. 공과 사는 확실하게 구분을 하면서 그녀에게 단 한 마디도 하지 않을 생각인 게 분명했다.

그러셔요? 그렇다면 최후의 방법을 쓰는 수밖에 없네.

마음을 다잡은 그녀는 기분이 나쁘다는 내색은 하지 않은 채 고개를 갸우뚱거렸다.

"글쎄요. 뭘 먹을까? 당신은 뭐 먹고 싶어요?"

마침 저녁때라 레스토랑 안은 제법 사람들로 붐볐다. 옆에 놓여 있던 메뉴판을 들어 쓱 훑어본 그녀는 주변을 돌아보았다.

"여기는 뭐가 제일 맛있어요?"

"양고기 스테이크가 괜찮아. 스파게티도 잘하는 편이지만 전문점보다는 좀 맛이 덜한 것 같더군."

"와인 맛은 어때요?"

"괜찮은 편이야. 전문적으로 관리를 하니까 믿을만 하기도 하고."

"여기 자주 오는 편인가 봐요?"

무슨 말이냐는 표정으로 그가 바라보았다.

"물어보면 뭐든지 척척 대답하는 게 한두 번 와본 곳은 아닌 것 같아요. 전에 누구랑 왔었어요? 여자?"

아무렇지 않다는 표정으로 그녀가 질문을 던졌다. 하지만 그는 그녀의 눈빛에서 언뜻 질투의 기색을 느꼈다. 캐묻는 그녀의 말투에 짜증이 난다기보다 오히려 그는 흐뭇해졌다.

"거래처 직원이나 개인적으로 친분이 있는 사람들과 저녁 먹으러 왔었지. 물론 여자하고 온 적도 있었고."

"아주 좋으셨겠네요."

그녀의 표정이 새치름하게 변하자 그는 입가에 미소를 띠었다.

"제니퍼도 뉴욕에서 아는 남자들과 함께 식사를 하고 그러지 않나? 사업을 하다 보면 그런 일은 종종 일어날 텐데."

"물론 있긴 하죠. 하지만 내가 상대하는 사람들은 남자보다 여자가 훨씬 많아요. 그리고 전 개인적인 자리를 마련해서 같이 식사를 하거나 하는 일은 거의 없어요."

그녀는 메뉴를 훑어보는 척하면서 말을 이었다.

"우리 아빠 무서워서도 섣불리 그런 짓은 못하죠. 학교 다닐 때도 집에 남자친구는 발도 들여놓지 못했다고요."

"음. 그건 나도 그런데."

"정말요?"

그는 대답 없이 고개를 끄덕였다. 학교 다닐 때 그는 여자 친구는 물론 남자친구들조차 집으로 초대하지 않았다. 하지만 그 이유는 그녀와 정반대였다.

제니퍼의 경우에는 딸을 끔찍히도 아끼고 소중하게 생각하는 제임스가 질투가 섞인 경계심으로 이성과의 만남을 금지시켜 그런 거겠지만 그는 매일 술에 취한 모습만 보이는 정 여사가 부끄러워서였다.

"그것뿐이면 말도 안 해요. 남자친구를 집에 초대하지 못한 것뿐만 아니라 나도 남자친구 집에 가 본 적도 없어요. 아빠가 허락을 안 해 주시니까요."

갑자기 화가 난다는 표정으로 그녀는 보고 있던 메뉴판을 탁 덮어

테이블 위에 내려놓았다.

"난 양고기 스테이크로 할게요. 와인도 부탁해요."

상냥하게 말한 그녀는 그가 직원을 호출해 음식을 주문할 동안 냅킨을 펼쳐 무릎 위에 놓았다.

일단 운을 떼어 놓긴 했지만 그의 반응이 그다지 좋지 못하자 그녀는 요리조리 머리를 굴리며 생각에 잠겼다.

무슨 말을 어떻게 해야 저 남자 집에 들어갈 수가 있을까? 의심을 받지 않으려면 고난이도의 기술이 필요한데. 그냥 대놓고 당신 집에 놀러갑시다, 할 수도 없고.

"친하게 지내는 사람도 별로 없었겠군."

"그런 편이죠. 사업상 알고 지낸 사람 말고는 가깝게 지내는 사람은 별로 없어요. 뭐, 굳이 손에 꼽으라고 하면 필립이랄까……."

그냥 무의식적으로 한 말에 그의 눈빛이 날카로워지자 그녀의 머릿속으로 반짝하고 아이디어가 떠올랐다.

"승빈 씨. 내가 필립하고 가깝게 지내는 게 이상해 보이죠?"

"가끔은 그런 생각도 했지."

"그건 다 우리 아빠 때문이에요. 아빠 눈에는 필립이 아닌 다른 남자들은 죄다 딸 빼앗아 가려는 도둑놈으로밖에 안 보이나 봐요. 적극 말리면서, 사귀는 건 둘째 치고 만나서 얘기도 못하게 했다고요. 그래서 학교 졸업할 때 댄스파티에서도 필립이 제 파트너였어요."

"그건 좀 심하군."

"그렇죠? 당신도 그렇게 생각하죠?"

그가 편을 들어주자 제니퍼는 눈을 반짝거리면서 기뻐했다.

"문제는 지금도 그런다는 거예요. 저요, 올해 26살이에요. 부모 손길 필요한 꼬맹이도 아니고 다 큰 성인이라고요. 그런데 일 때문에 온 것도 아니고 단지 관광만 하겠다는 건데도 안심이 안 되는지 혼자 못 보내겠다면서 필립을 같이 보낸 거잖아요."

주문한 음식이 나오자 잠시 말을 멈춘 그녀는 자신의 앞에 놓인 먹음직스런 스테이크를 보고 입맛을 다시며 포크와 나이프를 들었다.

"말이 보디가드에 수행원이죠. 필립은 완전 감시역이라고요."

투덜거린 그녀는 나이프로 스테이크를 썰어 작은 조각 하나를 입에 넣고 씹었다.

"와, 이거 진짜 맛있네요."

입 안에서 사르르 녹는 것만 같은 고기의 맛에 그녀가 환한 표정으로 웃자 그도 마주 미소를 지어 보였다.

"입에 맞는다니 다행이군."

"사실 오늘도 승빈 씨 만나러 나간다고 하니까 필립이 쫓아오려고 했어요."

순간, 스테이크를 썰던 그의 동작이 멈췄다.

"필립은요, 내가 당신하고 만나는 거 싫은가 봐요. 잔소리도 엄청 심하게 하거든요. 어떨 땐 정말 날 못 믿어서 그러나 하는 생각도 들어서 조금은 서운하기도 해요."

투덜거리는 투로 말하면서 그녀는 그의 눈치를 슬쩍 봤다.

"필립은 분명 내가 당신하고 친하게 지내는 게 못마땅한 거예요."

"당신한테 다른 감정을 품고 있는 건 아니고?"

예상했던 대로 딱딱하게 흘러나오는 그의 말에 그녀는 입가로 배시시 미소를 지었다.

"그건 아니에요. 어릴 때부터 같이 붙어살아서 필립하고 난 친남매나 마찬가지거든요."

"그렇다고 해서 친남매인 건 아니지."

여전히 경계심이 가득한 그의 태도에 그녀는 슬슬 미끼를 던져야겠다고 생각했다.

"난 필립을 오빠로 생각하는데요. 필립도 분명 절 동생으로밖에 생각 안 할 거예요."

"사람 일은 모르는 거라니까."

무뚝뚝하게 중얼거린 그는 와인을 마시며 이마를 찌푸렸다.

"글쎄요. 그래도 필립은 이성교제에 대해서는 아빠보다 좀 관대한 편인데요. 전에 한 번 남자들 사는 곳은 어떤지 궁금하다는 말을 했었어요. 그랬더니 필립이 자기 친구 집에 데려가 주겠다고 하더라고요. 정말 기대를 했었는데, 그만 타이밍이 어긋나서 아빠한테 들켜 버렸죠. 엄청 혼났어요."

여전히 그의 기색을 살피며 그녀는 와인을 마셨다. 혀를 살짝 내밀어 입술 끝에 묻은 와인을 핥은 그녀는 뚫어져라 바라보는 그의 눈빛에서 욕망의 불꽃을 엿보았다.

"그 뒤로 다시 시도를 하려고 했는데 아빠한테 필립이 더 혼날까 봐서 그만뒀어요."

이 정도로까지 말을 했으면 뭔가 반응이 나와야 하는데…….

선뜻 원하는 말을 꺼내지 않는 그의 태도에 그녀는 답답함을 느꼈다. 그렇다고 해서 초조한 기색을 보일 수는 없었다. 마음을 느긋하게 먹자고 결심한 그녀는 스테이크를 썰어 맛있게 먹기 시작했다.

"당신은 어때요?"

"어떻냐니? 뭐가?"

"여자 친구 집에 가 본 적 있냐고요."

"학교 다닐 때는 없었고 그 이후에는 몇 번 가 봤지."

"어떻던가요?"

궁금하다는 표정으로 바라봤지만 그는 별 내색을 하지 않았다.

"사람 사는 집이 다 똑같지 뭐."

뭐냐? 이 둔탱아.

그녀는 그가 조심성이 많은 건지 정말 눈치가 없는 건지 도대체 알 수가 없었다.

이렇게 되면 어쩔 수 없지. 다소 무리가 되더라도 밀어붙이는 수밖에.

인내심의 한계를 느낀 그녀는 단도직입적으로 말을 꺼냈다.

"집이야 거의 비슷하겠지만 혼자 쓰는 방은 틀리잖아요. 어떤 식으로 해놓는지 궁금하다고요. 아무래도 남자들은 여자들과 똑같지는 않을 테니까요."

"물론 똑같지야 않겠지."

"당신은 집을 어떤 식으로 꾸며놓았는데요?"

"별로 꾸며놓은 건 없는데."

"분위기나 스타일이 어떠냐고 묻는 거잖아요. 인테리어 말이에요. 클래식 해요? 아니면 댄디한 스타일?"

이 정도쯤 했으면 '직접 가서 보겠어?' 라는 말이 나와야 하는데.

선뜻 미끼를 물지 않는 그의 태도에 그녀는 답답함을 느꼈다. 그렇게도 눈치가 없냐면서 뒤통수라도 한 대 후려쳐주고 싶은 정도였다. 그녀는 속이 터질 것 같은 심정을 애써 참으면서 정말 궁금하다는 표정으로 그를 뚫어져라 바라봤다.

"인테리어는 실내 장식가한테 맡긴 거라서 어떤 스타일인지 잘 모르겠는데. 그런 쪽으로는 관심도 없고."

너 진짜 잘나셨어요. 이런 식으로 빙빙 돌리면서 눈치채 주길 바라는 말을 계속해야만 하는 건지 그녀는 심각하게 고민해 봤다.

"제대로 대답도 안 해 주고 뒤로 빼기만 하니까 더 궁금해지네요."

"내 집이 어떻게 생겼는지 왜 궁금한 건데?"

다분히 공격적인 질문에 그녀는 흠칫 놀랐다. 사실을 말하자면 그의 집이 어떻게 생겼는지 궁금한 게 아니다. 그 집 안에 놓인 물건들이 궁금한 거지. 과연 그녀가 필요로 하는 게 있는지 없는지. 혹여라도 무의식중에 그런 사실이 드러난 건 아닌지 슬며시 겁이 난 그녀는 그의 기색을 요리조리 살폈다.

"왜 궁금하냐고요? 그야 당연히 당신한테 관심이 있으니까 그렇죠."

그녀는 수줍은 척 눈을 내리깔면서 말했다.

"어떤 곳에서 어떤 생활을 하는지 알고 싶으니까요. 그리고 호텔 생활을 오래해서 그런지 슬슬 보통 집이 그리워지기도 하고요."

그녀는 살며시 입가에 미소를 띤 채 그를 바라보았다.

"당신도 알겠지만 난 한국에 아는 사람이 별로 없잖아요. 누군가의 집에 초대받아 갈 일이 없다고요. 또 설혹 초대를 받는다고 해도 내가 '제니퍼 모튼' 이어서 초대하는 사람은 사절이에요. 분명 사업적인 일로 어떤 이득을 얻기 위해서 초대하는 거니까 부담스러워서 가고 싶은 마음 안 생기거든요."

"그래서 보통 집에서 생활하는 느낌을 얻고 싶어서 내 집에 와 보겠다고?"

단도직입적이고 딱 부러지는 그의 대꾸에 그녀는 배시시 미소를 지었다.

"궁금하기도 하니까 보여 주면 고맙겠다는 거죠."

"그래?"

뭔가를 생각하고 있는 듯한 그를 그녀는 기대감을 갖고 바라봤다.

이제야 내가 원하는 답을 주려나 보네. 사람 기운 다 빼놓고. 정말, 어렵다. 어려워. 이럴 줄 알았으면 그냥 처음부터 '너네 집에 놀러가자.' 라고 해 버릴 걸.

그녀는 본심은 완벽하게 숨긴 채 그를 향해 눈웃음을 살살 쳤다.

"강승빈 씨는 나와 사업적으로 얽힐 일이 없으니까 초대를 받아도 부담스럽지 않잖아요. 우린 개인적으로 아는 사이니까. 안 그래요?"

"그건 그렇지."

그녀의 말에 긍정적인 답변을 하면서도 그는 선뜻 초대하겠다는 말은 하지 않았다.

"그냥 친구 집인 것처럼 편하게 맛난 거 먹고, 얘기도 나누면서 놀았으면 싶을 뿐이에요."

다른 사심은 하나도 없다는 식으로 말하면서 그녀는 혹시라도 그가 새로 맡은 프로젝트 때문에 신경이 곤두서서 자신의 접근을 꺼려할 수도 있다는 생각을 해 보았다.

"부담스러우면 거절해도 돼요."

실망한 기색이 역력한 그녀의 모습에 그는 잠시 고민에 잠겼다.

그녀를 자신의 집으로 초대할 마음은 있었다. 하지만 그건 그녀와 좀 더 친해진 다음에 할 일이었다. 아무래도 사람들의 시선이 없는 곳에서 단둘만 있게 된다면 어떤 일이 벌어지게 될 지 알 수 없는 일이었으므로.

그는 지금 당장은 식사를 끝내고 레스토랑을 나서면 조용한 카페나 칵테일 바에 가서 술 한잔을 한 뒤, 전처럼 매너 있는 태도로 그녀를 호텔까지 바래다주려고 했었다. 그녀를 끌어안고 싶고, 고운 입술에 입을 맞추고 싶은 마음을 억누르고. 그런데 그녀가 대뜸 자신의 집에 가 보고 싶다고 하자 그는 머릿속이 뒤죽박죽이 돼 버리는 것만 같았다.

기대감이 잔뜩 담긴 순진한 표정을 보면 제니퍼는 그와 같은 생각을 하고 있는 건 절대 아니었다. 그의 집을 방문하는 것에 대해 그녀는 그저 친구 집에 놀러가는 거라고 단순하게 생각하고 있는 게 분명했다. 그와 단둘이 있게 되면 어떤 일이 벌어질지 전혀 짐작하지도 않는 것 같았다.

"제니퍼……."

그는 미리 경고를 해야겠다는 생각에 다소 착잡한 심정으로 입을 열었다.

"내가 집으로 초대하는 거, 당신이 생각하는 것과 다를 수도 있어."

"다르다고요?"

"그래. 우선 난 당신한테 그냥 친구가 아니잖아."

"그래서요?"

그녀는 그의 말이 정확히 뭘 뜻하는지 알 수 없어 눈만 동그랗게 떴다.

"난 남자라고."

"그거야 당연한 거죠."

정말 순진한 건지, 아니면 단지 그런 척하는 건지 그는 도대체 감을 잡을 수가 없었다.

"그래서요? 당신이 남자라서 뭐가 어떻다는 건데요?"

"아니야. 그냥 그렇다고."

그는 더 이상 자신의 입으로 설명할 자신이 없었다. 그의 집에 놀러간다는 생각에 잔뜩 들떠 있는 그녀에게 뭐라고 한단 말인가.

내가 짐승으로 돌변해서 덮칠지도 모르니까 조심하라고? 아니, 분명 그럴 테니 놀러올 생각은 아예 하지도 말라고? 젠장.

"언제 갈까요?"

"응?"

자신만의 생각에 빠져 있던 그는 미처 그녀의 말을 듣지 못했다.

"지금 가면 안 돼요?"

멍청하게도 그는 '어딜 가자고?' 라고 반문할 뻔했다.

"지금?"

"네. 왜요, 곤란해요?"

한시라도 빨리 그가 어떤 프로젝트를 맡았는지 알아내 그에 대한 대비책을 세워야 했기 때문에 그녀는 마음이 급했다.

"곤란한 건 아닌데……."

그는 내심 그럴지도 모른다고 생각을 했지만 정말 그녀가 지금 당장 가자고 하자 조금은 놀랐다. 안 된다고 할 수도 없고, 그렇다고 그냥 갈 수도 없고. 곤란하지 않다고 말을 했지만 그는 사실 곤란했다.

"굉장히 성격이 급하군. 말 나오자마자 행동으로 옮기려고 하다니."

투덜거리는 그의 말에 그녀는 뾰로통하니 입술을 내밀었다.

"뭐예요? 정말 내가 가는 게 싫은가 보네요."

"그건 아니야."

"혹시 집에 뭐 숨겨 놨어요? 예를 들면 예쁜 여자라든가?"

"뭐? 하하하."

그녀가 뜻밖의 말을 하자 그는 크게 웃음을 터트렸다.

"알았어. 가자고."

"와! 기대된다."

새로운 프로젝트가.

그녀는 방긋방긋 웃으면서 백을 들고 의자에서 몸을 일으켰다.
"가요."
앞장서서 카운터를 향해 걸음을 옮긴 그녀는 재촉하듯 뒤를 돌아보며 말했다.
"빨리 와요. 시간 다 간단 말이에요."
"알았어."
마음을 굳힌 그는 미적거리던 태도를 버리고 카운터로 다가가 계산을 했다. 레스토랑을 나와 주차장으로 향하는 그의 옆으로 다가온 그녀가 자연스럽게 팔짱을 꼈다.
"내가 집에 가겠다고 졸라서 정말 부담스러운 건 아니죠?"
"아니야."
나보다 당신이 피해를 입을까 봐서 걱정이라고.
그는 말로 어떻게 설명을 할 수 없을 정도로 복잡한 심정이었다.
그녀는 차에 탄 뒤에도 여전히 들뜬 표정이었다. 마치 소풍 가는 어린아이처럼.
"그렇게 흥분할 거 없어. 어차피 가 봐야 볼 것도 없어."
"왜 볼 게 없어요?"
당신 책상을 샅샅이 뒤져볼 텐데. 서류 한 장이라도 건질 수 있지 않겠어?
"평범한 오피스텔이라고."
"실내 장식가한테 의뢰해서 인테리어 했다면서요."
"그래. 얼마나 평범하면 그렇게까지 했겠어?"
솔직히 말하자면 실내 장식가한테 의뢰한 건 그가 아니었다. 그가 독립하기로 결정하고 오피스텔을 구입한 후, 잘 보살펴주라는 강 회장의 명령으로 민 여사가 한 거였다. 자신이 살 집이 다른 사람의 손을 타는 건 별로 내키지 않았지만 실내 장식가의 탁월한 안목 덕에 몰라볼 만큼 밝은 집으로 다시 태어나 그도 별 불만은 없었다.

"오피스텔이면 뻥 뚫려 있어요?"

한국의 오피스텔을 본 적 없는 그녀로서는 궁금한 것이 참 많았다.

"아니. 그건 원룸이고."

"그럼, 일반 가정집 같아요?"

"그렇다고 할 수 있지."

집 구조에 대해 이러쿵저러쿵 하는 사이에 차는 오피스텔에 도착했다. 지하 주차장에 차가 서기 무섭게 그녀는 문을 열고 내렸다. 운전석에서 내리는 그의 옆으로 재빠르게 다가간 그녀는 잔뜩 흥분한 기색으로 물었다.

"몇 층이에요?"

"5층."

"에. 그럼 전망은 별로겠네요."

"그래도 보일 건 다 보이던데."

엘리베이터는 지하에서 지상 5층까지 순식간에 그들을 이동시켰다. 비밀번호를 입력해 문을 연 그는 옆으로 비켜서며 그녀에게 들어가라는 제스처를 취했다.

"와우!"

안으로 들어선 그녀는 그가 불을 켜 실내가 환해지자 환호성을 질렀다.

"굉장히 심플하네요."

아이보리색과 흰색, 그리고 옅은 하늘빛의 파스텔 톤을 매치시킨 넓은 실내는 차분하면서도 밝은 분위기를 풍겼다.

"좀 둘러봐도 돼요?"

"그래."

"예상했던 것보다 꽤 깔끔하네요."

방문을 하나씩 열어보며 그녀가 말하자 그는 당연하다는 듯 어깨를 으쓱였다.

"그거야 청소하는 사람이 따로 있으니까."

"어머. 그런 게 아니라 전 인테리어를 말한 건데요. 푸흡!"

한 손으로 입을 가리며 그녀가 웃음을 터트리자 슈트 재킷을 벗던 그는 의아한 표정을 지었다.

"왜 웃어?"

"갑자기…… 당신이 청소하는 모습이 떠올라서요. 마스크 쓰고 먼지털이개 들고, 에이프런까지 하면…… 호호호."

"되도록 그런 상상은 하지 말라고."

"아, 알았어요. 푸흡! 큭."

대답은 하면서도 여전히 상상중인지 그녀는 계속 키득거리면서 간간이 웃음을 터트렸다.

"여기가 호텔보다 더 좋은 것 같아요."

거실 창가 쪽에 위치한 소파에 앉으며 그녀가 중얼거렸다.

"호텔 생활하는 것보다 불편한 점도 있지. 우선은 룸서비스가 안 되니까 직접 음식을 해 먹어야 돼."

그녀의 눈꼬리가 웃음을 가득 담고 휘어지자 그는 짐짓 엄한 표정을 했다.

"뭐야! 이번에는 또. 내가 프라이팬에 국자 들고 있는 상상했나?"

대답 없이 고개를 끄덕인 그녀가 또다시 손으로 입을 가리며 웃음보를 터트렸다.

"아하하. 정말 재미있어라. 여기 오길 잘한 것 같아요."

그녀는 소파에 깊숙이 등을 기대며 한숨을 폭 내쉬었다.

"왠지 모르게 마음이 푸근해져요. 집이라 생각해서 그런가 봐요."

"한국에 온 지 꽤 됐지?"

넥타이를 풀고 목을 조이던 와이셔츠의 첫 단추까지 끄른 그는 그녀의 옆에 앉으며 나지막한 어조로 물었다.

"거의 한 달 다 되어가는 것 같아요."

"집에 돌아가고 싶은가 보군."

"그래요. 내가 생각해도 호텔 생활을 너무 오래한 거 같아요. 참, 그런데 당신 식사는 어떻게 해요? 설마, 정말 직접 해먹어요?"

궁금함이 가득한 그녀의 표정에 그는 싱긋 미소를 지었다.

"그건 아니지. 거의 밖에서 먹고 다니니까 따로 만들 필요는 없어. 가끔 일하시는 아주머니가 먹을 걸 챙겨두기는 하시지만."

"그렇군요. 그럼, 나 먹을 건 없겠네요?"

"배가 고픈가?"

그가 여전히 웃음을 거두지 않은 채 말하자 그녀는 밉지 않게 눈을 흘겼다.

"예의가 없으시군요. 손님이 왔으면 대접을 하셔야죠. 하다못해 냉수 한 컵이라도 내놔야 하는 거 아니에요?"

"훗! 그래. 내가 실수를 했군."

몸을 일으킨 그는 냉장고 앞으로 걸어가며 말했다.

"먹을 건 과자밖에 없고, 마실 건 뭐로 할까? 와인도 있고, 주스도 있는데. 아, 커피는 어때? 밤이라 별론가?"

진짜 냉수 한 잔 달랑 주면 앞으로의 계획에 큰 차질이 생길지도 모른다는 생각으로 불안해하던 그녀는 안도의 한숨을 내쉬면서 대답했다.

"커피 줘요. 나 커피 좋아해요."

"다행이군. 난 밤에도 커피를 즐겨 마시는 편이거든."

그는 커피메이커의 스위치를 올리고 찬장에서 커다란 머그잔 두 개를 꺼냈다.

"밤에 잠 안 자고 일하려고 그러는 거죠?"

"아니. 나도 밤엔 잠 자."

커피가 끓어오르자 향기로운 커피 향이 거실 가득 퍼졌다. 커피를 따른 머그잔을 양 손에 들고 소파 앞으로 다가온 그는 탁자 위에 컵을 내려놓았다.

"뜨거우니까 조심해."

"네. 알았어요."

일단 그의 집에 들어오는 데 성공했다는 사실에 조금은 긴장이 풀려 그녀는 소파에 등을 기대고 옆에 앉는 그를 바라보았다.

"많이 바쁘다면서 나 때문에 공연히 시간 낭비하는 거 아니에요?"

"전에도 말했지만 제니퍼를 만나는 시간은 아깝지 않아."

"피, 말은 그렇게 하면서도 만나는 데 일주일도 넘게 걸렸잖아요."

"그거야 진짜 급한 일을 처리해놓고 만나려고 그런 거지. 당신 만나면서 일 생각하고 싶지 않으니까."

"그럼, 나 만나면 무슨 생각하는데요?"

그녀가 눈을 반짝 빛내면서 물어보자 그의 입가에 미소가 생겨났다.

"글쎄……."

그는 손을 뻗어 그녀의 뺨을 어루만졌다.

"무슨 생각을 할까?"

그의 얼굴이 점점 다가와 그녀의 입술에 다정한 입맞춤을 했다.

"당신을 안고, 키스하는 생각……?"

말끝을 흐리며 그는 그녀의 어깨를 안고 키스를 했다. 열정적이면서 격렬한 키스에 그녀는 반항을 하지 않았다. 아니, 반항할 마음도 없었다. 그녀 또한 그와 하는 키스가 좋았으므로.

"하아……."

가쁜 숨을 내쉬며 그녀는 그의 어깨를 붙잡고 매달렸다. 그의 입술이 주는 감미로운 쾌감에 그녀는 한없이 빠져들고 있었다.

그의 손이 그녀의 어깨를 쓰다듬고 목덜미를 어루만졌다. 점점 밑으로 향하던 손길이 봉긋이 솟아오른 가슴을 감싸 쥐었다. 여전히 그의 입술은 그녀의 입술에 겹쳐져 있었고, 가벼운 입맞춤을 하며 가슴을 잡은 손에 지긋이 힘을 주었다.

"승빈 씨……."

촉촉이 젖은 눈길로 바라보던 그녀의 입술에서 안타까운 신음과 한숨 소리가 섞여 흘러나왔다.

그가 다시 한 번 그녀에게 강한 키스를 퍼붓는 순간, 요란한 전화벨 소리가 울렸다.

"젠장."

낮은 어조로 욕설을 뱉어낸 그가 이마를 잔뜩 찌푸렸다. 벨소리가 끊이지 않고 울리자 그는 그녀의 어깨를 양손으로 잡았다.

"급한 일이 생겼나 보군. 미안. 잠깐만……."

"괜찮아요."

너그럽게 그녀가 고개를 끄덕이자 그는 벌떡 일어났다. 소파 한쪽에 놓아두었던 슈트 재킷에서 휴대폰을 꺼낸 그는 액정을 바라보고 더욱 인상을 썼다.

"네, 아버지."

침착한 어조로 말하면서 그는 그녀를 바라보았다. 그리고 방을 향해 걸음을 옮겼다.

그가 들어가고 방문이 탁 소리를 내며 닫히자 그녀는 길게 한숨을 내쉬었다.

내가 지금 도대체 뭘 하고 있는 거람!

조금 전, 그에게 빠져 정신을 못 차리던 자신의 모습이 떠오르자 얼굴이 벌겋게 달아올랐다. 입술을 꼭 깨문 그녀는 옆에 두었던 핸드백을 열어 비닐 안에 둔 흰색 캡슐을 꺼냈다.

코끼리도 한 방에 보낸다는 마취제가 섞인 수면제. 카페 '블루문'에서 단시간에 그를 잠들게 만들었던 약이었다. 그녀는 그가 들어간 방 쪽을 흘끔 바라보고 캡슐을 든 채, 잠시 고민에 잠겼다.

그에게 약을 먹여야 할까, 말아야 할까.

그녀는 생각보다도 그와 함께하는 게 좋았다. 그를 잠재워 그 시간을 단축시키기에는 뭔가 아쉬운 감정이 남았다. 하지만 또다시 조금 전과 같은 상황이 벌어진다면 그녀는 분명 그와 한 침대에 눕게 될 게 뻔했다. 조금 전에도 때마침 전화벨이 울리지 않았더라면……. 생각만 해도 눈앞이 깜깜해지는 것 같아 그녀의 심장이 격하게 뛰었다.

그런 일이 있어서는 안 돼.

머리는 그렇게 생각을 하고 있었다. 하지만…… 그녀의 감정은 머리의 그런 생각을 납득하지 못했다. 뭔가 아쉽고 허전해서 그녀는 머그잔에 약을 넣길 주저하고 있었다.

그와 함께 침대에 누우면 어때? 그도 날 좋아하는데.

마음속 깊은 곳에 숨어 있던 마녀가 속닥거리자 그녀는 유혹에 지지 않으려는 듯 눈을 꼭 감고 이를 악물었다.

말이 되니? 저 남자는 언니의 애인이었다고.

채연을 떠올리자 뜨겁게 달궈졌던 심장이 차갑게 식어버렸다. 그녀는 거침없이 캡슐을 열고 하얀 가루약을 그의 앞에 놓인 머그잔 안에 부어넣었다. 사르르, 소리도 없이 약이 녹아내렸다.

자신의 머그잔을 손에 들고 적당히 식은 커피를 마시고 있을 때 통화를 끝낸 승빈이 방에서 나왔다.

"급한 일이 생긴 건가요?"

만약 그래서 밖으로 나가야 된다면 큰 낭패인데.

"아니. 내일 아침 출근하기 전에 성북동부터 들르라고."

"그런 전화는 아침 일찍 하시지. 오밤중에 하고 그러신대요?"

투덜거리는 소리에 그는 싱긋 웃으며 그녀의 뺨을 손가락으로 쓸었다.

"성격이 급하시거든. 아버지는 생각나는 건 바로바로 해 버려야 직성이 풀리는 그런 성격이야."

"옆에 있는 사람들 참 피곤하게 만드는 성격이죠, 그런 성격이."

가볍게 대꾸한 그녀는 머그잔의 커피를 한입 마셨다.

"커피 드세요. 마시기 적당할 정도로 식었어요."

"그러지."

그녀는 커피를 마시는 척하며 옆 눈으로 그가 머그잔을 들어 올리는 걸 봤다.

"술은 아니지만 건배할까요?"

그녀가 장난스럽게 말하자 그도 맞장구를 쳤다.

"그럴까?"

그의 잔에 자신의 잔을 살짝 부딪힌 그녀가 작은 소리로 말했다.

"원샷!"

"원샷? 그 소린 또 어디서 배웠어?"

"TV에서요. 한 번에 잔을 비우는 걸 원샷이라고 한다면서요?"
생글생글 웃는 그녀에게 그는 눈을 부릅떠보였다.
"그런 소리는 좋은 거 아니니까 굳이 배우려고 애쓰지 마. 그리고 뜨거운 커피를 어떻게 원샷을 해? 입천장 홀랑 다 데이라고."
"거의 다 식었다니까요."
변명처럼 중얼거리면서 그녀는 자신의 잔을 말끔히 비웠다.
"봐요. 난 원샷, 아니 한 번에 다 마셨잖아요."
"당신 잔은 반이나 비어 있었던 거 내가 다 봤거든."
핀잔을 주듯 말하면서도 그는 커피를 반 이상 마셨다.
그 정도로도 충분해. 워낙에 약효가 특출하니까.
그녀가 만족스러움에 고개를 끄덕이는데 그가 인상을 썼다.
"커피 맛이 왜 이렇지?"
약 탔으니까 그렇지.
"당신은 커피 맛 괜찮았나?"
"네. 괜찮았어요."
내 건 약 안 탔거든.
"이상하네."
고개를 갸우뚱한 그가 머그잔을 탁자에 내려놓았다. 끝까지 다 마셔주었으면 하는 바람을 접고 그녀는 그의 어깨에 한 손을 얹었다.
"당신 침실 구경해도 돼요?"
그가 쓰러질 때를 대비해 침대가 가까운 곳으로 이동하는 게 좋을 것 같다는 생각에 그녀는 한 말이었다. 그런데 아마도 그는 그녀의 말을 다른 뜻으로 해석한 것 같았다.
"물론……."
그가 일어나 그녀에게 손을 내밀었다. 그 손을 잡고 그녀는 그의 뒤를 따라 침실로 향했다.

침실은 거실과 달리 짙푸른 색으로 꾸며져 있어 다소 무겁고 남성적인 분위기를 풍겨냈다.

"제니퍼."

예상했던 대로 그는 침실로 들어서자 그녀를 안으며 입술을 겹쳐왔다.

"먼저 셔츠부터 벗고요."

그녀는 손을 뻗어 와이셔츠의 단추를 하나씩 끌렀다.

"제니퍼?"

적극적인 그녀의 행동에 다소 놀란 듯 그가 눈을 크게 떴다.

"침대로 가요. 편안하게 해 줄게요."

그의 손을 잡아끌어 침대로 다가간 그녀가 달콤한 어조로 속삭였다.

"엎드려 봐요."

"뭐라고?"

"긴장 풀고 침대에 엎드리라고요."

"뭘 하려고 그러는 거야?"

이상하다는 표정을 하면서도 그는 순순히 그녀의 말에 따라 침대에 엎드렸다. 옆에 앉은 그녀는 그의 등에 두 손을 댔다. 살며시 어루만지듯 쓰다듬은 그녀는 점점 손을 어깨 쪽으로 움직이며 손가락에 힘을 줘 마사지를 시작했다.

"음……."

잔뜩 뭉친 어깨의 근육을 손으로 꾹꾹 누르자 그의 입에서 가느다란 신음소리가 흘러나왔다.

"당신 많이 피곤해 보여서요. 시원해요?"

"응, 시원해. 이런 건 어디서 배웠어?"

"다이내믹 스쿨에서요. 스포츠 마사지뿐만 아니라 스트레칭이나 요가도 배워요. 자세교정에 도움이 되거든요."

그녀는 여전히 그의 어깨를 마사지하며 설명을 했다.

"나중에 시간 되면 요가도 가르쳐줄게요."

그럴 일은 절대 없겠지만.

그녀는 어깨를 지나 손바닥으로 등을 누르고 매끈하게 뻗은 허리까지 지압을 하며 손을 움직였다. 두세 번 그 동작을 반복하고 그녀는 작은 소리로 그를 불렀다.

"승빈 씨?"

그에게서 아무 대답이 없었다. 약기운에 잠이 든 게 분명했다.

살그머니 침대에서 내려온 그녀는 그의 얼굴 가까이 자신의 얼굴을 대보았다. 고른 숨소리가 들려오자 그녀는 허리를 펴고 안도의 한숨을 내쉬었다.

벌써 두 번씩이나 같은 수법에 당하다니. 그가 의심이 없는 건지, 아니면 그녀를 너무 믿는 건지 알 수 없었지만 어쨌든 그녀로서는 잘된 일이었다.

큰 소리를 내지 않도록 조심하면서 침실을 나온 그녀는 소파 위에 놓인 백을 들고 들어오면서 봐뒀던 서재로 향했다. 문을 열고 들어가 전등을 켜자 커다란 책상 위에 놓인 노트북이 제일 먼저 눈에 들어왔다.

찾았다. 빙고!

회심의 미소를 짓고 그녀는 책상 앞으로 다가갔다. 노트북을 켜면서 혹시라도 비밀번호가 걸려 있으면 어쩌나 걱정을 했는데 다행스럽게도 잠금장치는 없었다. 아마도 자신의 집에서 혼자만 사용하는 것이라 보안이 느슨한 것 같았다.

"전 완전 땡큐입니다요."

흐뭇한 마음에 혼잣말을 중얼거리면서 그녀는 노트북에 저장되어 있는 파일을 뒤적거렸다. 'A'라는 표시가 되어 있는 파일을 열자 한글 문서가 30개도 넘게 나왔다. 암호를 붙여놓은 것처럼 제목이 확실하지 않아 겉으로 봐서는 무슨 내용인지 잘 알 수가 없었다. 그렇다고 해서 이 많은 파일을 전부 하나씩 확인해 볼 수는 없는 일이었다.

"시간이 없으니까 어쩔 수 없지."

그녀는 그가 푹 잠들었다고 확신할 수가 없었다. 약을 탄 커피를 반밖에 마시지 않았기 때문에 언제 깨어날지 알 수 없어 최대한 빠른 시간 안에 일을 마쳐야만 했다.

그녀는 핸드백에서 화장품 케이스를 열었다. 작은 화장품 통 안에 손톱 크기만 한 메모리 카드가 잔뜩 들어 있었다. 혹시라도 그가 백을 볼지도 모른다는 생각에 그녀는 카드를 화장품 통 안에 감춰놓았었다.

그녀는 노트북 안에 저장되어 있는 모든 정보를 여러 개의 카드를 이용해 통째로 카피했다. 호텔로 돌아가서 필립에게 하나씩 살펴보라고 할 셈이었다.

"다 됐다."

일을 끝낸 그녀는 카드를 챙겨 넣고 서재를 나왔다. 거실로 나오자 커다란 창 너머로 눈이 부실 듯한 야경이 펼쳐져 있었다. 하지만 그녀는 마음 놓고 그 경치를 감상하고 있을 시간이 없었다.

그녀는 탁자 위에 놓여 있는 머그잔을 들고 씽크대 앞으로 갔다. 승빈이 마시다 남은 커피를 개수대에 쏟아 붓고 그녀는 잔을 깨끗이 닦아 놓았다. 그의 잔에 남은 약의 흔적을 없애기 위해.

침실로 돌아온 그녀는 침대로 가까이 다가갔다. 편안한 표정으로 잠들어 있는 승빈을 그녀는 가만히 바라보았다.

진심으로 당신이 언니와 아무런 관계도 없는 사람이었다면 좋을 텐데.

생각을 하면 할수록 한숨만 입을 뚫고 튀어나왔다.

속인 건 미안하지만 당신은 벌을 받는 거야. 자신이 한 짓에 대해. 언젠가는 왜 이런 꼴을 당해야 하는지 알게 되겠지.

"푹 주무세요, 강승빈 씨. 자고 나면 머리가 좀 아프겠지만…… 그 뒤에는 곧 지옥이 펼쳐지겠죠."

야멸치게 입술을 깨문 그녀는 몸을 돌려 침실을 나왔다.

8장

뭐야? 이 남자. 생각한 것보다 멀쩡하잖아?

맞은편 자리에 앉는 승빈은 조금 피곤해 보이는 것 빼고는 평소와 달라진 점이 없어 보였다. 인수합병 때문에 강 회장한테 엄청 까이고 있을 텐데. 지금쯤이면 벽에 머리를 짓찧을 정도로 괴로워해야 하는데. 여자 앞이라고 죽고 싶을 정도로 괴로운 속마음을 숨기고 태연한 척하는 걸까?

"일은 잘돼 가나요?"

아무것도 모르는 척 눈을 내리깔고서 그녀는 넌지시 질문을 던졌다.

"그럭저럭."

"커피 시켰어요. 괜찮죠? 그런데 뉘앙스가 좀 그렇네요. 왜요, 무슨 문제 있어요?"

"제니퍼, 당신하고 회사 얘기하고 싶지 않다고 전에 말했던 거 같은데.”

날카로운 대답이 돌아오자 그녀는 속으로는 낄낄대고 웃으며 겉으로만 놀란 척했다.

“어머? 난 그냥 당신이 많이 피곤해 보이기에 물어본 것뿐이에요. 그렇게 화낼 것까진 없잖아요.”

“아, 미안.”

그는 마음을 가라앉히려고 크게 심호흡을 했다. 사실 그는 지금 제니퍼를 만날 시간도 없는 상황이었다. 어디서 정보가 새어나갔는지 몰라도 이번 인수합병에 관한 프로젝트는 완전 엉망이 되어 버렸다. 그대로 인수를 한다고 해도 어처구니없이 높아진 가격 때문에 곤란해질 상황이었고, 그렇다고 해서 쉽게 포기할 수 있는 상황도 아니었다.

제길, ‘민암물산’이라니. 어디서 듣도 보도 못한 회사가 툭 튀어나와서는.

그는 다 된 밥에 재 뿌리는 ‘민암물산’ 때문에 골치가 지끈거리기 시작했다.

“내가 좀 예민하게 굴었나 보군. 그런데…… 중요한 일이란 게 뭐지?”

“이제 슬슬 뉴욕으로 돌아가야 할 것 같아서요.”

“뉴욕으로 간다고?”

그는 미처 생각지도 못했다는 표정이었다.

“네. 거기가 제 집이니까요. 여기서 해야 할 일도 어느 정도 마무리가 되었고, 관광도 꽤 했으니까요.”

그의 표정이 급격하게 어두워지자 그녀는 마지막 펀치를 날렸다.

“그래서 하는 말인데요. 승빈 씨…… 우리 이제 그만 만나요.”

"뭐라고?"

"내가 뉴욕으로 돌아가고 나면 더 이상 연락하지 말라고요."

그는 커다란 망치로 뒤통수를 맞은 것 같은 느낌에 이마를 찌푸렸다.

"이유가 뭐지?"

"글쎄요. 그렇게 콕 집어서 물어보니까 뭐라 해야 할지 모르겠네요. 음. 굳이 이유를 들자면 승빈 씨가 나한테는 맞지 않는 사람이라서, 라고나 할까요?"

그녀는 수수께끼 같은 말을 하고 그의 눈을 똑바로 바라봤다.

"맞지 않는다니? 어떤 점이?"

"난 능력 있고 성실한 사람이 좋아요. 그런데 승빈 씨한테는 그런 점이 없다는 거죠. 단순한 프로젝트 하나도 제대로 해내지 못해 쩔쩔매는 걸 보면 능력도 별로인 것 같고, 스캔들을 일으켜서 인터넷에 오르내리는 걸 보면 성실한 것 같지도 않고요."

그의 이마가 더욱 찌푸려지는 걸 보면서 그녀는 말을 이었다.

"바람둥이 같은 이미지도 별로고, 당신 집안도 마음에 들지 않아요."

고르고 골라 심장을 콕콕 찌르는 말만 해놓고 그녀는 그의 안색을 꼼꼼히 살폈다.

듣기 싫지? 마음 아프지? 괴로워 죽겠지? 그럼, 내색을 해 보라고.

잔뜩 일그러진 그의 표정을 보고 싶어 하는 그녀의 기대를 와장창 무너뜨리고 승빈은 평소와 달라진 것 없는 태도로 말을 꺼냈다.

"내가 사람을 잘못 본 것 같군."

"뭐라고요?"

"난 당신이 다른 여자들과는 다르다고 생각했거든."

그녀의 예상대로라면 승빈이 절대 헤어질 수 없다, 아주 많이 좋아하고 있다, 그러니 다시 생각해 달라면서 매달려야 했다. 그런데 그는 오히려 그녀를 공격하고 나섰다.

"그런데 당신도 다른 여자들처럼 능력이 어쩌고, 성실함이 어쩌고 하면서 결국 배경이나 능력을 따지고 있는 거 아닌가? 왜? '진원 그룹' 보다 훨씬 대단한 집안의 후계자가 프러포즈라도 한 건가?"

이게 무슨 개 풀 뜯는 소리야?

그녀는 약이 바짝 올라 입술을 꼭 깨물었다.

"내가 배경이나 인물을 따진다고요? 그래요. 따졌어요. 어떻게 안 따질 수가 있겠어요. 난 제니퍼 모튼이라고요. 내가 가진 거 하나 없고, 스스로 제 밥그릇 챙기지도 못하는 덜떨어진 인간과 평생을 같이 할 것 같아요?"

"그래서? 지금 나를, 가진 거 하나 없고 스스로 제 밥그릇도 챙기지 못하는 덜떨어진 놈이라고 빗대서 비꼬고 있는 건가?"

드디어 말싸움에 불이 붙자 그녀는 활활 투지에 타올랐다.

"그럼 아닌가요? 당신 입으로 말했잖아요. 당신 아버지 강 회장은 핏줄보다 능력을 더 중요시한다고요. 지금처럼 앞으로도 계속 회사에 피해만 끼친다면 당신은 조만간 강 회장한테 쫓겨나서 가진 것 하나 없는 빈털터리가 되겠죠. 그리고 그렇게 되면 당신이 뭘 할 수 있겠어요? 당신 자신을 스스로 한번 판단해 보라고요. 당신은 날 때부터 다 갖추고 태어나서 자기 손으로는 직접 아무것도 할 줄 모르는 부잣집 도련님일 뿐이라고요."

제니퍼는 정말 그에 대해서 아무것도 모르고 있었다. 그가 날 때부터 부잣집 도련님도 아니고, 편하고 안락한 생활을 누린 적도 없다는 걸 몰랐다. 아주 어렸을 때부터 살기 위해서 발버둥을 치며 힘들어했다는 것도 알지 못했다.

승빈은 팔짱을 끼고 고개를 살짝 숙인 채 생각에 잠겼다.

자신이 지금까지 했던 생활들을 다큐멘터리로 엮어 그녀에게 설명을 해 줄 수도 있었다. 그러면서 그녀의 생각은 틀리다고 설득을 할 수도 있었다. 하지만 이별을 말하고 있는 상대에게 그게 다 무슨 소용이 있겠는가.

그가 아무리 그녀를 좋아한다고 해도 정작 당사자가 싫다면 그만인 거였다.

"그래. 좋아. 당신 말대로 하지."

그가 순순히 고개를 끄덕이자 그녀는 오히려 놀라 눈을 크게 떴다.

"지금 이후로 연락 안 하도록 하지. 됐나?"

뭐야? 이건.

제니퍼는 멍한 표정을 감추지 못했다.

날 좋아한다고 하더니. 뭐가 이렇게 쿨 한 거야? 한 번이라도 다시 생각해 보라고 매달려야 하는 거 아냐? 아님 원래 바람둥이들은 다 이래?

이별을 말한 뒤, 그가 괴로워하는 꼴을 봐야 속이 시원하고 통쾌하면서 짜릿한 기분을 느낄 텐데 너무 담담한 그의 태도에 그녀는 약이 바짝 올랐다.

"승빈 씨, 날 좋아한다고 하지 않았어요?"

"그랬지. 그래서 뭐? 내가 좋아한다고 해서 날 싫어한다는 사람한테 매달리라고?"

그는 택도 없다는 표정으로 코웃음을 쳤다.

"딱 잘라서 싫어한다고 말한 게 아니잖아요. 단지…… 단지 나랑 좀 안 맞는 거 같다고 한 것뿐이라고요."

"그러니까 생각보다 잘 맞을 수도 있다, 앞으로 노력해 보자, 뭐 그런 식으로 말을 해야 되는 거였나? 내가?"

분위기 정말 찝찝해진다.

그를 골탕 먹이려다가 오히려 자신이 골탕을 먹는 것만 같아 그녀는 화를 내며 벌떡 자리에서 일어났다.

"아뇨, 됐어요. 차라리 잘됐네요. 깔끔하게 헤어질 수 있어서. 그럼, 안녕히 가세요."

바람소리가 날 정도로 휙 하니 몸을 돌려 한 걸음 떼던 그녀는 뒤를 돌아보며 쌀쌀맞게 말했다.

"참, 여기 계산은 제가 하도록 하죠. 그동안 얻어먹은 것도 있으니까."

카페를 나오면서 그녀는 혹시라도 그가 뒤쫓아 와 잡지 않을까 하는 기대를 한 것도 사실이었다. 그래서였을까. 커피 숍 앞은 큰 길이라 바로 택시를 잡을 수 있는 데도 그녀는 길을 걷기만 했다. 한참을 걷다가 그녀는 걸음을 멈추고 뒤를 돌아보았다. 낯선 사람들만 오고 가는 길을 바라보던 그녀는 입술을 꼭 깨물고 보도에서 내려섰다.

택시를 타고 호텔로 돌아오는 길에 그녀는 우울한 기분을 느꼈다.

"진짜 기분 나빠."

기분 나빠, 기분 나빠, 기분 나빠 하며 계속 생각만 하다가 그녀가 그만 입 밖에 말을 뱉은 모양이었다.

"저기, 손님. 제가 무슨 실수라도 했나요?"

50대는 되어 보이는 나이 지긋한 택시 기사가 넌지시 말을 건넸다.

"네? 아, 기사님께 한 말이 아니에요."

"무슨 안 좋은 일이라도 있으셨나 봅니다?"

화도 나고 짜증도 나서 대화를 나눌 기분이 아니었지만 그래도 나이 드신 분이 하는 말을 씹어버리는 건 예의 없는 짓이라 여겨져 그녀는 퉁명스럽게 대꾸했다.

"좀 전에 남자친구하고 헤어졌어요."

"아이구, 저런. 그랬군요."

하루 종일 말할 상대가 궁했던지 기사는 또다시 말을 걸었다.

"손님이 먼저 헤어지자고 했어요?"

"네."

"그런데 왜 기분이 나빠요? 차인 것도 아니면서."

"너무 아무렇지도 않게 받아들여서요. 저는 최소한 그래도 한 번쯤은 다시 생각해 보라고 말할 줄 알았거든요."

"허허허. 그 남자분이 자존심이 꽤 상하셨나 보네요."

너털웃음을 터트리며 하는 기사의 말을 잘 이해할 수 없어 그녀는 눈을 동그랗게 떴다.

"자존심이 상해서 그런다고요?"

"자존심 센 사람들이 종종 그러죠. 붙잡아야 할 때 못 붙잡고 나중에 가서야 땅을 치고 통곡을 하는 거죠."

"정말 그럴까요?"

"그럴 겁니다. 남자들은 어린애같이 행동할 때가 있으니까요. 자신이 어리석다는 걸 알면서도 절대 인정을 못 해요."

전혀 모르는 사이였지만 기사의 말이 그녀에게 어느 정도 위안이 되어 주었다.

호텔에 도착한 그녀는 룸에 들어서자마자 필립에게 짜증도 부리고 하소연도 하면서 머릿속을 가득 채운 불쾌감을 털어버리려 애를 썼다. 하지만 생각보다도 더 그에 대한 감정이 컸던지 감정이 쉽사리 정리되지 않았다.

필립은 무거운 무언가가 가슴을 짓누르는 것 같은 압박감을 느꼈다. 즐거운 마음으로 이별을 말하겠다던 그녀는 오히려 화가 나 펄펄 뛰고 있었다. 제니퍼의 행동은 마치 첫사랑한테 좋아한다고 고백했다가 거절당해 어쩔 줄 몰라 하는 십대 소녀 같았다.

이럴 땐 가만히 놔두는 게 상책이었다. 섣불리 위로 같은 걸 했다가는 불난 집에 폭탄을 던지는 것과 마찬가지인 일이 벌어질 게 뻔했다.

「안 되겠어.」

룸 안을 몇 바퀴나 빙빙 돌던 그녀가 돌연 걸음을 멈추고 입술을 잘근잘근 씹으며 말했다.

「뉴욕에 돌아가서 알려주려 했는데 미리 말해야겠어.」

「뭘 말입니까?」

「강승빈 말야. 자기가 왜 그런 꼴을 당해야 했는지에 대해서 말해야겠다고.」

필립은 놀라 펄쩍 뛰었다.

「채연 양에 대해 지금 말하겠다고요? 그건 안 됩니다.」

「어째서? 지금 말하나 뉴욕에 가서 말하나 마찬가지잖아.」

「그러니까 뉴욕에 가서 하세요.」

제니퍼는 결연한 표정으로 고개를 저었다.

「아니, 여기서 할 거야. 그것도 만나서 직접 말할 거야.」

필립은 거의 뒤로 넘어갈 것만 같은 표정을 지었다.

「그건 정말 말도 안 됩니다, 제니퍼. 절대 찬성할 수 없어요. 강승빈 씨가 사실을 다 알게 되면 제니퍼를 그냥 두지 않을 겁니다. 그런 위험한 일은 하면 안 됩니다.」

「언니가 얼마나 고통을 받았는지 그 남자도 알아야 해요. 그리고 언니가 병원에 있을 때 찾아오지 않은 것에 대한 사과도 들어야 해요. 언니는 그 사람 때문에 죽은 거나 마찬가지예요. 미안하다고 사과를 해야 할 사람은 내가 아니라 그 사람이라고요. 그런 나에게 오히려 화를 낸다고요? 그렇다면 그 사람은 정말 인간이 아닌 거예요.」

「그래도 장담할 수 없는 일입니다. 오늘 일만 해도 제니퍼가 예상한 것처럼 되지 않았잖습니까?」

「그러니까 더 약이 올라서라도 그 사람을 직접 보면서 말을 해야겠다고요. 눈물 흘리며 통곡하는 꼴은 못 보더라도 후회하며 괴로워하는 꼴은 꼭 봐야겠어요. 그리고 언니한테 미안한 감정을 느낀다면 난 그걸로 만족할 수 있을 것 같다고요.」

결심을 굳힌 그녀는 필립이 그 어떤 말로 설득을 하려 해도 꼼짝도 하지 않았다.

마음 속 깊은 곳에 응어리가 맺혀 며칠 동안이나 끙끙 앓으면서 그녀는 그에게 어떤 식으로 사실을 알려야 최대한의 효과를 얻어낼 수 있을까 고심하기 시작했다.

언제쯤 만날까? 프로젝트가 다 끝난 뒤에 만나는 게 좋을까, 아니면 지금 만나는 게 좋을까. 만나서 대뜸 언니에 대한 말부터 꺼낼까? 과거 여자관계를 들춰내면서 양심부터 공략해 들어갈까? 언니에 대한 일을 알게 되면 그는 과연 어떤 행동을 할까? 자신이 잘못한 거라고 인정할까? 아니면 사귀다 헤어질 수도 있는데 계속해서 심각하게 생각한 건 마음 약한 언니가 오히려 잘못한 거라고 뒤집어씌우려 들까?

이런 상상, 저런 상상을 하면서 그녀가 끙끙대고 있을 때 김 비서에게서 전화가 왔다.

「직접 통화를 하고 싶다고 합니다.」

필립이 전화를 건네주자 그녀는 의아한 표정을 했다. 여태까지 김 비서는 그녀와 직접 통화한 적이 없었다. 전해 줄 말이 있을 때는 필립에게 했고 그녀에게는 간간히 안부인사가 섞인 문자만 보냈을 뿐이었다.

"제니퍼예요, 김 비서님."

—그동안 안녕하셨습니까, 제니퍼?

"네. 김 비서님도 편안하셨어요?"

상사는 미워도 그 밑에서 일하는 사람까지 미워할 수 없는지라 그녀는 상냥한 어조로 말했다.

—저, 한 가지 여쭤볼 게 있어서 직접 통화를 부탁드렸습니다.

"편하게 말씀하세요."

—혹시, 강 사장님과 무슨 일이 있으셨나 해서요.

그런 질문을 하는 걸 보니 승빈이 김 비서에게 아무 말도 하지 않았나 보다.

역시 자존심이 세긴 엄청나게 세군.

그녀는 쌀쌀한 말투로 입을 열었다.

"승빈 씨가 말을 안 했나 보군요. 며칠 전에 만났을 때 제가 헤어지자고 했어요."

—네? 아니, 왜 그런 말씀을…….

"투정을 좀 부린 거죠. 회사 일 바쁘다고 잘 만나주지도 않고 해서요."

마지막 미션을 완수하려면 김 비서의 도움이 절대적이었다. 그랬기에 그녀는 사실을 정확하게 말하지 않았다.

—그랬군요. 어쩐지…….

"왜요, 김 비서님? 무슨 일 있었나요?"

짐작 가는 바가 없지 않았지만 그녀는 사실을 확인하고 싶었다.

—강 사장님이 굉장히 날카로워지셨어요. 평소보다 더 예민하시고 신경질적으로 변하셨구요. 가끔 우울한 모습을 보이기도 하시고요.

"그 사람이 그랬어요?"

—저, 제니퍼. 이런 질문 주제넘은 것 같긴 하지만 정말 강 사장님과 헤어질 생각이신 건가요?

"글쎄요. 그런 생각은 저만 하는 게 아닌 것 같던데요. 그 사람, 제가 헤어지자고 하니 기다렸다는 듯이 그러자고 하더라고요."

—그건 아닐 겁니다. 강 사장님, 요새 많이 힘들어하세요. 제 눈에도 그게 보일 정도인데요.

"어쨌든 지금은 저도 화가 나서 뭐라 할 수가 없어요. 다시 한 번 만나서 얘길 해 볼까 생각중이긴 한데…… 어쨌든 김 비서님은 그냥 모른 척하세요. 곧 다시 연락드릴게요."

—네, 알겠습니다.

전화를 끊은 그녀의 입가에 슬며시 미소가 생겨났다.

멀쩡한 척하더니 죄다 연기였구만. 아주 충격을 안 받은 건 아니었어.

미움으로 얼어붙었던 제니퍼의 마음이 스르르 풀리며 기분까지 좋아졌다.

* * *

그녀는 앞을 딱 가로막고 서는 여자의 모습에 이마를 찌푸렸다.

"제니퍼 모튼 양, 맞죠?"

“그런데 누구시죠?”

“잠깐 얘기 좀 하죠.”

쌀쌀맞게 소리치는 여자를 그녀는 어이없다는 표정으로 바라봤다.

이런 일이 일어날 줄 알았으면 필립이 따라오겠다고 할 때 말리지 말걸.

처음 룸을 나왔을 때 그녀는 호텔 내의 헤어숍에서 잠깐 머리 손질만 할 생각이었다. 그랬기에 굳이 필립과 동행할 이유가 없었다. 그녀는 승빈의 노트북에서 복사해 온 자료들을 다시 한 번 검토해 보라는 숙제를 내주고 필립을 따돌려 버렸다. 그리고 헤어숍에서 머리를 한 뒤, 꿀꿀한 마음도 달랠 겸 쇼핑이나 할까 하는 충동적인 생각으로 호텔 로비로 나온 참이었다.

“이봐요. 나와 얘길 하고 싶다면 당신이 누구인지부터 밝히는 게 순서 아닌가요?”

“강아름이에요. 강승빈 씨, 여동생.”

“뭐라고요?”

그녀는 잠시 놀라 눈을 크게 떴다.

그 남자 동생이라고? 다른 형제가 있다는 말은 못 들었는데. 강승빈은 ‘진원 그룹’ 외아들이잖아. 가만, 외아들이면 남자형제가 없다는 뜻이지. 그렇다면 여자형제는 있었단 말야?

그의 가족에 대해 자세히 조사를 하지 않았기에 그녀는 약간 혼란스러움을 느꼈다.

“그래요? 그런데 당신이 왜 날 만나야 하는 건데요?”

“당신한테 물어볼 말이 있어서요.”

여전히 적대적인 아름의 태도에 그녀는 바짝 긴장했다.

“나한테 뭘 물어보려 하는지 모르겠지만 난 대답할 이유가 없는 것 같군요."

거절의 말을 내뱉은 그녀가 걸음을 옮기려 하자 아름이 또다시 앞을 막아섰다.

"여기서 내가 난리를 치면 누가 더 창피할까요?"

충분히 그럴 의사가 있다는 태도로 아름은 팔을 척척 걷어붙였다.

"좋아요. 카페로 갈까요?"

그녀는 앞장서서 카페로 향했다. 점심시간이 훨씬 지나서인지 카페는 한가했다. 탁자를 사이에 두고 아름과 마주앉은 그녀는 다가오는 직원에게 커피를 시켰다.

"이제 질문을 해 보세요."

"당신이 우리 오빨 갖고 놀았죠?"

거짓말 하나 안 보태고 심장이 목을 뚫고 튀어나올 것 같아 그녀는 입을 딱 벌린 채 눈만 크게 떴다.

"뭐, 뭐라고요? 지금 뭐라고 했죠?"

"들었잖아요. 사실인지 아닌지만 말해요."

"난 강아름 씨가 왜 그런 말을 하는지 알 수가 없군요."

마침 직원이 커피를 가져다 탁자 위에 놓자 그녀는 놀란 마음을 쓸어내리고 감정을 추스를 시간적 여유를 얻었다.

"당신이 오빠를 걷어찼다고 들었어요."

"누가 그런 소릴 해요?"

"김 비서님한테서요. 관심 있다고 접근해 놓고서 오빠가 좋아한다고 고백하자 매정하게 거절했다고 하더군요."

이 못된 인간이. 나한테만 스파이 노릇한 게 아니잖아.

그녀는 김 비서를 잘근잘근 씹어 먹고 싶은 심정이었다.

"그야 뭐, 처음엔 관심이 있었지만 계속 만나 보니까 나와 맞지 않는다는 생각이 들어서 거절한 거죠. 남녀사이란 게 다 그런 거 아닌가요? 사귀다 헤어질 수도 있는 거죠."

그녀는 우아한 포즈로 커피 잔을 들어 올려 커피를 한입 마셨다.

"설마, 내가 승빈 씨를 거절했다고 해서 그걸 따지러 온 건가요?"

"아뇨. 그건 아니에요. 당신 말대로 남녀가 사귀다 헤어질 수도 있으니까요. 난 다른 문제로 확인할 게 있어서 온 거예요."

"그게 뭔데요?"

"요새 오빠가 계속 곤혹스러운 일을 당하고 있다고 하더군요. 저번 스캔들 사건도 그렇고 이번에 프로젝트에서 떨려난 것도 그렇고."

흠칫 놀란 그녀는 눈을 착 내리깔아 표정의 변화를 숨기려 했다.

"내 생각엔 그거 다 당신이 꾸민 짓 같다, 이 말이죠."

"내가 그랬다고요?"

"김 비서님이 그러더군요. 당신을 나타난 뒤부터 오빠한테 악재가 겹쳤다고. 그리고 오빠가 당신을 만난 다음 날이면 꼭 사건이 터졌다고 하더군요. 참으로 절묘한 타이밍 아닌가요?"

오, 여자의 직감은 역시나 무서워라.

제니퍼는 순간 찔끔했다.

"무슨 소릴 하는 거예요? 내가 왜요? 무엇 때문에 그런 짓을 하겠어요?"

일단은 오리발을 척 내밀어 봤지만 아름에게는 씨도 안 먹히는 일이었다.

"그러니까 그 이유를 당신이 말해 보라고요. 제니퍼 모튼 양."

사건을 파헤치는 형사처럼 날카로운 눈길에 그녀는 뻔뻔한 미소를 지어 보였다.

"그럴 이유가 없다니까요. 강아름 씨가 오해하고 있는……."

"'블루문'에서 사진 찍은 거 당신이잖아."

말을 뚝 자르며 들려오는 아름의 말에 그녀는 입술을 꼭 깨물었다.

"그걸 회사 게시판과 인터넷에 올린 것도 당신이고."

"지금 날 모함하겠다는 거예요?"

"거기 직원이 그날 봤다고 그랬거든. 오빠하고 당신이 있던 룸에서 사진 속의 그 여자들이 나오는 거."

그녀는 한순간 꿀 먹은 벙어리가 되어버렸다.

"그리고 내가 잘 아는 사람 중에 사립탐정이 있거든. 이 사람이 실력이 엄청 좋아. 내가 살짝 알아봐달라고 부탁했더니 오빠가 맡은 프로젝트에 대해서도 알려주더군. 경쟁업체로 나선 '민암물산'. 거기 사장하고 당신이 만났더라고. 합병 인수계약서에 사인하기 얼마 전에."

진짜 할 말이 없어진 그녀는 아름을 뚫어져라 노려보기만 했다.

"오빠를 엉망진창 다 망가뜨려 놓고 당신은 매정하게도 발로 걷어차기까지 했어. 도대체 왜 그런 거지? 그냥 재미삼아 그런 건 아닐 거 아냐?"

날카로운 질문에 그녀는 피식 웃음을 터트렸다.

"강아름 씨는 당신 오빠가 얼마나 나쁜 인간인지 모르나 보군요."

"나쁜 인간이라고?"

그녀에게서 풍겨 나오는 강한 적의에 아름은 놀란 표정이었다.

"그 실력 좋다는 사립탐정 말이에요. 다른 방면으로 한번 써 먹어 보시죠. 예를 들자면 강승빈 씨의 과거를 조사한다든가 하는 일에 말이에요."

"못 들었어? 난 오빠 동생이야. 내가 오빠에 대해 모르는 일은 없다고."

"어머, 그래요? 그렇다면 강승빈 씨가 여자들이나 울리고 다니는 파렴치한 바람둥이라는 것도 알고 있겠군요."

아름은 기가 막힌다는 표정으로 코웃음을 쳤다.

"진짜 웃기고 앉았네. 오빠가 뭐 어쨌다고? 여자들이나 울리고 다니는 파렴치한 바람둥이라고? 이것 봐. 제니퍼 모튼, 잘 들어."

돌연 팔을 걷어붙이고 씩씩거리면서 아름은 일장연설을 퍼부었다.

"오빠가 얼마나 자기 자신한테 엄격한 사람인 줄 알아? 어렸을 때부터 책임감 때문에 허튼 짓 한 번 못 하고 산 사람이야. 가진 것도 별로 없으면서 음주에 도벽에 낭비벽만 잔뜩 있는 엄마 비위 맞추느라 고등학교 들어가기 전부터 아르바이트란 아르바이트는 다 하면서 자기가 용돈 벌어 썼다고. 하루에 두세 시간밖에 못 자면서 허리가 휘어져라 일한 사람이 여자 만나 울리고 다닐 시간이 어디 있었겠냐고!"

"재벌 집 아들이 무슨 허리가 휘어져라 일을 했다고 그런 말을……."

"진짜 답답한 소리 하고 앉아 있네. 오빠가 날 때부터 재벌 아들이었는 줄 알아? 강 회장은 자기 핏줄이면서도 오빠를 아들로 인정하지 않았어. 바람 피워 낳은 자식이라는 소문나서 회사 이미지 나빠질까 봐 엄마와 오빠를 시골구석에 처박아놓고 연락도 못 하게 했다고."

"강승빈 씨 어머니가 둘째 부인이라고요?"

뜻밖의 사실을 알게 된 그녀의 눈이 휘둥그레졌다.

"나 참. 기가 막혀서. 당신은 도대체 오빠에 대해 아는 게 뭐가 있어?"

그러고 보니 아는 거 하나도 없다. 단지 그가 '진원 그룹' 회장의 외아들이고 채연을 버린 못된 놈이라는 것밖에 아는 게 없었다.

"엄마가 강 회장한테 쫓겨나고 나서 아빠를 만나 날 낳았어. 아빠도 성이 강 씨라 내가 강 아름이 된 거지만 호적상으로만 보면 오빠하고 난 남이야. 하긴 오빠도 강 회장 진짜 아들이 죽고 난 다음에야 제대로 호적에 올려진 거긴 하지만."

"강 회장, 진짜 아들?"

제니퍼는 아름이 무슨 소릴 하는가 싶어 귀를 쫑긋 세웠다.

"강 회장한테 아들이 있었어. 결혼한 부인한테서 낳은 진짜 아들. 그런데 그 아들이 병으로 죽었다나 봐. 그래서 강 회장이 오빠를 불러들인 거지. 다른 사람한테 넘어가는 것보다 그래도 자기 핏줄한테 회사를 물려주는 게 낫겠다고 생각한 것 같아."

그렇다면 채연과 헤어진 때가 바로 그때인 듯했다. 평범하게 살면서 채연을 만났다가 재벌 후계자가 되자마자 걷어차 버린 거였다.

'그 사람이 나 같은 사람은 자기 옆에 어울리지 않는대. 그러니까 이제 만나지 말재.'

채연의 메일에 적혀 있던 말이 그제야 이해가 됐다.

나쁜 놈. 못된 놈.

그녀는 여전히 강승빈에 대한 증오스런 마음을 떨쳐내지 못하고 아름을 노려보았다.

"어쨌든 승빈 씨와 난 해결해야만 할 일이 있어요. 그러니까 아름 씨가 나서서 이래라 저래라 하지 말아요."

"그 해결해야 할 일이 뭔데?"

"그걸 내가 왜 아름 씨한테 말을 해야 하는 거죠?"

이해를 못하겠다는 표정으로 그녀는 고개를 갸우뚱거렸다.

"오빠하고 난 핏줄로 이어진 가족이야. 오빠한테 안 좋은 일이 생기면 당연히 거들고 나서야 하는 거 아냐?"

"아름 씨가 끼어들어서 좋을 거 없으니까 하는 말이에요."
그녀는 딱딱한 어투로 말을 하고 의자에서 몸을 일으켰다.
"남아 있던 오빠에 대한 좋은 기억마저 다 잃어버리고 싶은 건 아니겠죠?"
"좋아. 나도 고리타분하게 옛날 일 가지고 따질 생각은 없어. 대신 하나만 경고하지."
걸음을 옮기려던 그녀는 아름이 무슨 말을 하나 싶어 그 자리에 멈춰 섰다.
"더 이상 우리 오빠한테 해코지하지 마. 아니, 아예 접근도 하지 마."
벌떡 일어선 아름은 한 대 칠 기세로 그녀 앞에 다가섰다.
"만약 오빠한테 또 무슨 일 생기면…… 넌 내 손에 죽어!"
그녀는 기가 막히고 어이가 없어 아름의 면전에 대고 코웃음을 쳐 주었다.
"하! 날 죽이겠다고? 댁이 날 죽일 힘이라도 있어? 당신, 정말 내가 누군지 알고나 덤비는 거야?"
"알지. 아주 잘 알아. 잘난 것 하나 없으면서 양아버지 힘만 믿고 어깨에 힘주고 다니는 철부지 어린애지."
제니퍼는 정말 화가 나 눈이 휙 돌아가 버리는 것만 같았다.
"뭐? 철부지 어린애? 야! 너 몇 살이야? 몇 살이나 처먹었기에 나한테 어린애니 뭐니 하는 소릴 하는 거야?"
눈꼬리를 치켜 올리며 그녀가 소리를 치자 아름이 턱을 쳐들었다.
"내가 몇 살인지 알아서 뭐하게, 어? 민증 까고 한 판 붙어 보려고? 아서라. 나 너보다 나이 더 먹었거든?"
어휴, 이게 정말! 누가 한 핏줄 아니랄까 봐 재수 없게 구는 것도 지 오빠랑 똑같네.

애써 기억해 내려 하지 않아도 교통사고가 났을 때 그가 했던 행동이 자연스럽게 떠올랐다.

"강아름, 너 기다려. 강승빈부터 처리해 놓고 천천히 손봐 줄 테니까."

"아주 쇼를 해요. 너 내가 좀 전에 한 말 못 알아들었냐? 우리 오빠 근처에는 얼씬도 하지 말라고 했잖아. 너 정말 내 손에 죽고 싶어?"

"어머, 그러셔요. 정말 겁나 죽겠네."

잔뜩 비꼬아댄 그녀는 아름이 달려들려 하자 슬쩍 주변을 둘러봤다.

"사람들 많은 데서 창피한 짓 하지 말고 매너 있게 좀 행동해."

"남들 눈은 엄청 신경 쓰이나 보네. 하긴 내일 아침 신문에 대문짝만하게 기사 안 나려면 몸조심을 하셔야겠지. 앞으로도 계속 몸조심하고 싶으시면 우리 오빠한테 더 이상 이상한 짓 안 하는 게 좋을 거야. 만약 계속 우리 오빠한테 어줍잖은 행동 하면 신문이고 인터넷이고 죄다 네가 우리 오빠한테 해코지한 내용으로 도배를 해 버릴 테니까."

여기서도 아무렇지도 않다는 태도로 비꼬아줘야 하는데 그녀는 차마 그러질 못했다. 만약 사실이 아닌 내용이더라도—사실이긴 하지만—신문이나 인터넷에서 이슈가 되면 손해를 보는 건 그녀였다.

제임스가 그런 기사를 본다면 그 어떤 변명도 통하지 않을 것이고 그녀는 그날로 외출금지를 당해 죽을 때까지 집 밖으로 한 발짝도 나가지 못할 게 뻔했다.

아무렴, 그러고도 남지. 조금은 긴장한 그녀는 아름을 똑바로 노려보면서 쌀쌀맞게 말했다.

"몸조심하라는 말은 새겨들을게. 너네 오빠한테 해코지하지 말라는 것도 노력은 해 볼게. 장담은 못 하겠지만."

"뭐야? 저게 정말. 끝까지 버티네!"

아름은 열이 솟구치고 속이 답답해져 자신의 주먹으로 가슴을 팡팡 두드렸다.

"자꾸 소란 떨지 말고 이제 그만 돌아가시지. 안 그러면 경비 부른다."

얄밉게 쏘아붙인 그녀는 재빨리 프런트로 다가가 계산을 하고 카페를 나왔다. 빠른 걸음으로 엘리베이터를 향해 걸어가면서 그녀는 슬쩍 뒤를 돌아보았다. 쫓아 나오지 않는 걸 보니 아름은 그대로 자리에 주저앉아 남은 커피를 마시고 있는 듯했다.

더 이상 아름과 맞서서 싸우지 않아도 된다는 사실에 안도의 한숨을 내쉬며 그녀는 엘리베이터를 타고 룸으로 돌아왔다. 기분전환이나 하겠다고 헤어숍에서 비싼 돈 들여 머리까지 가꿨건만 그녀의 기분은 오히려 전보다 더 나빠졌다.

차라리 죽은 듯이 룸에 콕 처박혀 있었으면 아름을 만날 일도 없고, 다툴 일도 없었을 텐데. 정말 '남매는 용감했다.' 다. 어째 그렇게 둘이 하는 짓이 똑같냐. 진짜 전체적으로 재수 없어.

그녀는 콧방귀를 껴대면서 승빈과 아름이 하던 말과 행동을 번갈아 떠올렸다. 그러다 갑작스럽게 뭔가 떠올라 그녀는 얼굴을 굳혔다.

가만있어 봐. 그가 강 회장 아들이 된 게 언제일까. 언니를 만난 뒤에 그런 게 분명한데. 혹시, 언니를 만난 게 그가 아니라면? 에이, 설마.

그녀는 말도 안 되는 생각에 고개를 절레절레 저었다. 하지만 만약이라는 게 있었다. 만약 정말 승빈이 아닌 강 회장의 진짜 아들이라는 사람이 채연을 만난 거였다면…….

끔찍한 상상이 떠올라 그녀는 으악— 비명을 지르며 두 손으로 머리를 감쌌다.

"말도 안 돼. 말도 안 돼. 어떻게 그런 일이 있을 수가 있어. 이건 정말 말이 안 되는 일이라고!"

버럭버럭 소리를 지르던 그녀는 백을 열어 휴대폰을 꺼냈다. 정말 말도 안 되는 일임이 뻔하지만 그래도 확인을 해야만 했다.

그녀는 흥신소의 김 실장에게 전화를 해 강승빈의 과거에 대해 알아봐 달라고 부탁했다. 또한 강 회장의 가족에 대한 조사도 의뢰했다.

전화를 끊으면서 그녀는 간절히 애원했다. 제발 자신이 잘못 안 것이 아니기를…….

9장

수화기 너머에서 씨근덕거리며 떠들어대는 아름의 말을 그는 한 귀로 듣고 한 귀로 흘려버렸다.

—제니퍼 그 못된 것이…….

어쩌고저쩌고. 아름은 여전히 분풀이 겸 고자질을 해대고 있었지만 그는 현재 다른 곳에 신경 쓸 여유가 없었다. '민암물산'의 저돌적인 공세에 프로젝트의 성공은 바람 앞의 촛불과 같은 모양새가 되어 버렸다.

언제 어느 때, 강 회장에게서 이번 프로젝트를 포기하라는 지시가 내려올지 모르는 상황이었다. 프로젝트를 포기한다는 건 강 회장이 승빈에게 가졌던 기대감을 포기한다고 하는 것과 마찬가지였다.

"알았으니까 이제 그만해."

—그 여자, 다시 안 만난다고 약속하라니까.

"아름아. 난 지금 이런 문제에 신경 쓸 때가 아니야."

—신경을 쓰라는 게 아니라 아예 신경을 끊어 주시라고.

여전히 씨근덕거리는 아름의 말이 그의 머릿속을 어지럽히고 있었다.

—앞으로 무슨 말을 듣든, 뭔 일이 생기든, 절대 그 여자와 더 이상 연관 짓지 않겠다고 오빠, 나한테 약속해.

"그래. 노력해 보마."

—노력만 해서는 안 된다니까.

"그래. 알았어."

—정말이야. 내 말 허투루 듣지 마. 공연히 나중에 후회하지 말고 내 말대로 하는 게 좋을 거야.

아름은 의미심장한 말을 남기고 전화를 끊었다.

승빈은 휴대폰을 책상 위에 올려놓고 두 손을 깍지 껴 턱 밑에 댔다. 가만히 눈을 감고 어지러워진 머릿속을 정리하려고 애쓰자 너무나도 당연스럽게 제니퍼에 대한 생각이 떠올랐다.

여태까지 자신이 곤경에 처했던 모든 일들은 제니퍼가 벌인 거라고 아름은 말했다. 증거도 있다고 아름은 큰 소리를 빵빵 쳤지만 솔직히 그는 그 말을 믿지 않았다. 이유는 제니퍼가 자신에게 그런 짓을 할 이유가 없다는 거였다. 아무리 생각을 해 봐도 사돈의 팔촌으로도 그녀와 아는 사람은 없고, 사업적으로도 눈곱만큼도 연결되는 일이 없으니 말이다.

아름이 뭔가 잘못 안 거겠지. 그런 생각을 하면서도 그는 왠지 마음 한구석이 찜찜하고 편안하지가 않았다.

쓸데없는 생각에 시간을 허비할 때가 아니라고 스스로를 다독이고 그가 막 일을 시작하려 할 때였다. 책상 위의 휴대폰이 요란한 소리를 내며 울렸다.

낯선 번호가 뜨자 그는 선뜻 전화를 받지 않았다. 심난한 상태에 광고전화라도 받는다면 입에 담아서는 안 될 욕설을 마구 뱉어낼 것만 같아서였다.

무시해 버려야겠다는 그의 생각을 알고 있기라도 하듯 전화벨은 끊이지 않고 울렸다.

"젠장."

시끄러워서라도 받아야겠다.

수신 거부를 해 버리면 될 것을 그는 뭔가 이상한 느낌이 들어 통화 버튼 위에 손가락을 댔다.

—어, 승빈이냐?

"명우 선배?"

한동안 연락이 없었던 대학 선배의 걸죽한 목소리가 수화기를 통해 흘러나오자 그는 반가운 표정을 했다.

—그래, 나다. 잘 살았냐?

"어쩐 일이야? 선배. 그동안 연락도 없더니. 휴대폰 새로 한 거야?"

—저장하지 마라. 친구 꺼 빌려 쓰는 중이니까.

털털한 명우의 성품을 떠올리고 그는 대답 대신 흐흐 웃음만 터트렸다.

—너, 나 좀 보자.

대뜸 들려오는 말에 그는 흠칫 놀랐다.

"지금 당장?"

명우는 한 번 엉덩이를 붙이고 앉으면 일어날 줄 모르고 술을 퍼마시며 끝장을 보는 성격이었다. 날밤을 새는 것도 모자라 훤한 대낮까지도 자신이 만족할 때까지 술을 마셨다. 그랬기에 명우를 만나려면 한 2, 3일은 술독에 빠질 결심과 각오를 굳혀야만 했다.

—그래. 지금 당장 좀 봐야겠다.

하필이면 이런 때에. 그는 이마를 잔뜩 찌푸렸지만 거절의 말을 할 수는 없었다.

"알았어. 지금 어딘데?"

—어, 여기가 어디냐면…….

명우가 알려주는 주소는 역시나 유흥가가 밀집되어 있는 골목 안쪽의 한 술집이었다.

전화를 끊고 그는 시계를 봤다. 오후 3시 25분. 이 시간에 벌써 술집이라니. 아니지. 어제 밤부터 계속 술집이었는지도 모르지. 어쩔 수 없다는 표정으로 고개를 저은 그는 인터폰을 눌러 김 비서를 찾았다.

문을 열고 들어선 김 비서가 고개를 숙이며 인사를 하자 그는 옷걸이에 걸어 놓았던 슈트 재킷을 집어 들었다.

"개인적인 일로 나가 봐야겠어."

"저, 사장님."

잔뜩 꼬리를 감추며 김 비서가 부르자 승빈은 이상한 느낌에 눈길을 줬다.

"혹시 제니퍼 양을 만나러 가시는 건가요?"

김 비서의 입에서 제니퍼의 이름이 나오자 무척이나 신경 쓰였다.

"아니. 아는 선배한테 연락이 와서."

"그럼, 제니퍼 양은 연락이 없으셨나 봅니다."

"없었어."

퉁명스럽게 대꾸한 그는 슈트 재킷을 챙겨 입었다.

"그런데 왜 그런 말을 하는 거지?"

"아, 아닙니다. 요새 제니퍼 양과의 만남이 뜸하신 것 같아서……. 그냥 궁금해서 물어본 겁니다."

승빈은 싸늘한 눈길로 김 비서를 노려봤다.

"김 비서는 요새 그런 일에 신경 쓸 시간이 있나?"

"죄송합니다."

"자리 지키고 있다가 새로운 소식이 있으면 알려주고, 특히 회장님이 찾으시면 바로 연락해."

"네, 알겠습니다."

대답을 하면서 고개를 숙이는 김 비서의 뒤통수를 노려본 뒤, 그는 사무실을 나왔다. 지하 주차장으로 향하면서 그는 갑작스럽게 명우가 자신을 왜 찾는지 궁금해졌다.

오랫동안 연락이 없었기에 명우를 만나는 건 반가운 일이었지만 문제는 만나자는 장소가 술집이었다. 당분간 술 마시는 일은 자제하고 싶었는데.

씁쓸한 기분으로 약속장소로 들어서자 종업원이 그를 안쪽 룸으로 안내했다.

"어서 와라."

테이블 위에는 이미 술병이 가득했고, 옆에 앉은 여자와 건배를 하고 있던 명우가 그를 보고 반갑게 웃었다.

"앉아. 한잔 해야지."

명우의 말에 여자는 잔을 그의 앞에 놓고 척하니 술을 따라주었다.

"꿀 먹었냐? 왜 말 한 마디 없어?"

명우의 면박에 그는 그저 씩 웃기만 했다.

"좀 당황스러워서."

"왜? 이 시간에 불러내서 술 먹인다고?"

들고 있던 술을 단숨에 마신 명우가 씩 웃음을 내보였다.

"처음 겪는 일도 아니면서 뭘 새삼스럽게 그러냐?"

물론 처음 겪는 일은 아니었다. 예전에 대학 다닐 때는 시도 때도 없이 불려나가 술 상대를 해야만 했다. 도서관에서 리포트를 쓰다가도, 아르바이트를 하다가도 하다못해 새벽에 자다 말고도 호출이 오면 뛰어나가야만 했다. 대학을 졸업한 뒤에도 계속해서 그런 일은 빈번하게 일어났었고 명우가 연락이 뜸해진 건 그가 '진원 그룹'의 후계자로서 경영수업을 받게 된 후부터였다.

"한동안 없었던 일이라 쉽게 적응이 안 되네."

"흐흐흐. 그래. 그동안 내가 연락을 안 해서 네가 무지 편했지?"

등줄기로 소름이 돋는 느낌에 승빈은 바짝 긴장했다. 명우의 말은 지금까지는 편했지만 앞으로는 편하지 않을 거라는 뉘앙스를 풍기고 있었다.

"그렇게 겁먹을 거 없다. 나도 나이를 먹었는데 아무렴 예전만 하겠냐?"

"오늘은 어쩐 일이야?"

"우선 한 잔 하자. 오랜만에 만났는데 어디 맨 입으로 말하겠냐?"

너털웃음을 터트리며 명우가 술잔을 들어 올렸고 그도 술잔을 들었다.

한 모금 마시자 입 안이 썼다. 낮술 마시면 제 아비도 몰라본다는데. 대낮부터 술 마시는 건 웬만한 강심장이 아니면 할 짓이 아니었다.

"너 좀 나가 봐라."

다소곳하게 명우와 승빈의 잔에 술을 따른 여자가 고개를 끄덕이고 룸을 나갔다.

"너 제니퍼 모튼하고 사귀냐?"

오늘은 참 이상한 날이었다. 어째 그를 만나는 사람마다 약속이라도 한듯 제니퍼의 이름을 들먹이다니. 그는 오히려 명우에게 질문을 던졌다.

"갑자기 그게 무슨 소리야?"

"소문났더라."

간결한 대꾸에 그는 쓴웃음을 머금고 고개를 저었다.

"몇 번 만나긴 했지만 심각한 게 사귀는 건 아니고."

아무리 친한 선배라고 해도 차마 명우에게 '좋아한다고 말했다가 걷어차였다.' 고 말할 수는 없었다.

"그래? 그런데 너 그 여자랑 뭐 원수진 거 있냐?"

술고래라는 걸 증명이라도 하듯 명우는 쉬지 않고 술잔을 비우며 그에게도 술을 마실 걸 권했다.

"그런 일 없는데. 왜?"

"그런데 그 여자가 왜 너 잡아먹으려고 눈에 불을 켜고 다니냐."

농담을 하듯 실실 웃으며 하는 명우의 말에 그는 고개를 갸우뚱거렸다.

"제니퍼가?"

"민암물산 알지?"

명우의 입에서 민암물산이라는 말이 나올 거라고 꿈에도 생각하지 않았던 승빈은 놀라 눈을 크게 떴다.

"선배가 그걸 어떻게……."

"나도 한 때 그룹 후계자였잖냐. 지금은 팍 잘렸지만."

"잘린 게 아니라 선배가 싫다고 한 거지."

아버지의 강요로 경제학과를 졸업했지만 영화를 만들고 싶다는 꿈을 접지 못해 명우는 후계자 수업을 받던 도중 자리를 걷어차고 회사를 떠났다. 그 뒤로 전국을 떠돌며 영화와 관련된 일을 하고 있다는 얘길 대학 친구들과 선배들을 통해 들었었다.

"울 꼰대가 호적에서 팍 파내 버린다고 했으니까 잘린 거지. 어쨌든 그 민암물산 정 사장님이 울 꼰대 친구야. 전에 촬영장비 협조 좀 부탁하려고 갔다가 내가 제니퍼를 봤거든."

"선배가 제니퍼를 봤다고?"

"어. 사무실 근처에 있는 카페에서 정 사장하고 만나고 있더라. 그땐 그 여자가 제니퍼인 줄도 몰랐어. 언뜻 봤는데 너도 인정하겠지만 그 여자가 이쁘잖냐. 한눈에 혹해서 정 사장한테 물어봤지. 누구냐고."

한눈에 혹해서, 라고? 젠장.

"정 사장 이 아저씨가 원래 평소에는 과묵한데 술이 들어가면 입이 좀 싸. 그것도 가까운 사람들한테나 그러니까 그나마 다행이지만. 내가 친구 아들이라고 마음을 놓아서 그랬는지 대충 얘기를 해 주는데 들어보니 제니퍼가 네가 하는 일을 방해하라고 거금을 쥐어 줬다고 하더라."

승빈은 머리를 후려치는 충격에 제대로 숨을 쉴 수가 없었다.

"제니퍼가 정 사장을 사주했단 말이야?"

"그래. 넌 머리도 좋은 놈이 한 번에 알아듣지 못하고 꼬박꼬박 되물어? 왜, 충격이 크냐?"

"충격이긴 하지."

인정을 하며 고개를 끄덕인 그를 뚫어져라 보던 명우가 대뜸 버럭 소리를 질렀다.

"얌마! 넌 사업한다는 놈이 회사 일을, 그것도 중요한 프로젝트를 만나는 여자한테 다 말하고 다니냐!"

"제니퍼한테 회사 일 얘기한 적 없어."

그는 사뭇 억울하다는 표정으로 변명을 했다.

"그렇다면 그 여자가 네가 하는 일에 대해 어떻게 알고 있다는 거야? 중요한 일이라 보안도 철저히 했을 텐데."

"그건 내가 하고 싶은 말이거든."

성질이 솟구쳐 올라 그는 씩씩거리면서 술잔을 단번에 비웠다. 급히 들이마셔서 그런지, 순식간에 머리가 핑 돌면서 취기가 올랐다.

"성질부리지 말고. 네가 말한 거 아니면 주변 사람들부터 조사해 봐. 그리고 철저히 단속하고. 이런 식으로 하나둘씩 새어 나가기 시작하면 네가 앞으로 무슨 일을 해도 제대로 되는 거 없어."

비어 있는 그의 술잔에 술을 따라주고 명우가 진지하게 말했다.

"넌 내가 아끼는 후배들 중 한 명이야. 잘되는 꼴 보고 싶지, 엉망으로 깨지는 꼴은 보고 싶지 않다."

"알고 있어, 선배."

명우의 마음이 가슴에 확 와 닿아 그는 다소 푸근해진 마음으로 씩 웃었다.

"처음부터 하나씩 되짚어서 잘 생각해 봐. 그러다 보면 한 가지는 이상한 게 걸릴 거야. 그걸 집중적으로 파고들면 실마리를 찾게 되는 거지. 공연히 엉뚱한 일에 끼여서 곤란을 당하는 거라면 빨리 빠져나오도록 노력을 해 봐. 너 계속 그러다가 잘못되면 나처럼 된다. 강 회장 성격 나도 아는데 못난 꼴 자꾸 보이면 가만 놔두지 않을걸? 바로 모가지지."

익살스러운 표정을 지으며 명우는 한 손으로 목을 긋는 시늉을 해 보였다.

"그런 거 하나도 안 무서워."

피식 웃으며 그는 명우의 말에 장단을 맞췄다.

"어차피 처음부터 내 손에 쥐어져 있던 것도 아니잖아? 내가 원해서 하는 것도 아니고. 노력해 보다가 정 안 되면 그냥 놔버리지 뭐. 끝까지 그거 붙잡겠다고 목숨 걸 생각 없어."

"말하는 꼬라지하고는. 빈털터리 되는 게 뭐 그리 유쾌한 일인 줄 아냐? 나 봐라. 예전에 내 말 한 마디면 우르르 몰려들어 먹고 마시고 난리 치던 놈들이 지금은 꼰대한테 까였다고 아는 척도 안 하더라. 너나 되니까 내가 부른다고 쏜살같이 달려오지 다른 놈들은 죄다 지들 잇속만 차리려고 들어. 싸가지 없는 놈들 같으니라고."

투덜거리면서 술을 마시던 명우는 취기가 오르는지 얼굴이 벌겋게 변해 입을 쩍 벌리며 하품을 했다.

"아이고, 내가 진짜 나이를 먹긴 먹었나 보다. 고작 하룻밤 샜다고 이리 피곤한 걸 보니."

"여기서 밤새 술 마신 거야?"

"아니야. 어제는 일이 있어서 잠을 못 잤다. 나도 예전처럼은 안 한다고 얘기했잖냐."

참으로 그나마 다행이라는 생각을 하며 그는 자리에서 일어났다.

"일어나. 선배. 호텔 가서 좀 자."

"어. 나 이따가 촬영장 가야 되는데."

"연락 해 놓고 한숨 자고 가면 되지. 이래서야 어디 제대로 움직일 수나 있어?"

어깨를 잡고 부축해서 일으키려고 하는 그에게 명우가 반쯤 혀 꼬인 소리를 했다.

"호텔은 관두고. 그래. 너 시간 되면 나 좀 태워다 줘라."

"어딜?"

"해남."

해남? 전라도 해남? 대한민국 지도 끝에 붙어 있는 그 해남?

해남까지 왔다갔다 시간 계산을 해 본 그는 눈앞이 노래지는 것 같았다.

지금 당장 회사로 들어가 처리해야 할 일도 있고, 무엇보다도 명우가 말한 사실에 근거에 제니퍼에 대한 조사도 해 봐야 한다는 생각에 그는 마음이 급했다. 그렇다고 해서 명우를 나 몰라라 내버려둘 수도 없었다.

"짜식, 놀라긴……."

돌연 명우가 키득거리고 웃으며 그의 어깨를 툭 쳤다.

"너보고 해남까지 같이 가자는 게 아니라 촬영장이 해남이라는 말이다. 기차 타고 가게 역까지만 태워 줘. 잠이야 기차 안에서 자면 되니까."

"어, 알았어."

"표도 끊어줘라. 여기 계산도 네가 하고. 보다시피 난 빈털터리다."

"알았으니까 걱정 마."

흔쾌히 대답한 그는 힘을 줘 명우를 일으켜 세웠다.

"선배. 많이 힘들면 내가 좀 보태줄까?"

"흐흐흐. 전에 내가 너한테 뜯어먹은 것도 이미 꽤 되는데 지금 또 뜯어먹으면 어느 세월에 다 갚나?"

"저렴하게 딱 2부만 받을 테니까 영화 잘 찍어서 성공하면 갚아."

명우의 팔을 한쪽 어깨에 걸치고 부축을 한 그는 룸을 나왔다.

"너 많이 발전했다. 예전에는 꼬박꼬박 사채이자 챙겨 받더니. 낄낄낄."

키득거리면서 그에게 체중을 실은 명우가 발이 꼬인 듯 비틀거렸다.

"아, 씨. 젠장. 삐쩍 마른 주제에 뭐가 이렇게 무거워. 완전 통뼈야? 좀 똑바로 걸으라고!"

그가 버럭 소리를 쳤지만 명우는 반쯤 눈을 감고 여전히 허우적거렸다.

"짜식이. 왜 나한테 승질이야? 너 지금 제니퍼인지 뭔지 그 여자 때문에 감정 꼬여서 그러는 거지? 얌마! 세상사 다 그런 거다. 속고, 속이고, 알면서도 속고, 또 모르면서도 속고. 다들 그렇게 사는 거야. 짜샤!"

명우는 술 냄새를 풀풀 풍겨내면서 한숨을 쉬었다.

"하긴. 네가 뭘 알겠냐? 아직 어린놈이."

어린놈. 나이가 31살이나 됐는데 어린놈 소리나 듣다니. 순간, 그는 명우를 바닥에 팍 패대기를 쳐버릴까 하는 생각을 해 보았다.

"술이 과하셨나 봅니다."

카운터 옆에 서 있던 종업원이 재빨리 다가와 명우를 부축했다.

"계산합시다."

종업원에게 명우를 맡긴 그는 카운터로 다가갔다. 룸에 있던 여자가 그를 보고 방긋 웃으며 계산서를 내밀었다. 흘깃 액수를 쳐다본 그의 이마가 잔뜩 찌푸려졌다. 혼자서 얼마나 퍼 마신 건지 그가 한 달 동안 마셔도 될 정도의 금액이 술값으로 나왔다.

카드를 내고 계산을 한 그는 종업원의 도움을 받아 명우를 차에 태웠다. 안전벨트를 매주고 편하게 좌석을 뒤로 눕혀주자 명우는 어느새 작게 코를 골며 잠이 들어 버렸다. 시동을 켠 후 그는 잠시 생각에 잠겼다. 그리고 결심을 굳힌 듯 입매를 굳히고 차를 출발시켰다.

＊ ＊ ＊

서류를 든 손이 부들부들 떨렸다. 진정을 하려고 애썼지만 입술까지 덜덜 떨리더니 급기야 떨림은 온몸으로 퍼졌다.

"이거…… 정확한 건가요?"

목소리마저도 떨려나왔다. 제니퍼는 바짝 마른 입술을 혀로 핥은 후, 이내 꼭 깨물어버렸다.

"혹시 다른 사람 거 아니에요? 이름만 같은 다른 집 거 아니냐구요!"

그녀가 바락 소리를 지르자 김 실장이 오동통한 볼을 잔뜩 부풀렸다.

"진원 그룹 강 회장 주민등록등본 맞습니다."

불만 가득한 표정으로 퉁명스럽게 대꾸한 김 실장이 어깨를 으쓱였다.

"그거 조사하느라 얼마나 힘들었는지 아십니까? 워낙에 위세 떠는 양반이라 쉽지 않았단 말입니다."

스스로 공치사를 아끼지 않는 김 실장의 말에 제니퍼는 이마를 있는 대로 찌푸리며 성질을 부렸다.

"처음에 의뢰했을 때는 이런 말 없었잖아요!"

"이런 말이라니요? 뭘 말입니까?"

"진원 그룹 외아들이 죽었다는 거 말이에요."

"그야 당연히 제니퍼 양이 현재 진원 그룹 외아들에 대해 알아봐 달라고 했으니까요."

"그렇다 해도 원래 있던 아들이 죽고 다른 사람이 아들이 되었으면 그런 일이 있었다는 언급은 해 주셨어야죠."

"나 원 참. 그게 상식적으로 말이나 되는 소리입니까? 아무 설명 없이 다짜고짜 진원 그룹 외아들에 대해 조사를 해 달라고 하는데 그럼 어떤 아들이요? 죽은 아들이요, 아니면 살아 있는 아들이요, 라고 물어보겠습니까? 아니 또, 몇 달 전에 죽었다면 몰라도 이미 죽은 지 5년이나 됐는데 누가 그 아들을 찾는 거라 생각이나 했겠습니까?"

기가 막힌다는 태도로 반문하는 김 실장의 말도 맞는 말이었다. 하지만 잔뜩 열이 오른 그녀는 자신의 실수를 인정하고 싶지 않았다.

"일은 똑바로 하지도 못하면서 변명만 잔뜩 늘어놓고 그러면서 제대로 보수를 받을 거라 생각하는 건가요?"

"이봐요, 제니퍼 양. 화가 나는 건 알겠지만 나한테 이러면 곤란하죠. 난 제니퍼 양이 하라는 대로 다 했습니다. 어떤 일을 해야 하는지 확실하게 언급하지 않은 제니퍼 양 잘못이지 내 잘못은 아니잖습니까?"

김 실장도 화가 나는지 맞서 소리를 지르며 덤벼들자 필립이 한 발 앞으로 나섰다.

"STOP!"

필립은 제니퍼와 강 실장의 사이를 가로막고 서서 딱딱한 어투로 말했다.

"보수는 제대로 지불할 테니 그만하십시오."

필립의 입에서 한국어가 흘러나오자 김 실장은 다소 놀란 표정이었다. 이어 제대로 보수를 지급하겠다는 말에 표정을 풀고 고개를 끄덕였다.

"물론 그러셔야지요. 이런 일은 항상 뒤가 깔끔해야 하는 법이니까요."

"그만 돌아가십시오."

"알겠습니다. 그럼 지금까지처럼 계좌로 입금해 주시기 바랍니다."

돈 준다는 말에 김 실장은 흐뭇한 표정으로 깍듯하게 고개를 숙여 인사를 건네고 룸을 나갔다.

「왜 그냥 보내는 거야!」

김 실장이 밖으로 나가자마자 서류를 힘껏 움켜쥐며 그녀가 빽 소리를 쳤다.

「무슨 일이 어떻게 된 건지 자세히 알아봐야 할 거 아냐!」

신경질적으로 외치고 그녀는 들고 있던 서류를 바닥에 팽개쳐버렸다.

「제니퍼, 진정하세요.」

차분한 어조로 말하면서 필립은 바닥에 떨어진 서류를 한 장씩 주워들었다.

「진정하라고? 내가 지금 진정하게 생겼어?」

그녀는 여전히 바락바락 소리를 지르며 펄펄 뛰었다.

「언니를 차버린 사람이 강승빈이 아니었어. 내가 타깃을 잘못 잡고 엉뚱한 사람한테 난리를 친 거라고. 그런데 이게 진정할 일이야!」

「이 서류만 보면 강승빈이 타깃이 아니라는 것도 확실하지 않습니다.」

「아니, 확실해. 강승빈이 호적에 올라온 날짜를 봐. 언니가 죽은 뒤 4개월이나 지난 뒤야. 결론은 언니가 말한 진원 그룹 외아들은 강승빈이 아닌 강승준이라는 거지. 강승빈은 언니가 살아 있을 때 아직 진원 그룹 아들이 아니었으니까.」

그녀는 골치가 지끈거리고 아파와 한 손을 이마에 얹고 소파에 털썩 주저앉았다.

「도대체 어떻게 해서 이런 일이 생긴 거지? 아니, 어떻게 강승준인가 하는 그 남자는 언니가 죽은 뒤, 한 달도 안 돼서 죽은 거야? 마치 뒤를 따라가기라도 하듯 말야.」

「글쎄요. 그건 저희로서는 알 수 없는 일이죠.」

「그 사람은 알고 있을까?」

문득 승빈이 머릿속으로 떠올라 그녀는 오한을 느끼며 몸을 떨었다.

「강승준이란 남자가 왜 죽었는지는 알고 있겠죠. 강승준과 김채연 양과의 관계에 대해 알고 있는지는 현재로서는 알 수 없는 일입니다만, 제니퍼. 괜찮으신 겁니까? 안색이 너무 안 좋아 보입니다.」

걱정이 담긴 필립의 말에 그녀는 고개를 절레절레 저었다. 펄펄 뛰다가 제풀에 지쳐서인지 팔과 다리에 힘이 하나도 없었다.

「전용기 부르고 짐 싸요, 필립.」

「네?」

「당장 여길 떠나자구요.」

「제니퍼.」

소파에서 벌떡 몸을 일으킨 그녀는 당황한 기색이 역력한 채 탁자 위의 물건을 집어 백에 쑤셔 넣기 시작했다.

「승빈 씨는 아직 내가 한 짓을 모를 거예요. 그러니까 그가 알기 전에 한국을 떠나자고요.」

「그대로 도망을 치겠다는 겁니까?」

「안 그러면 어쩌겠어요? 비장의 무기가 없어졌는데. 전에는 그가 내가 한 짓을 알고 있다 하더라도 채연 언니에 대해 추궁하면서 화를 모면할 생각이었다고요. 그런데 지금은 오히려 채연 언니에 대한 일이 내 목을 조르고 있는 거잖아요. 그러니까 그가 알고 쫓아오기 전에 뉴욕으로 갈 거예요.」

「그렇지만 이런 식으로 그냥 떠나면…….」

「지금 그 사람을 마주 대할 수는 없어요. 잔뜩 화가 나 있을 거라고요. 사과는 나중에…… 그 사람 화가 좀 가라앉고 나면 그때 해도 돼요. 그러니까 필립. 빨리 전용기 불러요. 아니, 그러지 말고 지금 바로 뉴욕 행 비행기 표를 끊어요. 그게 더 빠르겠어요.」

「알겠습니다.」

그제야 사태의 심각성을 깨달은 필립이 재빠른 동작으로 룸을 나가고 나자 그녀는 멍한 표정으로 주위를 둘러봤다.

뭐부터 해야 되지? 일단 옷을 싸고, 그 다음에…… 또 뭘 해야 되는 거지? 머리가 어지럽고 정신이 하나도 없었다. 위협감을 느껴서인지 그녀는 제대로 생각을 할 수 없었다. 생각나는 건 오로지 한시라도 빨리 이곳을 벗어나야 한다는 것뿐이었다.

비행기 표를 예매해놓고 자신의 짐을 싼 필립이 룸으로 돌아왔을 때까지도 그녀는 짐 정리를 다 못 끝내고 허둥거리고 있었다. 허옇게 질린 제니퍼의 얼굴을 보고 놀란 필립이 달려와 그녀의 손에 들린 옷을 빼앗았다.

「이러다 쓰러지겠어요, 제니퍼. 좀 앉아요.」

필립은 그녀의 어깨를 부축해 소파에 앉혔다. 냉장고에서 시원한 물을 꺼내 와 잔에 따른 뒤, 필립은 그녀의 손에 쥐어주었다.

「천천히 마셔요.」

「체크아웃은요? 했나요?」

그녀는 오로지 무사히 도망치는 데만 온 신경을 쏟고 있었다.

「했습니다. 뉴욕행 티켓 예매도 끝냈구요.」

「그럼 짐만 싸면 되겠네요. 빨리 해야겠어요.」

엉덩이를 들고 일어나려는 제니퍼의 어깨를 필립은 두 손으로 눌렀다.

「아직 시간 여유가 있으니까 서두르지 않아도 됩니다. 나머진 내가 할 테니까 좀 앉아 있어요.」

필립의 말에 고개를 끄덕인 그녀는 그제야 자신의 손에 물 잔이 쥐어져 있는 걸 깨달았다. 잔을 입으로 가져가는데 손이 덜덜 떨려왔다. 잔까지 떨리면서 찰랑이는 물을 본 그녀는 이마를 있는 대로 찌푸리면서 입술을 깨물었다.

진정하자. 진정해야 돼. 여기서 더 당황하면 탈출이고 뭐고 없어.

애써 마음을 가다듬은 그녀는 천천히 한입 한입 물을 마시고 크게 심호흡을 했다.

익숙한 동작으로 필립은 그녀의 짐들을 정리했다. 인터폰으로 프런트에 슈트케이스를 옮겨달라고 말한 뒤, 필립은 그녀에게로 다가왔다. 한쪽 무릎을 꿇고 앉은 필립이 걱정이 가득 담긴 눈길로 그녀의 얼굴을 꼼꼼하게 살펴보았다.

「좀 괜찮아졌나요?」

「이제 진정됐어요, 필립.」

그녀는 잔을 탁자에 내려놓고 그대로 팔을 뻗어 필립의 목을 끌어안았다.

「고마워요. 필립이 없었으면 난 아무것도 할 수 없었을 거예요.」

필립은 그녀를 뿌리치지 않았다. 오히려 위로를 하듯 가만히 등을 토닥여 주었다. 때마침 벨 소리가 울리자 필립은 그녀의 어깨를 살며시 잡아 떼어 놓았다.

「짐을 가지러 왔나 봅니다.」

필립이 문으로 향하는 걸 그녀는 여전히 멍한 표정으로 봤다. 문이 열리고 제복을 입은 직원이 안으로 들어와 슈트케이스를 들어 방 밖으로 날랐다.

「이제 나가셔야 합니다.」

필립의 말에 그녀는 백을 들고 일어났다. 다리에 힘이 풀려 잠시 휘청했지만 그녀는 입술을 깨물고 쓰러지지 않으려 애를 썼다. 곧바로 필립이 다가와 그녀의 팔을 잡았다.

「난 괜찮아요.」

그렇게 말하면서도 그녀는 방문 밖으로 나서자마자 필립의 팔에 팔짱을 꼈다. 조금이라도 든든함을 느껴보고 싶어 한 행동이었다.

엘리베이터를 타고 1층으로 내려온 그녀와 필립이 막 로비를 가로질러 갈 때였다.

"어딜 그렇게 급하게 가는 거지?"

떡하니 눈앞에 승빈이 나타나자 그녀는 기절할 만큼 놀랐다.

"승빈 씨……."

슈트케이스를 실은 카를 끌고 오던 직원이 옆에 멈춰 서자 승빈의 눈길이 그쪽으로 향했다.

"뉴욕으로 돌아가는 건가?"

심장이 쿵쾅쿵쾅 뛰면서 금세라도 발밑으로 뚝 떨어져버릴 것만 같았다. 목이 타는 듯이 아프고 따갑게 느껴져 그녀는 침을 꿀꺽 삼켰다. 이 남자가 이곳엔 웬일이지? 헤어지는 것에 대해 다시 생각해보라는 말을 하러 왔을까? 아니면 내가 한 짓을 다 알고 온 걸까?

생각이 꼬리에 꼬리를 물고 머릿속을 어지럽히고 있었다.

"뉴욕으로 돌아갈 거라고 말한 걸로 아는데요?"

입 밖으로 흘러나오는 말투에 아무 이상이 없다는 것에 그녀는 다행스러움을 느꼈다.

“물론 말했지. 하지만 그 전에 한 가지 해결해야 할 일이 있지 않나?”

“해결하다니요? 뭘 말이죠?”

“당신이 한 일에 대해서 궁금한 게 있거든.”

제니퍼는 놀라 눈을 동그랗게 떴고 잡고 있던 필립의 팔에 힘이 잔뜩 들어가는 걸 느꼈다.

“난 당신이 무슨 말을 하는지 모르겠어요. 더 이상 당신하고 할 얘기도 없구요. 그만 비켜주시겠어요?”

“그대로 도망을 가겠다 이건가?”

잔뜩 비꼬는 투로 말한 그가 한 발 앞으로 나섰다.

“내가 그냥 보고만 있을 거라고 생각하는 건 아니겠지?”

위협이 가득 담긴 어조에 그녀는 어깨를 움츠렸다. 그의 팔이 쓱 뻗어와 팔을 움켜잡자 그녀는 비명을 질렀다.

“꺅! 이거 놔요.”

순간, 번개처럼 빠른 동작으로 필립의 그의 멱살을 움켜잡았다.

「그 팔 놓으십시오, 강승빈 씨.」

「당신이나 이 팔 놓지 그래?」

얼굴색 하나 바뀌지 않고 승빈은 싸늘하게 말했다.

「그만둬요, 두 사람. 왜 이래요?」

제니퍼가 놀라 소리를 질렀지만 필립은 승빈을 향해 주먹을 휘둘렀다.

「흣! 보디가드라 이건가?」

나지막하게 말을 내뱉으면서 그는 고개만 움직여 아주 간단하게 필립의 주먹질을 피했다. 그리고 날카롭게 필립의 복부에 주먹을 꽂아 넣었다. 그러고도 부족하다는 듯 턱에도 강한 펀치를 날려 버렸다.

우당탕 요란한 소리를 내면서 필립이 뒤로 나자빠지자 제니퍼는 비명을 질렀다.

「까악! 필립!」

필립에게로 다가간 그녀는 그 자리에 주저앉으며 승빈을 노려보았다.

"이게 무슨 짓이에요?"

"먼저 덤빈 건 당신 보디가드거든."

얼음이 뚝뚝 떨어질 것 같은 차가운 말투에 그녀는 진저리를 쳤다.

"그렇다고 사람을 이렇게 때려요? 그리고 당신이 먼저 내 팔을 잡고 안 놔주니까 필립이 그런 거잖아요."

"그래서 여기서 잘잘못을 따지자 이건가?"

그는 태연한 태도로 바지 주머니에 두 손을 찔러 넣고 주변을 휙 둘러봤다.

"계속 그러고 있으라고. 내일 아침 신문에 헤드라인으로 실리고 싶다면."

필립이 작게 신음소리를 내며 몸을 일으켰고 그녀 또한 무릎을 펴고 일어섰다.

"체크아웃을 한 것 같으니 당신은 날 따라와야겠군."

승빈의 말에 그녀는 고개를 도리도리 저었다.

"아뇨. 그냥 여기서 얘기해요. 카페에 가든가 아니면……."

"왜? 나와 단둘이 있는 게 겁이 나나?"

도전적인 승빈의 말투에 그녀는 제대로 대꾸 한 번 못하고 입술만 꼭 깨물었다. 차갑고 냉정한 그의 태도와 필립을 대하던 폭력적인 일면을 본다면 그는 이미 모든 사실을 알고 그녀를 추궁하려고 온 게 분명했다. 이런 상황에 그를 자극하는 건 더 안 좋은 결과를 불러일으킬 것만 같다는 생각에 그녀는 아무 말도 없이 필립의 팔을 꼭 붙잡았다.

"좋아. 카페로 가지."

필립을 노려본 그가 몸을 돌리자 그녀는 안도의 한숨을 내쉬었다.

「내가 올 때까지 기다려요, 필립.」

「괜찮으시겠습니까?」

걱정이 가득 담긴 필립의 말에 그녀는 고개를 끄덕였다.

「괜찮아요. 카페엔 사람들 보는 눈이 있으니까 그도 섣부른 행동은 하지 않을 거예요.」

「알겠습니다.」

필립에게 다소 어색한 미소를 지어보이고 그녀는 카페로 발걸음을 옮겼다.

딸랑딸랑. 카페의 문을 밀자 종소리가 울리고 종업원의 인사말이 들려왔다.

"어서 오세요."

실내를 둘러보던 그녀는 창가 쪽 좌석에 앉아 있는 그를 발견했다. 가슴이 묵직해지고 답답한 느낌에 크게 심호흡을 한 그녀는 내키지 않았지만 어쩔 수 없이 그가 앉아 있는 좌석으로 다가갔다.

"주문하시겠어요?"

그녀가 자리에 앉자 뒤따라온 종업원이 메뉴판을 건네면서 말했다.

"커피 주세요. 헤이즐넛으로."

"같은 걸로."

승빈은 창밖을 보면서 종업원에게는 시선도 주지 않았다. 무뚝뚝한 어조로 말을 하고 그는 여전히 주변의 모든 것에 무관심한 듯한 태도를 취하고 있었다. 조금 전, 로비에서 필립과 난투극을 벌인 사람답지 않게 너무나도 차분한 모습이었다.

"궁금한 게 있다면서요."

그녀가 먼저 말을 꺼내자 그가 눈길을 돌렸다. 쏘아보는 듯한 싸늘한 그의 시선을 그녀는 피하지 않고 맞받아쳤다.

치, 죽기 아니면 까무라치기지 뭐.

단단히 결심을 한 그녀는 입술을 꽉 깨물고 그에게서 눈길을 돌리지 않았다. 눈싸움을 하듯 말 한 마디 없이 서로를 노려보기만 하자 무거운 정적이 주위를 에워쌌다.

"맛있게 드세요."

종업원이 다가와 탁자 위에 커피 잔을 내려놓는 걸로 침묵의 벽이 깨졌다.

"내 노트북을 만졌더군."

아름의 말을 듣고도 제니퍼가 그런 일을 했을 리 없다고 생각했던 그는 명우를 만나고 나서야 자신의 생각이 잘못되었다는 걸 깨달았다. 주변 사람들을 조사해 보고 그동안 있었던 일들을 되짚어 본 결과 그녀는 그의 곁을 맴돌면서 정보를 얻어 사건을 벌이고 있었던 거였다.

"내가요?"

말도 안 된다는 표정을 지으면서 그녀는 깜찍하게도 시치미를 뗐다.

"당신이 집에 놀러온 날 노트북에 접속기록이 남아 있더군. 난 그날 밤 그냥 잠들어 버려서 노트북을 켠 적도 없는데 말야."

그녀는 커피에 설탕을 넣으며 고개를 가로저었다.

"뭔가 잘못 안 거겠죠."

"그런 적 없다는 건가?"

정말 미치겠다. 때려 죽여도 거짓말은 못 하는데.

이런 식으로 직접적인 공격이 들어올 거라 예상을 하긴 했지만 그녀는 아직 그가 듣고 만족할 만한 답변을 준비하지 못했다. 그녀는 바짝 말라가는 입술을 저도 모르게 혀를 내밀어 핥았다.

"만지기는 했어요."

"만지기만 한 게 아니지. 노트북에 들어 있는 자료를 전부 다운받았더군. 그 자료에서 프로젝트 건을 알아내고 민암물산 사장한테 건네주기까지 했지. 이번 인수합병 건을 방해해 달라고 부탁하면서. 뒷돈까지 넉넉하게 쥐어 줬다면서?"

뭐야? 그건 또 어떻게 알아낸 거야? 설마, 민암물산 사장이 얘기한 건 아니겠지? 그렇다면 그냥 어림짐작으로 때려잡은 건가? 소 뒷걸음질 치다 쥐 잡은 것처럼?

제니퍼는 여기서 고개를 끄덕여야 하는 건지 끝까지 시치미를 떼야 하는 건지 알 수 없어 대꾸를 하지 않았다.

"인터넷에 기사 올린 것도 당신이 한 거였고."

그녀는 그의 말을 못 들은 척 말 없이 눈을 반쯤 내리깔고 커피 잔을 들어 올렸다.

아, 진짜 왜 이런 일이 생기는 거냐고!

속에서 불이 치솟는 것만 같았다. 전 같으면 '그래. 내가 그랬다.' 큰 소리를 빵빵 쳐주고 채연을 걷어찬 것에 대한 책임을 물으면서 '네가 그랬기 때문에 그 앙갚음으로 나도 그런 거다.' 라면서 당당하게 행동할 수 있었을 텐데 지금은 상황이 달랐다. 달라도 아주 많이 달랐고, 그녀에게 엄청나게 불리해 있었다.

"어떻게 그렇게 한 거지? 당신과 만났을 때 내가 잠든 것과 무슨 관련이 있나?"

이미 엎질러진 물. 이제 어쩔 수 없다는 생각에 그녀는 고개를 끄덕였다.

"수면제를 넣었어요. 술과 커피에."

그는 너무 기가 막히고 어이가 없어 말 한 마디 제대로 할 수 없었다. 입을 벌리면 험한 욕설과 고함이 마구 튀어나올 것 같아 그는 있는 힘껏 이를 악물었다. 식사를 하고 술을 마시면서 그녀는 오로지 자신을 잠재울 기회만 엿보고 있었구나 라는 생각을 하자 허탈한 웃음만 나왔다. 마주 앉아 웃으며 얘기를 나누고 키스까지 했던 그녀의 그 모든 행동들이 다 가식이었던 거였다.

세상에 믿을 사람 하나 없다더니. 승빈은 가슴 속을 꽉 채우며 들끓어 오르는 분노를 초인적인 인내로 참아내었다.

"그랬군. 그런데 왜?"

드디어 나왔다. 제일 대답하기 어려운 질문이.

그녀는 잠시 망설였다. 진실을 말할 것인지, 아니면 그냥 적당히 변명을 할 것인지.

"그건…… 내 오해 때문이에요. 내가 찾던 사람은 당신이 아니라 5년 전에 죽은 진원 그룹 외아들이었어요."

그녀는 사실대로 말하기로 마음을 굳혔다. 그녀가 말하지 않는다고 해도 그가 어떻게 해서든 알아낼 테니까 차라리 매도 먼저 맞는 게 낫다고 그냥 털어놔 버리는 게 마음 편할 것 같다는 생각에서였다.

"5년 전에 그 사람과 헤어지는 바람에 언니가 죽었어요. 언니가 죽었을 때, 엄마가 그 사람한테 장례식에 와 달라고 부탁했대요. 그랬는데 안 왔죠. 난 그 사실을 얼마 전에 알았어요. 그래서 그 사람이 도대체 어떻게 생긴 사람인가 궁금해서 찾았는데 사실 난 그 사람에 대해 아는 게 하나도 없었어요. 언니는 그 사람과 사귀면서 이름도 알려주지 않았으니까요. 그 사람이 진원 그룹 외아들이라는 것도 헤어지고 난 뒤에 들은 거예요. 그래서 한국에 오자마자 진원 그룹 외아들에 대해 조사해 달라고 흥신소에 의뢰했는데 당신에 대한 자료를 받은 거예요. 그 뒤부터는 당신도 익히 알고 있구요."

"그걸 지금 변명이라고 하는 건가?"

그가 퉁명스럽게 쏘아붙이자 그녀는 얼굴을 벌겋게 물들였다.

"물론 믿기 힘든 얘기죠. 하지만 사실이에요. 난 당신이 그 사람일 거라고 철석같이 믿었으니까요."

그녀는 그를 바람둥이라고 여기고 사랑하게 만들어 걷어차려 했다는 말은 하지 않았다. 그것 또한 그를 강승준으로 오해했기 때문에 하게 된 생각이었다. 물론 그런 생각이 밑바탕에 깔려 있었기에 그를 만나면서 그가 하는 말은 모두 진실로 받아들이지 못했다.

진심으로 사랑한 사람이 없었다는 말도 거짓으로 생각했고, 사귀는 여자가 없다는 말도 바람둥이의 전형적인 말투라 생각했었다. 그가 한 말과 행동들을 그녀는 하나도 믿지 않았었다. 그래서 지금 그녀는 그에게 미안할 뿐이었다.

승빈은 어깨를 움츠리고 있는 그녀를 가만히 바라보다 천천히 고개를 끄덕였다.

자신의 과거 여자들에 대해 집요하게 캐묻던 그녀가 이상하게 여겨졌었다. 지금 그녀의 말을 듣고 보니 왜 그랬는지 알 수 있을 것 같았다.

"그래. 그랬군."

싸늘하게 쏘아보는 그의 눈빛에 노여운 기색이 담겼다. 하지만 그는 아직까지도 화를 내지도 않았고 소리를 지르지도 않았다. 용처럼 분노의 불을 내뿜으며 펄펄 뛰어도 겁이 날 판인데 말도 없이 노려보고만 있으니 심장이 다 쪼그라들 정도로 무서웠다.

"뉴욕으로 돌아간다고 했나? 그렇다면 다시 내 앞에 나타날 일은 없겠군."

"네?"

그녀는 조금은 당황한 기색으로 그를 빤히 바라보았다.

"내 궁금증도 풀렸으니까, 이제 됐어."

말을 마친 그가 자리에서 일어나는 모습을 그녀는 멍한 눈빛으로 봤다.

됐다고? 이제 됐다고? 뭐가 돼? 이걸로 끝인 거야?

"승빈 씨."

그가 몸을 돌려 그녀를 바라봤다.

"어째서죠?"

"무슨 소리지?"

"어째서 아무 일도 없었던 것처럼 행동할 수 있죠? 왜 화를 내지 않는 거예요?"

그는 화를 내고 싶었다. 마구 고함을 치며 그녀의 멱살을 잡고 흔들고 싶었다. 아니, 그대로 목을 콱 졸라버릴까 하는 생각도 했다. 하지만 그런다고 해서 일어났던 일들이 사라지는 건 아니었다.

자신에게 헤어지자는 말을 한 그 이후부터 그녀는 이제 남이었다. 전혀 모르는 낯선 사람이나 마찬가지였다. 그는 주먹을 힘껏 움켜쥐고 거칠어지려는 호흡을 다스렸다.

"내가 화를 낸다고 뭐가 달라지나?"

그는 입가에 비꼬는 미소를 띠우며 낮은 어조로 말했다.

"당신이 날 대했을 때의 거짓이 진실이 되는 것도 아니지 않아?"

"난……."

'진실이었어요.' 라고 말하고 싶었다. 하지만 마음만 그랬을 뿐, 그녀는 말을 하지 못하고 붕어처럼 입만 뻐끔거리고 말았다.

여전히 냉정하고 싸늘한 눈빛으로 그녀를 쏘아본 그가 획 몸을 돌려 걸어갔다. 잠시 후 문에서 종소리가 울렸다.

딸랑딸랑. 그녀의 마음에도 종소리가 울리고 있었다. 모든 것이 끝났다는 걸 알리는 너무나도 슬픈 종소리가.

10장

뉴욕으로 돌아가자는 필립의 말을 따르지 않고 그녀는 다시 호텔에 체크인을 했다.

3일 동안 그녀는 룸에만 틀어박혀 있었다. 제대로 먹지도 못하고 잠도 편히 잘 수 없었다. 가슴 한구석에 묵직한 돌덩이가 들어앉아 있는 것처럼 답답해 그녀는 숨조차 제대로 쉴 수 없을 정도였다.

'내가 화를 낸다고 뭐가 달라지나?'

그의 말이 계속 귓가에 울렸다.

그녀는 양팔로 무릎을 끌어안고 침대 위에 오도카니 앉아 계속 그때 일만 떠올렸다. 마치 다 본 영화를 되감아 돌려 보고, 또 되감아 돌려 보는 것처럼. 끊이지 않고 그가 했던 말이 생각났다.

'당신이 날 대했을 때의 거짓이 진실이 되는 것도 아니지 않아?'

진실이었어. 당신을 대할 때의 난 진실한 마음이었어. 정말 당신이 어떤 사람인지 궁금했고, 관심 있었어. 그리고…… 좋아했어.

심장이 먹먹해지는 것만 같았다. 그때, 그에게 왜 자신의 마음을 확실하게 말하지 못했는지 지금 다시 생각해 봐도 알 수 없었다. 분하고, 화가 나고, 속상했으며 안타까웠다.

그를 만나고 싶었다. 다시 한 번 마주앉아 차분하게 대화를 나누고 싶었다. 어느 정도 시간이 지난 만큼 그의 화도 가라앉았으리라 생각이 되어 그녀는 전화를 했다. 그런데 서너 번의 신호음이 들린 후 '지금은 고객님이 전화를 받을 수 없습니다. 다음에 다시 걸어주시기 바랍니다.' 라는 목소리가 들리고 전화가 뚝 끊겨버렸다.

이게 뭐야? 보통은 연락처를 남기거나 아니면 음성메시지를 남길 수 있도록 연결이 되어야 하는 거잖아? 내가 전화할 걸 알고 수신 거부를 해놓은 거야? 아, 짜증 나.

〈승빈 씨. 제니퍼예요. 할 애기가 있어요. 전화 부탁해요.〉

공손하게 문자를 남겼다. 그리고 씹혔다.

약이 바짝 오른 그녀는 마음을 단단히 먹고 사장 비서실로 전화를 했다. 그와 통화하길 원했지만 여직원은 '지금은 통화하실 수 없습니다.' 라는 대답만 들려주었다.

그럼 이젠 마지막 방법밖에 없네.

미안한 마음에 되도록 연락을 하지 않으려 했던 김 비서의 전화번호를 누른 후, 그녀는 쿵쾅거리면서 뛰는 심장을 다스리려 크게 심호흡을 했다.

김 비서도 수신 거부를 해놓은 거 아닐까? 여러 번 벨이 울리는데도 전화를 받지 않자 그런 생각이 들었다. 만일 김 비서도 전화를 받지 않으면 정말 사무실로 쳐들어가는 수밖에 없는데. 그런 일이 생기면 승빈은 주저하지 않고 경비를 불러 그녀를 내쫓을 게 분명했다.

—여보세요.

다행스럽게도 김 비서가 전화를 받자 그녀는 안도의 한숨을 푹 내쉬었다.

"저, 제니퍼예요. 김 비서님."

—네. 알고 있습니다.

그녀가 여태까지 했던 행동들이 김 비서의 귀에도 들어간 건지 목소리가 한없이 딱딱하기만 했다.

"승빈 씨가 전화를 안 받아서요. 지금 승빈 씨하고 통화할 수 있을까요?"

그녀는 기가 팍 죽어서 완전 저자세로 부탁을 했다.

—죄송합니다. 사장님께서 제니퍼 양의 전화는 받지 않겠다고 미리 말씀하셔서 연결해드릴 수가 없습니다.

"그…… 그래요?"

모욕감에 얼굴이 벌겋게 달아올랐다. 너무나도 자존심이 상해 그대로 엎어져 울어버릴 것만 같아 그녀는 떨리는 몸에 잔뜩 힘을 줬다.

—저기…… 제니퍼 양.

속삭이는 것처럼 작은 소리가 수화기를 타고 들려오자 그녀는 귀를 쫑긋 세웠다.

"네?"

—한 시간쯤 후에 외부 스케줄이 있습니다. 회사 앞으로 오시면 사장님을 만날 수 있으실 겁니다.

"그래요? 정말 고마워요, 김 비서님."

어둠 속에서 한 줄기 빛이 비쳐졌다.

전화를 끊은 그녀는 최대한 차분하면서도 예쁘게 보일 수 있도록 흰색 투피스를 골라 입었다. 긴 머리를 포니테일 스타일로 질끈 묶고 백을 든 그녀는 옆방으로 통하는 문을 두드렸다.

「필립?」

3초도 안 돼 문이 열리고 필립이 그녀의 앞에 나타났다.

「네, 제니퍼.」

「저 어때요? 괜찮아 보여요?」

「네. 여전히 아름다우십니다. 그런데 어딜 가시는 겁니까?」

「강승빈 씨 만나러 가요.」

「뭐라고요?」

필립은 정말 놀란 듯 눈을 크게 뜨며 버럭 소리를 쳤다.

「강승빈 씨와 얘기 다 끝냈다고 하셨잖습니까? 그런데 왜 만난다는 겁니까?」

「제대로 사과하려고요.」

그녀는 씁쓸한 미소를 지으면서 공연히 투피스의 옷자락을 매만졌다.

「승빈 씨한테는 내가 왜 그런 일을 했는지만 얘기했을 뿐이에요. 미안하다는 말도 못했고, 그의 용서도 받지 못했어요.」

필립은 제대로 기가 막힌다는 표정이었다.

「그런 거 할 필요 없습니다, 제니퍼. 강승빈 씨가 끝이라고 했으면 그냥 끝난 겁니다. 그러니까 마음 정리하시고 뉴욕으로 가는 게…….」

「그게 안 돼요, 필립. 마음이 정리되지 않는다구요.」

그녀는 금방이라도 울 것 같은 얼굴로 말을 이었다.

「이대로 뉴욕으로 떠날 순 없어요. 그랬다가는 평생 죄책감을 안고 후회하며 살 것 같아요.」

「그렇다고 해서 강승빈 씨를 만나서 뭘 어쩌시겠다는 겁니까?」

필립이 답답하다는 표정으로 말하자 그녀는 고개를 저으며 눈길을 떨구었다.

「모르겠어요. 우선은 그를 만나서 미안하다고 말할 거예요. 그리고 그 다음 일은 다시 생각해 보겠어요.」

「그럼 저도 같이 가겠습니다.」

필립이 당장이라도 따라나서려고 하자 제니퍼는 손을 들어 막았다.

「아니에요, 필립. 나 혼자 갈 거예요. 그 사람은 필립을 싫어하니까 나 혼자 가는 편이 더 좋을 것 같아요.」

승빈과 치고 박고 싸웠던 일이 떠올라 필립은 어쩔 수 없다는 표정으로 고개를 끄덕였다.

「조심하세요, 제니퍼. 위험하다 싶으면 재빨리 피하시고요.」

「그 사람, 나한테 화내지도 않던데요 뭘.」

「카페에서 얘길 했기 때문에 화를 내지 않은 걸 겁니다. 거긴 사람들이 있었으니까요. 그러니까 조용한 곳에 가자고 하면 가지 마세요, 제니퍼. 되도록 단둘이 있으면 안 됩니다.」

필립이 구구절절 잔소리를 늘어놓았지만 자신을 걱정해서 하는 말이라는 걸 알고 있었기에 그녀는 짜증을 부리지 않고 고개를 끄덕였다.

「알았어요. 조심할게요.」

필립을 안심시키려 애써 입가에 미소를 지은 그녀는 룸을 나와 엘리베이터를 탔다. 그를 만날 수 있다는 기대감에 몸이 떨려왔다. 그가 자신을 반기지 않으리라는 건 알고 있지만 그래도 가슴이 두근거렸다.

택시를 타고 그의 회사로 가는 길이 뉴욕에서 한국으로 오는 길만큼이나 멀게 느껴졌다. 혹시라도 그를 붙잡지 못할까 봐 가슴이 조마조마했다. 신호등에 걸려 차가 설 때마다 조바심에 심장이 다 타들어가는 것만 같았다.

빨리, 빨리. 제발 빨리 좀 가라. 이럴 줄 알았으면 지하철을 타는 건데. 길 몰라도 물어보면서 가면 지금보다는 더 빨리 갈 수 있었을 텐데.

지금이라도 내려서 지하철을 탈까 하는 생각을 하고 있을 때 신호가 떨어지고 차가 출발했다. 그 뒤로 다행스럽게도 길이 막히지 않아 그녀는 출발한 후, 한 시간이 안 돼 그의 회사 앞에 도착할 수 있었다.

그녀는 정문 앞에서 안쪽을 기웃거렸다.

벌써 출발해 버린 건 아니겠지? 로비로 들어갈까? 아니면 여기서 그냥 기다릴까?

그녀가 머뭇거리고 있는 사이에 로비에 정장을 입은 한 무리의 사람들이 나타났다. 앞서 걷는 승빈과 그 옆에 김 비서를 본 그녀의 심장이 주체하지 못할 정도로 쿵쾅거리면서 뛰었다. 진회색 수트를 입은 그는 여전히 멋있는 모습이었다. 큰 키로 인해 많은 사람들 중에서도 단연 돋보였다.

"다시 설득을 해 보라고 전해. 이번 수주 건 제대로 해결하지 못하면 앞으로도 어려워지니까 좀 더 신경 쓰라고."

김 비서에게 말을 하면서 걷던 그는 누군가가 갑자기 앞을 가로막고 서자 걸음을 멈췄다. 놀란 것도 잠시 제니퍼를 본 그의 눈매가 가늘어졌다.

"그동안 잘 있었어요?"

"무슨 일이지?"

깍듯한 인사말에 답변도 없이 그는 대뜸 질문을 던졌다.

"잠시 얘기 좀 할 수 없을까요?"

"시간이 없군."

딱 잘라 거절의 말을 내뱉은 그가 걸음을 옮기려 하자 그녀는 손을 뻗어 그의 팔을 잡았다.

"5분만요, 승빈 씨."

그는 여전히 싸늘한 눈빛으로 그녀를 봤다.

"내 앞에 다시 나타나는 일은 없을 거라고 한 것 같은데."

"그 말은 내가 아니라 당신이 한 거구요."

새침한 표정으로 말한 그녀는 그가 이마를 찌푸리자 바로 표정 관리에 들어갔다. 이미 그녀의 정체에 대해 그가 다 알았으니 100% 매력 발산을 해도 끄덕도 하지 않을 것이고 애교를 팍팍 뿌린다고 해도 거들떠보지도 않을 터였다. 그렇다면 오로지 진심이 담긴 말과 행동만을 해야 했다.

"미안해요. 승빈 씨. 그때 제대로 사과도 못 한 거 같아서요. 내가……."

"그 얘긴 그만하지."

그녀의 말을 뚝 자르며 그가 딱딱한 어조로 말을 이었다.

"이미 다 끝난 일이야. 다시 들춰서 좋을 것 없을 텐데."

그의 눈이 분노로 번뜩였다. 그녀의 생각과 달리 그는 아직 화가 풀리지 않았다. 아무리 많은 시간이 흐른다 해도 그녀에 대한 분노는 가시지 않을 것 같았다.

"알아요. 굳이 날 용서해 달라는 건 아니에요."

"그럼 뭐지? 내 앞에 나타난 이유가?"

당신을 만나고 싶었어. 한 번이라도 더 보고 싶었어. 날 이해한다는 말이 아니더라도 난 당신 목소리를 듣고 싶었어.

심장이 조여오고 울컥하는 기분이 들어 그녀의 눈동자가 촉촉하게 젖어들었다.

"뉴욕으로 떠나, 제니퍼."

냉정한 말투에 흠칫 놀란 그녀는 조심스럽게 자신의 감정을 다스렸다.

"한 가지 물어볼 게 있어요."

"무슨 질문인지는 모르겠지만 내가 답할 의무는 없어."

"당신 질문에 난 대답했어요. 궁금증 풀어줬잖아요. 그러니까 당신도 내 궁금증을 풀어줘야죠."

그의 눈빛이 위험스럽게 변하자 그녀는 흠칫 놀라 한 걸음 뒤로 물러섰다.

설마, 이렇게 사람 많은 데서 날 집어던지지는 않겠지.

"말해 봐."

잔뜩 겁을 먹은 그녀의 표정에 마음이 약해진 그가 툭 말을 던졌다.

"강승준 씨에 대해서 알려줘요."

그는 의외라는 표정으로 고개를 갸우뚱거렸다.

"그게 왜 궁금하지? 이미 죽은 사람인데."

"어쨌든 그 사람은 우리 언니와 사귀었던 사람이잖아요. 최소한 뭐가 어떻게 된 건지는 알아야겠어요. 왜 죽은 건지라도 말해 줘요."

"그 일이라면 강 회장님께 직접 물어보는 게 낫겠군. 난 만난 적도 없는 사람이니까.”

“한 번도 안 만났다고요?”

그녀는 믿을 수 없다는 표정으로 그의 눈을 빤히 바라보았다.

“그래. 회장님께 아들이 있다는 것만 알고 있었어. 회장님은 우리 가족과 연락도 하지 않았으니까 만날 일이 없었지. 내가 본가에 들어갔을 때는 이미 강승준이 죽은 뒤라 그 일에 관한 말은 전혀 듣지 못했어. 이제 됐나?”

그녀는 아무 말도 못 하고 힘없이 고개만 끄덕였다. 정말, 진심으로 강승준에 대해 알고 싶었던 건 아니었다. 단지 그를 붙잡고 좀 더 대화를 나누기 위해 즉흥적으로 떠오르는 생각에 질문을 던졌던 것뿐이었다. 그런데 어이없게도 얘기는 너무나 빨리 끝나 버렸다.

“그럼 그만 비켜주시지.”

그의 말은 부탁이 아니라 명령이었다. 그녀는 비틀거리는 다리에 힘을 주고 옆으로 움직였다. 그녀를 거들떠도 보지 않고 승빈은 앞으로 걸음을 옮겼다. 뚫어져라 그를 지켜봤지만 그는 차를 타고 떠날 때까지 단 한 번도 그녀 쪽으로 눈길을 돌리지 않았다.

“나쁜 놈.”

툭하니 그녀의 입에서 욕설이 튀어나왔다.

“아무리 화가 났어도 그렇지. 사람 취급도 안 하나?”

원망의 말이 줄줄 흘러나왔다. 그를 만나면 답답한 마음이 풀릴 거라 생각했다. 그의 목소리를 들으면 안타까웠던 마음이 조금은 괜찮아질 거라 생각했다. 하지만 전혀 그렇지 않았다. 아니, 오히려 전보다 더 답답하고 안타까워졌다.

말 타면 종 부리고 싶다더니 그녀가 딱 그랬다. 그를 만나 얘기를 나누자 더 많은 시간을 함께하고 싶어졌고 전처럼 사이좋게 지내고 싶다는 갈망이 생겨났다. 어떻게 해서든 무슨 수를 써서라도 그와 예전의 관계로 돌아가고 싶어졌다.

그는 그녀가 자신을 속였다고 화를 내고 있지만 그를 좋아한 그녀의 마음만은 진심이었다. 그녀는 그 사실을 꼭 그에게 알리고 싶었다.

힘이 다 빠진 모양새로 돌아온 그녀는 그 이후, 물 한 모금 제대로 마시지 못했다. 축 늘어져 침대에 누워만 있던 그녀는 필립의 성화에 못 이겨 저녁 식사 테이블에 앉았다. 하지만 채 두어 숟갈 떠먹지도 못하고 손으로 입을 막으며 욕실로 달려갔다.

위가 뒤틀리며 신경이 곤두섰다. 변기 앞에 쭈그리고 앉았지만 헛구역질만 계속 될 뿐 나오는 것도 없었다.

「제니퍼, 괜찮습니까?」

욕실 문을 열고 나오는데 기다렸다는 듯 필립이 그녀의 팔을 잡고 부축을 했다.

「괜찮아요, 필립. 속이 좀 뒤집힌 것뿐이에요.」

필립을 안심시키려 애써 입가에 미소를 띠면서 그녀는 침대에 누웠다.

「좀 자야겠어요. 푹 자고 나면 괜찮아질 거예요. 걱정 말아요.」

「알겠습니다.」

시트를 끌어당겨 목 밑까지 덮어주고 잘 자라는 뜻으로 토닥여 주는 필립을 그녀는 애정이 가득한 눈길로 바라봤다. 자신을 걱정해 주고 세심하게 돌봐주는 필립이 그녀는 너무나도 고마웠다. 그러면서도 필립에게는 미안했지만 그녀의 솔직한 심정으로는 이 자리에 승빈이 있었으면 좋겠다는 생각이 들었다.

「푹 쉬세요.」

필립이 나지막한 어조로 말하자 그녀는 살짝 고개를 끄덕이고 눈을 감았다.

생각했던 것보다 훨씬 더 몸이 피곤했었는지 그녀는 곧 잠에 빠져들었다. 승빈에게 사실을 밝힌 후, 며칠 동안 제대로 잠도 못 자고 고민을 했기에 몸 상태가 엉망이었다.

자고 나면 좋아질 거라 했던 제니퍼는 다음 날 전날보다 더 상태가 좋지 않아 침대에서 몸을 일으키지도 못했다. 마치 누군가에게 잔뜩 얻어맞은 것처럼 온몸이 아팠다. 뼈 마디마디가 쑤시고 아파 바로 누웠다가 옆으로 돌아눕는 것도 힘들 정도였다.

「제니퍼.」

이마에 필립의 큼직한 손이 닿았다.

「열이 있습니다. 의사를 불러야겠어요.」

「아니에요. 그냥 가벼운 몸살이에요. 약 먹고 좀 쉬면 나을 거예요.」

「그 정도로는 안 됩니다, 제니퍼. 공연히 고집 부리지 말아요.」

이번만큼은 절대 물러날 수 없다는 생각에 필립은 단호한 어조로 말했다.

「계속 고집 부리면 제임스에게 전화하겠습니다.」

그 한 마디에 그녀는 바로 깨갱, 겁먹은 표정으로 꼬리를 말고 고개를 끄덕였다.

「알았어요.」

덕분에 그녀는 왕진 온 의사의 진찰을 받고 약을 먹은 후, 영양제를 맞으며 침대에 묶여서 꼼짝도 못하는 처지가 되었다. 가만히 누워만 있으려니 온갖 생각이 다 났다.

내가 아프다고 하면 혹시라도 그가 와줄까?

휴대폰을 만지작거리던 그녀는 충동적으로 문자를 보냈다.

〈나, 아파요.〉

그리고 한참 동안 기다려봤지만 그에게서 답은 없었다. 또 씹혀버린 거다.

"치사한 인간. 사람이 아프다는데 위로 문자 한 통 못 하나?"

그녀는 휴대폰이 그라도 되는 양 노려보면서 툴툴거렸다.

"아니면 아프다는 것도 내가 일부러 쇼 하는 거라고 생각하는 거야? 그런 거냐구! 강승빈 씨!"

할 일 없이 누워 무료함이 느껴지자 그녀는 또 그에게 문자를 보냈다.

〈나 정말로 아프다니까요.〉

답이 오지 않을 걸 알고 있었지만 계속해서 문자가 씹히자 짜증이 치솟았다.

"진짜 못된 인간. 이 인간은 내가 죽을병으로 병원에 입원했다고 해도 눈도 깜짝 안 하고 병문안도 안 올 사람이야. 아이고, 됐다. 됐어! 나도 이제 치사해서 그만 관둔다. 관둬."

속이 확 뒤틀려 쫑알거리던 그녀는 갑자기 휴대폰에서 벨 소리가 울리자 깜짝 놀랐다.

"어이구 놀래라!"

액정에 선명하게 떠오르는 '김 비서' 라는 글에 그녀는 이상한 생각이 들어 고개를 갸웃거렸다.

"여보세요?"

—안녕하셨습니까? 저, 김 비서입니다.

"네. 안녕하셨어요?"

어제 얼굴 봐 놓고 뭘 그렇게 깍듯하게 인사를 건네는 건지. 제니퍼는 승빈이 아닌 김 비서가 전화를 했다는 사실에 조금은 실망했다.

—오늘 시간 괜찮으시면 좀 뵈었으면 하는데, 어떠세요?

아, 그래. 맞다! 김 비서한테도 정식으로 사과를 해야 하는데.

갑자기 떠오른 생각에 그녀는 고개를 끄덕이며 답했다.

"네. 괜찮아요. 어디서 만날까요?"

—퇴근하고서 제가 묵고 계시는 호텔로 가겠습니다. 로비에 도착해서 다시 연락드리겠습니다.

"네. 그러세요."

전화를 끊은 후, 그녀는 조금은 이상하다는 생각이 들었다. 갑자기 김 비서가 자신을 만나자고 하는 이유를 알 수 없었다. 미리 거액을 챙겨주었으니 그녀가 자신을 이용해 먹었다고 따지려는 게 아닐 건 분명했다.

그렇다면 혹시, 승빈이 문자를 받고 김 비서한테 시킨 거 아닐까? 정말 아픈가 안 아픈가 알아보라고.

문득 그런 생각이 들자 저절로 입가에 미소가 생겨났다. 하지만 김 비서는 저녁에 만나자고 했을 뿐, 그녀에게 몸이 아픈지 어떤지 그런 건 하나도 묻지 않았다.

그래. 아닐 거야. 그 남자가 사람 시켜서 그런 짓을 할 사람이 아니지.

짧은 시간에도 좋았다가 나빴다가 하는 기분에 장단을 맞추다가는 정신이 남아나지 않을 것 같아 그녀는 눈을 꾹 감고 음악을 틀었다. 좋아하는 음악이나 들으면서 심신수양이나 해야겠다는 생각을 하면서. 그러다가 한숨 늘어지게 자고 일어난 그녀는 오전보다 한결 가벼워진 몸에 감사하며 미리 외출 준비를 했다.

검은색 면바지에 흰색 블라우스를 받쳐 입고 긴 머리를 정성껏 빗어 틀어 올린 후, 커다란 핀으로 고정시켰다. 그리고 아픈 기색이 남지 않도록 공들여 화장을 했다.

저녁때가 되자 그녀는 필립에게 김 비서를 만난다는 사실을 알렸다. 아주 당연하다는 듯이 따라나서려는 필립을 떼어 놓고 그녀는 호텔 카페로 향했다. 창가 쪽 자리에 앉아 커피를 주문하고 나자 이곳에서 승빈과 만났던 일이 생각났다.

차라리 화를 냈으면 더 좋았을 텐데. 어떻게 그럴 수 있냐면서 소리를 지르고 멱살이라도 잡고 흔들어 줬으면 그녀의 죄책감이 한결 줄어들었을 것만 같았다. 맞은 놈보다 때린 놈이 발 편히 못 뻗고 잔다더니. 그가 아무 행동 없이 끝난 일이라고 말하고 나자 나사 하나가 빠진 듯 뭔가가 개운치 않았다.

커피를 마시며 잠시 생각에 잠겨 있던 그녀는 김 비서에게서 전화가 오자 카페에 있다고 말했다. 로비에서 전화를 한 듯 얼마 지나지 않아 출입구에서 종소리가 울리고 김 비서가 그녀의 앞으로 걸어왔다.

"앉으세요, 김 비서님."

사과의 말을 전해야 한다고 생각했는데 막상 김 비서와 단둘이 마주앉게 되자 그녀는 무슨 말을 먼저 꺼내야 할지 알 수 없었다.

"안색이 안 좋아 보이시는데 어디 아프신 건가요?"

꼼꼼하게 화장을 했는 데도 티가 났나 보다. 제니퍼는 고개를 흔들며 미소를 지었다.

"가벼운 몸살이에요. 그보다 김 비서님. 전의 일은 죄송했어요."

"아닙니다. 말씀하신 것 외에 저한테 다른 일을 시키신 것도 아니니까 괜찮습니다."

"승빈 씨가 알아챈 건 아니죠?"

걱정이 가득 담긴 질문에 김 비서는 고개를 끄덕였다.

"네. 사장님은 저와 제니퍼의 일은 모릅니다. 말씀을 드릴까 생각을 해 보긴 했습니다만……."

"그 일은 승빈 씨가 이미 끝난 일이라고 했으니까 얘기하지 않으셔도 돼요. 그리고 김 비서님이 특별히 크게 잘못한 것도 없으니까요. 비서가 사장 행선지 얘기한 게 뭐 그렇게 큰일이겠어요. 마음 놓으셔도 돼요."

"오늘 뵙자고 한 건, 그 일 때문이 아닙니다."

김 비서는 조금은 불편한 기색이었다.

혹시라도 뭔가 부탁할 일이 있는 건 아닐까? 그런 생각이 들자 제니퍼는 관대한 표정으로 말을 꺼냈다.

"편하게 말씀하세요."

"승준이에 대해 알고 싶다고 하셨죠?"

"김 비서님이 강승준 씨에 대해서 아신다고요?"

김 비서가 뜻밖에도 승준을 언급하자 그녀는 깜짝 놀라 눈을 크게 떴다.

"개인적으로 좀 압니다. 제 막내 동생이 승준이와 대학 동기거든요. 그래서 학교 다닐 때부터 자주 봤습니다."

"그럼, 언니에 대해서도 아세요?"

드디어 숨겨져 있던 진실을 알 수 있는 기회가 왔다는 기대감에 그녀의 심장이 콩닥콩닥 뛰었다.

"직접 만나본 적은 없습니다만 얘기는 몇 번 들었습니다. 승준이가 사랑하는 사람이 생겼다면서 무척 기뻐했죠."

김 비서는 침울한 기색으로 말을 이었다.

"승준이는 착실하고 마음도 따뜻했어요. 부잣집 도련님 티도 내지 않고 누구에게나 친절했죠. 채연 씨를 만났을 때도 재벌 후계자라는 말은 하지 않았다고 합니다. 혹시라도 거리를 둘까 봐 얘기하지 않았고 친하게 지내다가 채연 씨를 사랑하게 되어 결혼 약속까지 했다고 하더군요."

"결혼 약속까지 했다면서 왜 헤어진 거죠? 언니 말로는 승준 씨가 일방적으로 이별 통보를 했다고 하던데요."

"승준이가 대학 졸업하고, 군대를 다녀오자 강 회장은 회사에 자리를 마련해 줄 테니 나와서 경영수업을 받으라고 했습니다. 승준이는 사업에 뜻이 없었지만 강 회장의 말을 거역할 수는 없었어요. 그래서 입사를 하고 바로 건강진단을 받았는데……."

김 비서는 말끝을 흐리며 땅이 꺼져라 한숨을 내쉬었다.

"그때 희귀암에 걸린 걸 알게 된 거죠. 몇 번이나 검사를 해 봤지만 결국 5개월 시한부 판정을 받았습니다."

제니퍼는 아무 말도 못 하고 입만 딱 벌렸다. 생각지도 못했던 일에 너무나도 어이가 없고 기가 막혀서 말을 할 수가 없었다. 겨우 25살밖에 되지 않았는데 희귀암이라니, 게다가 5개월 시한부 선고…….

"한 달이라도 더 살고 싶으면 당장 치료를 해야 한다는 의사의 말에 강 회장은 승준이를 병원에 입원시켰습니다. 강 회장은 수술이라도 해서 아들을 살려내라고 펄펄 뛰면서 난리를 쳐댔죠. 그런데 승준이는 의외로 담담하게 그 사실을 받아들였습니다. 제가 동생하고 같이 병문안을 갔었는데 이제 그만 주변을 정리해야겠다고 말하더군요."

"그래서…… 그래서 언니한테 헤어지자고 한 거군요. 자기가 죽게 된다는 걸 알고서."

그녀는 마음이 싸하니 아파왔다. 젊은 나이에 죽는 것도 억울했을 텐데 사랑하는 사람을 두고 가야 하는 사람의 심정이 어땠을까 생각해 보니 그저 안타까운 마음만 들 뿐이었다.

"채연 씨가 사고를 당했다는 말을 듣고 승준이 상태가 더 나빠졌어요. 갑자기 쓰러져서 응급실로 실려 갔고…… 한 달도 못 돼 세상을 떠났죠. 병문안을 갔던 동생 말로는 승준이가 계속 '그녀가 죽었어. 나 때문에, 나 때문에 죽은 거야.' 라고 하면서 무척 괴로워했다고 하더군요."

"그랬군요. 언니 때문에 결국 강승준 씨도……."

그녀는 눈물이 차올라 제대로 말을 할 수가 없었다.

"채연 씨가 사고를 당했다는 소식을 들은 뒤 승준이는 사실대로 말하지 않은 점을 많이 후회했어요. 승준이는 시간이 지나고 나면 채연 씨가 자신을 잊고 잘 살 거라 생각했었던 거죠. 그런데……."

김 비서가 말을 잇지 못하고 씁쓸한 기색으로 고개를 젓자 그녀는 뺨으로 흘러내리는 눈물을 닦았다.

"언니는 한 사람밖에 사랑하지 못하는 정말 바보처럼 순진한 사람이었으니까요."

"제니퍼가 강 사장님을 승준이로 오해해서 사건을 벌인 거라고 들었습니다."

"네. 언니는 강승준 씨에 대해서 알려주지 않았거든요. 그냥 진원그룹 외아들이라는 것밖에 몰랐어요. 그래서 이런 일이 벌어진 거죠."

"절 만나셨을 때 채연 씨에 대해 조금이라도 언급을 하셨으면 일이 이렇게 되지는 않았을 텐데……."

김 비서는 아쉽다는 표정으로 말을 했고, 그 말에 그녀도 동감이었다.

"강 사장님이 예전에 사귀었던 여자들에 대해서만 물어보셔서 그런 사정이 있을 거라고는 생각도 못 했습니다. 아무래도 제니퍼는 채연 씨와 성도 이름도 달라서 쉽게 연결이 되지 않으니까요."

"김 비서님 말씀이 맞아요. 처음부터 터놓고 얘기했으면 더 좋았을 걸 그랬어요. 그랬으면 승빈 씨한테 못된 짓은 하지 않았을 테니까요."

그녀는 진심으로 후회하고 있었다. 지금 다시 생각해 봐도 상황을 제대로 알지 못하고 성급하게 일부터 벌인 자신의 행동은 잘못된 거였다. 그녀는 채연을 걷어차 버렸다는 사실 하나만으로 그를 카사노바 찜 쪄 먹을 인간이라느니, 희대의 바람둥이라느니 하는 식으로 오해를 했었다. 게다가 자신을 진심으로 대한 여자가 없었다는 말에 채연도 포함된다고 생각하고 거의 반쯤 돌아서 미쳐 날뛰었었다. 이제와 생각해 보면 모든 것이 그녀가 그를 강승준으로 오해한 것에서 비롯된 것이었다.

필립의 말대로 처음부터 골탕 먹일 생각만 하지 말고 채연에 대해 물어보았다면 지금 같은 상황이 일어나지는 않았을 거였다.

아니, 아니다. 그건 아니야. 오히려 더 큰 일이 생길 수도 있었겠어.

승빈은 분명 김채연을 모른다고 딱 잘라 답했을 것이므로. 그랬다면 그녀는 그가 드러내놓고 채연을 기억 속에서 지웠다고 더 펄펄 뛰면서 난리를 쳤을지도 모르는 일이었다.

이리 생각해 보나 저리 생각해 보나 문제의 발단은 그녀의 가벼움 때문이었다. 과거의 일까지 좀 더 신중하게 모든 것을 알아봐야 했던 거였다.

그녀는 자책감에 시달리며 연신 바닥이 꺼져라 한숨만 내쉬었다.

"이제 궁금증은 풀리셨을 테니 전 그만 가 보겠습니다."

"잠시만요, 김 비서님."

몸을 일으키려는 김 비서를 그녀는 다급하게 불러 앉혔다.

"승빈 씨는 요새 어떤가요?"

그녀가 조심스럽게 묻자 김 비서는 조금은 난처한 표정으로 이마를 찌푸렸다.

"그게…… 사장님도 많이 힘들어하고 계십니다. 제가 이런 말 하긴 뭐하지만 사장님께서 제니퍼에게 진심이셨기 때문에 충격이 꽤 크셨던 것 같습니다. 게다가 강 회장님이 크게 화가 나셔서 온갖 골치 아픈 일들은 다 강 사장님께 떠맡기고 있습니다. 죄다 해결해 놓으라고 하시면서."

그런 일이 전부 제 탓인 것만 같아 제니퍼는 커다란 죄책감을 느꼈다.

"그 사람을 좀 만날 수 있을까요?"

"그건 좀 어려울 것 같습니다."

김 비서는 정말 곤란하다는 표정으로 고개를 저었다.

"강 사장님께서 제니퍼와 개인적으로 연락을 하지 않겠다고 말씀하셨어요. 비서실에도 제니퍼의 전화는 연결시키지 말라고 하셨고요. 저로서는 사실 달리 어쩔 방법이 없습니다."

"그렇군요."

그녀가 잔뜩 풀 죽은 표정으로 답하자 김 비서가 엉거주춤 자리에서 몸을 일으켰다.

"그럼…… 건강하세요, 제니퍼."

"네. 강승준 씨에 대해 알려주시고 신경 써주셔서 정말 감사해요, 김 비서님."

그녀의 인사에 김 비서는 쑥스럽다는 표정을 했다.

김 비서가 카페를 나간 뒤에도 그녀는 한참 동안이나 그 자리에 앉아 창밖만 바라보았다. 새삼스럽게 채연과 강승준이라는 사람에 대해 생각이 났다.

두 사람은 정말 서로를 사랑했던 거였다. 그랬기에 자신의 아픔을 숨기고 상대방을 위해 이별을 택한 거였다.

만약 나한테 그런 일이 생겼다면 어떻게 했을까?

실제로 자신에게 닥친 일이 아니기에 장담할 수는 없지만 그녀는 자신을 떠나라고 사랑하는 사람에게 이별을 말하지는 않을 것 같았다. 남아 있는 삶이 아까워서라도 사랑하는 사람을 붙잡고 조금이라도 더 같이 있고 싶어 할 것만 같았다. 자신이 죽고 난 후, 그 사람이 느낄 슬픔과 고통은 전혀 염두에 두지 않고, 그저 자신만을 위해 생각하고 행동할 게 분명했다.

카페를 나와 룸으로 돌아온 그녀는 필립에게 김 비서와 만난 일을 대충 얘기해 주고 뉴욕에 있는 오 여사에게 전화를 했다.

—그래, 채린아. 잘 있었니? 건강은 괜찮은 거야?

이삼 일에 한 번씩 통화를 하면서도 오 여사는 꼬박꼬박 그녀의 건강을 챙겼다.

"난 괜찮아요. 엄마는 어떠세요? 식사는 잘 하세요?"

—많이 좋아졌어. 그런데 넌 언제쯤 올 거니? 아직도 볼 게 많이 남아 있는 거야?

유럽으로 출장을 떠난 제임스가 조용하다 싶더니 이젠 오 여사가 빨리 돌아오라고 그녀를 들볶기 시작했다.

“그것도 그렇지만, 사실 해결해야 할 일이 하나 생겨서요.”

—해결해야 할 일? 무슨 일인데 그러니?

말을 하자면 밤을 새서 해도 모자랐다.

“그런 일 있어요. 나중에 자세히 얘기해 드릴게요. 그보다 엄마. 나, 채연 언니가 사랑했던 사람에 대해 알게 됐어요.”

—뭐라고?

“그냥 어쩌다 알게 됐는데 그 사람, 죽었대요.”

—죽었다니? 어떻게?

그녀만큼이나 오 여사도 놀란 듯 수화기를 통해 들려오는 목소리가 가늘게 떨리고 있었다.

그녀는 김 비서에게 들은 내용을 오 여사에게 알려줬다. 그녀가 말을 끝낼 때까지 오 여사는 말 한 마디 하지 않았고 숨소리조차 크게 내지 않았다.

—정말 안됐구나. 정말 불쌍해. 그 사람은 얼마나 마음이 아프고 안타까웠을까.

한숨 소리와 함께 오 여사의 탄식이 이어지자 그녀의 눈에 또다시 눈물이 고였다.

“그 사람도 불쌍하지만 언니도 불쌍해. 왜 하필 사랑을 해도 그런 사랑을 한 건지 너무 불쌍해요, 엄마.”

—그래. 정말 그렇구나. 우리 채연이도 불쌍한 거였어.

오 여사의 울먹이는 소리에 그녀는 그만 크게 울음을 터트리고 말았다.

“어헝. 너무해. 엄마. 정말 너무해. 그 사람이 그런 병만 안 걸렸으면 언니는 지금쯤 결혼해서 애 낳고 잘 살고 있었을 텐데. 정말 행복하게 살았을 텐데. 어흐흑. 그랬으면 엄마도 나도 아프지 않고 좋았을 건데. 엉엉. 정말 세상은 너무 불공평해."

—채린아, 울지 마. 마음 아파도 울지 마. 응?

그녀가 소리 내어 울자 오 여사는 다정한 목소리로 달랬다.

—우리 딸, 그렇게 울면 엄마 마음이 아프잖아.

"미안해요, 엄마. 하지만 나, 마음이 너무 아파서 그래. 눈물이 멈추질 않아. 흐흑. 정말 마음이 아파."

채연의 생각에 마음이 아픈 것보다 현재 자신의 상황에 더 마음이 아파 그녀는 엉엉 소리를 내며 한참을 더 울었다. 오 여사는 그녀가 옆에 있기라도 한 듯 차분한 말로 다독여 주었다. 한참을 더 울고 나서야 그녀는 진정을 하고 훌쩍거리면서 말을 했다.

"이제 괜찮아졌어요. 엄마. 공연히 울고불고 난리를 쳐서 미안해요. 엄마.

—아니다. 네 속이 풀렸다니 다행이구나. 그래. 집엔 언제 올 거니?

"아직 잘 모르겠어요."

—제임스도 네 걱정 많이 하니까 되도록 빨리 돌아오도록 해.

"알았어요. 엄마. 급한 일만 해결해 놓고 갈게요."

—그래. 몸조심하고.

"네. 엄마도 건강 조심하세요."

전화를 끊은 그녀는 크게 한숨을 내쉬었다. 몸 안의 수분이 다 빠져나갈 정도로 펑펑 울어서인지 한결 속이 개운했다.

'강 사장님께서 제니퍼와 개인적으로 연락을 하지 않겠다고 말씀하셨어요. 비서실에도 제니퍼의 전화는 연결시키지 말라고 하셨고요.'

문득 김 비서의 말이 떠오르자 다시 기분이 나빠졌다. 그리고 쓸데

없는 오기가 치솟았다.

그래. 나와 연락을 하기 싫다고? 그래서 휴대폰도 수신 거부를 해 놓고, 문자도 씹었다 이거지? 그것도 모자라 뭐? 비서실에도 내 전화는 연결하지 말라고 했다고? 이 나쁜 인간.

그녀는 아파 누워 있을 때 뉴욕으로 돌아갈까 하는 생각을 했다. 아플 때 가장 먼저 떠오르는 건 엄마고, 자신의 집이었다. 제임스도 보고 싶었고, 애나도 생각났다. 사람은 누구나 자신을 냉대하면서 차갑게 구는 사람보다 다정하게 안아주고 따뜻하게 대하는 사람을 찾는 건 당연한 일이었으니까.

승빈에게 용서는 받지 못했지만 나름대로 사과도 했고, 채연에 대한 일도 알게 되었으므로 사실상 한국에 온 그녀의 목적은 달성한 셈이었다. 이제 그만 뉴욕으로 돌아가도 상관없게 되었다. 그런데 무언가가 그녀를 붙잡고 놓질 않았다. 그게 쓸데없는 미련인지 오기의 발동인지 정확하게 알 수는 없었지만 그녀는 그냥 무시해 버릴 수가 없었다.

"치— 다시는 날 안 보기로 작정을 하셨나 본데. 강승빈 씨, 그게 어디 당신 뜻대로 될지 한번 두고 보자고요."

그녀는 입술을 꽉 깨물고서 눈앞에 승빈이 있는 듯 노려보았다. 그녀는 자존심이 상해서라도 이대로 순순히 물러날 마음이 없었다.

아프다고 하던데.

문자를 받자마자 흥— 코웃음을 치며 삭제를 해 버렸지만 신경이 쓰였다.

어떻게 반응하는지 한 번 떠보려고 한 건지, 정말 아파서 한 건지 알 수가 없어 궁금하고 더 신경이 쓰였다. 답을 보내 볼까 하다가 뭐라고 써야 할지 알 수 없어 애매한 휴대폰만 책상 위로 집어던지며 화풀이를 했다.

만약 정말 아픈 거라면…….

그런 생각이 계속 머릿속을 점령하고 있자 일도 손에 잡히지 않았다. 대충 시간만 때우자는 식으로 자리를 지키고 앉았다가 퇴근을 한 그는 술잔을 들고 소파에 앉았다.

오늘따라 집안이 더 황량하게 느껴졌다. 술잔을 살짝 흔들어 얼음이 달그락거리는 소리를 듣고 있자니 제니퍼와 술을 마셨던 날의 일이 떠올랐다. 볼을 발갛게 붉히고 미소를 짓던 제니퍼. 그리고 그녀와의 달콤했던 입맞춤.

"젠장."

툭하니 욕설을 내뱉은 그는 술을 벌컥 들이마셨다.

디리링— 문자가 왔다는 알림음에 그는 혹시 또 제니퍼가 문자를 한 걸까 하는 생각을 하며 탁자 위에 놓여 있던 휴대폰을 들었다.

〈오빠. 나 지금 올라가.〉

문자는 아름에게서 온 거였다. 앞뒤 설명 없이 간단하게 적힌 문자를 본 그는 짧게 한숨을 내쉬고 소파에서 몸을 일으켰다. 그가 막 현관문 앞으로 다가가자 딩동— 하며 벨이 울렸다. 인터폰을 들여다보지도 않고 그는 '열림' 키를 눌렀다.

"어서 와라."

"오빠, 말과 표정이 따로 노는데? 나 온 거 반갑지 않은 거야?"

현관으로 들어서는 아름은 항상 그렇듯이 오늘도 커다란 봉지를 두 개나 들고 있었다. 어딜 가든 바리바리 싸들고 다니는 건 여전했다.

"아니. 반가워."

"그런데 반갑다는 사람 표정이 왜 그래? 꼭 뭐 밟은 사람처럼."

"웬일이야?"

"술이 마구 땡겨서."

소파에 앉은 아름은 봉지 안에서 캔 맥주를 꺼내 탁자 위에 올려놓았다.

"오빠한테 술 상대해 주라고 하려고."

"왜 술이 땡기는데?"

"오늘 준호 그 개자식을 봤거든."

캔 맥주 두 개를 따서 하나를 그에게 건넨 아름은 이마를 잔뜩 찌푸렸다.

"오늘 일 때문에 백화점에 갔는데 그놈이 온몸을 명품으로 도배한 년하고 팔짱끼고 쇼핑하고 있더라. 눈이 확 뒤집히는데…… 에휴, 사람들만 없었어도 그놈 오늘 내 손에 죽을 운명이었는데."

아름이 맥주를 마시고 그를 빤히 쳐다보았다.

"오빠, 마셔. 맥주 싫으면 소주도 있어."

봉지 안에서 소주병과 종이컵을 꺼내며 아름은 배시시 웃었다.

"너, 소풍 왔냐? 컵은 집에도 있어."

"소주는 종이컵에다 마셔야지. 그래야 진짜 꿀꿀한 기분 제대로 느낀다고. 그리고 안주는 새우깡."

새우깡 봉지를 턱하니 뜯어 놓은 아름이 소주를 종이컵에 부어 그에게 내밀었다.

"오빠는 재벌 후계자 돼서 이제 이런 거 안 하고 사는지 모르겠지만 난 아직도 한참 서민적이거든.”

“그래. 예전에 종종 이러고 술 마셨지.”

“그것도 사람 눈 피해 다니면서 숨어서 마셨잖아. 무슨 범죄자도 아니면서.”

그때 일이 떠올라 그는 이마를 찌푸렸다. 그는 정 여사가 술에 취해 주사를 부리기 시작하면 집을 뛰쳐나왔다. 그때는 가진 돈도 없었기에 술집이나 포장마차를 갈 수 없어 소주와 새우깡을 사서 사람 눈 없는 곳에서 마시고는 했다.

여기저기 장소를 바꿔가면서 숨어 술을 마셨는 데도 아름은 기가 막힐 정도로 그를 잘 찾아냈다. 옆에 앉아 이러쿵저러쿵 떠들어대면서 새우깡을 다 먹어버린 아름은 안주 떨어졌으니까 그만 마시라고 하면서 그의 손에서 술병을 빼앗았었다.

“오빠. 아직도 제니퍼, 그 여자 생각해?”

갑자기 들려온 아름의 말에 그는 허를 찔린 듯 제때 대답을 못했다.

“그 여자 진짜 좋아했던 거야?”

“그랬던 것 같다.”

“왜 좋았는데?”

그렇게 물어보니 딱 꼬집어 뭐라 대답해야 할지 난감했다.

“솔직히 난 오빠가 그 여자 좋아했다는 게 이해가 안 돼. 만나 보니 성격도 진짜 아니올시다더구만. 혹시 예쁘장하게 생겨서 혹한 거야?”

제니퍼가 예쁘긴 예쁜가 보다. 남 칭찬하는 데 인색한 아름이 그런 말을 하는 걸 보니.

그녀의 귀여우면서도 화사한 얼굴이 떠오르자 그는 새삼스럽게 보

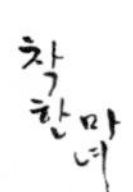

고 싶다는 충동에 휩싸였다.

"그녀를 보면 꼭 날 보는 것 같았어."

"그게 무슨 소리야? 제니퍼가 오빠하고 같은 점이 어디 있다고 그런 말을 해?"

고개를 갸우뚱하면서 의아한 표정을 짓는 아름에게 그는 씁쓸한 미소를 내보였다.

"글쎄. 아마도 같은 아픔을 갖고 있어서 그런 거 아닐까?"

"무슨 소린지 알아듣게 말씀 좀 해 주시겠어요, 오라버니?"

"사랑하는 사람을 잃은 슬픔, 미처 손 쓸 새도 없이 소중한 걸 잃어버린 것에 대한 절망과 분노, 뭐 그런 것?"

"오빠?"

아름은 소주가 담긴 종이컵을 든 채로 눈을 휘둥그렇게 뜨고 그를 빤히 바라보았다.

"오빠 아직도…… 아빠 때문에 힘들어하는 거야?"

그는 대답 없이 캔 맥주를 들어 마셨다.

"아버지가 집을 떠나셨을 때, 잡지 못했던 게 계속 마음에 걸려. 만약 그때 내가 잡았었더라면 아버지는 그렇게 허망하게 돌아가시지는 않았을 거야."

"아빠는 오빠 모르게 떠난 거잖아. 지방 가서 일주일만 일하고 온다고 하고서 다시 돌아오지 않으셨지."

아름의 눈가가 촉촉이 젖어들었다.

"제대로 찾지도 않았어, 난. 아버지가 어머니나 날 미워해서 떠난 걸로 생각하고. 그때 찾아보기만 했어도……."

"아빤, 병이 들었다는 걸 알고 우리한테 짐이 되기 싫어서 떠나셨던 거야."

그는 아름의 아버지 강명수가 자신을 버렸다고 생각했다. 정 여사의 술주정과 낭비벽을 감당하지 못해 친딸인 아름마저 버리고 떠났다고 여겼다. 외면당하고 버려졌다는 슬픔과 아픔에 그는 제대로 진실을 알려고 하지 않았었다.

"지금에서야 아는 거지. 그땐 집이 지긋지긋해서 떠났다고 생각했어. 오죽했으면 자기 딸까지 버리고 갔을까 하는 생각을 했다고. 그리고 돌아가신 걸 알았을 때, 혼자서 얼마나 힘들었을지 생각하면 심장이 다 타들어가는 것 같았어."

"그래서 오빠는 엄마한테 그렇게 모질게 대하는 거야?"

그는 크게 한숨을 내쉬고 이를 악물었다.

"아직도 엄말 용서하지 못한 거야?"

"넌 용서가 되니? 자기 남편이 병들어 비쩍 말라가는 것도 모르고 자기 욕심만 채우고 매일같이 술만 마시면서 돈 타령만 해대는 어머니가?"

감정이 격해져 그의 말투가 날카로워졌다.

"아버지 돌아가시고 나서 어머니가 어떻게 했는데?"

정 여사를 떠올리자 불같은 분노가 솟구쳐 올라 그는 소리 나게 이를 갈았다.

"'망할 인간. 죽으려면 보험이나 들어 놓고 죽을 것이지.' 눈물 한 방울 안 흘리고 어머니가 그랬다. 내 앞에서. 아버지 돌아가셨다는 소식 듣고 심장을 쥐어뜯으면서 절규하는 내 앞에서 그랬다고!"

"그만해, 오빠."

아름이 손을 내밀어 그의 팔을 잡았다.

"아버지 병든 것도 어머니 때문이야. 제대로 아버지 보살피지도 않고 당신 혼자 하고 싶은 대로 하고 살면서 잔소리나 퍼붓고 싸움이나 한 어머니 탓이라고. 어머니는 내게서 아버지를 빼앗아갔어. 날 사랑해 주시던 분을 빼앗은 거라고. 난 절대 어머니 용서 못 해."

주먹을 꽉 움켜쥐고 그는 피를 토할 것처럼 울분을 쏟아냈다.

어린 시절 그가 가장 행복했던 때는 명수와 함께였을 때다. 명수는 심성 곧고 착한 사람이었다. 그랬기에 정 여사가 온갖 패악을 부려도 싫은 소리 한 마디 없이 허허 웃으며 넘어가고는 했다. 돈을 벌어오라고 바락바락 악을 쓰면 지방으로 막일을 가서라도 돈을 벌어왔고, 술을 마시고 주정을 부리면 그 주정을 다 받아주었다.

그에게도 아름에게도 명수는 다정하고 따뜻한 아버지였다. 그는 그때로 다시 돌아갈 수만 있다면 자신이 가진 것 전부를 다 내놓으라고 해도 미련 없이 그럴 수 있었다. 하지만 한 번 지나간 세월은 다시 돌이킬 수 없는 것이었다. 그가 아무리 피를 토하고 절규하며 애가 타도록 원해도 찾아올 수 없는 시간이었다.

"제니퍼와 다시 만나, 오빠."

부모에 관해 이야기하다가 난데없이 제니퍼의 이름이 나오자 그는 이마를 찌푸리며 눈을 가늘게 떴다.

"갑자기 무슨 소리야?"

"그렇게 못 잊겠으면 다시 만나라고. 이런 말 안 하려고 했는데 사실 그 여자 만날 때 오빠는 행복해 보였어. 경주 집에 갔을 때도 평소보다 더 부드러웠고. 그때, 오빠 약속 있다고 휑하니 혼자 서울로 간 거 제니퍼 만나려고 그랬던 거였지?"

"그래."

"난 제니퍼 별로 마음에 안 들지만 내가 데리고 살 것도 아니니까 뭐 그 정도 성질은 참고 넘어가 줄 수 있어. 전엔 이런 생각 안 했었는데 가만 보니까 제니퍼가 오빠한테 해를 끼치는 게 아니라 오히려 좋은 영향을 주고 있는 것 같다는 생각이 들어. 오빠가 엄마한테 하는 거 보니까."

"어머니한테 자식으로서 할 도리는 해야 한다는 생각에 그런 거야. 미운 건 미운 거고. 용서 못 하는 거하고 그거하고는 또 다른 거니까."

"쌀쌀맞게 그러지 마."

"제니퍼하고도 이미 끝냈으니까 다시 얘기 꺼내지 마."

그가 무뚝뚝하게 말하자 아름은 믿기 힘들다는 표정이었다.

"왜 끝을 내? 다 오해였다면서? 제니퍼가 사람 잘못 알고 그런 거라며? 그럼, 오빠한테 나쁜 감정 있어서 그런 것도 아닌데 왜 아직까지도 화를 내고 그래?"

아름은 이해를 못하겠다는 표정으로 어깨를 으쓱였다.

"그리고 내가 볼 때는 전혀 끝나지 않은 것처럼 보이는구만. 오빠. 솔직히 말해 봐. 아직도 그 여자 생각하고 있잖아."

아름의 말은 맞았다. 시도 때도 없이 그는 제니퍼를 떠올리고 있었다. 그녀와 같이했던 시간들이 끊임없이 그를 괴롭히고 있었다.

"입 다물고 술이나 마셔."

그는 아름에게 툭 쏘아붙이고 소주가 담긴 종이컵을 들어 올렸다.

"말이 궁하니까 도망치려고 하는 거지? 그거 나한테는 안 통하는 거 알면서."

"강아름!"

"내가 오빠의 최대 약점인 거 오빠도 인정하지?"

아름은 실실 웃으면서 그의 약을 올렸다.

"내가 울며불며 난리를 치면 오빤 뭐든지 다 들어줬잖아."

"그거야 어릴 때 얘기지. 지금도 그럴 거라고 착각하지 마."

"어? 그래? 그렇다면 그런가 안 그런가 한번 실험을 해 봐? 나…… 지금 울 거야."

두 손을 모아 쥐고 아름이 눈물을 쥐어짜는 모습을 보던 그가 웃음을 터트리고 말았다.

"내가 네 덕분에 웃는다."

아름도 피식 웃으면서 종이컵을 들어 올렸다.

"기분 풀어, 오빠. 한잔 마시고 아픈 일은 다 잊어."

거침없이 소주를 입안으로 부어넣은 아름이 크— 하는 소리를 내며 새우깡을 집어 들었다.

"나 봐봐. 나도 그때 그 일 다 잊고 용감하게 잘 살고 있잖아."

오도독, 오도독 새우깡을 씹으며 아름은 눈을 가늘게 떴다.

"그러고 보면 제니퍼도 참 불쌍해."

종이컵에 담긴 소주를 마시고 연이어 캔 맥주를 마시던 그가 뭔 소리를 하냐는 표정으로 아름을 봤다.

"그 여자 죽은 언니 때문에 그 난리 친 거라며?"

"그랬다더군."

"난 그 심정 이해할 수 있을 것 같아."

"그러니?"

소주와 맥주를 연거푸 마시며 그는 무뚝뚝하게 대꾸할 뿐이었다. 그런 그를 쓱 쳐다본 아름이 입을 삐죽이 내밀었다.

"내가 준호 그 개자식한테 걷어차였을 때 말야. 그냥 확 약 먹고 죽어버렸으면 오빤 어떻게 했을 거 같아?"

생각만으로도 끔찍한 일이라 그는 눈을 휘둥그렇게 떴다. 만약 정말 그런 일이 생겼다면…….

"그 자식을 그냥 놔두겠어? 죽여버렸겠지."

"것 봐. 그런 마음이었을 거라니까. 제니퍼가. 그런데 운 나쁘게도 상대를 잘못 알아서 지금 이 사단이 난 거지."

마치 제니퍼의 대변인이라도 되는 것처럼 아름이 역성을 들며 말하자 그는 그만 피식 웃고 말았다.

"너 제니퍼 별로라면서?"

"어. 별로야. 아직도 별로이긴 해. 하지만 내가 그 여잘 어떻게 생각하냐는 것과 이 일은 또 다른 문제거든. 내가 사랑하는 오빠가 괴로워하는데……."

"괴로워 안 해."

아름의 말을 뚝 자르며 그가 쌀쌀맞게 말했다.

"안 하긴. 괴로워 안 하는 사람이 혼자 술 마시면서 궁상을 떨고 있어? 내가 보기엔 많이, 것도 엄청 많이 괴로워하는구만."

또다시 배실배실 웃으며 아름은 그의 염장을 팍팍 질러댔다.

"어렵게 생각할 거 뭐 있어? 그냥 길 가다가 다른 사람으로 오해받아서 뒤통수 한 대 맞았다고 생각해 버려. 자기가 아는 사람인 줄 알고 뒤통수 후려친 사람이 뭔 잘못이 있어? 미안하다고 사과하고 나면 없던 일 되는 거지. 안 그래?"

아름의 말처럼 생각에 따라 간단한 일이 될 수도 있었다. 하지만 그는 그렇게 쉽게 생각할 수가 없었다. 아마도 그녀에게 자신의 마음 한 조각을 내주었기 때문에 더 마음 아프고 힘들어하는 게 아닐까 하는 생각이 들었다.

"한번 만나서 얘기해 봐."

적당히 술기운이 오른 아름은 반쯤 혀가 꼬인 말투로 중얼거렸다.

"내가 말야, 오빠. 사랑이라는 걸 해 봐서 아는데 그거 진짜 병이야. 지독한 병."

술을 따르려던 아름은 병이 비어 있자 봉지 안에서 소주병을 꺼내들었다. 탁자 위에 놓인 소주병만도 벌써 두 병째인데 봉지 안에서 술병이 또 나오자 그는 마개를 여는 아름을 보며 쯧쯧 혀를 찼다.

저것이 오늘 아주 작심을 하고 왔군. 도대체 술을 얼마나 사온 거야?

슬쩍 봉지를 열어 보니 파란색 소주병이 두 병이 더 들어 있었다.

"그만 마셔라. 아름이 너 취했다."

이대로 두면 봉지 안의 소주를 다 마셔버릴 것 같아 그는 다소 딱딱하게 말했다.

"그 병에 걸리면 약도 없어요. 그냥 한 석 달 열흘 물 안 준 화초처럼 삐쩍 마르다 죽게 되거든? 그러니까…… 그러기 전에 미리미리 챙기라고."

이게 뭔 소리야? 챙기긴 뭘 챙겨?

아름이 하는 말이 무슨 소린지 알 수 없어 승빈은 이마를 잔뜩 찌푸린 채 애꿎은 술만 마셨다.

"괜히 불쌍한 여자 말라비틀어지게 하지 말란 말야. 바보 같은 오빠야."

"너 지금 누구 얘길 하는 거야? 말 좀 알아듣게 해."

"누구긴 누구야…… 사랑의 열병에 걸린 여자 얘기지. 열병, 사랑의 열병…… 그래. 맞아, 지독한 열병. 그거 진짜 지독하지. 그래, 그래. 지독해. 이히히."

완전 취했다는 걸 알리기라도 하려는 듯 아름이 중얼거리면서 또 종이컵을 입으로 가져갔다.

"그만 마시라니까."

그도 적당히 취기가 올라 아름의 손에 들린 종이컵을 빼앗았다. 컵이 구겨지며 찰랑이던 술이 반이나 밖으로 흘러넘쳤다.

"그러지 말라구, 오빠."

푸― 거친 숨을 내쉬며 아름이 그를 째려보았다.

"마음 풀고 더 이상 미워하지 말란 말야. 그 여자 불쌍하잖아."

무릎을 세우고 두 팔로 끌어안은 아름이 또다시 푸― 하고 큰 숨을 내뱉었다.

"진짜 불쌍해. 나보다 더 불쌍하다구. 불쌍한 제니퍼……."

중얼거리던 아름이 무릎 위에 얼굴을 엎더니 눈을 감았다.

"아름아."

"근데 진짜 별루야. 재수 없어……."

그 소리를 끝으로 아름은 도로롱― 콧소리를 내며 잠들어 버렸다.

불쌍하다고? 제니퍼가 불쌍해?

승빈은 잠든 아름을 바라보다 고개를 뒤로 젖히고 눈을 감았다.

제니퍼, 당신을 어떻게 해야 하는 걸까.

승빈은 긴 한숨을 내쉬었다. 입으로는 끝이라고 말하면서도 그의 마음은 끝을 내지 못했다. 지금도 그는 제니퍼를 떠올리고 있었다.

그는 그녀에 대한 자신의 감정이 정확히 어떤 것인지 알 수 없었다. 그랬기에 선뜻 제니퍼에게 손을 내밀지 못하고 있는지도 몰랐다.

비겁한 놈.

그의 입가로 자책 어린 미소가 생겨났다.

넌 비겁한 놈이다. 강승빈. 또다시 상처받을까 두려워 뒷걸음질 치는 못난 놈.

자신에게 욕을 한사발이나 쏟아 부은 그는 소파에서 몸을 일으켰다. 완전히 곯아떨어진 아름을 안아 침대 위에 눕히고 다시 거실로 나온 그는 소파에 몸을 쭉 뻗고 누웠다.

11장

며칠 동안이나 무리를 해서인지 몸 상태가 좋지 않았다. 갑자기 날씨가 바뀌어 기온이 올라갔다 내려갔다 요동을 치면서 그의 컨디션도 따라서 춤을 추고 있었다. 살짝 감기가 들었는지 오전에는 추운 기운이 느껴졌다가 오후가 되자 몸에서 열이 나기 시작했다. 그리고 기다렸다는 듯 두통이 몰려왔다.

"사장님, 괜찮으세요?"

관자놀이를 꾹꾹 누르면서 그가 인상을 쓰자 김 비서가 걱정스런 말투로 물었다.

"두통약 있나?"

"저 있어요."

손을 들며 대답을 한 여비서가 책상 서랍에서 약을 꺼내 내밀었다.

"고맙군. 오늘 일정은 어떻게 되지?"

알약을 입에 넣고 씹으며 그는 김 비서를 향해 중얼거렸다. 약의 쓴 맛에 이마를 팍 찌푸리는데 여비서가 물 잔을 내밀었다.

"오전에 실무자 회의가 있습니다."

"또 골치 아픈 안건만 잔뜩 쏟아지겠군."

내키지 않는다는 투로 그가 중얼거리자 김 비서가 잔뜩 긴장한 어조로 말을 했다.

"그리고 강 회장님께서 퇴근 후 '청향각'으로 오시라고 하셨습니다."

"청향각?"

그는 눈살을 찌푸리며 들고 있던 서류를 책상 위에 내려놓았다.

'청향각'은 강 회장이 사업상 중요한 손님들을 만날 때 주로 이용하는 고급 한정식집이었다. 그도 몇 번 불려갔다가 뜻하지 않게 힘깨나 쓴다는 거물 정치인들과 인사를 나눈 적이 있었다. 갈 때마다 그다지 좋은 기분인 적이 없었기에 '청향각'으로 오라는 강 회장의 명이 달가울 리가 없었다.

"오늘은 또 누굴 만나시는 거지? 김 비서, 뭐 들은 거 없나?"

"네. 다른 말씀 없이 7시까지 꼭 오라고만 하셨습니다."

왠지 기분이 찜찜했다. 전에는 갑작스럽게 불러도 누구를 만날 거니까 어떤 식으로 행동해야 한다는 언질은 있었다. 그런데 평소와 다르게 오늘은 아무 말도 없다. 그 점이 못내 마음에 걸려서인지 퇴근 시간이 되어 '청향각'으로 향하면서도 그는 굳은 인상을 풀지 못했다.

'청향각'의 안쪽에 위치한 별실의 문을 열고 안으로 들어선 그는 강 회장과 마주 앉아 있는 제니퍼를 보자마자 인상을 팍 썼다. 두 사람의 눈길이 허공에서 맞부딪히며 불꽃을 파팍 튀겼다.

이 여자가 아프다더니 잘만 돌아다니고 있군. 혹시 아팠다는 것도 다 거짓말 아냐?
"어서 오거라. 좀 늦었구나."
묵직한 강 회장의 음성에 퍼뜩 정신을 차린 그는 고개를 숙이며 인사를 했다.
"네. 죄송합니다, 차가 많이 막혀서요."
제니퍼를 무시하고 뒤돌아서서 나가고 싶은 마음은 굴뚝이었지만 강 회장 앞에서 그런 식으로 행동할 수는 없었다.
"인사하거라. 제니퍼 모튼 양이다. 다국적 기업인 '모튼' 사의 외동따님이시지."
아마도 강 회장이 제일 마음에 들어 하는 건 바로 그걸 거였다. '모튼' 사의 외동딸. 잘 알아두면 좋을 만한 사이이고 사업적 파트너가 된다면 더 좋을 수 있는 상대.
"안녕하십니까. 강승빈입니다."
같이 술을 마시면서 끌어안고 키스까지 했건만 그는 마치 처음 보는 타인에게 하듯 무미건조한 음성으로 인사를 했다.
"네, 안녕하세요. 제니퍼 모튼입니다."
그녀 또한 시침을 뚝 떼고 그를 빤히 바라보면서 인사를 했다.
"허허. 모튼 양이 한국에 온 김에 인사차 들렀다는데 내가 오늘 선약이 있어서 말이다."
그래서 그냥 가시겠다고?
승빈은 눈에 힘을 주고 강 회장을 노려보았다.
"어머! 회장님. 전 오늘 회장님하고 같이 저녁 먹으려고 했는데요."
깜찍한 어투로 종알거리면서 그녀가 애교의 화살을 팍팍 날리자 강 회장의 입이 쩍 벌어지며 얼굴 가득 함박웃음이 피어올랐다.

"그렇다면 내일이라도 내가 시간을 내서 자리를 마련하도록 하지요. 오늘은 진짜 중요한 약속이 있어서 이거, 미안하게 됐어요. 허허. 대신 승빈이 하고 저녁 맛있게 들어요."

강 회장은 연신 웃음을 터트리며 말을 이었다.

"노인네가 같이 있는 것보다 젊은 사람들만 있는 게 훨씬 분위기도 좋겠지. 안 그래요? 모튼 양."

"회장님도 별말씀을 다 하세요. 그럼요, 회장님. 다음에는 꼭 저하고 같이 식사한다고 약속해 주세요. 네?"

"물론이에요, 모튼 양. 그렇게 합시다."

마음씨 넓은 할아버지마냥 자상한 포즈로 허허 웃은 강 회장이 고개를 돌려 승빈을 보더니 표정을 굳혔다.

"모튼 양 기분 상하지 않도록 잘 대접하도록 하거라."

"네, 아버지."

뻣뻣하게 서 있던 그는 내키지 않았지만 단정한 태도로 대답을 했다. 강 회장이 자리에서 일어서자 그는 한 걸음 옆으로 물러서며 고개를 숙여 보였다.

"행동 조심하고. 잘 하거라."

잘 하거라? 뭘 어떻게 잘 하라는 거냐고!

성질이 뻗친 그는 입을 꾹 다물고 대답도 하지 않았다. 다소 못마땅하다는 표정으로 그를 노려본 강 회장이 별실을 나갔다. 문이 닫히자 뒤돌아선 그는 상다리가 휘어질 정도로 음식이 가득 차려진 상 앞에 버티고 선 채 이마를 잔뜩 찌푸렸다.

"지금 뭐하자는 거야?"

"앉으세요."

그의 말에 대답도 없이 제니퍼는 젓가락을 집으며 말했다.

"제니퍼!"

"조금 전에 강 회장님이 하신 말씀 못 들었어요?"

고개를 반짝 쳐든 그녀가 굉장히 기분 나쁘다는 표정으로 그를 바라봤다.

"기분 상하지 않도록 잘 하라고 하셨잖아요, 당신 아버지가!"

쌀쌀맞게 쏘아붙이는 그녀를 한참 바라보고 있던 그가 어깨를 으쓱였다.

"젠장! 이젠 하다하다 별수를 다 쓰는군."

투덜거리면서도 강 회장의 명을 어길 수 없었기에 그는 그녀의 맞은편에 앉았다.

"난 득이 되는 일이면 주변에 이용할 수 있는 건 다 이용하자는 주의죠. 당신도 알잖아요? 목적을 달성하기 위해서라면 내가 어떤 행동도 서슴치 않고 할 수 있는 사람이라는 거."

"그래. 아주 잘 알지. 그래서 이번에는 어떤 목적을 위해 이런 일을 벌인 건데?"

"당신 만나는 거요."

"뭐?"

그를 바라본 그녀가 수줍은 미소를 입가에 떠올렸다.

"당신 만나서 할 얘기가 있었어요. 그런데 당신은 날 피하기만 했잖아요. 전화도 안 되고 사무실로 찾아가 봤자 쫓아낼 테고, 집으로 가면 문도 안 열어줄 게 분명하고요. 그래서 전에처럼 파티에 가서 만날까 하는 생각도 해 봤는데 그래 봤자 당신이 모른 척하면 그뿐일 거 같아서 절대 빠져나갈 수 없는 자리를 만든 거죠."

"이미 다 끝난 일인데 무슨 얘길 하겠다는 거지?"

여전히 굳은 표정을 풀지 못한 채, 그가 쌀쌀맞은 어투로 말했다.

"그 얘긴 천천히 하도록 하고요. 우선, 밥부터 먹어요. 오늘 하루 종일 먹은 게 없어서 그런지 나 지금 엄청 배가 고파요."

말을 하면서 그녀는 반찬을 집으려 젓가락을 쥔 손을 움직였다. 하지만 젓가락질이 서툴러서인지 반찬이 제대로 집히지 않고 계속 헛손질을 할 뿐이었다.

"하루 종일 뭘 하고 다녔기에 밥도 못 먹었어?"

여전히 무뚝뚝하게 말을 하면서도 그는 젓가락을 들고 반찬을 집어 그녀의 밥 위에 얹어 놓았다.

"수저로 먹어. 포크 달라고 할까?"

"으응, 아뇨."

고개를 저은 그녀는 수저를 들어 밥과 반찬을 떠서 입 안으로 가져갔다. 꼭꼭 씹어서 꿀꺽 삼킨 그녀의 표정이 환하게 밝아졌다.

"여기 음식, 진짜 맛있네요."

국을 한 수저 떠서 먹은 그녀는 만족스러운 표정으로 고개를 끄덕였다.

"국도 진짜 맛있네. 승빈 씨는 안 먹어요?"

"먹어."

어쩔 수 없다는 표정으로 그는 밥을 한 수저 떠먹고 반찬을 집어 먹었다. 그리고 그녀의 밥 위에도 같은 반찬을 집어 놔 주었다.

"오늘 낮에 전에 살던 동네를 찾아 갔었어요. 거기가 내 고향이거든요. 그런데……."

안색이 어두워지며 그녀는 우울한 표정이 되었다.

"없어져 버렸어요."

"없어졌다고?"

"내가 살던 집 말이에요. 아니, 동네 전체가 다 없어졌더라고요.

아파트 짓는다고 땅을 죄다 파헤쳐 놓고. 후— 그걸 보고 나니까 밥 먹고 싶은 마음도 싹 사라지더라고요. 그래서 그냥 건너뛰었죠 뭐."

그녀의 눈이 촉촉하게 젖어드는 걸 본 그의 마음도 짠하니 아파왔다.

"10년이나 지났으니까 변하는 것도 당연하지."

"그래요."

그 말을 끝으로 두 사람은 별다른 없이 밥을 먹었다. 승빈은 여전히 자신이 먼저 반찬을 먹어보고 그녀의 밥 위에 반찬을 얹어주었다. 만족스러운 표정으로 냠냠 맛있게 밥을 먹던 그녀가 돌연 수저로 반찬 그릇을 가리켰다.

"승빈 씨, 저거요."

"그건 매워서 못 먹어."

"맛있어 보여요."

그녀가 가리킨 건 양념게장이었다. 벌건 양념을 잔뜩 입고 앉아 있는 게장은 먹음직스러워 보여 입맛을 다시게 만들었다.

그녀가 자기 밥그릇을 두 손으로 잡고 앞으로 내밀며 생글생글 웃자 그는 어쩔 수 없다는 표정으로 양념게장을 집어 들었다.

"먹고 난리치지 마."

"네."

껍질 안의 살점만 발라 밥 위에 얹어주자 냉큼 수저로 떠서 입 안에 넣은 그녀는 채 두어번 씹지도 못하고 손으로 입을 막았다.

"매, 매워……."

난리치지 말라는 소리에 넙죽 대답은 잘하더니 그녀는 얼굴이 벌겋게 변해 울상을 지었다.

"내가 먹지 말라고 했지. 말을 안 듣더니만……."

눈물까지 주르르 흘리면서 캑캑거리던 그녀는 그가 물 잔을 건네자 황급히 물을 들이마셨다.

"그래도 맛은 있어요. 그런데 정말 너무 맵네요. 어후, 혓바닥이 얼얼해."

있는 대로 이마를 찌푸리면서 투덜거린 그녀는 눈가에 달린 눈물을 손가락으로 쓱 닦았다.

"눈물이 다 나네."

"그러니까 매운 건 먹지 말라고. 이거 먹어."

그가 밥 위에 올려준 나물을 먹으며 그녀는 헤헤 웃었다.

"진짜 궁금했거든요. 어떤 맛인지. 뉴욕에서도 김치 같은 건 먹어봤는데 여기하고 맛이 사뭇 달라요."

"양념이 달라서 그래. 여기서 만들면 고춧가루도 매운 걸 쓰고 액젓도 듬뿍 넣으니까 좀 더 진하고 매운 맛이 나지."

"김치 만들 줄 알아요?"

그녀가 놀랍다는 표정으로 바라보자 그가 어깨를 으쓱였다.

"만들 줄 아는 게 김치뿐이겠어? 아름이 어렸을 때는 내가 밥해서 먹였는데."

"당신이 밥을 해 먹었다고요? 어머니가 일 다니셨나 봐요?"

"뭐? 일을 다녀? 하하하."

그게 뭐 그렇게 웃긴 얘기라고, 승빈은 배를 부여잡고 큰소리로 웃어댔다.

"차라리 그랬으면 존경이라도 받았겠지."

퉁명스럽게 툭 쏘아붙이는 말에 그녀는 수저를 입에 문 채로 아무 말도 하지 못했다. 문득 아름이 했던 말이 생각났다.

'오빠가 얼마나 자기 자신한테 엄격한 사람인 줄 알아? 어렸을 때부터 책임감 때문에 허튼 짓 한 번 못하고 산 사람이야. 가진 것도 별로 없으면서 음주에 도벽에 낭비벽만 잔뜩 있는 엄마 비위 맞추느라 고등학교 들어가기 전부터 아르바이트란 아르바이트는 다 하면서 자기가 용돈 벌어 썼다고. 하루에 두세 시간밖에 못 자면서 허리가 휘어져라 일한 사람이 여자 만나 울리고 다닐 시간이 어디 있었겠냐고!'

"저기…… 승빈 씨. 당신 어머니요……."

"그 얘긴 더 하지 말지?"

그녀가 말을 끝내기도 전에 승빈은 정색을 하며 날카롭게 소리쳤다. 깜짝 놀란 제니퍼는 찔끔해서 어깨를 움츠렸다. 강승빈 씨 아킬레스건이 어머니였구나.

"나한테 할 얘기가 뭐였어?"

"나, 한 번만 안아줄래요?"

"푸훕!"

막 국을 한 수저 떠서 먹던 그가 사레가 들린 듯 기침을 했다.

"콜록! 뭐라고?"

상 위에 소리가 나도록 수저를 탁 내려놓은 그가 눈을 부라렸다.

"지금 장난해?"

"당신 눈엔 내가 장난하는 걸로 보여요?"

그녀의 표정이 쓸쓸하게 변했다. 당장이라도 눈물을 뚝뚝 떨구며 울 것만 같아 보였다.

"왜 그래?"

"외로워서요."

말도 안 된다는 표정으로 그가 코웃음을 쳤다.

"하! 기가 막혀서. 필립 있잖아."

"필립은 당신이 아니잖아요!"

짜증난다는 투로 그녀가 빽 소리를 질렀다.

그 말이 그에게는 '내겐 당신밖에 없다' 라는 듯이 들려 은근히 기분이 좋아졌다. 입가에 설핏 떠오르는 미소를 꾹 참으며 그는 뾰로통한 표정을 하고 있는 그녀를 빤히 바라보았다.

그는 그녀가 무슨 뜻으로 그런 말을 했는지 알 수 있었다. 떠난 지 10년도 넘어 이미 낯설어져 버린 한국에서 그녀는 정말 외로움을 느꼈을 거다. 특히 오늘, 자신이 살던 동네가 깡그리 사라진 것을 봤다면 더 그랬을 거다. 그래서 그녀는 위안을 얻으려고 하고 있었다.

그는 그녀가 안아 달라고 하면 안아 주고, 업어 달라고 하면 업어 줄 수도 있었다. 이미 그녀에 대한 미움은 아름과 술을 마시며 다 털어 버렸으니까.

어린아이처럼 연약한 모습으로 어깨를 웅크리고 있는 그녀의 모습에 그는 공연히 속이 상했다. 마치 자신이 그녀에게 상처를 주고 있는 것 같다는 생각에서였다.

차분하게 그녀에게 당신이 원하는 건 뭐든 다 들어 줄 수 있다고 말하려 했다. 그런데 갑작스럽게 심술이 발동해 그는 입술을 씰룩이면서 툭 하니 말을 내뱉었다.

"그래서…… 한 번 안아 주면 되는 거야?"

눈을 가늘게 뜨면서 그가 비꼬듯이 말하자 그녀는 입술을 꼭 깨물었다.

파랗게 질리는 그녀를 보면서 그는 입술 끝에 메마른 미소 한 자락을 띠웠다.

"안아 주고 나면 다 끝났다는 거 인정하고 뉴욕으로 돌아갈 거냐고."

"관둬요. 강승빈 씨. 내가 당신하고 무슨 말을 더 하겠어?"

속이 확 뒤집히고 얼굴이 벌겋게 달아오를 정도로 창피함을 느낀 그녀가 백을 들고 벌떡 자리에서 일어섰다.

"앉아!"

낮은 목소리에 그녀의 몸이 움찔 떨렸다. 무시하고 걸음을 옮기려던 그녀는 천천히 고개를 돌려 그를 바라봤다. 싸늘한 눈빛과 마주하자 그녀는 숨을 크게 들이마셨다. 이대로 밖으로 나간다면 정말 그와는 끝이었다. 그 사실이 너무나도 겁이 나 그녀는 못 이기는 척 다시 자리에 주저앉았다.

"왜 말을 그렇게 해요?"

투정을 부리듯 중얼거린 그녀의 눈꼬리에 또다시 눈물이 매달렸다. 부끄러움을 무릅쓰고 말한 건데 면박을 당하니 심장이 칼로 저며진 것처럼 아프고 속상했다. 바락바락 소리를 지르며 앞에 놓인 그릇을 들어 집어던져 버리고 싶을 정도로 화가 났다.

"밥 마저 먹어."

지금 이 상황에 밥이 목으로 넘어 가냐?

그녀는 이해할 수 없다는 눈길로 그를 바라봤다.

"안 먹을래요."

"수저 들어."

"싫다고요."

"떠먹여 줘?"

어이가 없어 그녀가 아무 말도 못하는 사이에 그는 그녀 앞에 놓인 밥그릇을 집어 자신의 앞으로 가져갔다. 밥 한 수저를 뜨고 그 위에 반찬을 얹어 그는 그녀의 앞으로 내밀었다.

"아, 해."

"지금 장난해요?"

입 앞에 있는 밥 수저를 흘끗 노려보고 그녀는 좀 전에 그가 했던 말을 그대로 했다.

"당신 눈에 내가 장난하는 걸로 보여?"

그 또한 그녀가 했던 말을 그대로 했다.

"음식은 소중한 거야. 밥 남겨서 버리면 나중에 죽어서 지옥 간다. 그러니까 아, 해."

"아—"

그녀는 어쩔 수 없이 입을 벌렸고 승빈이 먹여 주는 밥을 먹었다.

"예전에 경주 살 때, 먹을 게 없어 굶어본 적도 있어."

갑작스러운 말에 그녀는 놀라 눈을 크게 떴다.

"13살 때 새벽에 신문 돌리고 월급으로 받은 돈을 어머니가 들고 튀어 버렸거든. 그 돈으로 쌀도 사고, 반찬도 만들어서 아름이 밥 먹이려고 했는데."

그가 또 한 수저의 밥을 떠서 그녀 앞에 내밀었다.

"저녁때까지 어머니가 코빼기도 보이지 않기에 옆집에서 밥 한 그릇 얻어다가 김치 얹어서 아름이한테 먹였지. 지금처럼."

그의 말을 들으며 그녀는 수저에 얹힌 밥을 받아먹었다.

"아름이는 그날 처음 밥을 먹은 거야. 아침부터 계속 굶고 있다가 김치 하나만으로도 정말 맛있다면서 밥을 먹는 아름이가 너무 짠해 보여서 눈물이 다 나더라고."

"내가, 내가 먹을게요."

그녀는 그의 앞에 놓인 밥그릇을 빼앗아와 두 손으로 꼭 움켜쥐었다. 다시 빼앗아 갈까 봐 겁이 난다는 듯 그의 눈치를 보면서.

"그땐 밥알 하나 남기는 것도 아까웠어. 지금처럼 뭐든지 풍족할 때가 아니었으니까. 재벌가 따님인 제니퍼는 이런 말 이해 못 하겠지? 밥 굶어가면서 살아본 적이 없었을 테니까. 뉴욕에 가기 전에도 꽤 잘 살았었지?"

그녀는 솔직히 밥을 굶고 산다는 게 어떤 건지 이해할 수 없었다. 그의 말대로 뉴욕에 가기 전에도 그녀의 집은 중산층 이상의 삶을 살고 있었으니까. 채연과 그녀는 부족한 것 없이 살았고, 갖고 싶은 게 있으면 뭐든지 로렌과 제임스가 다 해 주고는 했었다. 그리고 제임스의 양녀로 간 뒤에는 더 말할 것도 없었다. 말을 하거나 손짓 하나면 그녀가 원하는 건 다 가질 수 있었으니까. 여태까지 그녀가 원해서 가질 수 없는 건 없었다. 지금, 눈앞에 있는 이 남자만 빼고.

그녀와 달리 그는 무척이나 힘든 삶을 산 듯했다. 아름의 말을 들어 보아도 여자 만날 시간도 없이 생활고에 시달리며 살았다고 한다. 그런데 그녀는 그런 승빈에게 날 때부터 금 수저 물고 태어났고, 자기 손으로는 직접 아무것도 할 줄 모르는 부잣집 도련님일 뿐이라고 말했었다. 정말 미안하면서도 자기 자신이 한심스럽게 느껴지는 순간이었다.

"다 먹으면 되잖아요."

푹 처진 기분으로 투덜거리면서 그녀는 수저를 꼭 쥐었다.

"반찬 줘요. 맛난 걸로."

그는 좀 전처럼 밥 위에 반찬을 얹어주었고 그녀가 밥을 먹자 그도 수저를 들었다. 말없이 밥 한 그릇을 비우고 그녀는 빵빵해진 배 위에 한 손을 얹었다.

"속 불편해. 나 탈 나면 당신이 책임져야 해요."

"효과 좋은 알약 많잖아. 그거 먹어."

끝까지 한 마디도 지지 않는 그가 얄미웠다.

어우, 진짜. 이럴 때 노란색 알약을 확 먹여 버려야 하는 건데 하필이면 호텔에 두고 왔네.

그녀는 다시는 그에게 약을 먹이지 않겠다고 스스로 결심했다. 그리고 지금은 그런 결심을 한 자신을 후회하고 있었다.

"한 번만 더 나한테 약 먹였다가는 가만 안둘 테니까 알아서 해."

그녀의 속을 빤히 들여다보고 있었다는 듯 그가 으름장을 놓았다.

"안 먹여요!"

새침하게 소리친 그녀는 삐침 모드를 연출하며 고개를 팩 돌렸다.

"약이 아까워서라도 안 먹인다. 진짜 못돼 처먹었어."

"뭐라고?"

어머나. 귀도 밝아라. 작게 말했는데 다 들었나 보네.

"아니에요. 혼잣말이니까 들었어도 못 들은 척하세요."

"그런 말은 속으로만 하라고."

피—칫—팽.

"언제 안아 줘?"

"네?"

그녀는 무슨 소리인가 싶어 눈만 깜빡였다.

"안아 달라면서? 오늘 당장 할까? 어디로 갈래? 호텔? 아님 오피스텔?"

진짜 번갯불에 콩 볶아 먹자고 하네. 내가 안아 달라고 한 건 그런 뜻이 아니었는데.

그녀가 안아 달라고 한 건, 가벼운 포옹을 뜻한 거였다. 두 팔로 어깨를 감싸 안고 토닥여 주면서 '다 괜찮아질 거야.' 라는 말을 듣고 싶었다. 그리고 그녀가 한 일에 대해서도 '용서한다.' 는 말을 듣고 싶었을 뿐이었다.

그런데 어이없게도 승빈은 그 말을 다른 쪽으로 해석한 듯했다.

확실하게 자신의 말뜻을 밝히려던 그녀는 순간 멈칫하면서 입술을 깨물었다.

아니야. 말 하지 마. 그가 어떤 식으로 받아들이든 상관없잖아.

그녀의 몸 안 깊숙이 잠자고 있던 마녀가 기지개를 켜면서 종알거렸다.

그와 같이 있고 싶은 거잖아. 그거면 된 거 아냐?

유혹적으로 들려오는 마녀의 말에 그녀는 그만 홀딱 넘어가고 말았다.

"당신 집으로 가죠."

"그렇다면 지금 당장 가지. 일어나."

"그러죠."

겁날 거 없다는 식으로 척하니 일어선 그녀는 그보다 앞서 문을 열고 밖으로 나왔다.

"차 어디 있어요?"

"주차장에. 가져오라고 해야겠군."

직원을 찾는 듯 두리번거리는 그의 팔에 팔짱을 끼며 그녀가 말했다.

"그냥 주차장으로 가요. 멀지도 않잖아요."

"그러지."

그의 팔을 꼭 잡고 걸음을 옮기며 그녀는 살짝 머리를 기대어 보았다. 가슴에 닿는 팔뚝의 강한 근육에 마음이 설레었다. 별 탈 없이 그를 다시 만날 수 있었다는 것만으로도 그녀는 기뻤다.

강 회장이 나간 뒤, 그도 버럭 성질을 부리며 나갈까 봐 그녀는 내심 마음을 졸이고 있었다. 그녀에게 잘 대하라고 강 회장이 부탁을 하긴 했지만 승빈의 성격으로 봐서 충분히 그러고도 남을 테니까.

소원대로 같이 밥을 먹고 투닥거리긴 했지만 얘기를 나누면서 그녀는 행복감을 맛보았다. 그 행복감에 취해서였을까, 그녀는 그만 쓸데없는 욕심을 부리고 만 거였다. 그를 만나 기뻤지만 매정한 태도에 울컥해지고 혼자라 외롭고 쓸쓸한 마음에 그랬던 거였는데.

만약 그가 다른 생각이 있어서 그러는 거라면? 혹시, 집에 가서 둘만 있게 되면 성질부리면서 난폭하게 변하는 건 아닐까? 여태까지 쌓였던 모든 원한을 다 풀려고 하는 거 아닐까?

그런 생각이 들자 은근히 겁이 났다.

둘만 있는 자리에 가지 말라고 필립도 신신당부를 했었는데.

주차장에 도착해 차 앞에 선 그녀는 잠시 머뭇거렸다.

삑— 소리를 내며 차의 잠금장치가 풀리자 그가 조수석의 문을 열고 그녀를 바라보았다.

“타.”

목이 바짝 마르고 입안이 깔깔해져왔다. 차를 타고 그의 집으로 간다면 완전히 호랑이 굴에 제 발로 걸어 들어가는 것과 마찬가지인 상황이 된다. 그것도 맨손으로.

에라, 나도 모르겠다. 갈 때까지 가 보자. 설마, 이 남자가 날 죽이기야 하겠어?

그녀가 조수석에 타자 문을 닫은 그가 차 앞을 돌아 운전석으로

왔다. 시동을 켠 그가 그녀를 돌아보며 낮은 어조로 말했다.
"안전벨트 해."
"아, 네!"
안전벨트를 잡고 끌어당기는 손이 저도 모르게 떨렸다. 찰칵 소리를 내며 벨트를 채우는 그녀를 그는 아무 말 없이 바라보고만 있었다.
"했어요. 출발해요."
그의 눈길이 부담스러워 그녀는 일부러 사무적인 어투로 딱딱하게 말했다.
"제니퍼."
"네?"
"긴장한 거 같은데?"
그가 차를 출발시키며 느릿한 어조로 말하자 그녀는 눈꼬리에 힘을 주고 잔뜩 치켜떴다.
"아니거든요."
"안아 달라고 말할 때는 배짱 좋게 잘하더니. 왜? 겁나?"
"저기, 승빈 씨. 그건요. 당신이 생각하는 그런 뜻으로 한 말 아니에요."
이제야 탈출을 꿈꾸며 제니퍼는 당황한 기색으로 말을 이었다.
"안아 달라고 말한 건요……."
"내가 생각하는 건 어떤 건데?"
그녀의 말을 뚝 자르며 그가 질문을 던졌다.
"말 못 하겠어요."
그런 걸 어떻게 내 입으로 말을 하나? 뻔뻔스럽게.
그녀가 발갛게 얼굴을 물들이며 고개를 푹 숙이자 그는 그만 피식 웃고 말았다.

"그래. 제니퍼와 내가 생각하는 게 다르다고 쳐. 그래서 뭐가 달라지는데?"

늦은 밤이어서인지 차는 막히지도 않고 잘 달렸다. 죽 뻗은 도로를 빠른 속력으로 달리는 차 안에서 그녀는 이상하게도 갑갑함을 느꼈다.

"직접적으로 솔직하게 말해, 제니퍼."

"뭘요?"

"나한테 안길 거야? 말 거야?"

진짜로 직접적이고 솔직한 질문이었다.

"지금이라도 아니라고 하면 그만두고……."

"아뇨! 할 거예요."

그의 말을 뚝 자르면서 그녀가 단호한 어조로 소리쳤다. 지금 이 기회를 놓치면 다시는 그를 볼 수 없을지도 모른다는 생각이 그녀에게 용기를 주었다. 다시 만날 수 없다는 것만 뺀다면 그녀는 그가 무슨 말을 하든, 어떤 행동을 하든 다 받아줄 수 있었다.

"해요. 한다고요."

두 주먹을 불끈 움켜쥐고 말하는 그녀에게서는 비장함마저 엿보였다.

어이구, 자기가 무슨 독립투사도 아니고.

어린애 같은 그녀의 행동에 그의 입가로 자꾸만 미소가 생겨났다. 그러면서 한편으로 그는 그녀를 어떻게 요리할까 궁리 중이었다. 계속 의미심장한 말을 던지면서 겁먹게 놔둘 것인가. 아니면 지금이라도 안심을 시켜줄까.

생각을 하는 동안 차는 오피스텔 앞에 다다랐다.

"자. 여기가 이제 마지막 출구야."

지하주차장에 차를 세우고 시동을 끄면서 그가 말했다.

"마지막 출구요?"

"엘리베이터를 타고 5층으로 올라가면 나한테 안기는 거고 1층에서 내리면 아닌 거지."

"할 거라니까 왜 자꾸 그래요? 안길 거라고요."

말을 해놓고 보니 참으로 의미가 이상해 그녀는 쑥스러워하는 표정을 감추지 못했다.

킥킥거리고 웃으며 차에서 내린 그는 조수석으로 걸어와 차문을 열었다. 여전히 웃음기를 감추지 못하는 그의 얼굴을 힐끗 본 그녀가 새침한 표정을 했다.

뭐야? 이 남자, 지금 날 놀리고 있는 거지?

"지금 이 상황이 엄청 재미있으신가 봐요?"

뾰로통하게 쏘아붙인 그녀가 두 팔을 뻗어 그의 목을 안았다.

"이대로 확 목을 졸라 버릴까요?"

"그럴 능력이나 되고?"

그가 비웃는 말을 하자 그녀는 배시시 입가에 미소를 띠었다.

"조금 있으면 당신 기운이 하나도 없어질 걸요?"

그녀의 말에 그의 눈빛이 날카롭게 변했다.

"또 약 탔나?"

"밥 먹여준 건 당신이잖아요. 그럴 새가 어디 있었겠어요?"

"그럼 그건 무슨 소리야?"

"당신은 내가 할 줄 아는 게 약 타는 것밖에 없다고 생각하고 있잖아요. 하지만 난 그런 거 말고도 할 줄 아는 거 아주 많아요. 그러니 긴장하고 매사 조심하라고요."

그의 입가로 부드러운 미소가 생겨나자 그녀의 심장이 콩닥거리면서 뛰었다.

"조심하라는 말은 새겨듣도록 하지."

그의 고개가 숙여지고 자그마한 그녀의 입술에 짧게 입맞춤을 했다.

"가자고."

그의 입술이 닿은 느낌에 그녀의 맥박이 빨라졌다. 눈이 풀리고 다리까지 풀려 제대로 걸음이나 걸을 수 있을까 의심스러워졌다. 그녀는 재빨리 손을 내밀어 그의 팔을 움켜잡았다. 매달리듯이 팔짱을 끼고 간신히 한 걸음을 내딛었다.

엘리베이터를 타자 그가 그녀의 허리를 한손으로 끌어안았다. 그리고 가만히 그녀의 관자놀이에 입술을 댔다. 지극히 가벼운 신체적인 접촉일 뿐인데도 그녀의 심장은 주체할 수 없이 요동치고 열이 올라 얼굴이 발갛게 물들었다.

승빈 씨. 그녀는 마음속으로만 그를 불렀다.

나, 정말 당신을 아주 많이 좋아하나 봐요.

파티에서 그가 머리카락을 손끝으로 어루만졌을 때부터 그녀의 심장은 콩콩 소리 내면서 뛰었었다. 그를 좋아하게 될 거라는 걸 알리듯이. 채연의 연인이었다는 사실이 그녀의 감정에 제약을 걸었었는데 이제 그런 제약도 사라지자 그녀는 자신의 감정을 스스로 다스릴 수가 없었다.

그에게 빠져들면 안 된다고, 그를 좋아하면 안 된다고 생각하면서도 그녀는 어쩔 수가 없었다. 이제는 그가 자신을 좋아하지 않을 거라는 걸 알면서도 그녀는 그를 향한 감정을 멈출 수가 없었다.

"하나도 변한 게 없네요."

오피스텔 안으로 들어서면서 그녀는 반가운 음성으로 말했다. 밖이 훤히 보이는 커다란 창도, 그 창에 걸려 있는 아이보리색 커튼도, 그와 나란히 앉아 커피를 마시던 옅은 블루 빛 소파도, 그 앞의 원목 탁자도. 모든 것이 전에 왔을 때와 다를 게 없었다.

"익숙한 게 편해서 바꿀 생각도 없어."

전에 왔을 때처럼 승빈은 슈트 재킷을 벗어 소파에 던져놓았다.

"뭐 줄까? 커피?"

"밥 먹어서 별생각 없는데요."

"손님 왔는데 물 한잔도 안 준다고 나중에 흉보지 말고."

"후훗! 알았어요. 그럼 커피 주세요."

싱크대 앞으로 다가가는 그의 넓은 등을 바라보면서 그녀는 소파에 가만히 엉덩이를 걸치고 앉았다. 그녀는 그가 집안에 들어서자마자 자신을 끌어안고 침대로 직행할 거라고 생각했다. 이 집에 온 목적이 그것이므로 다른 일은 없을 거라 여기고 내심 긴장하고 있었던 것도 사실이었다. 그런데 전에 놀러왔을 때처럼 편하게 대하는 그의 행동에 그녀는 스르르 긴장이 풀리면서 마음이 놓였다.

"전에 내가 커피 맛 쓰다고 한 거 약 넣어서 그런 거지?"

머그잔 두 개를 탁자 위에 내려놓고 그가 불쑥 물었다.

"그렇죠."

김이 나는 머그잔을 집어 들며 그녀는 어정쩡하게 답했다. 자신이 그에게 했던 못된 짓들이 떠올라 그녀는 조금은 불편해지기 시작했다.

"그 약, 무슨 약이야? 일반 수면제인가?"

그를 빤히 바라보며 그녀는 배시시 웃었다.

"'모튼' 가 주치의가 특별히 조제해서 만든 거예요. 캡슐 하나 분량이면 코끼리도 한 방에 보내 버린다면서 약효를 장담하더라고요."
"그걸 날 먹이려고 '특별히 조제' 했다고?"
"어머, 그건 아니에요."
그녀는 깜찍한 표정으로 눈을 동그랗게 뜨면서 손을 내저었다.
"그건 일종의 비상약이에요. 꼭 필요할 때만 사용하라고 수면제 말고도 이것저것 챙겨준 거예요. 물론 내가 필요하다고 해서 만들어 준 거긴 하지만 꼭 당신한테 먹이려고 그런 건 아니었어요."
"이것저것이라. 그럼 또 무슨 약이 있지?"
이 남자가 왜 이렇게 약에 관심이 많은 거야?
그녀는 그의 의도를 확실하게 알 수 없어 대답하기를 꺼려했다.
"말해 봐."
"왜요?"
"궁금하니까."
"진정제하고 두통약, 우황청심환 비슷한 것도 있고, 수면제에 소화제, 감기약도 있어요."
"그건 어떻게 구별하는데?"
정말 궁금하다는 표정으로 그가 진지하게 묻자 그녀는 이상하다는 느낌을 받았다.
"캡슐로 만들어진 건데 색깔이 다 달라요. 진정제는 파란색, 수면제는 흰색, 설사약도 있는데 그건 노란색, 그런 식으로요. 그런데 정말 왜요?"
"그냥."
아무것도 아니라는 투로 그가 어깨를 으쓱거렸지만 그녀는 뭔가 낌새를 감지하고 따지고 들었다.
"그냥? 그냥이라고요? 아닌 것 같은데요. 당신, 그거 누구한테 써

먹으려고 지금 물어보는 거죠. 그렇죠?"

그가 말없이 싱긋 웃기만 하자 그녀는 자신의 말이 맞았다는 생각에 고개를 끄덕였다.

"정말 그런 거구나. 당신이 골탕 먹이고 싶은 사람이 누군데요? 설마, 강 회장님?"

"아니."

"그럼 누구요? 동생은 절대 아닐 테고. 아, 궁금해라. 말 좀 해 봐요."

그녀가 팔을 잡고 흔들며 보채자 그가 어쩔 수 없다는 표정으로 말했다.

"어머니."

"어, 어머니요? 당신 친어머니 말이에요? 강 회장님 부인이 아니라?"

"전부터 어머니가 술 잔뜩 마시고 들어오시면 수면제를 먹여서라도 재우고 싶다는 생각을 했거든."

"어머니가 술주정하세요?"

"심하지."

그녀는 그제야 이해할 수 있다는 표정으로 고개를 끄덕였다. 그녀도 전에 그런 일을 당한 적이 있었다. 대학 때, 파티에 가면 잔뜩 술에 취해 파티를 난장판으로 만드는 친구가 한두 명은 꼭 있었다. 뜯어 말리다 지칠 때면 정말 뒤통수를 후려쳐서 기절을 시키든지 약을 먹여서라도 재우고 싶은 마음뿐이었다.

"그 맘 충분히 알겠어요."

"생각이 그렇다는 거지."

"알아요."

그는 팔을 뻗어 그녀의 어깨를 안았다. 그의 목덜미에 얼굴을 묻고 풍겨 나오는 체취를 맡은 그녀는 폭 하고 한숨을 내쉬었다.

"약 먹인 건 진짜 미안했어요."

"그런 말은 그만해. 다 끝났다고 했잖아."

"그건 당신이나 그렇죠. 난 아직 안 끝났다고요."

그의 턱에 볼을 대고 부비부비를 하면서 그녀는 투정 섞인 어리광을 부렸다.

"정말, 정말, 정말 너무 많이 미안해서 죄책감 느껴진단 말이에요."

따스한 입김과 함께 그의 입술이 그녀의 콧등에 와 닿았다.

"진짜 끝난 거야. 그러니까 죄책감이니 뭐니 그런 말 하지 마."

"당신한테도 미안하지만, 강 회장님한테도 미안해요. 당신한테 한 일 때문에 결국은 내가 회사에 손해를 끼친 게 된 거잖아요."

따스하면서도 부드러운 그의 살갗이 닿는 느낌이 너무 좋아 그녀는 손을 내밀어 살며시 그의 허리를 끌어안았다.

"난 내 나름대로 책임을 지고 싶어요."

"책임을 진다고?"

"그래요. 회사에 손해 끼친 만큼 갚아줄게요."

그의 눈빛이 차갑게 가라앉자 그녀의 가슴이 철렁 내려앉았다.

"승빈 씨."

"어떤 식으로 갚아 줄 건데? 우리 회사에 투자라도 할 건가?"

싸늘하게 말하고 그가 몸을 떼려 하자 그녀는 그의 허리를 안은 팔에 힘을 주어 잡았다. 그의 눈길을 놓치지 않으려고 애쓰며 그녀는 도리도리 고개를 저었다.

"투자는 무슨……. 나 그렇게 부자는 아니에요. 그냥 몸으로 때울

게요."

"뭐?"

"일해 준다고요. 당신 엄청 골치 아픈 일 많이 떠맡았다면서요?"

"그 소린 또 누가 한 거야?"

그가 짜증스럽다는 듯 말하자 그녀는 손을 올려 그의 귀를 잡고 살짝 당겼다.

"아까 당신 아버지가 했거든요. 강 회장님 말이에요. '승빈이 놈. 정신 좀 차리라고 내가 골치 아픈 일을 잔뜩 맡겨놨으니까 제니퍼가 오늘 놀아주면서 기분 좀 풀어줘요.' 그러시더라고요."

"그랬어?"

"네. 그랬어요. 그러니까 그 일 중에 하나 내가 맡을게요. 아주 확실하게 완벽하게 해결해 줄게요. 어때요?"

"하하하."

그가 갑자기 큰소리로 웃자 그녀는 눈을 동그랗게 떴다.

"왜 웃어요?"

"아주 자신감이 대단하신데, 제니퍼. 무슨 일이든지 다 해결할 수 있다고?"

"왜 이래요? 강승빈 씨. 나 우습게 보는 거예요? 내가 사업적인 능력이 없다고 생각하는 거예요?"

"아니. 그건 아닌데."

제니퍼는 '모튼'이라는 성이 없어도 충분히 혼자 힘으로 성공할 수 있는 능력을 갖춘 여자였다. 다 쓰러져 가는 '다이내믹 스쿨'을 인수해서 3년이라는 짧은 기간 동안 뉴욕에서 이름 날리는 사업체로 만들어 놓은 것도 전부 그녀의 탁월한 사업적 수완 덕분이었다.

여전히 웃음기를 감추지 못한 채 그는 그녀의 입술에 달콤한 입맞춤을 했다.

"그럼, 왜요?"

"난 당신한테 그런 골치 아픈 일 맡기고 싶은 생각이 없어."

"승빈 씨."

그녀의 투정에도 그는 끄덕도 하지 않았다.

"자, 이제 됐지?"

갑작스럽게 그가 하는 말이 무슨 뜻인지 알 수 없어 그녀는 멍한 표정을 했다.

"뭐가 됐어요?"

"안아줬잖아. 보너스로 키스도 해 주고."

머릿속에서 종소리가 울렸다. 커다랗게. 데엥— 데엥— 하고.

"승빈 씨!"

"더 해 줘?"

"승빈 씨, 정말!"

약이 바짝 오른 그녀는 눈물이 글썽해진 눈으로 그의 어깨를 퍽 소리 나게 후려쳤다.

"하하하."

커다랗게 웃음을 터트린 그가 두 손으로 그녀의 뺨을 감쌌다. 그의 입술이 다가와 그녀의 입술을 부드럽게 어루만졌다.

"제니퍼가 안아 달라고 한 거…… 이런 거 아니었나?"

그녀는 아무 말도 할 수 없었다. 다 알고 있으면서 짓궂게 약올리고 놀려댄 그가 너무나도 얄미웠다.

"말해 봐. 왜 뉴욕으로 돌아가지 않은 거지?"

"당신 때문이에요."

그녀는 그의 목을 끌어안고 넓은 가슴에 뺨을 댄 채 소곤거렸다.

"우리 다시 전처럼 지내면 안 돼요?"

"그럴 수 없어."

"승빈 씨……."

마음이 아팠다. 속이 새카맣게 다 타버릴 정도로. 그녀는 눈꼬리에 눈물 한 방울을 매달고 간절한 눈빛으로 그를 바라봤다.

"다시 만나면 절대로 전처럼 지낼 수 없어. 매너 있고 예의 바르게 당신이 OK할 때까지 기다리는 짓 따위 못 한다고."

그녀의 뺨을 두 손으로 감싸고 말하는 그의 눈에 욕망의 불꽃이 일렁거렸다.

"승빈 씨?"

목까지 단정하게 채워져 있는 블라우스의 단추를 하나씩 풀어내면서 그는 입가에 가슴 떨릴 만큼 근사한 미소를 지었다.

"난 상당히 이기적인 놈이야. 내가 하고 싶은 대로 할 거라고. 당신이 그걸 감당할 수 있어?"

그의 말은 그녀에게 희망의 불씨를 심어줬다. 다시는 그를 만날 수 없을지도 모른다는 생각에 불안했던 그녀는 들쭉날쭉한 감정의 기복에 기운이 다 빠져 뿌루퉁하니 입술을 내밀었다.

"치— 당신은 전에도 당신 하고 싶은 대로 다 했거든요?"

"아니거든."

놀리듯 느릿한 어조로 말한 그가 그녀의 연약한 목덜미에 입술을 댔다.

"하악!"

여린 살결이 빨아들여지자 느껴지는 짜릿한 아픔에 그녀의 입에서 저절로 신음소리가 흘러나왔다.

"난 최대한 당신 의견을 존중했어."

벌써 발갛게 부어오르기 시작하는 살갗에 혀를 대며 그가 중얼거렸다.

"아니거든요."

온몸으로 나른하니 퍼지는 쾌감에 몸을 맡기며 그녀는 그의 말투를 따라 말했다.

"데이트 끝나고 얌전히 호텔까지 모셔다 줬잖아."

그의 입술이 풀어헤쳐진 블라우스 사이로 파고들었다. 브래지어를 위로 끌어올리고 봉긋하니 솟아오른 가슴을 한 손으로 움켜잡은 그는 분홍빛 젖꼭지를 한껏 입 안으로 빨아들였다.

"그건…… 하악, 당연한…… 일이거든요."

등줄기로 전기가 관통하는 것만 같은 느낌에 그녀는 더듬거리면서도 할 말은 다 했다.

"키스도 당신이 허락한 뒤에 했어."

단단해진 가슴을 움켜잡고 애무하며 그는 그녀의 입술에 키스를 했다. 입 안쪽으로 혀를 집어넣어 도망치려는 듯 움츠러드는 그녀의 혀를 감싸 빨아당겼다. 깊고 강한 키스에 그녀는 거친 숨을 내쉬며 두 팔을 뻗어 그의 어깨를 끌어안았다.

그의 손이 뾰족하니 솟아오르기 시작하는 젖꼭지를 잡고 비비자 그녀는 헉— 하는 신음을 내뱉었다.

"당신이…… 하자고 하니까……."

가슴을 쓰다듬던 손길이 점점 밑으로 향하자 그녀는 말을 잇지 못했다. 허리를 더듬던 그의 손이 스커트의 후크를 푸른 뒤, 지퍼를 내리고 있었다.

"어쩔 수 없이 했다고?"

그녀의 귓가에 작게 속삭인 그는 도톰한 귓불을 빨아들였다.

"네. 그랬……어요."

"장난하나?"

벌떡 몸을 일으킨 그가 그녀를 번쩍 들어 안았다.

"승빈 씨!"

새된 외침을 무시하고 그는 그녀를 안은 채, 침실로 향했다. 커다란 침대 위에 그녀를 내려놓고 그는 손을 뻗어 긴 머리카락을 움켜잡았다.

"난 처음부터 당신을 안고 싶었어."

"그건 나도 그랬어요."

그녀는 부끄러움에 얼굴을 붉히면서도 용기를 내서 말했다. 이제 다시는 소극적인 행동으로 그를 잃고 싶지 않았다.

"당신이 언니와 사귀었던 사람이라는 것 때문에 내가 얼마나 속상해 했는 줄 알아요?"

그녀는 떨리는 손길로 와이셔츠의 깃을 잡았다. 그가 그랬듯이 하나씩 단추를 풀고 그의 가슴에 손을 댔다. 손가락 끝에 단단한 근육과 살갗의 따스함이 느껴지자 그녀는 만족스러운 한숨을 내쉬었다.

"아니라는 거 알고…… 당신이 언니와 아무 관계도 없는 사이라는 거 알고 사실 나 기뻤어요."

그는 다정한 손길로 그녀의 뺨을 어루만졌다.

"그런데 당신이 막 화를 내서."

"난 화 안 냈는데?"

"끝이라고 했잖아요. 다 끝났다고……."

그녀의 목소리에 울음기가 담겼다.

"그리고 내 전화는 받지도 않고."

투정이 잔뜩 섞인 말에 그가 입가로 부드러운 미소를 지었다.

"그래, 그랬지."

뺨 위로 툭 떨어지는 눈물에 그의 입술이 닿았다.

"울지 마."

그녀의 목덜미를 어루만지며 그가 다정하게 달랬다. 그리고 이내 심술궂게 씩 웃고 말을 했다.

"자꾸 울면 안 안아준다?"

"치— 정말 못됐어."

툭 튀어나오는 입술에 쪽—소리가 나도록 입을 맞춘 그가 열정적인 몸짓으로 그녀를 꽉 끌어안았다.

"헉! 승빈 씨. 나…… 숨 막혀……."

그녀의 말이 끝나기도 전에 몸을 일으킨 그가 침대 옆으로 내려서며 거친 동작으로 와이셔츠를 벗었다. 허리띠를 푸르고 지퍼를 내리는 그의 동작을 바라보던 그녀의 얼굴이 노을처럼 붉은 빛으로 달아올랐다.

바지와 팬티를 한꺼번에 벗어 내리자 그의 몸 중심부로 잔뜩 팽창한 남성이 우람하게 그 모습을 드러냈다. 그녀는 숨도 쉬지 못하고 바라보다 손으로 얼굴을 가렸다.

"비겁하군."

낮은 웃음소리와 그보다 더 낮은 음성에 그녀의 몸이 저절로 떨려왔다.

그의 손이 그녀의 팔을 붙잡아 끌어당겼다. 앗! 소리도 지르지 못하고 그녀는 침대 위에 앉혀졌다. 그녀의 목덜미에 입술을 대며 그는 풀어헤쳐진 블라우스를 작은 어깨에서 벗겨냈다. 하나씩 팔에서 옷을 벗기고 그는 그녀의 등 뒤로 손을 돌려 브래지어의 후크를 끌렀다.

“승빈 씨, 나…….”

“쉿!”

그가 그녀의 입술을 자신의 입술로 막았다. 달콤한 키스를 퍼부으며 그는 브래지어를 벗긴 후, 그녀의 어깨를 잡아 다시 침대에 눕게 했다.

“승빈 씨.”

그녀의 목소리가 살짝 떨려왔다. 기대감과 그에 못지않은 두려움으로 그녀의 몸은 떨고 있었다.

“당신을 아프게 하고 싶지 않아.”

그의 손에 의해 치마와 팬티가 벗겨졌다. 순간적으로 느껴지는 부끄러움에 그녀는 다리를 오므리며 그의 눈길로부터 자신의 몸을 감추려 했다.

“그러지 마.”

그의 손이 그녀의 가슴과 허리를 어루만졌다. 그녀는 손을 뻗어 그의 넓은 어깨를 움켜잡고 수줍게 미소 지었다.

“난 이런 거, 익숙하질 않아서요.”

변명처럼 중얼거린 그녀는 그의 입술이 가슴에 와 닿자 작게 신음소리를 냈다.

“나도 익숙하지 않아.”

그의 애무는 능숙했다. 처음인 그녀조차도 쾌감에 절어 달뜨게 할 정도로.

그녀는 팽 토라진 말투로 톡 쏘아붙였다.

“거짓말.”

"난 거짓말은 안 해."

힘주어 말한 그가 손바닥으로 그녀의 아랫배를 살살 쓰다듬었다. 그의 손이 움직일 때마다 그녀는 호흡이 가빠져 제대로 숨을 쉴 수 없을 것만 같았다. 근육으로 단단한 그의 팔을 꽉 움켜잡고 그녀는 가쁜 숨만 내쉬었다.

"그래도 처음은 아니잖아요."

그러면 안 된다 생각하면서도 그와 섹스를 한 여자들에 대한 질투가 마구 생겨났다.

"나이가 있으니까."

대수롭지 않다는 투로 말한 그가 그녀의 뺨에 입술을 댔다.

"그래서 화가 나?"

그의 손이 느리게, 아주 느리게 검은 수풀로 뒤덮인 여성 쪽으로 움직이고 있었다.

"그래요. 화가 나요."

"그건 질투라는 거겠지?"

"아아, 앗! 으응……."

그의 손이 소중하게 감춰두었던 다리 사이의 한 부분으로 파고들자 그녀는 두 눈을 꼭 감으며 비명 섞인 신음소리를 내질렀다.

"말해 봐, 제니퍼. 질투하는 건가?"

덮어씌우듯이 손바닥을 포갠 채, 그의 손가락이 리드미컬한 움직임을 만들어냈다. 천천히, 아주 천천히 위아래로 쓰다듬으며 원을 그리듯 움직이던 손가락이 작은 틈을 발견하고 안쪽으로 스며들듯이 움직였다.

"하아, 그래요. 아아, 승빈 씨. 아앗."

연신 신음소리를 흘려내며 그녀는 몸을 떨었고 입술을 꼭 깨물면서 그의 어깨에 매달렸다.

"질투 같은 건 할 필요 없어, 제니퍼. 지금 내겐 당신뿐이니까."

그는 열정이 가득 담긴 키스를 퍼부었다. 가쁜 숨을 내쉬면서 그녀는 그의 목을 두 팔로 끌어안았다. 그리고 사랑이 듬뿍 담긴 눈으로 그의 눈을 바라봤다.

"안아 줘요, 승빈 씨."

미소와 함께 그녀는 달콤하게 속삭였다.

"나, 당신 여자가 되고 싶어요."

그녀의 말이 그의 정열에 더욱 불을 붙였다.

"제니퍼."

신음처럼 중얼거린 그는 그녀의 허벅지에 손을 댔다.

다리가 옆으로 벌어진다고 느낀 순간, 그의 남성이 그녀의 여성에 와 닿았다. 천천히 압박감을 주며 밀고 들어오는 그의 남성은 너무나도 뜨거웠다. 마치 커다란 불기둥이 자신의 몸을 반으로 갈라놓는 것만 같은 느낌에 그녀는 숨을 멈췄다. 순간, 그가 허리에 힘을 주고 강하게 파고들었고 그녀는 칼로 베인 듯한 통증에 비명을 질렀다.

"아! 아파……."

헐떡이며 그녀가 이마를 찡그리자 그는 움직임을 멈췄다. 그녀의 이마에 흐트러진 머리카락을 쓸어주며 그는 낮은 어조로 말했다.

"당신 처음이었군."

그녀는 얼굴을 붉히며 고개를 끄덕였다.

"남자친구 없었다고 말했잖아요."

수줍게 어깨를 움츠리는 그녀의 입술을 격렬하게 빨아들이며 그가 낮은 신음소리를 내뱉었다.

"여기서 멈출 수는 없어."

그가 허리를 움직이자 그녀는 몸 안쪽이 늘어나는 느낌에 신음하며 입술을 꼭 깨물었다. 그의 남성이 몸 안을 꽉 채웠다가 천천히 빠져나가고 다시 강하게 밀고 들어왔다가 빠져나가기를 반복하자 그녀는 점차 차오르는 쾌감으로 몸을 떨었다. 그의 어깨와 팔을 움켜쥔 채 그녀의 몸은 거센 물살에 휩쓸려 떠내려가는 작은 배처럼 흔들리고 있었다.

허벅지를 안아 들어 올리며 그가 더욱 깊숙이 파고들어 오자 눈앞에서 별이 번쩍거렸다. 온몸이 조여들 듯한 쾌감이 등줄기를 타고 손발을 움츠러들게 만들었다.

"아흑, 아아……. 아앗!"

그가 고개를 숙이며 그녀의 가슴을 한입 베어 물었다. 쾌감으로 잔뜩 도드라진 젖꼭지가 그의 입 안으로 마구 빨려들자 저절로 그녀의 허리가 들썩이며 움직였다.

"하아…… 아흑. 승빈 씨 제발…… 악!"

몸을 가눌 수 없을 정도로 덮쳐드는 쾌감에 그녀는 비명과도 같은 신음소리를 냈다.

이마에 송글송글 땀방울이 맺히고 호흡도 더욱 거칠어져만 갔다. 그는 그녀의 몸을 으스러져라 끌어안고 더욱 격렬하게 허리를 움직였다. 깊이, 더 깊이 그는 그녀의 몸 속 깊은 곳까지 자신을 파묻었다.

열정적으로 빠른 동작을 계속하던 그가 짐승 같은 신음소리를 내며 그녀의 몸 안쪽 깊은 곳에 자신의 분신을 내뿜었다. 짜릿함이 온몸을 덮치고 순간 정신이 몽롱해지며 그는 최고의 쾌감을 맛볼 수 있었다. 그의 입술이 그녀의 입술을 덮치며 깊고 강한 키스를 했다.

"승빈 씨, 하악, 아앗! 으응……."

발끝이 오므라들면서 그녀의 몸에 저절로 힘이 잔뜩 들어갔다. 무언가가, 아랫배 안쪽 깊숙한 곳에서 용솟음치며 들끓어 오르는 것 같았다. 그녀는 저도 모르게 그의 어깨에 손톱을 박아 넣으며 한껏 매달렸다.

"제니퍼."

다정하게 부르며 그의 입술이 그녀의 입술에 닿았다. 깊고 강한 키스를 하면서 그는 그녀의 어깨를 부드럽게 어루만졌다.

"미워."

그녀는 투정이 섞인 어조로 속닥거리며 그의 목덜미에 얼굴을 묻었다.

"나 죽는 줄 알았단 말이에요."

입가에 싱긋 미소를 지은 그가 그녀의 이마에 가볍게 입술을 댔다. 한 손을 들어 그녀의 이마에 맺힌 작은 땀방울을 닦아준 그가 조심스럽게 몸을 뒤로 뺐다.

"아야!"

아직까지 완전히 작아지지 않은 남성이 빠져나가며 마찰을 일으키자 그녀가 살며시 이마를 찌푸렸다. 그가 몸을 일으켜 침대를 벗어나려 하자 그녀는 눈을 동그랗게 떴다.

"승빈 씨?"

"조금만 그대로 있어."

자신의 뺨에 쪽 소리가 날 정도로 뽀뽀를 하고 귓가에 다정스레 속삭이는 그의 목소리에 그녀는 안도의 한숨을 내쉬었다. 잠시 잠깐 그녀는 그가 자신에게 실망해서 밖으로 나가는 것 아닐까 하는 생각을 했었다.

침실 밖으로 나간 그는 얼마 되지 않아 돌아왔다. 손에 젖은 타월을 들고서. 가까이 다가온 그는 타월로 그녀의 이마를 닦아주고 볼을 꾹 누른 후 낮은 어조로 말했다.

"자, 얼굴 들어 봐."

말 잘 듣는 아이처럼 그녀가 얼굴을 들자 드러난 목덜미에 젖은 타월이 와 닿았다. 그가 가슴을 닦으려 하자 그녀는 어깨를 움츠리며 팔을 들어 막았다.

"내가 할게요."

"가만히 있어."

"승빈 씨."

"왜!"

그녀는 그의 손목을 잡고 잔뜩 힘을 줘 밀어냈다. 그래 봤자 그는 끄덕도 하지 않았지만.

"부끄럽단 말이에요."

그가 피식 웃으며 팔목을 잡은 그녀의 손을 떼어냈다.

"부끄럽긴 뭐가 부끄러워. 볼 것도 별로 없던데."

부러 퉁명스럽게 말하자 그녀의 눈꼬리가 하늘 높은 줄 모르고 위로 솟구쳤다.

"뭐라고요?"

쿡쿡거리면서 웃은 그가 한 손으로 그녀의 가슴을 부드럽게 움켜잡았다.

"자꾸 그러면 또 안아 버릴 거다."

"진짜 미워. 정말 못됐어."

핑 토라진 말투로 그녀가 쏘아붙이자 그의 웃음소리가 더 커졌다.

"하하. 알았어. 눈 감고 할게. 됐지? 자, 나 눈 감았다."

지그시 눈을 감고 그는 타월을 든 손을 움직였다. 그녀는 혹시라도 눈을 뜨지 않을까 하는 생각에 그의 눈만 뚫어져라 바라봤다. 그런데 신기하게도 그는 눈을 감고도 그녀의 몸을 다 아는 듯 정확히 가슴을 닦고 배를 지나 아직까지도 열기를 간직하고 있는 여성에 타월을 댔다.

“샛눈 뜨고 있죠?”

“아니야.”

예민해져 있는 여성에 타월이 닿자 쓰라림이 느껴져 그녀의 몸이 움찔 떨렸다.

“아파?”

그녀의 떨림을 감지한 듯 그가 걱정스러운 음성으로 물었다.

“조금…….”

조심스럽게 몸을 닦아낸 후, 그는 그녀의 어깨를 안고 침대에 누웠다. 그는 발치 깨에 밀려나 있던 시트를 끌어당겨 그녀의 어깨에 덮어주었다.

“나, 자도 돼요?”

졸음기 가득한 눈으로 그를 올려다보며 그녀가 물었다.

“응. 자.”

또다시 그녀의 입술에 가볍게 키스를 한 그가 한 팔로 힘있게 그녀의 어깨를 끌어안았다.

“팔 빼도 돼요.”

“왜? 불편해?”

“아뇨. 난 좋은데 밤새 이러고 있으면 당신 팔 저리잖아요. 아침 되면 아플 거예요.”

근육으로 단단한 팔에 볼을 비비며 그녀가 말하자 그의 입가에 싱

긋 미소가 생겨났다.

"팔 아프면 당신이 안마해 주면 되지."

"정말. 그러면 되겠다."

미처 생각지 못했다는 표정으로 눈을 깜박이던 그녀가 환한 미소를 머금었다.

"그만 자. 졸려 보인다."

"응. 계속 잠을 못 자서 그래요."

중얼거리던 그녀가 병아리처럼 그의 품으로 파고들었다. 단단하면서도 따스한 살갗에 몸을 비비자 만족스러운 한숨이 저절로 입을 뚫고 나왔다.

사랑해요, 승빈 씨. 사랑해요. 사랑해요.

그녀는 열 번, 아니 백 번이라도 그렇게 말하고 싶었다. 하지만 입술을 살며시 깨물며 입 밖으로 뚫고나가려는 말을 목 안으로 삼켰다.

남자들은 여자가 사랑한다고 하면서 매달리면 부담스러워한다는 말을 어디선가 들었다. 그랬기에 그녀는 그의 진심을 알기 전에 먼저 사랑한다는 말은 하지 않으리라 결심했다.

이제야 간신히 오해를 풀고 다시 만나게 되었는데 공연히 부담감을 줘 도망가게 만들고 싶지 않았다.

절대로 그런 일이 일어나면 안 돼.

지금 당장이라도 그가 도망갈 것 같아 그녀는 팔을 뻗어 그의 목을 꼭 끌어안았다.

"제니퍼."

"안아줘요."

그는 그녀의 허리를 꼭 끌어안아줬다.

"으응. 나 잠들 때까지 놓으면 안 돼요."

"그래. 알았어."

숨도 못 쉴 정도로 꼭 끌어안고서 꼼짝도 안 하던 그녀가 어느새 잠이 들었는지 팔이 스르르 풀렸다.

그녀의 허리를 안은 채 그도 눈을 감았다. 오늘 밤은 아무런 걱정 없이 편하게 잠을 잘 수 있을 것 같았다.

12장

벌써 이틀째 그녀와 연락이 되지 않자 그는 서서히 미쳐가고 있었다.

'안아주고 나면 다 끝났다는 거 인정하고 뉴욕으로 돌아갈 거냐고.'

그녀에게 했던 말이 떠오르자 그는 이를 악물었다. 놀리려고 그냥 한번 해 본 말이었는데 설마 그녀가 그 말을 진심으로 받아들이고 뉴욕으로 가 버린 건 아닐까. 그런 생각이 들자마자 그는 자신의 입을 확 쥐어뜯어 버리고 싶었다.

그건 아닐 거야. 그런 식으로 아무 말도 없이 가 버리지는 않겠지.

그는 떠오르는 불길한 생각들을 모두 지우려는 듯 고개를 절레절레 저었다.

혹시 또 아픈 건 아닐까? 전화를 받을 수 없을 정도로 아픈 걸까.

그는 긴 한숨을 내쉬고 이마 위로 흐트러지는 머리카락을 쓸어 올렸다. 한참 동안이나 휴대폰을 노려보다가 통화 버튼에 손을 댔다. 신호음이 들리고 또다시 전화를 받을 수 없다는 기계적인 여자의 음성이 들려왔다. 휴대폰을 책상 위로 툭 집어던진 그는 인터폰을 눌러 김 비서를 호출했다.

"김 비서. 필립 전화번호 알고 있나?"

사무실로 들어서자마자 들려오는 승빈의 말에 김 비서는 순간 멈칫했다.

안다고 해야 하는 거야? 아님 모른다고 해야 하는 거야?

안다고 말하면 제니퍼와 모종의 관계가 있음을 시인하는 것과 같을 테고 모른다고 하자니 양심이 찔렸다.

"제니퍼 수행비서인 필립 말야. 전화번호 알고 있느냐고!"

그는 김 비서가 자신의 말을 못 알아들었다 여기고 재차 질문을 던졌다.

"알고는 있습니다만 무슨 일로 그러시는지……."

"제니퍼가 연락이 안 돼. 어제부터 계속. 김 비서, 필립한테 전화해서……."

말을 하다 말고 멈춘 그가 갑자기 벌떡 일어나며 책상 위에 두 손을 짚었다.

"아니. 그럴 것 없이 호텔로 직접 찾아가 봐야겠군. 김 비서. 제니퍼의 룸이 몇 호인지 알아봐."

혹시라도 그가 '필립 전화번호를 어떻게 아는 거지?' 라고 물을까 봐 김 비서는 찔끔했다. 그리고 제니퍼의 룸이 몇 호인지 알아보라는 명령에 식은땀이 주르르 목덜미로 흘러내리는 것 같았다.

"뭐 하고 있나! 호텔에 알아보라니까."

대답도 없이 석상처럼 굳어져 있는 김 비서를 그는 못마땅한 눈길로 노려보았다.
호텔에 굳이 알아보지 않더라도 제니퍼의 룸이 몇 호인지 김 비서는 잘 알고 있었다. 그러나 김 비서는 승빈이 호텔로 달려가도록 두고 볼 수가 없었다. 호텔로 가 봤자 제니퍼를 만날 수 없다는 걸 김 비서가 더 잘 알고 있으니까.
엉거주춤한 태도로 김 비서는 더듬거리며 입을 열었다.
"저…… 사장님, 그게……."
"김 비서. 나한테 뭐 숨기고 있는 거라도 있나?"
어렸을 적 눈칫밥을 하도 먹어서인지 둘째 가라면 서러워할 정도로 눈치가 빠른 승빈이었다. 김 비서의 행동이 이상하다는 걸 알아채고 그는 날카로운 눈길로 쏘아보며 다그쳤다.
"제니퍼와 관련된 일이라면 솔직하게 말을 하는 게 좋을 거야."
그의 눈빛이 먹잇감을 앞에 둔 맹수처럼 번뜩거렸다.
"한 번 속이는 건 웃고 넘어가 줄 수 있어도 두 번 속이는 건 봐줄 수 없으니까."
그 말인즉슨 승빈은 이미 김 비서가 한 짓을 다 알고 있다는 말이었다. 또다시 등골이 서늘해지는 느낌에 시달리며 김 비서는 마른 침을 꿀꺽 삼켰다. 절대, 승빈에게 말을 해서는 안 된다고 제니퍼가 신신당부를 했지만 지금 김 비서가 걱정할 사람은 제니퍼가 아닌 그 자신이었다. 모가지를 당하지 않으려면 솔직하게 고백하는 게 더 이로울 게 뻔한 일이었다.
"어제 오전에 제니퍼 양이 연락을 하셨었습니다."
"그래서?"
"사장님이 맡으신 골치 아픈 일 중 하나를 알려달라고 하셔서……."

승빈의 매서운 눈길에 잔뜩 주눅이 든 김 비서는 말을 잇지 못하고 버벅거렸다.

"알려줬나?"

"팩스로 넣어드렸습니다."

"김 비서, 지금 제정신인가!"

버럭 그가 고함을 치자 김 비서는 어깨를 잔뜩 움츠렸다.

"그 앞뒤 못 가리고 천둥벌거숭이처럼 이리 뛰고, 저리 뛰는 여자한테 그런 일을 알려주면 어쩌자는 거야!"

"그래도 그 중에서 제일 쉬운 일을 알려드렸습니다."

"잘하셨군, 그래. 응? 아주 잘했어! 그나마 그 중에서도 쉬운 일 고르느라 무척이나 수고하셨고 말이야."

그가 잔뜩 빈정거리면서 말을 하자 김 비서의 얼굴이 벌겋게 붉어졌다.

"그래서 지금 제니퍼는 어디 있나!"

"장항으로 가셨을 겁니다."

"장항?"

되묻던 그의 눈이 충격으로 크게 떠졌다.

"장항이라면…… 호텔 부지 매입 건으로 합의중인 일을 알려줬단 말인가?"

"네."

나 잡아잡수 하는 표정으로 고개를 푹 숙이는 김 비서의 머리꼭지를 그는 뚫어져라 노려보았다.

그 중에서 제일 쉬운 일을 골랐다고 하더니. 쉬운 일이긴 개뿔! 그가 알기로는 제일 까탈스러운 일이었다.

강 회장의 평생 꿈은 자신의 이름으로 별 5개짜리 호텔을 세우는 거였다. 나중에 늙어—지금도 많이 늙었지만—자신의 호텔에서 세계적인 저명인사들이 파티를 하고 리셉션을 열었다고 자식들과 손자들에게 자랑하고 싶어 했다. 그래서 장항에 호텔을 세우기 위해 토지를 매입하려고 애를 쓰고 있었다. 하지만 토지 소유자들은 호텔을 세우겠다는 강 회장의 꿈을 달가워하지 않았다.

10년, 20년 이상 살던 땅을 호텔 세우겠다고 내놓으라고 하는데 좋아할 사람들이 어디 있겠는가. 현 시세보다 훨씬 많은 금액을 쳐주겠다고 꼬드겼지만 벌써 몇 년째 꼼짝도 안 하던 사람들이었다. 그런 사람들을 설득하겠다고 두 팔 걷어붙이고 나섰단다. 그 여자가.

그는 기가 막혀서 말도 못할 정도였다.

쉬운 일이라고 그런 일을 알려준 김 비서도 기가 막혔지만 자세히 살펴보지도 않고 덥석 일을 받아든 제니퍼도 기가 막혔다. 하기사 멀쩡한 사람 한 명, 바보 만드는 일도 식은 죽 먹기로 해내는 여자니까 어떤 식으로든 주민들을 설득해서 땅을 살 수도 있는 일이었다. 만약 그렇게 되면 죄책감을 느껴 어떤 식으로든 갚겠다고 큰 소리 치던 제니퍼에게도 좋은 일이고 회사에 이득이 되는 일이기도 했다.

하지만 승빈은 회사의 이득이나 제니퍼의 죄책감 탈피 따위를 따지고 싶은 마음이 없었다. 그는 당장 장항으로 달려가 제니퍼의 목에 줄을 매서라도 끌고 와야겠다는 생각뿐이었다.

"차 대기시켜."

"지금 가 보시려고요?"

승빈이 어떤 행동을 할 것이라 뻔히 짐작하고 있었으면서도 김 비서는 놀란 기색으로 물었다.

"당연히 가야지."

알면서 뭘 묻냐는 식으로 그가 쏘아붙이자 김 비서가 어정쩡한 표정을 했다.

"오늘 저녁 8시에 디너파티에 참석하기로 하셨습니다. 그리고 내일 아침 조찬모임도 있으시고요. 지금 장항에 가시면……."

"다 취소해!"

그가 아주 간단하게 대꾸하자 김 비서는 입을 떡 벌렸다.

"사장님. 내일 아침 모임은 강 회장님께서 직접 말씀하신……."

"취소하라고."

김 비서의 말을 뚝 자르고 그가 낮은 어조로 말했다.

"회장님이 따져 물으시거든 제니퍼 모튼 잡으러 갔다고 해. 회장님은 아마도 언짢으신 기색 하나 없이 성공하길 바란다는 답변을 하실 테니까."

책상 위에 놓여 있던 휴대폰을 집어 바지 주머니에 넣은 그가 옷걸이에 걸린 재킷을 잡아챘다. 그리고 사무실 문으로 향하며 소리 쳤다.

"차 대기시켜. 지금 당장!"

"바로 기사 부르겠습니다."

어쩔 수 없다는 표정으로 고개를 젓고 김 비서가 대답하자 그가 휙 뒤를 돌아보았다.

"아니. 운전은 내가 하겠어. 주소나 문자로 보내."

쌀쌀맞게 말하고 김 비서를 노려본 그가 휑하니 사무실 밖으로 걸음을 옮겼다. 급한 동작으로 뒤따라 나온 김 비서는 책상 앞으로 부리나케 달려가 수화기를 들었다.

"사장님 나가십니다. 정문 앞에 차 대기시켜요."

말을 하고 돌아보니 승빈은 벌써 비서실 문 밖으로 나간 뒤였다.

"어이구, 저 성질에 또 속력 팍팍 내면서 달릴 텐데. 그러다 사고라도 나면 어쩌려고."

투덜거리면서 비서실을 뛰쳐나온 김 비서는 100m 달리기라도 하는 것처럼 힘껏 엘리베이터 앞으로 달려갔다. 간발의 차이로 승빈이 탄 엘리베이터에 같이 탈 수 있었던 김 비서는 헉헉거리며 가쁜 숨을 다스리려 애를 썼다.

"사장님, 저도 같이……."

"됐습니다."

얄미울 정도로 딱 잘라 거절한 그는 김 비서를 쳐다보지도 않았다. 승빈에게 제대로 찍혔다는 불안감에 김 비서는 어쩔 줄을 몰라 했다.

"사장님, 제가 실수를 했습니다. 죄송합니다. 하지만 제니퍼 양이 일을 잘 해결해서 사장님께서 기뻐하는 모습을 보고 싶다고 하도 사정을 해서요. 제가 마음이 약해졌었습니다. 용서해 주십시오."

"그런 일이 있었으면 나한테 말을 했어야 하는 거 아닌가?"

"제니퍼 양이 비밀이라고 하셔서……."

"아주 쿵짝이 잘 맞는군. 아예 두 사람이 손잡고 파트너를 하시지 그래!"

매몰차게 쏘아붙이는 그의 말투에서 김 비서는 질투를 느낄 수 있었다.

승빈이 제니퍼에게 마음이 있다는 건 알고 있었지만 걱정이 되어 장항까지 쫓아갈 정도라니. 그 정도면 둘이 마주쳐도 큰 위험은 없겠군.

내심 안도의 한숨을 내쉬면서도 김 비서는 여전히 불안함을 느꼈다.

"저, 제니퍼 양을 만나시면 어떻게 하실 생각이십니까?"

"그건 김 비서가 상관할 일이 아니지."

흘끗 김 비서를 바라보며 그가 한쪽 입꼬리를 비스듬히 끌어올렸다.

"내가 제니퍼를 잡아 두드려 패든 반쯤 죽여 놓든 신경 쓰지 말고 김 비서는 하던 일이나 계속 해."

에휴휴, 저 놈의 성질머리. 말하는 폼 하고는.

김 비서는 어찌 내게만 이런 시련이 일어나나 하는 생각에 한숨을 푹푹 내쉬었다.

엘리베이터에서 내려 정문으로 향한 승빈은 기사에게서 차 열쇠를 건네받았다.

"김 비서는 자리 지키고 있다가 시간 되면 퇴근해."

"사장님. 안전운전 하십시오. 속력 높이지 마시고…… 마음 급하셔도 조심조심. 천천히 사고 안 나시게……."

"그만하지?"

눈썹을 찌푸리면서 언짢은 표정으로 승빈이 쏘아붙였다. 찔끔한 김 비서가 뒤로 한 걸음 물러서자 그는 차에 탄 뒤 안전벨트를 맸다.

"주소 확실하게 챙겨!"

시동을 걸자마자 그는 가속페달을 꾹 밟았다. 부르릉— 힘 있는 엔진소리와 함께 차가 앞으로 달려 나갔다.

승빈은 마음이 급했다. 단 1초라도 빨리 가서 제니퍼를 만나야 한다는 생각뿐이었다. 그러나 그런 그를 방해하기라도 하듯 오늘도 여전히 서울의 도로는 주차장을 방불케 하고 있었다.

젠장. 진짜 짜증나는군.

이마를 잔뜩 찌푸리고 이를 악문 그는 과감하게 버스전용도로로 들어섰다. 딱지를 떼게 된다면 자신을 이런 상황으로 몰아붙인 제니퍼에게 벌금부과 용지를 퀵으로 보내줄 생각이었다.

인터체인지를 지나 고속도로에 진입하면서 차량정체가 풀리자 속도를 올렸다. '제한속도 110'이 무색할 정도로 빠르게 달렸다. 비상깜박이를 켠 채로.

140, 150. 엔진 짱짱한 차는 가속페달을 밟으면 밟는 대로 속도가 나왔다. 주변의 풍경이 휙휙 뒤로 달려갔지만 승빈은 눈길도 주지 않은 채 정면을 응시하고 운전대를 잡은 손에 힘을 주었다.

경부고속도로를 지나 천안논산고속도로에 들어서자 한두 방울씩 비가 내리기 시작했다. 차창에 가는 빗줄기가 그려지면서 시야가 좁아졌다.

제길. 마음 급하다니까 날씨까지 안 도와주는군.

투덜거리면서 속도를 줄인 그는 크게 심호흡을 한 뒤 CD플레이어의 버튼을 눌렀다. 비와 너무나도 잘 어울리는 클래식 음악이 차 안 가득 울려 퍼졌다.

동서천 IC를 빠져나오자 가늘게 내리던 비가 그친 대신에 주위가 어두워지기 시작했다. 전조등 불빛에 의지해 한참을 더 달린 뒤, 장항 읍내로 접어들자 긴장이 조금씩 풀렸다. 이제 거의 다 왔다는 생각에 뿌듯해하던 그는 차가 갑자기 덜컹하면서 기울어지자 흠칫 놀랐다.

재빠르게 브레이크 페달을 여러 번 밟아 도로 옆으로 차를 세우고 내렸다. 분풀이라도 하려는 듯 거칠게 차 문을 쾅 닫고 뒤쪽으로 가 보니 뒷바퀴 하나가 펑크가 나 있었다. 한쪽으로 기우뚱하니 가라앉은 차를 보며 그는 한숨을 푹푹 내쉬었다.

목적지를 코앞에 두고 이게 무슨 날벼락인지.

날은 이미 어두워져 주변 상가들은 하나둘 씩 문을 닫기 시작했다. 가로등 불빛만 환한 도로에 다니는 차도 별로 없었다. 그는 차를 놔두고 택시를 탈까 생각하다가 마음을 바꿔 김 비서에게 전화를 했다.

"김 비서. 보험회사에 연락해. 타이어 펑크 났으니까 와서 갈아 끼우라고 해."

—네? 펑크요?

잔뜩 놀란 목소리로 김 비서는 꽥 소리를 쳤다.

—사장님은 괜찮으십니까? 다치지는 않으셨구요?

"타이어가 펑크 난 것뿐이야. 난 멀쩡하니까 수선 떨지 말고 보험회사에 연락이나 하라고."

—네, 알겠습니다.

김 비서에게 자신이 있는 장소를 알려주고 운전석으로 돌아온 그의 입가에 슬며시 짓궂은 미소가 떠올랐다. 타이어가 펑크 난 것도 일종의 사고지. 그렇다면…….

〈나 차 사고 났다.〉

그는 제니퍼에게 문자를 보냈다. 이렇다 저렇다 설명도 없이 딱 그 말만을 써서.

그가 생각하기에 그녀는 일부러 자신의 전화를 받지 않는 게 분명했다. 일 때문에 잔소리를 듣기 싫어서.

전원을 꺼놓은 게 아니므로 문자는 확인하겠지. 그리고 잔뜩 놀라서 전화를 하겠지.

그가 예상했던 대로 채 1분도 안 돼 전화벨이 울렸다.

"어. 나야."

액정에 뜬 제니퍼의 이름을 확인하고 그는 느릿한 어조로 대꾸했다.

—승빈 씨! 당신 괜찮아요? 많이 다쳤어요? 지금 어디예요? 병원이에요?

속사포처럼 쏟아지는 질문에 그의 입가로 더욱 짓궂은 미소가 떠올랐다.

"나 지금 장항인데."

—네? 지금 어디라고요?

걱정스러움이 가득하던 제니퍼의 음성에 놀라움이 겹쳐졌다.

"장항 읍내라고. 차가 펑크 나서 지금 길바닥에 퍼져 있어."

수화기 너머는 쥐 죽은 듯 고요했다. 그녀가 전화를 끊은 게 아닌가 싶을 정도로 작은 숨소리 하나 들리지 않았다.

"장항 화물역 근처야. 앞에 철길이 보이는군. 제니퍼, 지금 당장 여기로 튀어 와."

그는 잔뜩 목소리를 낮게 깔고 말했다.

—승빈 씨…….

"내가 쳐들어가는 것보다 당신이 오는 게 나을 거야."

—승빈 씨. 그게요…….

"두 번 말하게 하지 마."

무뚝뚝하게 말한 뒤 그는 전화를 끊어버렸다. 자신이 엄청나게 화가 났다는 걸 알리기라도 하듯. 곧이어 보험회사 차량이 도착하자 그는 펑크 난 타이어를 교체하라고 말한 뒤, 주변을 둘러봤다.

높은 빌딩으로 가득한 서울과 달리 그 곳은 낮은 건물과 차량 통행이 별로 없는 도로가 한적함을 느끼게 해 주었다.

"다 됐습니다. 사인 좀 해 주세요."

땀을 뻘뻘 흘리면서 타이어를 교체한 직원이 서류를 내밀었다.

"수고하셨습니다."

서류에 사인을 하고 그가 막 차문을 열 때였다. 건너편 도로에 택시 한 대가 쏜살같이 달려와 서더니 탕— 문소리를 내면서 제니퍼가 내렸다. 구르듯이 달려온 그녀가 그의 앞에 와 섰다.

“승빈 씨. 괜찮아요? 정말, 괜찮은 거예요?”

그는 못마땅하다는 눈길로 그녀를 머리끝부터 발끝까지 쭉 훑어봤다. 뭘 하다가 뛰어온 건지 운동복 같은 스웨터에 짧은 바지를 입고 신발도 발가락 다 보이는 슬리퍼를 신었다. 지갑 하나 달랑 들고 대충 빗어 넘겨 묶은 머리에 화장기 하나 없는 말간 얼굴로 그를 올려다보고 있었다.

“제니퍼 모튼.”

“네?”

잔뜩 가라앉은 그의 으스스한 목소리에 그녀가 어깨를 움츠렸다.

“누가 멋대로 행동하라고 했지?”

“그건요…….”

“나한테 말 한 마디 없이 이런 일을 벌여?”

하려던 말을 싹둑 잘라버리고 그가 버럭 소리를 지르자 그녀는 불만스럽다는 표정으로 입을 삐죽 내밀었다.

“당신 기쁘게 해 주려고 그런 거예요.”

“내가 하지 말라고 했지.”

“어려운 일도 아니잖아요.”

“그건 당신 생각일 뿐이고.”

“별일 없었어요. 사람들도 다 잘 대해 줬고요.”

그가 계속 버럭거리자 제니퍼도 참을 수 없다는 표정으로 소리를 쳤다.

“난 당신이 왜 이렇게 화를 내는지 모르겠어요. 좋은 일 하려고 그러는 거잖아요.”

“내가 허락 못 해.”

"승빈 씨!"

"타."

거칠게 내뱉은 그는 그녀의 손을 잡아끌었다.

"왜 이래요? 승빈 씨!"

그는 거의 반강제적으로 그녀를 차에 태웠다.

"그 일이 얼마나 위험한 일인지 알고 덤벼드는 거야?"

운전석에 앉아 운전대를 두 손으로 쥔 채 그는 정면을 뚫어져라 노려보며 말을 했다.

"위험하지 않아요. 다들 얼마나 친절한데요."

"위험하지가 않아? 친절해? 하! 진짜 웃기는군."

그가 드러내놓고 비꼬아대자 제니퍼는 이마를 잔뜩 찌푸렸다.

"몇 십 년 동안 대를 이어 살던 땅 뺏겠다고 온 사람한테 그 사람들이 언제까지 친절할 거라고 생각하는데?"

그가 갑자기 고개를 획 돌려 그녀를 노려보았다.

"당신 같으면 땅 팔 마음도 없으면서 계속 잘해 주겠어? 지금이야 친절하게 대하겠지. 그러다 귀찮아지고 열 받으면 성난 폭도로 돌변해. 그 사람들 단체로 몰려와서 난리를 치면 당신 어떻게 할 거야? 그 잘난 필립을 방패막이로 내세우고 나 살려라 줄행랑이라도 칠건가?"

무섭게 다그치는 그의 앞에서 그녀는 말 한 마디 제대로 할 수 없었다. 뭐라고 대꾸라도 했다가는 당장 그녀의 목을 졸라버릴 것 같은 기세에 속된 말로 그녀는 잔뜩 졸았다.

"도대체 무슨 생각으로 여길 온 거야?"

입술을 꼭 깨문 채 그녀가 가만히 앉아만 있자 그가 답답하다는 표정으로 주먹을 쥐고 운전대를 소리 나게 내리쳤다.

"대답해!"

"그렇게까지 오래 있을 생각은 없었어요."

"동문서답! 난 왜 여길 왔냐고 물었어!"

"그건 말 했잖아요. 좋은 일 하려고요. 당신 기쁘게 해 주고 싶어서 그랬다고요!"

자신의 마음도 몰라주고 소리 지르며 화를 내는 그가 너무나 얄미웠다. 화가 나고 서운한 마음에 그녀의 눈에 눈물이 맺혔다.

"잘 될 것 같았다고요. 와서 말 들어 보니까 다들 정착할 곳만 마련해 주면 이주할 생각도 있다고 했단 말이에요. 당신 말처럼 그렇게 위험한 상황 아니에요. 왜 알지도 못하면서 화부터 내고 그래요?"

짜증을 잔뜩 섞어 그녀가 투정을 부리자 그는 땅이 꺼져라 한숨을 내쉬었다.

"진짜 내가 왜 화를 내는지 몰라서 그렇게 묻는 거야?"

"알아요."

솟구치던 기세를 팍 접고 그녀는 다소곳한 표정으로 답했다.

"날 걱정해서 그런다는 건 알아요. 그렇지만 승빈 씨……."

"그만둬."

그는 무뚝뚝하게 뚝 잘라 말했다. 그의 엄한 표정에, 서슬 퍼런 눈빛에 압도당한 그녀는 미처 반발할 수도 없었다.

"그 일 당장 그만두라고."

"하지만……."

아직도 미련이 남아 그녀가 말꼬리를 흐리자 그는 계속 인상을 쓰며 윽박지르듯 말했다.

"당신 우리 회사 이름 걸고 여기 와 있는 거지. 그리고 내가 이 프로젝트 책임자고. 제니퍼, 책임자인 내가 허락할 수 없다는 데 계속

하겠다고?"

돌연 그녀는 새초롬한 표정으로 그를 힐끗 쳐다보았다.

"그럼 '모튼 사' 이름으로 할래요."

"제니퍼!"

"땅 매입해서 선물로 줄게요. 아니면 투자 형식으로……."

"나 진짜 화낸다."

지금까지는 가짜로 화를 냈다는 건지, 그의 분위기가 한결 험악하게 변했다.

"이 프로젝트 정말 성공시키고 싶단 말이에요!"

이번에는 짜증 왕창 섞어 그녀가 빽 소리를 쳤다. 두 주먹을 꼭 움켜쥐고서.

"성공시켜서 강 회장님한테 칭찬도 듣고 당신한테 잘난 척도 할 거란 말이에요."

"내 앞에서 잘난 척 안 해도 돼."

그가 손을 뻗어 주먹 쥔 그녀의 손을 잡았다. 커다란 손 안에 그녀의 작은 주먹을 움켜쥐고서 엄지손가락으로 슬슬 문지르며 그는 한결 누그러진 어조로 달래듯 말했다.

"그런 거 안 해도 당신 잘난 사람이라는 거 내가 알아."

칭찬인 것 같기도 하고 비꼬는 것 같기도 한 아리송한 말투에 그녀는 고개를 갸우뚱거렸다.

"그러니까 사람 간 떨어지게 하는 행동 하지 말라고. 당신 얘기 듣고 내가 얼마나 놀랐는지 알아?"

"미리 말 안 한 건 미안해요."

"필립한테 짐 정리해서 먼저 서울로 가라고 말해."

"승빈 씨."

"절대 허락 못 해. 당신이 아무리 울고불고 매달려도 이 일은 안 돼."

"독재자!"

못마땅하다는 기색을 잔뜩 드러내며 그녀가 소리치자 그는 눈꼬리에 힘을 주며 인상을 썼다.

"입 다물어."

"당신은 히틀러. 스탈린. 김정일 다 합해도 못 당할 진짜 독재자야!"

"계속 떠들면 앞으로 말 한 마디도 못하게 만들어 버린다."

"뭘 어쩐다구요?"

잔뜩 삐쳐서 대드는 그녀를 흘끗 쳐다보고 그가 차의 시동을 걸었다.

"입 꿰매 버린다고."

"힉!"

공포영화의 한 장면을 상상한 제니퍼는 진저리를 치며 고개를 저었다.

살벌해. 진짜 살벌해. 그녀는 그가 눈 하나 깜짝 하지 않고 그런 무지막지한 일을 해치울 수도 있을 거라고 생각했다. 그는 그녀가 알고 있는 것보다도 훨씬 잔인해 질 수도 있고 무서워질 수도 있는 사람이니까.

"어디 가는 거예요?"

차가 달리기 시작하자 그녀는 궁금함을 참지 못하고 창밖을 두리번거리며 물었다.

"설마 지금 당장 서울로 가는 건 아니죠?"

"생각은 굴뚝이지만 신경이 예민해져서 더 이상 운전하고 싶은 마음이 없어."

여전히 무뚝뚝하게 답한 그는 주위를 둘러보며 천천히 차를 몰았다.

"방 잡아놓은 데 있는데 거기로 갈래요?"

"싫어."

"왜요? 깨끗하고 괜찮아요."

이상하다는 투로 그녀가 묻자 그가 인상을 팍 썼다.

"거긴 필립이 있잖아. 당신하고 필립이 같이 있는 꼴 보고 싶지 않아."

아하! 또 질투를 하시는구나.

서운했던 마음이 싹 풀리고 왠지 흐뭇하기까지 해서 그녀는 입가에 살며시 미소를 띠었다.

"같이 있으면 뭐가 어때서요? 필립이 잘 챙겨주기만 하는데 뭘."

"되도록 필립하고 가까이 지내지 않는 게 좋을 거야."

"왜요?"

짐작은 갔지만 전혀 모르는 척 시치미를 떼며 그녀가 물었다.

"또 치고 박고 싸우는 꼴 보고 싶지 않으면 멀리 하라고."

"지금 같아서는 필립보다는 당신을 더 멀리하고 싶은걸요?"

그녀가 얄밉게 쏘아붙이고 나자 갑자기 끽— 하는 소리를 내며 차가 멈춰 섰다.

"엄마야!"

급정차의 충격으로 고꾸라질 듯 윗몸이 앞으로 향하자 그녀는 꽥 비명을 질렀다.

"뭐예요? 갑자기 왜 그래요?"

"다시 말해 봐."

그가 무서운 눈빛으로 그녀를 쏘아보았다.

"뭐…… 뭘 다시 말해요?"

시치미를 뚝 떼고 그녀가 되묻자 그가 안전벨트를 풀고 옆으로 몸을 돌렸다. 그녀를 정면으로 쏘아보면서 그가 낮은 어조로 말했다.

"좀 전에 한 말, 진심인가?"

어딘가 으스스하게 느껴지는 그의 태도에 그녀는 잠시 망설였다. 계속 약을 박박 올리면서 분풀이를 할 건지, 아니면 지금이라도 항복을 선언하고 애교를 부릴 건지. 그녀가 미처 결정을 하기도 전에 그가 팔을 뻗어 그녀의 목을 끌어당겼다.

"대답을 하라고."

"아야. 아파요."

안전벨트가 당겨서 가슴과 어깨를 누르자 그녀가 가볍게 투정을 부렸다. 그는 버튼을 눌러 벨트를 풀어내고 그녀를 더 가깝게 끌어당겼다.

"진심이야?"

"지금은 그렇다는 거죠. 당신이 자꾸 화만 내고 그러니까. 그리고 나 하고 싶은 것도 못하게 하잖아요. 필립은 안 그런다고요."

"그래서 필립이 더 좋다고?"

여기서 좋다고 말한다면 그는 정말로 '대마왕'처럼 분노할 게 뻔했다.

"당신하고 필립은 같은 입장이 아니잖아요. 필립은 나한테 친오빠 같은 존재예요. 그리고 완전한 내 편이구요."

"난 당신 편 아니고?"

지금만큼은 솔직해져야 한다고 그녀는 생각했다. 그가 화를 내던 말던 그녀의 진심을 말해야만 했다. 조금은 슬픔이 담긴 눈빛으로 그를 빤히 바라보면서 그녀는 입을 열었다.

“잘 모르겠어요, 승빈 씨. 난 당신이 날 어떻게 생각하고 있는지 확실히 알 수가 없어요. 당신이 말해 봐요. 승빈 씨는 내 편이에요? 내가 무슨 짓을 해도, 큰 잘못을 저질러도 날 이해하고 용서할 수 있어요?”

“그래.”

나지막하게 대답한 그가 그녀의 입술에 살며시 입을 맞췄다.

“난 제니퍼 편이니까.”

그의 말에 그녀는 기뻤다. 정말 눈물이 나도록 기뻤다. 비록 듣기 좋은 빈말로 그냥 해 본 말이라 해도 그녀는 기뻤다.

“그렇게 말해 줘서 고마워요.”

화사한 미소를 띤 채 그녀는 그의 목을 두 팔로 끌어안았다.

“쉴 만한 데를 찾아보자고. 기운 다 빠졌으니까.”

“회사 일 힘들었어요?”

그녀가 귓가에서 소곤거리자 그가 피식 웃었다. 힘든 걸로 따지자면 회사 일보다 그녀와의 실랑이가 더 힘들었지만 그는 딱 꼬집어 그렇게 말하고 싶지 않았다. 잔뜩 삐쳐서 입술 툭 내밀고 있는 그녀보다 방긋거리고 웃으며 애교 가득한 그녀가 더 좋았으므로.

“어제 2시간밖에 못 잤어.”

“어머? 왜요?”

“일 때문에.”

“많이 피곤하겠어요. 그럼 빨리 쉴 만한 데 있나 찾아봐요.”

안전벨트를 끌어당겨 버튼을 채운 그녀가 그를 바라보며 방긋 웃었다.

“얼른 출발해요.”

지금까지 투닥거리면서 싸우던 것도 다 잊고 그녀는 애교를 팍팍 뿌리면서 그를 재촉했다. 쓴웃음을 지으며 그는 마지못해 운전대를 잡고 가속페달을 밟았다.

읍내는 생각보다도 좁아 한 바퀴 도는데 그리 많은 시간이 걸리지 않았다. 철도역을 지나 골목 안쪽으로 제법 깨끗해 보이는 모텔을 찾은 승빈은 주차장에 차를 세우고 그녀를 돌아보았다.

"내려."

"그래도 필립한테 연락은 해야 되는데. 아니면 우리가 있던 데로 가든가요."

아직까지도 내키지 않는다는 태도로 그녀는 머뭇거렸다.

"우리?"

차에서 내린 그가 몸을 숙이며 눈꼬리를 치켜 올렸다.

"내 앞에서 필립하고 '우리' 라는 말로 묶어 표현하지 마. 상당히 기분 나쁘니까."

"알았어요. 필립하고 나요."

톡 쏘아붙이듯 대꾸한 그녀가 차 문을 열고 내리며 여전히 투덜거렸다.

"당신 지금 내 말을 오해하고 있는 모양인데요."

모텔 문을 열고 서서 기다리는 그의 곁을 쓱 지나치며 그녀가 말했다.

"내가 필립이 보고 싶고 그리워서 연락하려는 게 아니거든요?"

카운터에 나란히 서자 직원이 웃으며 인사를 건넸다.

"안녕하세요? 숙박하실 겁니까?"

"네. 방 하나만 주십시오."

승빈이 말하자 직원이 열쇠를 내밀었다.

"305호입니다. 엘리베이터는 저쪽입니다."

직원이 알려주는 쪽으로 걸음을 옮기며 그녀가 또다시 입을 열었다.

"내 물건이 그 모텔에 다 있다고요."

엘리베이터 버튼을 누른 그가 벽에 어깨를 기대고 서서 그녀를 바라봤다.

"그래서?"

"그래서라니요? 말 못 알아들어요? 내가 쓰는 물건 말이에요. 칫솔, 화장품, 잠옷, 다 필립한테 있다니까요. 가져와야죠."

땡— 하며 엘리베이터의 문이 열렸다.

"그런 게 왜 필요한데?"

엘리베이터에 타면서 그가 시큰둥하게 말하자 그녀는 눈을 동그랗게 떴다.

"왜 필요하냐고요? 당연히 써야 되니까 필요하죠."

"칫솔은 여기에도 있고."

3층까지는 숨 한 번 크게 들이마셨다 내쉬고 나니 도착했다. 그의 손짓에 따라 그녀가 먼저 엘리베이터에서 내렸다. 문의 호수를 체크하면서 걷던 그가 305호 앞에서 걸음을 멈췄다.

"화장은 안 해도 예쁘고."

승빈이 열쇠로 문을 열며 툭 뱉어내는 말에 그녀는 피식 웃었다.

그래도 예쁘다는 말은 듣기 좋네. 배시시 입가에 미소를 빼물고 그녀는 그의 뒤를 따라 방안으로 들어갔다.

호텔만은 못하지만 그래도 제법 넓은 실내에 그녀는 만족스런 마음이었다. 그리고 무엇보다도 깔끔했다. 침대 시트도 하얀 것이 청결함이 느껴졌다.

"잠옷도 필요 없지. 입고 잘 거 아니니까."

슈트 재킷을 벗어 화장대 앞 의자에 놓으며 그가 말하자 그녀의 얼굴이 발갛게 달아올랐다.

그러니까 뭐냐. 지금 나보고 속옷만 입고 자라고?

말도 안 된다는 표정으로 그녀는 도리도리 고개를 저었다.

"필립한테 전화해서 내 짐 가지고 오라고 할게요."

"당신 짐 챙겨서 서울로 가라고 하라니까."

와이셔츠를 벗으며 그가 퉁명스런 어조로 말했다.

"내가 전화해?"

그녀가 아무 대답도 없이 서 있기만 하자 그가 툭 말을 내뱉었다.

"아뇨. 아니에요. 내가 해요."

"씻고 올 테니까 그사이에 전화해."

딱딱하게 말하고 욕실로 향하는 그의 등짝을 그녀는 가재미눈으로 째려보았다.

독재자. 폭군. 진짜 못됐다니까.

뽀드득 이를 갈아 봤지만 지금 상황에서는 어쩔 수 없었다. 이대로 방을 나가서 도망가지 않는 한 그의 뜻대로 행동해야만 했다. 그녀는 내키지 않았지만 휴대폰을 꺼내 필립에게 전화를 했다. 이러저러 해서 이런저런 상황이 되었다고 간략하게 설명을 한 뒤, 짐을 정리해서 먼저 서울로 올라가라는 말까지 했다. 그리고 전화를 끊는데 한도 끝도 없이 분한 마음만 들었다.

못된 인간. 정말 사람 꼼짝달싹 못하게 만들고.

그가 욕실에서 나오면 한바탕 퍼부어야겠다는 생각에 그녀는 방 한가운데에 서서 두 손을 턱 허리에 걸쳤다. 한참 쏟아지던 물소리가 그치자 그녀는 마음을 단단히 먹고 전투태세를 갖췄다. 드디어 문소리가 들리고 그가 욕실 밖으로 나왔다. 그런데…….

헉! 그를 본 순간 그녀는 심장마비를 일으킬 것만 같았다.

들어갈 때와 달리 나올 때의 그는 거의 맨몸이었다. 짧은 수건 하나만 허리께쯤에 아슬아슬하게 걸치고서 다른 수건으로 젖은 머리의 물기를 닦고 있는 그에게서 그녀는 눈길을 뗄 수가 없었다.

물기에 젖은 검은 머리카락, 조각과도 같이 단정한 얼굴, 근육질 가슴 위로 흘러내리는 물방울. 흰 수건 위쪽으로 드러난 치골과 무척이나 단단해 보이는 허벅지며, 게다가 관능적이면서 섹시한 포즈까지. 그는 마치 광고촬영을 하고 있는 모델과도 같아 보였다.

"볼만한가?"

툭 던져지는 질문에 그녀의 얼굴이 잘 익은 토마토처럼 빨개졌다.

"그러네요."

"어딘가 못마땅하다는 표정인데?"

그가 입가로 예의 백만 불짜리 미소를 만들어냈다. 전기에 감전된 것처럼 그녀는 숨이 턱턱 막혔다.

"그런 거 없어요."

팩 몸을 돌리려던 그녀는 머릿속으로 반짝 떠오르는 아이디어에 회심의 미소를 지었다.

"아! 맞다. 당신한테 부족한 게 뭔지 알겠어요."

"부족한 게 뭔데?"

"유연성이요."

그녀는 생글생글 웃으면서 그의 앞으로 걸어갔다.

"봐봐요. 온통 근육질이라 딱딱하기만 하잖아요. 완벽한 몸을 만들려면 좀 더 부드러움을 갖춰야 하는 거거든요."

그녀는 손가락으로 그의 가슴을 콕콕 찌르면서 말했다. 그리고 몸을 홱 돌려 침대 위에 놓여 있는 얇은 이불을 들어 반으로 접었다.

"내 말 믿어요. 이래봬도 몸매 만드는 건 전문가니까."

그를 골탕 먹인다는 생각만으로도 신이 난 그녀의 입가에 저절로 함박웃음이 피어났다. 그녀는 잘 접은 이불을 방바닥에 깔았다.

"여기 앉아요."

"뭐 하려고?"

물어보면서도 그는 그녀의 말에 따라 바닥에 깔린 이불 위에 앉았다.

"가부좌 틀고요. 할 줄 알죠?"

"할 줄은 알지만 이걸 왜 하는 건데?"

"명상하려고요. 심신수양 몰라요?"

그의 곁에 앉은 그녀가 어렵지 않게 가부좌를 틀었다.

"얼른 해요."

"나 참. 별걸 다 하자고 하네."

투덜거리던 그가 가부좌를 틀었다.

"눈을 감고 마음을 가라앉혀요."

그를 슬쩍 쳐다본 그녀는 헉— 하는 숨소리를 내고 입을 꾹 다물었다. 가부좌를 튼다고 다리를 교차시키고 앉으니 얇은 수건이 말려 올라가 근육으로 단단한 허벅지가 더욱 도드라져 보였다. 마치 축구선수처럼 두껍고 단단한 허벅지를 보자 저도 모르게 그녀의 입에 침이 고였다.

안 되겠다. 명상이고 뭐고 이상한 생각만 나니까 작전을 바꿔서…….

"전에 제가 요가 가르쳐 준다고 했었죠?"

"그랬지."

그가 눈을 감은 채로 대꾸했다.

"말 나온 김에 지금 하죠."

"뭐?"

벌떡 일어선 그녀는 놀라서 펄쩍 뛰는 그의 어깨를 두 손으로 눌렀다.

"몸에 힘 빼시고 앞으로 숙여요."

그녀는 두 팔에 힘을 실어 그의 어깨를 내리눌렀다.

"으윽!"

가부좌를 한 상태로 윗몸을 앞으로 굽히는 건 무척이나 어려운 일이었다. 무엇보다도 허리와 등줄기가 당겨 고통을 느낄 수 있었다.

그녀는 잠깐 손에 힘을 빼고 많이 봐준다는 식으로 말했다.

"많이 힘들면 다리를 펴요. 앞으로 쭉 뻗고 발가락에 힘주고."

"지금 나 죽이려는 거지?"

신음과 함께 그가 말을 하자 그녀의 입가에 사악한 미소가 떠올랐다. 몸 속 깊은 곳에 숨어 있던 마녀가 기지개를 펴며 깨어나려고 했다.

"무슨 소릴 하세요? 이건 기본적인 거예요. 스트레칭 할 때도 이 동작부터 하잖아요."

"아니거든. 으윽……."

다리를 뻗으면서 대답하던 그는 그녀가 위에서 사정없이 등을 누르자 거친 신음을 흘렸다.

"도대체 헬스클럽 가서 무슨 운동을 하는 거예요?"

그가 입술을 악물고 신음을 참는데 그녀가 종알거렸다.

"매일 역기 들고 근육 키우는 운동만 하죠? 그러니 이렇게 유연성이 없…… 꺄아악!"

한쪽 무릎을 그의 등에 대고 꾹꾹 누르며 계속해서 종알거리던 그녀는 그가 팔을 뒤로 돌려 바닥에 닿아 있는 다리를 잡아당기자 기겁을 해서 비명을 질렀다.

"이거 봐요!"

넘어지지 않으려 애쓰며 그녀는 그의 등을 누르던 다리를 내렸다.

"내 다리 놓으라니까요?"

앉은 채로 휙 몸을 돌린 그가 두 손을 쭉 뻗어 그녀의 허리를 움켜잡았다.

"꺄아아."

비명을 지르는 그녀를 끌어당겨 그는 자신의 허벅지 위에 앉혔다.

"즐거웠지?"

"아뇨."

도리도리 고개를 젓는 그녀의 눈가에 아직까지도 웃음기가 남아 있었다. 그를 골탕 먹일 기회만 노리고 있던 마녀는 기지개를 다 펴보기도 전에 꽁지를 말고 도망쳐 버렸다.

그가 그녀의 어깨를 잡아 바닥에 눕혔다. 그녀의 머리 양 옆으로 두 손을 짚은 채 그는 가슴으로 눌러 꼼짝도 못하게 만들었다.

"뭐 하는 거예요? 요가 하다 말고."

"그게 요가야? 고문이지."

"요가 맞거든요."

그의 입술이 목덜미에 닿았다. 그녀는 엉겁결에 어깨에 잔뜩 힘을 주었다.

"뭐하는 거예요?"

"요가보다 더 급한 일이 있거든."

그가 온몸으로 내리누르자 그녀는 숨이 막혔다. 그리고 아랫배를 쿡쿡 찌르는 묵직한 느낌에 저절로 숨이 가빠졌다.

"난 지금 그럴 기분 아니거든요?"

새초롬하게 대꾸하는 그녀의 입술에 그가 가볍게 입을 맞췄다.

"나도 지금 요가나 하고 있을 기분이 아니야."

그는 그녀의 손을 잡아끌어 자신의 남성에 갖다 댔다.

"지금 당장 달래주지 않으면 폭발해 버릴 거라고."

그의 남성은 뜨거우면서도 단단했다. 자신의 손 안에서 꺼덕거리며 위용을 과시하는 남성의 힘에 그녀는 목이 바짝 타는 것만 같았다. 그녀는 자신도 모르게 그의 남성을 잡은 손에 힘을 주며 혀를 내밀어 입술을 핥았다. 그런 그녀를 바라보고 있던 그는 온몸이 욕망으로 달아올라 머리가 휙 돌아버리는 것만 같았다. 펄펄 끓어오르는 욕망의 불길을 끌 수 있는 건 오직 그녀뿐이었다. 그는 거친 숨을 내쉬며 그녀의 입술에 강하게 키스했다.

입 안 가득 그의 혀가 침범했다. 거칠게 입 안 구석구석을 휘젓고 그녀의 혀까지 빨아들인 그가 나직한 숨을 내쉬며 그녀의 입술을 짓눌렀다.

"으으응…… 싫어……."

"왜 그래?"

계속해서 그녀의 입술을 살짝살짝 빨아들이며 그가 물었다.

"그럴 기분 아니라니까요?"

그녀의 토라진 기색에 그가 슬쩍 이마를 찌푸렸다.

"아직도 삐쳐 있는 거야?"

"독재자. 폭군."

얄밉다는 듯 그를 옆 눈으로 흘겨본 그녀가 돌연 입가에 배시시 미소를 지었다.

"프로젝트 하게 해 주면 그럴 기분 생길 것 같은데요?"

그는 택도 없다는 표정으로 코웃음을 쳤다.

"흥! 웃기는군. 당신 보기엔 내가 허락할 것 같아?"

얼굴을 샥 굳힌 그녀는 주먹을 쥐고 그의 어깨를 힘껏 쳤다.

"저리 가요. 떨어지란 말이에요."

"싫어."

그가 뺨에 입술을 비비고 귓불을 빨아들이자 그녀는 본격적으로 몸을 흔들며 반항을 시도했다.

"하지 말아요. 싫다고요."

"진심이야?"

그녀의 가슴을 한 손으로 움켜쥐고 목덜미의 움푹 패인 곳에 입술을 밀어붙이며 그가 물었다.

"그…… 그래요."

단호하게 대답해야 하는데 어느새 몸 안 가득 열기가 피어올라 그녀는 더듬거리며 말하고 말았다. 그런 자신이 싫어져 그녀는 이마를 잔뜩 찌푸리고 입술을 꼭 깨물었다.

어깨를 안았던 손을 놓고 그가 천천히 몸을 일으키자 그녀는 놀라서 눈을 동그랗게 떴다.

"승빈 씨?"

허리를 감싼 수건의 중앙 부분이 잔뜩 위로 치솟은 걸 보면 그는 아직도 흥분 상태였다. 그런데도 그는 그녀에게서 손을 떼고 한 걸음 떨어져 섰다.

"승빈 씨……."

몸을 일으켜 앉는 그녀에게 그가 손을 내밀었다. 아무 말도 하지 않고.

저 손을 잡는다면 그를 받아들인다는 뜻이 된다.

안타까운 눈빛으로 바라보던 그녀는 손을 내밀어 그의 손을 덥석 잡았다. 아무런 망설임도 없이.

그녀가 손을 잡자 그는 씩 웃었다. 만족스러운 미소. 그는 두 손을 내밀어 그녀를 번쩍 들어 안았다. 조심스럽게 그녀를 침대 위에 내려놓고 그는 가벼운 입맞춤을 퍼부었다.

스웨터를 머리 위로 벗겨내고 그는 드러나는 살결마다 입을 맞췄다.

"각오해야 할 거야."

부드러운 미소와 함께 그가 짓궂게 말했다.

"지금 폭발 직전이거든."

브래지어를 벗겨낸 그는 하얗고 동그란 가슴에 입을 댔다. 막 고개를 쳐들기 시작하던 젖꼭지가 그의 입 안으로 빨려 들어갔다.

"아아…… 아흑……."

그녀는 신음을 흘리며 허리를 뒤틀었다.

그녀의 바지 단추를 푼 뒤, 그는 팬티까지 한 번에 잡아 끌어내렸다. 그의 손이 발목을 쓸고 지나가자 그녀는 흡— 하는 신음성을 내뱉으며 허벅지를 있는 힘껏 오므렸다. 손을 뻗어 침대 위를 더듬었지만 가릴 것이 없었다.

내가 이불을 왜 바닥에다 내려놨을까?

울상을 지으며 그녀는 두 손으로 자신의 눈을 가렸다. 적이 나타나면 덤불에 머리를 처박는 타조처럼.

그의 입술이 배에 와 닿았다. 따스하면서도 부드럽게. 여린 살결을 살며시 빨아들인 입술이 점점 밑으로 향하고 있었다.

"승빈 씨……."

애원조로 그의 이름을 불렀지만 돌아온 건 발끝이 마비될 정도로 짜릿한 애무였다.

"아학! 승빈 씨. 거긴……."

풀숲에 숨어 있던 여성을 그가 찾아냈다. 손가락 끝으로 어루만지며 그는 입을 대어 키스하고 혀를 내밀어 핥았다. 자극에 민감한 클리토리스가 살며시 고개를 내밀자 놓치지 않고 그의 입술이 그대로 삼켜버렸다.

"아아…… 승빈 씨. 으응…… 하지 말아요…… 하아……."

숨쉬기조차 힘들 정도로 엄청난 쾌감이 그녀의 뇌를 꿰뚫었다. 허리와 허벅지에 힘이 잔뜩 들어가고 등줄기가 당겼다. 저절로 손가락과 발가락이 오므라들었다.

"나…… 부끄러워……."

그녀의 여성을 온전히 삼켜버릴 듯 입 안으로 빨아들이며 그는 또 다른 쾌락에 빠져 있었다. 지극히 여성스런 향기가 코끝을 간질이고 부드러우면서 달콤한 애액이 혀끝을 적셨다. 그녀의 모든 것을 다 자신의 소유로 하고 싶다는 욕심에 그는 멈출 줄을 몰랐다. 이리저리 비틀리는 허리를 꼭 움켜잡고 그는 여전히 그녀의 여성을 맛보는 일에만 열중했다.

"그만…… 제발 그만해요……."

여전히 두 손으로 눈을 가린 채 그녀가 애원했다. 하악, 하악 가쁜 숨을 내쉬면서 온몸을 비틀던 그녀는 그가 한 손으로 허벅지를 잡아 옆으로 벌리자 입술을 꼭 깨물었다.

그녀의 비밀스런 부분이 그의 눈앞에 보여지고 있었다. 하나도 남김없이 전부 다.

얼굴은 물론 몸 전체까지 발갛게 달아오를 정도로 그녀는 부끄러웠다.

"너무 아름다워."

욕망으로 인해 그의 음성이 허스키하게 가라앉았다.

"깨끗하고 유혹적이야."

"으응. 그런 말 하지 말아요."

부끄러움에 그녀는 또다시 허리를 비틀며 그의 손에서 빠져나가려 했다.

"괜찮아."

소담스럽게 솟아오른 둔덕에 손바닥을 마찰시키며 그가 나지막하게 말했다.

"이제 내 거잖아."

뿌듯한 음성으로 그가 말하자 그녀는 눈을 가렸던 손을 내렸다. 쏘는 듯한 눈길로 그를 바라보며 그녀가 천천히 고개를 저었다.

"당신 거 아니거든요?"

"그럼 누구 건데?"

손가락 하나가 용암처럼 펄펄 끓고 있는 여성 안으로 돌진하자 그녀는 눈을 꼭 감으며 허리를 뒤틀었다.

"말해 봐. 내 거 아니면 누구 거냐고?"

손가락의 움직임이 점점 격렬해지자 그녀는 목을 뒤로 젖히며 가는 신음을 흘렸다.

"내 거예요. 내 몸에…… 있는 거니까, 하악…… 당연히 내 거죠…… 으으응…… 아아! 승빈 씨. 제발……."

"음. 뭐라고? 난 못 들었는데."

딴청을 피우며 그는 그녀의 여성에 또다시 입을 댔다.

"Please. Please. 승빈 씨……."

그의 입과 손가락이 쏟아 붓는 공격에 그녀는 이성을 잃었다. 고개를 좌우로 흔들며 그녀는 격렬한 쾌감을 온몸으로 느끼고 있었다.

"다시 말해 봐."

"이제 그만해요."

한 번의 오르가즘으로 그녀는 기운이 다 빠졌다. 그러면서도 아직까지 몸속에 남아 떠돌고 있는 쾌감 때문에 정신이 몽롱해질 정도였다. 끈질기게 반응을 유도하는 그의 애무에 그녀는 또다시 거친 숨결을 내뿜으며 온몸에 힘을 줬다.

"그래요. 맞아요. 당신 거…… 해요."

그녀는 결국 항복을 선언했다.

"음. 제니퍼 몸도 마음도 다 내 거 맞지?"

그녀는 힘없이 고개를 끄덕이며 미소 지었다.

"나쁜 남자."

만족스러운 미소를 입가에 머금은 그가 그녀의 허리를 꼭 움켜잡았다. 그가 시키지도 않았는데 그녀의 다리가 스르르 벌어졌다. 무릎을 꿇고 그녀의 뺨에 입을 맞춘 그가 천천히 허리를 낮추었다. 예민해져 있던 여성 안쪽으로 그의 남성이 힘차게 공격해 들어갔다.

"아흑, 아아……."

강한 공격에 그녀의 여성이 한껏 늘어났다. 허리가 끊어질 것처럼 아파왔고 그의 남성이 밀고 들어온 자리가 빡빡했다.

"정말 좁군."

탄식처럼 말을 뱉어낸 그가 이를 악물고 허리에 힘껏 힘을 주었다. 강하게 뚫고 들어갔다가 쓱 빠져나가고 또다시 강하게 뚫고 들어가길 반복하는 그의 이마에 송글송글 땀방울이 맺혔다.

한 번 오르가즘을 느껴서일까. 그녀의 몸은 한결 쾌감에 반응속도

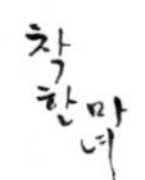

가 빨랐다. 그가 사정을 하기도 전에 그녀는 이미 여러 번 절정을 느꼈고 그 느낌에 휩싸여 황홀해하고 있었다.

팔다리를 뒤얽고 서로의 호흡을 느끼며 그와 그녀는 리듬을 타듯 몸을 움직였다.

그녀의 여성이 점점 강하게 조여오자 그는 마지막이 다가왔음을 느꼈다. 그녀의 귓불을 입 안으로 빨아들이며 그가 중얼거렸다.

"지금이야, 제니퍼. 지금 당장!"

헉헉거리며 그가 신음처럼 하는 소리에 그녀는 열정적으로 고개를 끄덕였다.

"그래요. 나도 그래요."

그녀는 두 팔로 그의 등을 꼭 끌어안았다. 그녀의 몸을 으스러뜨릴 것처럼 끌어안고 그는 허리에 힘을 줬다. 그녀의 몸 깊은 곳까지 파고들어간 그는 짐승 같은 신음소리를 내며 격렬하게 사정을 했다.

"으윽! 제니퍼…… 제니퍼."

그녀의 이름을 연달아 부르며 그는 힘이 다 빠질 때까지 그녀를 꼭 끌어안고 있었다. 뇌리를 후려치는 것만 같은 격한 쾌감에 그는 만족스런 미소를 머금고 그녀의 입술에 키스했다.

그녀의 가슴을 어루만지고 이마와 코끝에 입을 맞춘 후, 그는 그녀의 옆에 털썩 누웠다.

"이불이 없군."

낮게 말한 그가 팔과 다리로 그녀의 몸을 감쌌다.

"내가 이불 해 줄게."

그는 이불처럼 따뜻하고 포근했다. 하지만 그의 눈앞에 벌거벗은 채 온몸을 드러내고 잠을 자야 한다는 생각을 하자 눈앞이 깜깜해져 그녀는 윗몸을 일으켜 앉았다.

"왜?"

그가 졸음이 가득한 눈길로 바라봤다.

"이불 가져오려고요."

"음. 내가 할게."

벌떡 일어난 그는 바닥에 놓여 있는 이불을 들어 그녀의 몸 위에 덮어줬다. 그리고 옆에 누워 손을 들어 그녀의 뺨을 어루만졌다.

그가 눈을 감고 얼마 안 돼 잠이 들었는지 고른 숨소리가 들려왔다. 그녀는 가만히 잠이 든 그의 얼굴을 바라봤다.

날카로웠던 눈빛이 사라진 그의 표정은 꽤 편안해 보였다. 그녀는 그가 깨지 않도록 조심하면서 슬며시 몸을 돌려 누웠다. 그의 가슴에 등을 붙이자 그가 팔을 뻗어 그녀의 허리를 안았다. 그의 숨결을 느끼면서 그녀는 눈을 감았다.

13장

잠을 자려 했지만 잠이 오지 않았다. 무언가 허전하고 마음이 아프기까지 했다.

'제니퍼 몸도 마음도 다 내 거 맞지?'

그 말에 그녀는 고개를 끄덕였다. 직접 말로 하지는 않았지만 그를 사랑한다는 사실을 알린 거나 다름없었다.

그의 표정이 어땠지? 부담스러워하지는 않은 것 같은데. 기뻐했었나?

그가 부담스러워하지 않는다는 사실에 안도했던 그녀는 순간, 그는 자신의 마음을 밝히지 않았다는 사실을 깨달았다.

그는 날 사랑하는 걸까? 아니, 좋아하기나 하나? 아니면 처음처럼 아직까지도 그저 관심이 있는 것뿐일까? 그때 느낀 감정이 어떤 건지 그는 아직도 깨닫지 못하고 있을까.

이런저런 생각들로 그녀는 쉽게 잠들 수가 없었다. 갑자기 우울해지고 불편한 마음에 그녀는 도톰한 입술을 잘근잘근 깨물었다.

어렸을 때부터 그녀는 주는 것보다 받는 것에 익숙했다. 모든 사람들이 그녀를 사랑했고, 무언가를 주려고 애써왔기에 그녀는 그런 것이 당연한 거라고 생각하고 있었다. 그런데 승빈과의 관계에서는 모든 게 다 달랐다.

달라도 너무 다르지.

그녀는 그에게서 뭔가를 받았다는 느낌이 없었다. 하염없이 그녀가 주는 느낌만 들 뿐.

그녀는 그 사실이 속상했다. 너무나도 화가 났다. 사랑은 아무 조건 없이 주는 거라지만 너무 주기만 하다 보니 왠지 약이 올랐다. 또한 사랑은, 더 많이 사랑하는 사람이 더 많이 아픈 거라더니 그 말이 정말 맞는 말이었던 것 같다. 그녀는 이제 사뭇 억울하다는 생각까지 들었다.

'난 상당히 이기적인 놈이야. 내가 하고 싶은 대로 할 거라고. 당신이 그걸 감당할 수 있어?'

그가 전에 한 말이 어떤 걸 의미하는지 그녀는 그제야 알 수 있었다. 그는 정말 자신이 하고 싶은 대로 다 하고 있었다. 그녀가 하고 싶은 일도 못 하게 하고, 필립과도 가까이 지내지 말라고 했다.

치— 강승빈 씨, 당신 때문에 난 완전 바보가 됐다고요.

그의 품에 안겨 있으면서도 그녀는 밤새 잠 한숨 못 잤다. 온갖 상념이 떠돌아 잠깐 잠이 들었다가도 퍼뜩 깨고는 했다. 결국 창밖으로 날이 훤히 밝는 걸 보고 그녀는 살며시 몸을 일으켜 그의 품을 빠져나왔다.

씻고 나온 그녀는 옷을 입고 휴대폰과 지갑을 챙겨 들었다. 처음엔 그냥 가볍게 산책이나 해야겠다는 생각으로 그녀는 밖으로 나왔다.

하지만 맑은 공기를 마시면서 걸음을 옮기다 문득 바닷가가 가깝다는 걸 떠올리고 택시를 잡아탔다.

"아저씨, 여기 가까운 데 해변이 있나요?"

"그럼요."

택시 기사가 고개를 끄덕이며 말하자 그녀는 화사하게 미소를 지었다.

"그쪽으로 가 주세요."

의외로 해변은 그녀가 택시를 탄 지점에서 멀지 않았다. 택시에서 내려 그녀는 해변을 향해 달려갔다. 푸른 바다와 넓은 모래밭이 펼쳐져 있는 해변은 흡사 플로리다에 온 것 같은 착각을 일으키게 만들었다.

"너무 좋다."

소리 내서 말한 그녀는 한참이나 해변을 거닐었다. 한여름이 지나서인지 해변에는 사람들이 별로 없었다. 멀리 산책을 하는 사람이 몇몇 보일 뿐이었다.

해변을 거닐며 그녀는 생각에 잠겼다. 어젯밤부터 내내 그녀의 머릿속을 헤집어 놓는 생각들. 갑자기 짜증이 치솟아 눈앞의 멋진 경치도 제대로 감상할 수 없었다.

마음속에 쌓인 감정을 찌꺼기 하나 남기지 않고 모두 쏟아버리고 싶었다. 하지만 이리저리 머리를 굴려 봐도 얘기할 만한 사람이 없었다.

강승빈에 대한 원망과 서운함을 누구에게 말할 수 있을까? 제임스나 오 여사에게는 절대 말할 수 없었다. 그녀보다도 더 마음 아파할 게 뻔하니까. 필립은?

안 돼. 그녀는 고개를 저었다. 그녀가 상처받는 일은 절대 없어야 한다고 생각하는 필립은 펄펄 뛰면서 당장이라도 달려와 승빈과 멱살잡이를 하려고 할 거다.

그럼 누구에게 하소연을 해야 할까. 누구에게 말을 해야 이 답답함이 사라질까.

우울한 표정으로 해변가에 쭈그리고 앉아 손가락으로 모래밭에 그림을 그리던 그녀는 퍼뜩 떠오르는 생각에 휴대폰을 꺼내들었다.

신호가 가고 김 비서의 목소리가 들리자 그녀는 상냥한 어조로 말했다.

"김 비서님, 저 제니퍼예요."

—아, 예. 안녕하셨습니까?

전혀 안녕하지 못하거든?

그녀는 입을 뚫고 튀어나오려는 말을 꾹 참았다.

"네. 아침 일찍 전화 드려서 죄송한데요. 강아름 씨 연락처 좀 알려주세요."

—네? 강아름 씨요?

처음 듣는 이름인양 김 비서는 뒤로 뺐지만 그녀는 눈을 착 내리깔고 조금은 위협적인 음성으로 말했다.

"네. 강승빈 씨 여동생이요. 연락처 알고 계시죠? 할 얘기가 있으니까 알려주세요."

—저기, 그게…… 알려드리겠습니다.

우물쭈물하던 김 비서는 결국 아름의 연락처를 알려주었다. 예의바르게 인사를 건네고 전화를 끊은 그녀는 곧 아름에게 전화를 했다.

신호가 한참이나 울렸는 데도 아름은 전화를 받지 않았다. 전화를 끊었다가 아쉬운 마음에 그녀는 또다시 전화를 했다. 그런데도 여전히 통화가 되지 않았다.

개똥도 약에 쓰려면 없다더니.

잔뜩 뿔이 난 채로 그녀는 해변을 거닐다 모래밭에 털썩 주저앉았다. 종아리에 와 닿는 모래를 그녀는 손으로 쓸어보았다. 그리고 문득 떠오르는 생각에 모래를 파헤치기 시작했다.

열심히, 아주 열심히 모래를 파고 있는데 휴대폰의 벨소리가 울렸다.

"여보세요?"

—제니퍼, 어딜 간 거지?

걱정이 담긴 목소리에 그녀의 입술이 삐죽 튀어나왔다.

이 남자가 또 무슨 생각을 하는 거야? 약이나 바짝 오르라고 프로젝트 수행하러 왔다고 말해 버려?

그녀는 떠오르는 생각을 지우며 차분한 어조로 답했다.

"바다 보러 왔어요."

—바다?

"생각보다 가깝더라고요."

—어딘데?

그녀는 위치를 알려주고 통화를 끝낸 뒤, 다시 모래 파는 일에 열중했다. 이마에 땀이 맺힐 정도로 힘들여 모래를 파고 있던 그녀의 눈길에 검은 구두가 보였다. 고개를 들어 보니 검은 바지에 와이셔츠만 걸친 승빈이 그녀를 바라보고 있었다.

"뭐 하고 있는 거야?"

"보면 몰라요? 모래 파고 있잖아요."

"모래 파서 뭐 하려고?"

"당신 파묻으려고요."

"뭐라고? 날 파묻어? 하하하."

그녀가 아주 재미있는 농담이라도 한 듯 그는 큰 소리로 웃었다. 그리고 가까이 다가와 그녀의 옆에 주저앉았다.

"그렇다면 이게 내 무덤이라는 말이군."

길이 2m 정도에 폭이 1m는 됨직한 구덩이를 보면서 그가 고개를 끄덕였다.

"그럴듯하긴 한데, 내가 이렇게 뚱뚱했나?"

"들어가 누워요."

그녀가 쌀쌀맞게 말하자 그가 눈을 크게 떴다.

"제니퍼."

"누우시라고요."

그는 그녀의 눈을 뚫어져라 바라봤다. 그녀의 눈에는 장난기라고는 없었다. 오히려 슬픈 기색이 보였다. 그렇게 생각하고 바라보니 그녀의 표정 또한 우울해 보였다.

그는 다시 한 번 그녀가 파놓은 모래 구덩이를 봤다.

까짓 거, 이정도 쯤이야.

그는 얼굴을 딱딱하게 굳히고 모래 구덩이 안에 들어가 누웠다. 그는 제니퍼가 웃을 수 있다면 이보다 더한 일도 할 수 있었다.

"누웠어."

"눈을 감는 게 좋을 거예요."

여전히 싸늘한 투로 말한 그녀는 두 손으로 파놓았던 모래를 담아 그의 몸 위에 부었다.

"진짜 날 파묻어 버릴 셈이야?"

두 손을 깍지 껴서 가슴 위에 얹고 그는 눈을 감은 채 말했다.

"전에 당신한테 플로리다 별장 얘길 한 적 있었죠?"

"있었지."

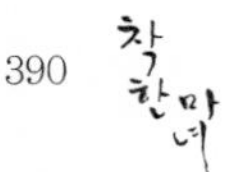

"그때 그런 생각을 했어요. 당신을 플로리다 해변에 목만 내놓고 묻어버리겠다고."

그녀는 시근덕거리면서 모래로 그의 몸을 덮었다.

"그땐 당신을 강승준 씨로 생각했기 때문에 그런 생각을 했던 거거든요. 그런데 당신이 강승준 씨가 아니라는 걸 알고 그런 생각은 아예 잊고 있었어요."

"그런데 지금 와서 날 여기다 묻는 이유는 뭐지?"

그는 목을 빼서 모래에 묻히는 자신의 몸을 봤다. 모래는 어느새 허리까지 덮고 있었다.

"당신이 미우니까요."

"왜? 프로젝트 못 하게 해서?"

"그건 진짜 이유가 아니에요."

말을 하면서도 그녀는 모래를 퍼서 그의 몸에 얹는 손을 멈추지 않았다.

"진짜 이유는 뭔데?"

그녀는 안타까운 눈빛으로 그를 바라봤다. 어떻게 말해야 자신의 속마음을 잘 표현할 수 있을까? 어떻게 해야 그를 이해시킬 수 있을까?

그녀는 그를 끌어안고 엉엉 울음을 터트리고 싶은 심정이었다. 가슴 속에 집채만 한 바위가 들어앉아 있는 것처럼 답답하기만 했다.

그냥 대놓고 '날 사랑해요?' 라고 물어보면 간단한 일인데. 그녀는 그의 입에서 나올 대답을 듣는 게 두려웠다. 만약 'NO' 라는 말이 나온다면?

그녀는 그가 빤히 바라보고 있다는 걸 알면서도 고개를 저었다. 그리고 솟구치는 설움을 억눌렀다.

“그냥 갑자기 당신이 미워졌어요.”

모래를 덮는 그녀의 손길이 돌연 빨라졌다. 이미 모래는 그의 가슴을 덮어 목 부근까지 이르고 있었다.

“얄밉고 날 화나게 해요.”

“흠! 제니퍼를 화나게 하다니 내가 천하에 다시없는 죄인이군.”

그가 목을 덮은 모래를 흘깃 보고 그녀를 바라봤다.

“그런데 제니퍼. 난 지금 죽기 직전이니까 소원을 말하면 들어줄 건가?”

“소원이요? 무슨 소원이요?”

“들어줄 거냐고.”

“들어줄게요. 뭔데요?”

“나하고 같이 살자.”

모래를 끌어 모으던 그녀의 손이 멈췄다. 두 눈을 동그랗게 뜬 채 그녀는 그의 얼굴을 뚫어져라 쳐다봤다. 마치 그의 얼굴에서 진심을 읽으려는 듯.

“지금…… 지금 뭐라고 했어요? 같이 살자고 했어요?”

“그래.”

“그거 설마 프러포즈예요?”

그녀는 숨이 막힐 것 같은 기분을 간신히 참으며 작은 소리로 물었다.

“그래.”

그녀의 손에서 힘이 빠져 들려 있던 모래가 스르르 바닥으로 떨어져 내렸다.

“강승빈 씨.”

그녀는 눈에 힘을 주고 그를 노려보았다.

"아니 무슨 프러포즈를 이런 데서 해요?"

화가 잔뜩 난 표정으로 그녀가 빽 하니 소리를 치자 그가 싱긋 웃었다.

"프러포즈는 두 사람만 있는 데서 은밀히 하는 게 더 좋다면서?"

그의 대답에 그녀는 깜짝 놀랐다. 그와 처음 스카이라운지에서 저녁 식사를 하던 날, 공개프러포즈를 하는 남자를 못마땅해 하면서 그녀가 한 말이었다. 그 말을 그가 기억하고 있었다니.

"여긴 아무도 없고 우리 둘뿐이니까 충분히 은밀하지."

"그렇네요. 그럼 내가 거절해도 맘 상하지 않겠네요."

"거절하려고?"

그의 질문에 그녀는 대답을 할 수가 없었다. 마음속에서는 'Yes'라고 크게 외치고 있었지만, 뭔가가 알 수 없는 뭔가가 그녀의 입을 막고 있었다.

"좀 봐주지. 나 지금 죽기 일보직전이잖아."

흥! 어제는 폭발하기 직전이라고 하더니 이제는 죽기 일보직전이라고? 아주 스릴 있게 사시네요, 강승빈 씨.

그녀는 그의 프러포즈가 진실이 아니라 여겼다.

"죽은 사람 소원도 들어준다는데 산 사람 소원 하나 못 들어줘?"

"장난하지 말아요."

"뭐?"

"나 지금 당신 장난에 장단 맞춰줄 기분 아니란 말이에요."

속상함과 짜증이 겹쳐져 그녀의 눈에 눈물이 고였다. 울먹이면서 말한 그녀는 손바닥 가득 모래를 퍼 담아 그의 가슴팍에 힘껏 뿌려버렸다.

"누가 장난이라고 그래?"

진지한 표정으로 그가 낮게 말하자 그녀는 흠칫했다.

"내가 장난치자고 그런 말을 할 사람으로 보여?"

"승빈 씨."

"진심이야. 진심으로 하는 말이라고."

그는 팔 하나를 바닥에 대고 윗몸을 일으켜 앉았다. 가슴 위에 얕게 덮여 있던 모래가 우수수 바닥으로 쏟아져 내렸다.

"왜요?"

여전히 두 눈에 눈물을 매단 채, 그녀가 물었다.

"왜 나하고 같이 살고 싶은 건데요?"

그가 대답하기까지의 몇 초가 마치 몇 년이 흐르는 것만 같았다. 그의 입을 뚫고 어떤 말이 나올지 겁이 났다.

"사랑하니까."

잔뜩 긴장해 숨을 참고 있던 그녀는 그의 말을 듣자마자 참았던 호흡을 내뱉었다.

"당신을 사랑해, 제니퍼."

아무 말도 못하고 입만 딱 벌리고 있던 그녀의 눈에서 후두둑 눈물이 떨어져 내렸다.

지금 이 사람이 뭐라고 한 거지? 날 사랑한다고?

그녀는 자신의 귀를 의심했다.

"정말이에요?"

그녀는 조심스러운 말투로 물어보았다. 그에게서 '장난이야.' 라는 대답이 나와도 절대 실망하지 않겠다고 마음을 단단히 먹고서.

"그래. 처음부터 그랬어. 당신을 보고 느낀 감정이 사랑이었지. 나도 그걸 이제야 깨닫게 된 거야. 그러니까 제니퍼, 나하고 같이 살자."

"흑, 흐흑……."

그가 말을 하는 동안에 계속 눈물이 쏟아져 결국 그녀의 입을 뚫고 흐느낌이 튀어나왔다. 울지 말아야지. 울면 안 된다, 라는 생각을 하면서도 그녀는 눈물을 멈출 수 없었다.

"울지 마."

부드러운 어조로 말하고 그녀의 눈물을 닦아주려 손을 올리던 그가 이마를 팍 찌푸렸다. 모래 구덩이 속에 파묻혀 있던 탓에 그의 손은 온통 모래투성이였다. 이런 손으로 제니퍼의 눈물을 닦아줄 수는 없는 일이었다. 안타까운 눈빛으로 눈물을 흘리는 그녀와 자신의 손을 번갈아 쳐다본 그의 입에서 나지막하게 욕설이 흘러나왔다.

"이런, 제기랄."

그는 두 손을 바지에 문질렀다. 하지만 바지며, 와이셔츠며 온통 모래투성이라 닦아지기는커녕 모래가 더 묻기만 했다.

"제니퍼, 울지 마. 응? 그만 울고 나 좀 봐봐."

그는 뚝뚝 눈물을 떨구는 그녀를 달래려 애를 썼다.

"당신 진짜 미워. 흐흑."

"그래. 나 미운 놈 맞아. 그러니까 그만 울어. 지금 내가 눈물 닦아줄 수도 없잖아, 제니퍼."

달래는 그의 말에 반항하듯 그녀는 더 서글프게 울음을 터트리며 손으로 눈물이 흐르는 뺨을 쓱 닦았다.

"안 돼, 제니퍼."

놀란 표정으로 소리치며 그가 그녀의 손목을 잡았다.

"그렇게 닦으면 안 돼. 눈에 모래 들어간다고."

걱정이 가득한 음성에 어느새 그녀의 눈물이 멈췄다. 코를 훌쩍거리면서 그녀는 두 팔을 뻗어 그의 목을 끌어안았다.

"정말 나랑 살 거죠?"
"그래."
"나중에 맘 바뀌었다고 그러는 거 아니죠?"
"아니야."
그는 그녀의 어깨를 잡고 작은 입술에 살짝 입을 맞췄다.
"지금 당장은 아니지만 나중에 제대로 프러포즈도 할 거야."
"난 요란한 거 싫어요."
"그래. 알아."
싱긋 입가에 미소를 띤 그가 그녀의 뺨에 모래가 묻지 않도록 조심하면서 입을 맞추었다.
"당신 덕분에 온통 모래투성이잖아."
"그래도 기분은 후련해졌어요. 난 하고 싶은 건 꼭 해야 병이 안 나거든요."
주머니 안에서 휴대폰의 벨소리가 울렸다. 휴대폰을 꺼내 액정을 본 그녀가 무릎을 펴고 일어나 슬금슬금 뒷걸음질을 쳤다.
"여보세요?"
—전화하셨던데, 누구세요?
"지금이 몇 신데 아직까지 잠을 자?"
전화를 해도 받지 않았던 아름이 얄밉게 느껴져 그녀는 대뜸 톡 쏘아붙였다.
—어제 밤새서 그래. 그런데 누구?
"해가 중천에 떴으니까 일어나시라고."
잔뜩 잠에 취한 목소리로 중얼거리는 아름에게 그녀는 여전히 쌀쌀맞은 목소리로 말했다.
—아함! 이제 일어나야지. 그런데 누구시냐고요?

"히히힛. 나 너네 오빠랑 같이 살 거다!"

—어…… 제니퍼였구나. 그런데 뭐? 오빠랑 뭘 한다고?

막 모래를 털고 몸을 일으키는 그를 쓱 쳐다보고 그녀는 작게 속닥거리듯 말했다.

"같이 살 거라고."

—누구 마음대로?

귀를 찢을 듯 들려오는 아름의 고함소리에 그녀는 눈을 질끈 감았다.

"아! 왜 소리를 지르고 그래?"

—난 절대 반대거든. 누구 마음대로 같이 살아? 내 눈에 흙이 들어가도 절대 안 돼!

웃기고 있네. 네가 내 시어머니냐?

그렇게 쏘아붙이려던 그녀는 승빈이 다가오자 생긋 웃으며 또다시 소곤거렸다.

"승빈 씨랑 나랑 우리 둘이 같이 사는 거거든요? 아무리 반대를 해도 우린 할 거거든요."

—너 뭐야? 아침부터 전화하더니. 너 자랑질 하려고 그런 거였어?

아침 일찍 아름에게 전화한 건 그래서가 아니었지만 굳이 설명할 필요는 없을 듯했다.

"제니퍼. 그만 들어가서 씻자!"

옷에 묻은 모래를 손으로 툭툭 털면서 승빈이 말했다.

"네. 알았어요."

휴대폰을 살짝 막고 그녀가 대답하자 그가 천천히 앞으로 걸어왔다.

—지금 뭘 한다고? 씻어? 너 뭔 짓을 했기에 오빠가 그런 소릴 해?

아름의 말을 고스란히 듣고도 그녀는 아무 대답을 하지 않았다.

—너, 너, 설마 둘이 욕실에 같이 들어가고 그런 짓 하는 거 아니겠지?

여전히 아름은 기운 좋게 떠들어댔다.

—제니퍼. 왜 대답이 없는 거야?

"아직도 통화중이었어?"

그의 질문에 그녀는 고개만 끄덕였다. 킥킥거리면서 새어나오는 웃음소리를 내지 않으려 최대한 참으면서.

—제니퍼. 너, 나 홧병 나서 죽으라고 일부러 그러는 거지?

"어머! 아니에요. 그럼, 이만 끊을게요."

대답을 한 그녀가 휴대폰을 끊으려 하자 또다시 아름의 고함이 터져 나왔다.

—똑바로 대답을 하란 말야! 안 그러면 난 끝까지 반대…….

계속해서 아름은 꽥꽥거리며 떠들었지만 그녀는 그냥 전화를 뚝 끊어버렸다. 아마도 아름은 지금쯤 자기 분에 못 이겨 펄펄 뛰면서 소리를 지르고 있을 게 뻔했다. 어쩌면 분풀이를 하러 여기까지 쫓아올지도 모르는 일이었다.

내가 너무 심했나? 그래도 한 가족 될 사이인데.

다시 전화해서 상황설명을 해야 하는 게 아닐까 하는 생각을 하고 있는데 전화벨이 울렸다. 슬쩍 액정을 보니 아름의 번호가 떠 있었다.

"누군데 그래?"

그가 그녀의 손에 들린 휴대폰을 쓱 보더니 이마를 찌푸렸다.

"아름이?"

"네."

문득 그에게 아름을 만난 일을 얘기하지 않았다는 사실이 떠올라 그녀의 안색이 어두워졌다.

"전화 줘 봐."

그가 손을 내밀자 그녀는 계속해서 울리고 있는 휴대폰을 넘겨주었다.

통화 버튼을 누른 그는 묵직한 음성으로 말했다.

"아름이냐?"

―오빠? 오빠 정말 제니퍼한테 같이 살자고 말했어?

"그래."

―그렇구나. 난 제니퍼가 장난치는 줄 알았어. 결혼 언제 할 건데?

"나중에. 아니, 곧 할 거야."

―무슨 대답이 그래?

아름의 말에 그는 멋쩍은 웃음만 지었다. 제니퍼와 그는 서로가 너무나도 달랐다. 사는 곳도 뉴욕과 서울이었으므로 오고 가며 양가 부모님을 만나 뵙고 허락을 받는 것도 쉬운 일은 아니었다. 상견례는 물론이요 결혼식 하는 거며, 신혼집 꾸밀 곳을 정하는 것도 꽤 오래 걸릴 게 분명했다. 그로서는 언제쯤 결혼할 거라고 딱 부러지게 말할 수 있는 상황이 아니었다.

"아직 확실하게 정한 건 아니니까."

―그렇구나. 알았어. 건강 조심하고 잘 지내, 오빠.

두 귀를 쫑긋 세우고 듣고 있던 제니퍼는 그가 휴대폰을 건네주자 조심스럽게 물었다.

"뭐라고 해요?"

"잘 지내라는군."

나한테는 누구 마음대로 같이 사냐고 큰 소리를 치더니 오빠한테는 꼼짝도 못 하네.

"아름이하고는 어떻게 된 거야?"

입술을 삐죽이던 그녀는 승빈의 질문에 머쓱한 표정을 지었다.

"그게요, 동생분이 절 먼저 찾아왔었어요."

그녀는 그와 손을 잡고 해변을 걸으면서 아름과 만났던 일을 얘기했다.

"둘이 티격태격하지 마."

"걱정 말아요."

애교스런 눈웃음을 뿌리면서 그녀는 그의 허리를 끌어안았다.

"잘할 거예요. 당신 가족이니까."

"우선 모래부터 털어내자고."

옷과 살에 달라붙어 버석거리는 모래에 신경이 쓰여 그가 무뚝뚝하게 말했다.

"그럼 저기 들어가는 건 어때요?"

그녀의 손가락 끝이 가리키는 건 푸르게 빛나는 바다였다.

"한여름 다 지났는데 해수욕을 하자고?"

"아직 그렇게 춥지 않을 거예요. 어때요? 보는 사람도 없는데 다 벗고 수영하는 건?"

"제니퍼. 모래 파고 무덤을 만들더니 이젠 별걸 다 시키는군."

그가 얄밉다는 표정으로 그녀의 볼을 살짝 꼬집었다.

"후훗! 그래도 나 예쁘죠?"

그가 자신을 사랑한다는 자신감에 그녀는 겁도 없이 질문을 던졌다.

"응. 예뻐."

기대했던 대답이 그의 입에서 나오자 그녀의 미소가 더욱 커졌다.

"사랑스럽죠?"

"물론 사랑스럽지."

"얼마나요?"

"아주 많이."

그녀는 그의 손을 잡고 발끝을 들었다. 고개를 숙인 그의 입술 끝에 간신히 입술을 대고 그녀는 눈웃음을 쳤다.

"아주 많이 얼만큼요?"

"하늘만큼 땅만큼."

그녀의 질문에 아름이 들으면 손발 오글거린다고 비명을 지를 만한 대답을 그는 눈도 깜짝 하지 않고 태연스럽게 했다.

"사랑해, 제니퍼."

그녀의 입술에 달콤한 키스를 퍼부으며 그가 속삭였다.

그녀는 두 팔을 뻗어 그의 목을 끌어안고 눈부신 미소를 지었다.

하늘도, 바다도, 환한 햇살도 그녀와 그를 축복하는 듯했다.

에필로그

백화점 매장 안을 둘러보던 제니퍼는 한숨을 푹 내쉬었다. 뭘 사야 할지 아직 결정하지 못한 채 나온 쇼핑이었기에 몸도 피곤하고 마음도 불편했다.

신상이라는 피켓 앞에 놓인 가방을 뚫어져라 바라보던 그녀는 손을 뻗어 가격표를 들춰봤다. 명품이라 그런지 무려 5백만 원이 넘었다.

“아유, 이건 뭐가 이렇게 비싼 거야?”

“비싸긴. 명품 백이 천만 원 안쪽이면 싼 거지.”

다른 가방을 살펴보던 아름이 그녀의 옆으로 다가오며 작게 속삭였다.

“재벌 외동따님께서 뭐 이 정도 가격에 벌벌 떨고 그래?”

“내 돈으로 사는 거 같으면 나도 벌벌 떨지 않아.”

거액의 가격표를 달고 있는 가방을 흘깃 노려보며 그녀가 걸음을 옮겼다.

"승빈 씨 돈으로 저렇게 비싼 가방을 어떻게 턱하니 살 수가 있냐고. 아무리 어머니 생신선물이라지만 저건 너무 과한 것 같아."

그녀는 말도 안 된다는 투로 고개를 저었다.

"저만큼 벌려면 승빈 씨가 얼마나 뼈 빠지게 일해야 하는데? 스트레스 받아서 머리카락이 한 웅큼은 빠질걸?"

"그럼 그냥 올케 돈으로 사면 되지."

아름의 말에 그녀는 펄쩍 뛰며 손을 저었다.

"그럼 나도 편할 텐데 승빈 씨가 이번 선물은 각자 따로 해야 된다고 그러잖아. 어머니가 가격표 확인할 테니까 내 걸 비싼 걸로 하면 승빈 씨 것도 그래야 하는데. 참 난처하네."

"왜 따로 해야 되는 건데?"

"왜긴 왜겠어? 어머니의 특별 주문사항이지."

결혼 후, 처음 맞는 정 여사의 생일이었다. 평소보다 더 근사한 선물을 고대하고 있는 정 여사의 기대치에 맞추려면 승빈은 물론 그녀도 한 재산 쓸 각오를 해야만 했다.

"진짜 우리 엄만 왜 그러나 몰라. 무슨 욕심이 그렇게 많은 거냐고."

"내가 하고 싶은 말이 바로 그거라고요."

제니퍼가 한숨을 내쉬며 말하자 아름이 고개를 끄덕거렸다.

"내가 생각해도 확실히 우리 엄만 문제가 있어. 이번 기회에 재벌며느리 파워 발휘해서 쓴소리 한번 하시지 그래?"

"그건 좀 곤란하거든요."

"나한테는 있는 소리, 없는 소리 다 하면서 엄마 앞에서는 천사표로 돌변하고. 야, 이 이중인격자야."

"이중인격 같은 소리 하고 있네요. 내가 뭐 천사표로 돌변하고 싶어서 그러는 줄 알아? 내가 싫은 소리 하면 어머니가 승빈 씨를 달달 볶으니까 하고 싶어도 못하는 거라고. 시누이도 어머니 성격 잘 알면서 그런 소릴 해?"

원칙적으로 따진다면 아름은 오빠와 결혼한 제니퍼에게 언니라고 불러야 했다. 하지만 자신보다 나이도 2살이나 어리고, 결혼하기 전 안 좋았던 관계 때문인지 쉽게 언니라는 말이 나오질 않았다. 아름이 언니라고 부르길 거부하고 '올케'라고만 하자 제니퍼도 그에 반격하듯 '시누이'라고 불렀다. 만날 때마다 티격태격하지만 사실 두 사람은 사이가 좋았다. 둘 다 여자형제가 없었기에 자매처럼 서로 챙겨주다가 싸우기도 하면서 지내는 거였다.

"이래서야 오늘 선물이나 제대로 살 수 있겠어?"

"그러게나 말입니다. 아우, 오늘따라 왜 이렇게 힘들지? 시누이, 우리 저기 잠깐만 앉았다 가자."

유난히 힘든 티를 팍팍 내면서 그녀는 휴게실 쪽을 가리켰다.

"그럴 것 없이 그냥 집에 가자. 아직 날짜 여유 있으니까 다음에 한 번 더 나오지 뭐."

"이 정신없는 델 또 오자고?"

아름은 그녀의 안색을 살펴보며 달래듯이 말을 했다.

"그래. 오늘 올케 영 안 좋아 보인다. 그러다 갑자기 픽 쓰러지기라도 하면 나 우리 오빠한테 맞아죽을 것 같거든. 그냥 가자."

아름의 설득에 못 이기는 척 그녀는 고개를 끄덕였다. 사실 오늘 아침부터 찌뿌등한 것이 몸 상태가 그다지 좋지 못한 것도 사실이었다.

왜 이렇게 힘든 걸까. 생리할 때가 돼서 그러나.

그런 생각을 하던 그녀는 뭔가 이상한 느낌에 고개를 갸웃거렸다.
저번 달에 생리를 했었나?
곰곰이 생각을 해 보자 그 날짜에 혈흔만 슬쩍 비치고 말았을 뿐이었다. 슬그머니 혹시나 하는 생각이 들었다. 드디어 서랍 안쪽 깊숙이 모셔둔 비장의 무기를—임신진단시약을—쓸 때가 된 것 같았다. 하지만 만약 아니라면…….
그녀는 미리부터 공연한 걱정은 할 필요 없다고 마음을 다잡았다.
백화점을 나와 주차장으로 오자 아름이 그녀에게 손을 내밀었다.
"내가 운전할게. 올케 몸도 안 좋아 보이니까."
"고마워. 그래도 이럴 때 시누이가 챙겨주니까 좋네."
차 열쇠를 건네주며 그녀는 배시시 웃었다.
"올케 이뻐서 챙겨주는 줄 알어? 다 우리 오빠 생각해서 그러는 거지. 그러니까 몸 아프다 소리 하지 말고 자기 몸 자기가 신경 쓰라고."
투덜거리면서 잔소리까지 잊지 않고 해댄 아름이 운전석에 앉아 시동을 걸었다.
오피스텔로 돌아온 그녀는 옷을 갈아입지도 않고 소파에 앉았다.
"아이구야. 넘 힘들다."
축 늘어져 소파에 모로 누운 그녀를 보고 아름이 혀를 끌끌 찼다.
"그렇게 죽겠으면 들어가 눕든지 하지, 거기서 그러고 있냐?"
"조금만 쉬면 돼. 좀 있으면 승빈 씨도 올 텐데."
그녀의 시선이 벽에 걸린 시계에 가 닿았다.
"이사 안 갈 거야?"
냉장고에서 오렌지 주스를 꺼내 컵에 부으며 아름이 툭하니 말을 던졌다.

"난 여기가 좋아."

쿠션 하나를 들어 가슴에 안으며 그녀가 대꾸했다.

승빈의 오피스텔은 그녀에게 특별한 추억이 있는 곳이었다. 이곳에 있으면 그와 했던 모든 일들이 생각났다. 그리고 처음 그의 여자가 된 것도 이곳에서였다. 그랬기에 그녀는 따로 신혼집을 마련하지 않고 짐 가방 하나 달랑 들고 이곳으로 들어왔다.

승빈은 그녀의 취향대로 인테리어나 가구를 바꿔도 된다고 말했다. 하지만 그녀는 필요한 물건 몇 가지만 사들이고 다른 것은 손대지 않았다. 그가 사용하던 집에서 그가 사용하던 물건들을 같이 사용하면서 그녀는 또 다른 행복감을 느끼고 있었다.

"부족한 것도 없고, 바꾸고 싶은 것도 없어."

딩동— 벨이 울리자 축 늘어져 있던 그녀가 갑자기 벌떡 일어났다.

"승빈 씨다!"

"좋기도 하겠다."

환호성을 지르며 현관으로 달려가는 그녀를 보며 아름은 고개를 설레설레 젓고 컵을 하나 더 꺼내 주스를 부었다.

"아름이 왔니?"

"오빠, 안녕."

건성으로 대꾸한 아름은 승빈을 보고 눈을 동그랗게 떴다.

"얼라, 오빠 살 쪘다? 얼굴 좋아 보이는데?"

"그러니?"

"올케가 잘해 주나 봐?"

"그럼요. 잘해 주죠. 요새는 승빈 씨 먹을 거 챙겨주려고 요리학원도 다니는데요."

승빈의 팔짱을 끼고 헤헤 웃으며 그녀가 잘난 척을 했다. 소파에 앉는 승빈의 옆에 찰싹 붙어 앉은 그녀의 입가에는 웃음이 떠나질 않았다. 그런 제니퍼를 바라보며 눈을 마주치면서 미소를 지어주는 승빈의 모습에 아름은 고개를 절레절레 저었다.

"여기 더 있다가는 닭살 올라서 못 견디겠네. 으이구, 손발 오글거려."

"그래도 저녁은 먹고 가."

승빈의 말에 아름은 내키지 않는다는 티를 팍팍 내면서 고개를 끄덕였다.

"준다면야 그러지 뭐. 올케는 날 빨리 내쫓고 싶어 하겠지만."

"어머, 아니야. 내가 왜 그런 짓을 해."

머쓱한 표정으로 웃은 그녀는 슬며시 몸을 일으켰다.

"화장실 좀 다녀올게요."

제니퍼가 자리를 비우자 아름이 승빈에게 주스 잔을 건네주며 넌지시 물었다.

"올케 요새 좀 이상하지 않아?"

"뭐가?"

"저번 주에 올케가 전화해서 뭐라고 한 줄 알아? 갑자기 붕어빵이 먹고 싶대."

"붕어빵?"

그가 영문을 모르겠다는 표정을 하자 아름이 한숨을 푹 내쉬었다.

"한여름에 붕어빵 하는 집이 어딨다고. 사흘 밤낮을 붕어빵 타령을 하기에 간신히 영업하는 집을 알아내고 같이 가서 먹었잖아. 거기, 경기도 끄트머리에 있는 데였어. 왔다 갔다 하는 데 거의 하루가 걸렸다고."

"네가 고생했다."

아름은 이마를 팍 찌푸렸다.

"칭찬 듣자는 게 아니고 올케가 이상해졌다고. 안 그러던 사람이 갑자기 이것저것 먹고 싶다고 하는 게 아무래도 아기를 가진 것 같단 말야."

시큰둥하던 승빈은 그제야 눈을 번쩍 빛내며 되물었다.

"아기?"

"그래. 내 생각에는 입덧을 하는 것 같아. 그러니까 오빠가 내일 제니퍼하고 병원에 한번 가 보라고."

"정말 아기를 가진 걸까?"

그의 중얼거리는 말에 이어 화장실에서 환호성에 가까운 비명이 들렸다.

"꺄아아아!"

"무슨 일이야!"

"뭐야? 왜 그래?"

깜짝 놀란 승빈과 아름이 벌떡 일어서는데 화장실 문이 벌컥 열렸다.

"나, 됐어! 승빈 씨, 나 됐다고요!"

잔뜩 흥분한 어조로 방방 뛰던 그녀가 임신진단시약을 내보였다. 보라색 두 줄. 확실한 양성반응이었다.

"와아, 올케. 진짜 잘됐다."

"당신은요? 승빈 씨, 당신은 안 기뻐요?"

"기뻐. 진짜로 기뻐."

그는 그녀의 몸을 덥석 들어 올리더니 그 자리에서 한 바퀴 돌았다.

"꺄아악. 승빈 씨. 나 어지러워……."

웃음 섞인 그녀의 비명이 울려 퍼지자 아름이 펄쩍 뛰며 소리쳤다.

"오빠. 제니퍼 몸조심. 조심해야 한다고!"

"아, 그래. 그래야지."

간신히 진정을 한 승빈이 그녀의 어깨를 감싸 안아 소파로 이끌었다.

"몸은 괜찮아? 힘들지 않아? 뭐 먹고 싶은 거 없어?"

"붕어빵 먹고 싶다고 해서 사줬잖아. 그것도 한여름에. 뭘 더 바라?"

속사포처럼 쏟아지는 그의 질문에 아름이 대신 대답을 했다. 사뭇 얄미워죽겠다는 투로 입술을 삐죽이 내미는 아름을 그는 도끼눈을 하고 노려봤다.

"아기 가지면 평소보다 먹고 싶은 게 더 많아진다잖아. 당연히 신경을 써줘야지."

"누가 그걸 몰라? 오빠가 유난을 떠는 거 같으니까……."

"두 분, 싸우지 마시고요."

승빈과 아름이 으르렁대자 그녀가 활짝 웃으며 두 사람을 말렸다.

"우리 애기 이름 뭐라고 지을까요?"

"무슨 애기 이름을 벌써 지어? 아직 아들인지 딸인지도 모르는데."

여전히 부루퉁한 어조로 아름이 쏘아붙였다.

"그래. 지금은 이름이 아니라 태명을 지어야지. 이름은 낳은 뒤에 짓고."

"그렇구나. 그럼 뭐라고 할까요?"

"복돌이."

아름이 툭 말을 내뱉자 그가 도끼눈을 했다.

"강아지냐? 복돌이가 뭐야, 복돌이가."

"복 많이 받으라고 그런 거지. 복돌이 싫어? 그럼 복순이는 어때?"

"강아름. 너 지금 장난하냐?"

승빈이 이마를 잔뜩 찌푸리며 화를 내자 아름이 혀를 쏙 내밀어 보였다.

"샘나서 그런다. 왜? 둘이 붙어서 시집도 안간 노처녀 염장질하는 걸로 모자라 마음의 준비도 안 된 고모 만들어 놓으니까 화딱지가 나서 그런다고."

"너 집에 가라."

"저녁 먹고 가라면서?"

그가 이를 드러내며 으르렁거렸다.

"너 줄 밥도 아깝거든?"

"어유, 좀스러워라. 그럼 올케한테 얻어먹으면 되지 뭐. 올케는 나 밥 줄 거지?"

"그럼요. 당연히 줘야죠. 그러니까 시누이도 예쁜 태명 지을 수 있게 생각 좀 해 봐요."

"좋아. 밥 준다니까 내 생각을 좀 해 볼게."

아름은 턱을 괴고 앉아 로뎅의 생각하는 사람 같은 포즈를 취했고 승빈은 또 뭔 소릴 하려고 그러나 하는 표정으로 빤히 바라봤다.

"별님이는 어때?"

"니 입에서 나오는 단어들이 하나같이 다 유치찬란하다."

승빈이 비꼬듯 말을 하자 아름이 이마에 주름을 잡았다.

"태명은 원래 그런 거거든? 그럼 오빠가 좋은 이름 생각해 보든지."

"열심히 생각중이다."

"해피는 어때요? 행복하라는 뜻으로."

제니퍼가 손뼉을 딱 마주치면서 말하자 아름이 고개를 도리도리 저었다.

"그것도 강아지 이름이거든."

"럭키는?"

"그것도."

"아웅. 생각이 안 나."

세 사람은 머리를 맞대고 쥐어짜면서 태명을 짓느라 고심을 했다. 저녁 먹을 생각도 안 하고. 오늘 밤 세 사람은 밤을 새울 성싶다. 그들의 마음에 꼭 드는 이름을 찾을 때까지.

"사랑이."

"너무 흔해."

"똘똘이? 으아. 이건 진짜 강아지 이름 같다."

"그냥 팍 제니퍼 주니어로 해 버려!"

"말도 안 돼요. 그러려면 승빈 주니어로 해야죠."

"아름이 주니어는 안 될까?"

"죽을래?"

승빈과 제니퍼가 동시에 도끼눈을 뜨고 노려보았지만 아름은 생글생글 웃었다.

아름이 하는 일마다 사사건건 끼어들며 딴죽을 거는 건 승빈과 제니퍼의 행복한 모습이 부럽기도 하고 질투가 나기 때문이었다. 한눈에 봐도 두 사람은 서로를 깊이 사랑하고 있다는 걸 알 수 있었다.

한참 동안 머리를 맞대고 태명을 짓느라 고심하는 승빈과 제니퍼의 모습을 바라보며 아름은 입가에 머무는 흐뭇한 미소를 지우지 못했다.

— The end

작가 후기

처음 이 글을 구상할 때는 완전 미스터리한 추리물을 만들려고 했었습니다.

납치 건도 집어넣고, 강간은 너무 심하니까 아쉽지만 빼고, 남주인공의 동생과도 뭔가를 엮어서 사건을 만들고, 필립하고도 삐리리한 분위기를 좀 풍겨볼까 등등…….

이런저런 오만가지 생각들을 다 해 봤습니다.

하지만 생각은 생각일 뿐. 글로 옮긴다는 건 생각하는 것만큼 쉬운 일이 아니었습니다.

머릿속을 휙휙 지나가는 장면들을 붙잡아 정말 영화나 드라마를 본 것처럼 생생하게 표현해 내고 싶었는데 워낙에 시원찮은 글발인지라…….

써놓고 쳐다보고 한숨만 푹푹 쉬고 지워버리고. 또 써놓고 쳐다보고 한숨 쉬고 지우고.

석 달 열흘을 계속 끙끙 앓으면서 이리 고치고 저리 고치기를 반복했습니다.

완결을 거의 앞두고 여주인공이 죽은 언니에 대해 복수를 한다는 부분이 영 꺼림칙하게 느껴졌습니다. 5년이나 지난 일이라 어떻게 보면 뒷북친다는 생각을 할 수도 있는 일이었으니까요.

아니나 다를까 편집부에서도 그 점을 지적하더군요.

그래서 과감하게 첫 도입부분을 바꿨습니다.

거의 완결부분까지 쓴 글을 바꾼 만큼 중간에 약간이나마 어색한 부분이 있을 수도 있습니다. 혹여 눈살을 찌푸릴 정도로 이상한 장면이 나온다면 제게 연락을 해 주시고 과감히 돌을 던져주시기 바랍니다.

완결을 내놓고 다시 한 번 들여다보면서 자기만족이라는 말이 딱 들어맞을 만큼 전 제 나름대로 만족합니다.

몇날 며칠 머리를 쥐어짜고, 완결하기까지 남주와 여주를 끌어안고 산만큼 열심히, 정말 열심히 썼다고 여기고 있습니다.

허접한 글이지만 읽는 분들께서도 제가 생각하고, 느꼈던 그만큼만 느껴주셨으면 하는 마음일 뿐입니다.

점점 날씨가 추워집니다.

우리나라에 어느새 가을이 없어진 것 같습니다.

단풍이 물들고 흰 구름이 떠다니는 눈이 시리도록 맑고 푸른 가을하늘을 이제는 제대로 볼 수 없어 너무나도 서운한 마음입니다.

이제 제 자식과도 같은 글을 예쁘게 단장하여 여러분들 앞에 내놓았으니 모든 걸 다 훌훌 털어버리고 여행을 떠났으면 합니다. 겨울의 초입을 알리는 지금, 좋아하는 장르(미스터리, 미스터리가 최고야!)의 책 한 권 옆구리에 끼고 기차를 타고 멀리, 멀리 떠나고 싶습니다.

이 책을 읽으시는 여러분.
님들의 따끔한 충고와 질책 겸허히 받아들이겠습니다.
제발, 부디 재미있게 읽어주시옵소서.

—2011년 겨울인 것 같은 가을에
이예인 드림.

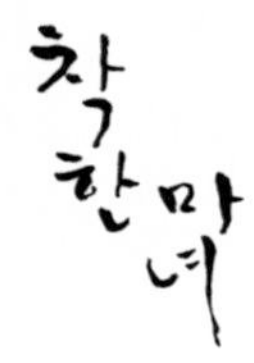

1판 1쇄 찍음 2011년 11월 8일
1판 1쇄 펴냄 2011년 11월 10일

지은이 | 이예인
펴낸이 | 정 필
펴낸곳 | 도서출판 **뿔미디어**

기획총괄 | 이주현
기획 | 손수화
편집장 | 이재권
편집책임 | 이경순
편집 | 심재영, 문정흠, 주종숙, 이진선
관리, 영업 | 김기환, 임순옥

출판등록 | 2002년 9월 11일 (제1081-1-132호)
주소 | 부천시 원미구 상3동 533-3 아트프라자 503호 (우)420-861
전화 | 032)651-6513 / 팩스 032)651-6094
E-mail | BBULMEDIA@paran.com
카페 | http://cafe.daum.net/scarletR

값 9,000원

ISBN 978-89-6639-385-5 03810

※파본은 구입하신 서점에서 교환하여 드립니다.